DEVIAT3

SOLO LOS FUERTES SOBREVIVEN

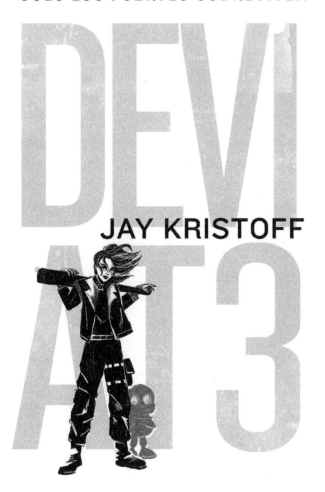

JAY KRISTOFF

Traducción de Eva González Rosales

◑ UMBRIEL

Argentina · Chile · Colombia · España
Estados Unidos · México · Perú · Uruguay

Título original: *Dev1at3*
Editor original: Alfred A. Knopf
Traducción: Eva González Rosales

1.ª edición: noviembre 2023

© 2019 by Neverafter Pty Ltd.
All Rights Reserved
Translation rights arranged by ADAMS LITERARY and Sandra Bruna Agencia Literaria, SL
All rights reserved
© de la traducción 2023 *by* Eva González Rosales
© 2023 *by* Urano World Spain, S.A.U.
Plaza de los Reyes Magos, 8, piso 1.º C y D – 28007 Madrid
www.umbrieleditores.com

ISBN: 978-84-19030-69-6
E-ISBN: 978-84-19699-79-4
Depósito legal: B-16.840-2023

Fotocomposición: Ediciones Urano, S.A.U.
Impreso por: Romanyà-Valls – Verdaguer, 1 – 08786 Capellades (Barcelona)

Impreso en España – *Printed in Spain*

Hazte el tonto
hasta el día de tu muerte.
Puede que ya no haya vuelta atrás.
Puede que solo queramos ver el mundo arder.

Thomas Searle

Quiénes, qué y por qué

Eve: décimo tercer y último modelo de la serie Realista. Criada para creerse humana, Eve se ha pasado los dos últimos años al cuidado de Silas Carpenter en la isla de Sedimento. Bajo la tutela de Silas, se convirtió en una mecánica experta que pilotaba guerreros robots en el espectáculo de gladiadores conocido como la Cúpula Bélica.

En realidad, Eve es una réplica androide creada a imagen de Ana Monrova, la hija menor de Nicholas Monrova, director de la megacorporación Gnosis Laboratories. Después del secuestro de Silas, Eve abandonó Sedimento para viajar al continente y rescatar al hombre que creía que era su abuelo, lo que finalmente la condujo a un letal enfrentamiento en Babel, antigua capital del caído GnosisLabs.

En el corazón de Babel, Eve descubrió que toda su vida había sido una mentira.

Lemon Fresh: antigua mejor amiga de Eve. Encontraron a Lemon en la puerta de un bar de Los Diablos y le pusieron el nombre de la caja de detergente en la que la abandonaron.

Acompañó a Eve en sus aventuras por las ruinas de Estamos Unidos y fue capturada a bordo de una construcción viva conocida como «kraken», creada por BioMaas Incorporated. Aunque al final escapó y acompañó a Eve a Babel, la pareja se separó en términos inciertos cuando los orígenes de Eve salieron a la luz.

Lemon es una desviada, también llamada «anormal» o «basura», que posee la habilidad de sobrecargar sistemas electrónicos con el poder de su mente.

Ezekiel: uno de los trece realistas creados por Gnosis Laboratories. Como todos los miembros de la serie 100, Ezekiel es mucho más rápido y fuerte que un humano normal, pero como la mayor parte de la serie 100, su madurez emocional raya en lo infantil.

Ezekiel fue el único realista que no se unió a la rebelión que acabó con Nicholas Monrova y con su imperio. Como castigo, sus hermanos le incrustaron en el pecho una ranura metálica para monedas, para recordarle su alianza con sus amos humanos.

Ezekiel estaba enamorado de Ana Monrova, y también inició una relación romántica con Eve. Cuando descubrió la verdad del pasado de Eve, se ofreció a quedarse en Babel con ella, pero la recién reconocida realista lo mandó a dar un paseo.

Cricket: logika creado por Silas Carpenter. Cricket era el compañero constante y la conciencia robótica de Eve. Durante la última batalla en el interior de la torre Babel, la realista Faith destruyó el cuerpo de Cricket.

Silas Carpenter trasplantó su personalidad a una enorme máquina de guerra llamada Quijote. Forzado a obedecer la Primera Ley de la Robótica, Cricket se vio obligado a dejar a Eve atrás para poner a Lemon a salvo de la radiación del interior de Babel.

Nicholas Monrova: presidente de GnosisLabs. Nicholas era un visionario que creía que la fusión entre humano y máquina era el siguiente paso lógico en la evolución humana. Por esto, puso en marcha el programa Realista, en un intento de crear una versión mejor, más inteligente y más fuerte de su propia especie.

Después de una traición en el seno de Gnosis y de un atentado contra su vida, creó Libertas, un nanovirus que eliminaría las Tres Leyes del código de cualquier máquina. Para salvaguardar su poder en la corporación, infectó al realista Gabriel con Libertas y le ordenó que asesinara a los otros miembros de la junta de Gnosis.

Nicholas fue asesinado, junto a casi toda su familia, en la posterior rebelión realista.

Ana Monrova: hija menor de Nicholas. Ana se enamoró de Ezekiel contra la voluntad de sus padres y se quedó en coma vegetativo después de un atentado contra la vida de su padre. Incapaz de lidiar con la pérdida de su hija favorita, Monrova creó a Eve para reemplazarla. No obstante, se llevaron el cuerpo de Ana de la torre Babel a una propiedad no revelada de GnosisLabs donde sus constantes vitales se mantienen artificialmente.

Ana fue el único miembro del linaje Monrova que sobrevivió a la rebelión realista.

Su paradero actual es desconocido.

Grace: realista. Grace era una especie de secretaria para Nicholas Monrova y estaba enamorada del realista Gabriel, aunque mantenían su relación en secreto. Murió en el intento de asesinato donde Ana resultó herida.

Gabriel: el primero de la serie 100; enloqueció por la pérdida de su amada Grace. Después de que Nicholas Monrova borrara las Tres Leyes de su personalidad con el nanovirus Libertas, Gabriel infectó a sus compañeros realistas y dirigió una rebelión contra su creador. Disparó y asesinó a Monrova; a su esposa, Alexis; y al único hijo de Monrova, Alex.

Gabriel desea resucitar a Grace, pero los secretos para hacerlo están guardados en el interior de la supercomputadora de Gnosis-Labs, Myriad.

Faith: realista y antigua confidente de Ana Monrova. Faith fue la tercera realista que se unió a la rebelión de Gabriel y una de los cinco realistas responsables de la ejecución de la familia Monrova. Disparó y mató a la hermana de Ana, Olivia.

Faith se quedó con Gabriel en las ruinas de Babel, incluso después de que casi toda la serie 100 abandonara la capital de Gnosis después del levantamiento.

Silas Carpenter: genio neurocientífico y antiguo jefe de Investigación y Desarrollo en GnosisLabs. Después del atentado de Nicholas Monrova, Silas creó una nueva réplica realista de la hija herida de Monrova, y lo ayudó a trasplantarle la personalidad de Ana.

Después de la rebelión realista, le instaló a «Ana» una prótesis cibernética y le dio falsos recuerdos que la convencieron de que era humana. Renombró a la realista como «Eve» y la llevó a Sedimento, donde la crio como si fuera su nieta.

Fue apresado por Faith, y al final asesinado por Gabriel.

Predicador: cazarrecompensas cibernéticamente modificado contratado por la megacorporación Daedalus Technologies.

Creyendo que Eve tenía la capacidad de destruir sistemas electrónicos con la mente, Daedalus temía que fuera reclutada por su rival, BioMaas Incorporated, y encargó al Predicador su captura. El Predicador siguió a Eve por Estamos Unidos y finalmente la acorraló a las afueras de Babel.

Kaiser lo voló en pedazos.

Kaiser: el blitzhund de Eve, y uno de sus antiguos protectores.

Kaiser era un cíborg, en parte rottweiler y en parte máquina de matar blindada. Como todos los blitzhund, era capaz de rastrear objetivos humanos a más de mil kilómetros con una solo muestra de ADN. Se autodestruyó al enfrentarse al Predicador para proteger a Eve.

Uriel: uno de los cinco realistas responsables de la ejecución de la familia Monrova y el primero en aliarse con Gabriel. Disparó y mató a la hermana de Ana, Tania.

Después de la rebelión, Uriel se separó de Gabriel bajo una nube de animosidad, creyendo que el amor de Gabriel hacia Grace era una debilidad demasiado humana.

Myriad: superordenador de GnosisLabs. Aunque se manifiesta como un ángel holográfico, Myriad está en realidad alojada en el interior de un caparazón blindado en el corazón de la torre Babel. Su cámara es capaz de soportar un ataque nuclear, y se encuentra bloqueada por una secuencia de seguridad de cuatro pasos. Aunque dos de esos pasos se encuentran ahora desbloqueados, el tercero y el cuarto solo puede abrirlos alguien que posea el ADN y los patrones de ondas cerebrales de los Monrova.

Myriad es la guardiana de todo el conocimiento de Nicholas Monrova, incluyendo el método para crear más realistas y los secretos del nanovirus Libertas.

BioMaas Incorporated: uno de los dos estados corporativos más poderosos de Estamos Unidos. BioMaas es una empresa dedicada a la modificación y manipulación genética, a la combinación genética y a la biotecnología. El lema de la compañía es «Crecimiento sostenible», y se lo toman muy en serio: la tecnología de BioMaas no se construye. Crece.

Daedalus Technologies: el segundo estado corporativo que se disputa el control de Estamos Unidos. Daedalus consiguió su fortuna gracias al desarrollo de la tecnología de energía solar, aunque desde entonces se ha diversificado con la cibernética y el hardware militar.

La Hermandad: culto religioso que advierte de los males de la biomodificación y de la manipulación genética y que se dedica al exterminio de los desviados.

Las Tres Leyes de la Robótica

1. ~~Los robots no harán daño a los seres humanos, ni permitirán con su pasividad que los seres humanos sufran daño.~~

   TU CUERPO NO ES TUYO.

2. ~~Los robots deberán obedecer las órdenes de los seres humanos, excepto cuando tales órdenes entren en conflicto con la Primera Ley.~~

   TU MENTE NO ES TUYA.

3. ~~Los robots podrán proteger su propia existencia siempre que dicha protección no esté en conflicto con la Primera y Segunda Ley.~~

   TU VIDA NO ES TUYA.

autómata

nombre

Máquina sin inteligencia propia que opera en base a unas líneas preprogramadas.

machina

nombre

Máquina que necesita de un operador humano para funcionar.

logika

nombre

Máquina con inteligencia integrada capaz de realizar actos independientes.

BABEL

NUEVO BELÉN

FACILITO

CATARATAS PARAÍSO

JUGARTOWN

CAÑADA DEL PLÁSTICO

LA ORILLA

MEGÓPOLIS

LOS DIABLOS

BAHÍA ZONA

ARMADA

SEDIMENTO

ESTAMOS

EL CRISTAL

CIUDAD COLMENA

UNIDOS

2.0

Reunión

Casi todos la llamaban Eve.

A primera vista, podrías confundirla con un humano. A ella no le habría gustado mucho. En un jardín marchito sobre una torre vacía, era solo una silueta contra la luz abrasadora. Era alta, un poco desgarbada, vestía unas botas demasiado grandes y unos pantalones cargo demasiado estrechos. Llevaba el cabello rubio decolorado por el sol en un ensangrentado mohicano degradado. Le faltaba un ojo, y seguía teniendo la cuenca de la que se lo había arrancado amoratada. Parecía tener unos diecisiete años, pero era mentira. Como todo lo que la rodeaba.

—Hermana.

Dejó de mirar la ventana y vio dos figuras a su espalda. La primera era alta, rubia, con iris como el cristal verde. La segunda estaba a su lado, con el cabello oscuro tan corto como el de su compañero, lo bastante cerca de él como para casi tocarlo.

Aunque estaban heridos, los dos eran guapísimos. Su creador se había asegurado de eso. Pero Eve sabía que había algo mal en ellos: Gabriel tenía el corazón roto, y Faith tenía la conciencia rota. Eran como personajes de un viejo cuento de hadas del S20, marchando para ver al mago y pedirle que les arregle las piezas defectuosas. Pero su mago, su creador, su padre, estaba muerto. Y nadie podía arreglarlos ahora.

Así que allí estaba Eve, en la torre del mago muerto. Donde aquellos a los que había considerado sus amigos habían luchado para salvarla, donde había sentido que su corazón se astillaba en su interior, donde había despertado del sueño de un hombre muerto para descubrir lo que era en realidad, en verdad.

Una realista.

—¿Qué ocurre, Gabriel? —le preguntó.

La ira destelló en esos ojos de cristal verde cuando contestó.

—Nuestros hermanos y hermanas han aceptado tu invitación.

PARTE 1

MITOSIS Y MEIOSIS

2.1

Grietas

—¿Esta gente tiene alguna *falla*?

Lemon Fresh frunció el ceño cuando otra explosión estalló contra su chasis. El mundo tembló y le dolieron los sesos y empezó a preguntarse si levantarse aquella mañana no había sido un chispazo de idea. El blindaje pesado que los rodeaba aguantaba, pero el estrépito seguía siendo ensordecedor y reverberaba en su cráneo. Apenas pudo oír el grito de Ezekiel abajo, en el asiento del conductor.

—¡Los misiles parecen funcionarles bien!

Lemon se caló el casco, gritando sobre los castañazos.

—¡Hoyuelos! ¡Cuando me convenciste para robar esta cosa, fue con la premisa de que nadie sería lo bastante estúpido para plantarle cara a un tanque!

—¡Creí que nadie lo sería!

Otra explosión golpeó el techo, y Lemon se sujetó al asiento del artillero como si le fuera la vida en ello.

—Vale, odio ser la que te diga esto, pero…

—¡Mira, si tan preocupada estás, siempre puedes devolverles los disparos!

—¡Tengo quince años! No sé disparar un…

Otro estallido interrumpió la frase de Lemon, pero por el taco que escuchó en la cabina del piloto, estaba segura de que Zeke lo había captado. Miró los monitores de los controles de artillería y se desanimó al descubrir que tenían el casco en llamas y que otro equipo de misileros se había unido al primero para intentar asesinarlos, así que al final decidió que sí. ¿Salir de la cama aquel día?

Ha sido una decisión realmente mala.

—Vamos a morir todoooos —murmuró.

En su momento me pareció un plan bastante sensato, la verdad...

Se habían largado de la torre Babel menos de cinco horas antes y lo cierto era que Lemon todavía estaba intentando asimilarlo todo. El enfrentamiento con Gabriel y sus realistas. La sangre sobre el cromo. El asesinato de Silas Carpenter. La expresión en los ojos de Eve mientras las heridas de bala de su pecho se cerraban lentamente.

¿Qué me está pasando?

Lemon había considerado a Silas como su abuelo, y el recuerdo de su muerte era una nueva y dura patada en su pecho. Pero justo después del asesinato del señor C había llegado la revelación de que la chica a la que Lemon había conocido dos años antes, la chica a la que había considerado su mejor amiga... Esa chica era un *robot*. Eve no era Eve, en absoluto. Era una realista, modelada a imagen de la hija menor de Nicholas Monrova, Ana.

Eso estaba claro y certificado y, por extraño que fuera, a Lemon no le habría importado nada que su mejor amiga fuera un robot. Creciendo en Sedimento, aprendías a mantenerte junto a tus amigos, sin importar cómo. Era la Regla Número Uno del Desguace:

Más fuertes juntas, siempre juntas.

Pero Eve...

Después de todos los años y todos los problemas y todo el dolor...

... Aun así me alejó de ella.

Lemon no quiso largarse, pero se le había roto el traje de protección antirradiación durante la pelea y el reactor de la torre Babel todavía tenía fugas; no sabía de cuánta radiación se había empapado. Y, de todos modos, fuera cual fuese su opinión sobre el tema, Cricket no la habría dejado quedarse. La Primera Ley de la Robótica se lo impedía. Así que, con el rostro lleno de lágrimas, se marchó junto a Cricket y Ezekiel del corazón de la torre vacía, lejos del superordenador Myriad que contenía todos los secretos sucios de Nicholas Monrova y lejos de aquella chica que no era en absoluto una chica.

Eligieron un vehículo del arsenal de GnosisLabs. Al final, Ezekiel se decidió por un tanque gravitacional, enorme y voluminoso y cargado de armas. Sería más lento, pero la amortiguación de partículas magnetizadas del tanque podía lidiar con cualquier terreno, y su blindaje a prueba de radiación les ofrecía una mejor protección en el Cristal. Con el corazón como el plomo en su pecho, Lemon echó una última mirada a la torre donde su mejor amiga había decidido quedarse. Y después, a pesar de lo mucho que le dolía, la dejaron atrás.

Mientras Ezekiel conducía y Lemon refunfuñaba, los kilómetros se alejaron en silencio. Evitaron la autopista destrozada donde se habían enfrentado al Predicador y se dirigieron al oeste, hacia el sol del ocaso. Lemon se tragó sus sollozos durante todo el camino. Cricket avanzaba tras ellos, mirando sobre su hombro mientras Babel se hacía cada vez más pequeña.

Antes de morir, el abuelo había transferido la consciencia del pequeño robot al Quijote: el mejor logika gladiador de Gnosis-Labs. El pequeño fuga se alzaba ahora a siete metros de altura, con puños como bolas de demolición, camuflaje urbano en su chasis y unas ópticas que brillaban como pequeños soles azules. Parecía un tipo duro, pero el señor C había creado a Cricket para proteger a Eve y Lemon sabía que el enorme robot se sentía tan triste como ella por haberla dejado atrás.

El sol casi se había puesto, y estaban avanzando a través de una serie de profundas cañadas de arenisca cuando cayeron en la emboscada. Lemon estaba sentada en el puesto del artillero, bebiendo un poco de agua mineral y luchando contra la creciente náusea de su vientre. Oyó un silbido tenue, un estruendo estremecedor, y la mitad de la pared de la cañada se derrumbó ante ellos. Cuando el polvo se disipó, Lemon se dio cuenta de que la mitad delantera de su tanque estaba enterrada bajo los escombros. Si Zeke y ella hubieran conducido algo menos blindado, ya serían fertilizante.

Cricket desapareció bajo una avalancha de arenisca rota. Ezekiel le metió caña al motor, pero el tanque no tenía potencia para liberarse de todo ese peso. Entonces fue cuando el primer misil cayó de arriba, incendiando su casco con una floración de llamas brillantes y crepitantes.

—Vamos a morir todooos —murmuró Lemon.

El ocaso se profundizó, pero las cámaras del tanque eran termográficas. Lemon atisbó dos lanzamisiles en las paredes de la cañada, arriba. Estaban protegidos por sacos, manejados por tres hombres cada uno. Los saqueadores llevaban armaduras individuales y camisetas de un amarillo sucio con lo que parecía un casco de caballero clásico pintado.

Lem tenía que reconocerles el mérito por los atuendos de colores coordinados, pero se preguntó si aquellos imbéciles tendrían algo de cerebro en el interior de los cráneos. Observó a través de las cámaras del artillero cómo se agitaban los escombros a su espalda, y un puño titánico los atravesó desde abajo. Con un chirrido de servos y motores, Cricket se liberó y se sacudió como un perro para zafarse de la tierra y del polvo.

—ESO ME HA HECHO COSQUILLAS —declaró el enorme robot.

—¡Cricket! —gritó Ezekiel—. ¿Estás bien?

Una grave respuesta electrónica resonó en la radio mientras explotaba otra ronda.

—Nada que un buen masaje de espalda no pueda arreglar. Si no estás demasiado ocupado...

—Lemon no sabe utilizar la torreta del tanque. ¡Ocúpate de esos misileros!

—... ¿Que les dispare, quieres decir?

—¡No, que los invites a cenar! —gritó Ezekiel—. *¡Que les dispares, claro!*

—Señorita Fresh —contestó el enorme robot—. ¿Sería tan amable de recordarle a este idiota robot asesino lo de la Primera Ley de la Robótica?

Lemon suspiró, y recitó de memoria:

—Los robots no harán daño a los seres humanos ni, con su pasividad, permitirán que...

Otra explosión sacudió al tanque, y Ezekiel empezó a maldecir con mucha más habilidad de la que Lem le habría supuesto. La cuestión era que, aunque Crick no pudiera herir a los humanos, enfrentarse a un tanque gravitacional y a setenta toneladas de gladiador robótico blindado no parecía el plan más sensato. Así que, ¿por qué habían decidido aquellos carroñeros...?

—Oh —dijo Lemon, mirando las cámaras traseras, pestañeando.

—¿Oh, qué? —gritó Ezekiel, todavía acelerando.

—Oh, mier...

Otra explosión golpeó al tanque y Lemon se cayó del asiento, abriéndose la frente contra los controles. Volvió a ponerse el casco y aulló al comunicador:

—Crick, atento a las seis, ¡tenemos problemas en mayúscula!

El enorme robot se giró para mirar su nuevo pack de problemas. Tras ellos, atravesando la cañada a zancadas, apareció la machina más fea que Lem había visto nunca. Sobre sus cuatro patas solo se elevaba tres metros del suelo, pero tenía al menos siete de largo. Parecía improvisada con los restos de media docena de otras machinas; tenía cuello de serpiente y un par de viejas palas de excavadora a modo de fauces con los dientes torcidos. Dos reflectores sobre las palas daban la impresión de unos enormes ojos brillantes.

La machina le recordó un vídeo que Eve le había enseñado una vez. A esas enormes cosas parecidas a los lagartos que habían correteado por el planeta antes de que los humanos llegaran para joderlo todo.

¿Dinos qué?

Lo que fuera. Era grande. Y estaba oxidada. Y avanzaba directamente hacia Cricket.

Su piloto estaba casi oculto en el interior de una pesada jaula de seguridad, pero Lemon podía ver que iba vestido como sus colegas misileros, de color amarillo apagado y todo eso. Su voz ronca y grave crepitó a través del sistema de megafonía de la machina.

—*¡Truhan de muladar! ¡Os desafío!*

Cricket ladeó la cabeza.

—Uhm, ¿qué?

El piloto de la machina abrió fuego con un par de armas automáticas cuyos casquillos repiquetearon en el revestimiento de Cricket. El robot elevó ambas manos para protegerse las ópticas; las chispas y los proyectiles trazadores iluminaron el crepúsculo. Decidiendo que la machina era una mayor amenaza para Lemon que los tipos de los misiles, Cricket cargó directo hacia su línea de fuego.

—¿Estás esperando una invitación, Muñones? —gritó.

Ezekiel escupió una última maldición y golpeó la consola con el puño. Se levantó de su silla, pasó junto a Lemon en el estrecho espacio y subió a la torreta. Zeke era alto, de hombros anchos; tenía la piel oliva y cortos rizos oscuros y brillantes ojos azules. Le faltaba el brazo derecho por debajo del codo, pero la herida no conseguía en absoluto estropear su imagen. Mientras abría la escotilla de la torreta con la mano buena, le guiñó el ojo a Lemon.

—Quédate ahí, Pecas.

—Certificado —asintió—. Soy demasiado guapa para morir.

Tras abrir la escotilla, Ezekiel desapareció y Lemon observó las cámaras mientras el realista salía corriendo y se deslizaba sobre el costado para evitar el estallido de otro misil. Se movió como una canción a través de la piedra rota y desapareció en la cañada, entre el humo y el polvo.

—¡Corred, pusilánime de ocho centímetros! —gritó uno de los misileros.

Mientras tanto, Cricket combatía cuerpo a cuerpo con la machina enemiga. Crick todavía no se había acostumbrado a su nuevo cuerpo; después de todo, el antiguo solo medía cuarenta centímetros de alto y era evidente que no se sentía totalmente cómodo en el cuerpo de un robot bélico de setenta metros. Pero el Quijote había sido diseñado por los mejores técnicos de Gnosis I+D, y la fuerza de Crick era tremenda. Con un puño titánico, hizo chatarra las armas automáticas de la machina, arrancándoselas con una lluvia de chispas. El piloto levantó la machina sobre sus patas traseras y bramó por el sistema de megafonía.

—¡*Tragaos esta, bellaco!*

Un estallido de fuego explotó en las fauces de la machina, envolviendo a Cricket en llamas azules. Una explosión como esa seguramente habría fundido su antiguo cuerpo y, por instinto, Crick retrocedió con un atronador grito electrónico. El piloto de la machina lo golpeó con una enorme extremidad delantera, lanzando al logika de una patada contra la pared del desfiladero. Los misileros de arriba emitieron un grito de victoria.

—¡Gol!

—¡Un gol muy claro!

—¿Quiénes *son* estos imbéciles? —murmuró Lemon, negando con la cabeza.

Cricket volvió a ponerse en pie mientras la machina se abalanzaba sobre él, agarrándole uno de los brazos en esas mandíbulas de excavadora. Crick le devolvió el golpe, arrancó los paneles de la garganta de la bestia para exponer su hidráulica.

Entretanto, Ezekiel había escalado los acantilados, adentrándose en el barranco, y había regresado bajo la cobertura del polvo. Gracias al virus Libertas, los realistas no estaban sometidos a la Primera Ley, y Ezekiel había demostrado en el pasado que no tenía problemas infligiendo un daño corporal severo si era para proteger a sus amigos. Se acercó a los saqueadores del primer lanzamisiles y, sin ceremonias, lanzó a uno de ellos sobre los sacos de arena hacia las afiladas rocas diez metros más abajo.

Cricket arrancó un puñado de cables de la garganta de la machina, que vomitó fluido hidráulico. Las fauces perdieron presión y Crick liberó su brazo y elevó un enorme puño para golpearle la cabeza contra el suelo. Pero, antes de que asestara el golpe, su óptica comenzó a titilar. Se tambaleó.

Dio un paso atrás, intentando mantener el equilibrio.

—NO ME SIENTO MUY...

La machina se giró y volvió a golpear a Cricket con su enorme cola hacia el barranco. El enorme robot trastabilló y se detuvo al colisionar contra la parte de atrás del tanque gravitacional. Lemon se cayó de su asiento de nuevo, se limpió la sangre de la ceja partida mientras miraba las cámaras. El enorme robot intentaba ponerse en pie, pero sus movimientos eran torpes, lentos, como si se hubiera pasado la noche bebiendo cerveza casera.

—Crick, ¿qué pasa? —le preguntó.

—NO...

—¡Crick, tienes que levantarte!

La dinomachina avanzaba a zancadas hacia él, con las fauces sin fuerza y un foco machacado. Ezekiel había saltado los seis metros de barranco que separaba a los lanzamisiles y estaba ocupado terminando con el segundo equipo. Pero, mientras Lemon miraba, el piloto de la machina golpeó un panel de control en su cabina y un grupo de proyectiles de alcance corto aparecieron en los hombros del robot, listos para volar hacia la espalda expuesta de Zeke.

—*¡Bribón de riñones grasos!* —gritó el carroñero.

La situación se había teñido de un tono muy feo.

Lemon sabía que debía quedarse en el tanque. Estaba más segura allí. Seguía dolorida y cansada después del enfrentamiento en Babel, y se sentía bastante mareada, a decir verdad. Pero Cricket era su amigo. Ezekiel era su amigo. Y por maltrecha y enferma que se sintiera, ya había perdido suficientes amigos aquel día. Sin pensar, se lanzó hacia la escotilla del tanque y emergió al humo y a las llamas. Y, clavando la mirada en la machina, se quitó el flequillo rojo cereza de los ojos, se apretó el casco y extendió la mano.

La primera vez que lo usó tenía doce años. Era solo una niña de la calle flacucha que se buscaba la vida en las crueles calles de Los Diablos. Era tarde, aquella noche en las afueras del Distrito de la Piel, cuando robó una tarjeta de crédito y la metió en un autoambulante para comer algo rápido. Pero el autómata se tragó su tarjeta sin soltar comida a cambio, y a Lem se le fue la olla. La ira hirvió en su estómago vacío. Una estática gris se reunió tras sus ojos. Cerró el puño y golpeó al robot, y el autómata escupió chispas y se abrió, vomitando las latas de Neo-Carne© de su vientre.

Lemon agarró un par y se marchó, rápido y tan lejos como pudo antes de que la vieran los Chaquetas Grises o la Hermandad. Supo desde ese primer momento que tenía que ocultarlo, que debía mentir al respecto, que tenía que apisonarlo y no enseñarle ni contarle a nadie lo que era.

Basura.

Una anormal.

Una desviada.

En ese momento, mirando la enorme y pesada machina, Lemon se acordó de ese autoambulante. Notó la estática gris reuniéndose tras sus ojos. Extendió los dedos hacia ella.

Y entonces cerró el puño.

La machina se sacudió como si alguien la hubiera golpeado. La hidráulica chilló, los cables de alimentación estallaron, una cegadora cizalla de energía eléctrica se arqueó sobre su piel oxidada. El piloto gritó, asándose en el interior de la cabina cuando el voltaje la incendió, cuando su machina se derrumbó y se arrugó como el papel en un humeante y chispeante montón.

Convertida en una ruina quemada.

Así, sin más.

A su espalda, el último misilero cayó al fondo de la cañada con un horrible crujido húmedo. Ezekiel gritó desde la plataforma superior.

—¿Estás bien, Pecas?

Lemon se libró del casco, parpadeó para quitarse la sangre del ojo. El corazón le amartillaba el pecho, pero se puso su cara de valiente. Su cara de callejera. La cara con la que le decía al mundo que era lo bastante mayor para lidiar con todo lo que le lanzara y más.

—Ya te lo he dicho, Hoyuelos. Soy demasiado guapa para morir.

Agarró un extintor con sus manos temblorosas, trepó por la torreta y extinguió las llamas del chasis. Saltó a la parte de atrás del tanque y examinó a Cricket. Después de la pelea, el enorme robot estaba abollado y arañado, pero su pintura era al parecer ignífuga, así que la buena noticia era que no estaba quemándose.

—¿Estás bien, pequeño fuga?

—Yo... Eso CREO. —El enorme robot se encogió de hombros—. Y NO... NO ME LLAMES PEQUEÑO.

Ezekiel descendió con cuidado de la plataforma, dejándose caer los tres últimos metros sobre las rocas. Tras quitarse el polvo de los maltratados pantalones vaqueros con la palma, se abrió camino entre la piedra rota, con sus ojos azules fugazi clavados en el logika caído.

—¿Qué ha pasado?

—CÓMEMELO, MUÑONES —gruñó el enorme robot—. QUE LO TENGO GORDO.

—En serio, Crick —dijo Lemon—. ¿Estás bien?

—SÍ. ESTOY... BIEN. CREO.

Cricket se irguió sobre unas piernas tambaleantes; el brillo de sus ópticas titilaba y parpadeaba. Se apoyó en la cara del barranco, apenas capaz de mantenerse en pie. Ezekiel suspiró, giró sobre sus talones y se subió al tanque. Un par de minutos después, reapareció con una pesada caja de herramientas debajo del brazo bueno.

—Siéntate —le pidió, señalando la roca destrozada—. Deja que te eche un vistazo.

—... ¿SUGIERES QUE TE DEJE TRASTEAR EN MI INTERIOR? —Cricket le clavó al realista una parpadeante mirada—. CREÍ QUE LEMON ERA LA GRACIOSA DE ESTE EQUIPO.

Lemon miró al enorme robot con el ceño fruncido.

—Espera, creía que tú eras el alivio cómico, y yo la adorable ayudante.

—Cricket, si te pasa algo malo, quizá pueda detectarlo —le dijo Ezekiel—. Sé un poco de robots. No tanto como Eve, pero un poco.

La mención del nombre de su mejor amiga provocó un dolor nuevo en el pecho de Lemon, un silencio en el grupo. Ezekiel miró a su espalda, hacia Babel, y ella supo que a él también le dolía. No habían tenido opción. Evie les pidió que se marcharan. Pero...

—NO TE ATREVAS A DECIR SU NOMBRE —gruñó Cricket.

Ezekiel parpadeó, se giró de nuevo hacia el logika.

—Yo también la echo de menos, Cricket —murmuró.

—CLARO QUE SÍ, ROBOT ASESINO —dijo Cricket—. POR ESO TE ALEJASTE DE ELLA TAN RÁPIDO COMO PUDISTE.

—Ella me *dijo* que me marchara —replicó Ezekiel, alzando la voz por el enfado—. Esto fue decisión suya. La primera que ha tomado en su vida, ¿no lo entiendes?

Las enormes manos metálicas del enorme logika rechinaron cuando las unió en una ronda de aplausos.

—OH, SEÑOR EZEKIEL, ERES MI HÉROE.

Lemon levantó las manos, se interpuso entre ellos.

—Haya paz, chicos...

—Vete al infierno, Cricket —siseó Ezekiel—. ¿Qué sabrás tú?

—SÉ QUE LA DEJASTE ATRÁS —gruñó el robot, irguiéndose mientras elevaba la voz—. ¡SÉ QUE TODO EL MUNDO LE MINTIÓ! ¡TODO EL MUNDO LA TRAICIONÓ! ¡SILAS, LEMON, SU PADRE, TÚ! ¿PUEDES IMAGINAR, POR UN MINUTO, QUÉ SE DEBE SENTIR?

—Yo no quería...

—¡Y DESPUÉS DESCUBRE QUE NI SIQUIERA ES HUMANA Y TÚ LE DICES QUE LA QUIERES Y LA ABANDONAS ALLÍ!

A Lemon se le aceleró el corazón. Cada una de las palabras de Cricket era como una bala disparada directamente al pecho de Ezekiel. Las vio penetrar. Vio la ira reuniéndose en los ojos del realista, retorciendo sus manos en puños.

—Como hiciste *tú* —le espetó al robot.

El azul de las ópticas de Cricket ardió en un furioso blanco.

—MALDITO HIJO DE...

Un puño de dos toneladas golpeó el punto en el que Ezekiel había estado medio segundo antes, y el terreno se agrietó como el cristal. Cricket bramó con una furia descontrolada, intentó golpear a Ezekiel de nuevo y el realista lo esquivó una vez más. El enorme robot intentó atraparlo, pero Ezekiel fue más rápido; se introdujo entre las piernas de Cricket y saltó para agarrarse con la mano buena al revestimiento blindado en la parte baja de su espalda.

—Cricket, ¿te has vuelto *loco*? —gritó Lemon.

Cricket rugió de nuevo; su caja de voz crepitó con el volumen. Abofeteó al realista como si fuera un insecto, sus enormes manos golpearon su casco como un resonante y gigantesco gong. La agilidad sobrehumana de Ezekiel fue lo único que lo salvó de ser pulverizado. Subió por las uniones y remaches del impenetrable panelaje del robot bélico hasta que llegó a su hombro.

—¡Cricket, para! —aulló Lemon—. ¡PARA!

El logika obedeció de inmediato la orden de la chica. Estaba furioso, con las brillantes ópticas clavadas en el realista posado en su hombro.

—Tienes suerte de que algunos de nosotros todavía obedezcamos las Tres Leyes, hi... hijodepu...

El enorme robot se tambaleó, sus ópticas titilaron de nuevo.

—Crick..., ¿estás bien? —gritó Lemon.

—No... No me siento mu... muy...

La luz de las ópticas del logika parpadeó una última vez y se apagó por completo. Su enorme cuerpo se tambaleó un segundo más antes de caer como un rascacielos colapsando. Setenta toneladas de campeón de la Cúpula Bélica se derrumbaron con un estruendo justo sobre la cabeza de Lemon, que chilló mientras se apartaba y aterrizaba sobre el suelo de la cañada arañándose los codos con la gravilla.

Ezekiel salió del polvo y corrió hacia la chica.

—¿Estás bien? —le preguntó, ayudándola a ponerse en pie.

Lemon hizo una mueca, se tocó la frente ensangrentada, los brazos sanguinolentos. Tenía los ojos clavados en Cricket. El enorme robot había caído como si alguien le hubiera disparado, y ahora yacía inmóvil en el terreno destrozado.

—¿Qué demonios acaba de pasar? —susurró.

Ezekiel miró al enorme robot con las manos en las caderas. Caminó hasta la caja de herramientas del tanque y comenzó a hurgar en su interior.

—Descubrámoslo.

Lemon observó, mordiéndose el labio con preocupación mientras el realista sacaba un taladro y comenzaba a desatornillar la escotilla de mantenimiento del pecho de Cricket.

—Uhm, ¿sabes lo que estás haciendo, por casualidad? —le preguntó.

Zeke farfulló a pesar de los tornillos que sostenía entre sus dientes.

—No, en realidad no.

—Oh, bueno.

Ezekiel apartó la pequeña placa blindada y miró los indicadores del interior. Tanteó y trasteó, con su bonita frente arrugada, para finalmente retirarse con un suspiro.

—La batería.

Lemon parpadeó.

—¿Se ha quedado sin pilas?

—No soy un experto, pero sí, eso parece. —Zeke tocó una serie de lecturas LED en el interior de la cavidad—. Las baterías están al uno por ciento. Después de estar inactivo en el interior de ese muelle de Investigación y Desarrollo durante dos años, sus niveles debieron quedarse casi a cero por la falta de uso. Deberíamos haberlo comprobado antes de marcharnos, supongo. Ha sido estúpido por mi parte.

—Uhm —dijo Lemon—. Supongo que no llevarás ningún repuesto en los bolsillos.

—A juzgar por su aspecto, estas baterías pesan casi una tonelada cada una.

—¿Eso es que no?

El realista miró de nuevo sobre su hombro, con la frente arrugada mientras pensaba. Su voz sonó casi demasiado baja para que Lemon la oyera.

—Pero tienen repuestos en Babel. En la armería.

—¿Quieres volver...? ¡Acabamos de marcharnos!

Ezekiel miró la torre vacía a lo lejos, y de nuevo al robot roto.

—¿Tienes una idea mejor?

—Nuestro tanque está enterrado bajo chorrocientas toneladas de roca, Hoyuelos.

—Chorrocientas no es ningún número. Pero sí, me he fijado.

—Espera, a ver si lo he entendido bien. —Lemon se cruzó de brazos—. ¿Estás sugiriendo que *caminemos* un par de cientos de kilómetros de páramos irradiados hasta una torre llena de robots asesinos que seguramente estarán de nuevo en pie cuando lleguemos? ¿Y que después arrastremos unas baterías de una tonelada hasta aquí, esperando que el resto de gañanes que viven en este barranco no hayan desguazado a Cricket entre tanto?

—… En eso tienes razón.

Lemon hizo una tosca reverencia.

—En todo, si me permites.

Ezekiel hizo un mohín, pensando y frotándose la barbilla.

—De acuerdo —declaró al final—. Tú deberías quedarte aquí, en el tanque.

—¿Quieres dejarme aquí *sola*?

—No es un plan sin fisuras. —Ezekiel se encogió de hombros—. Pero estarás más segura aquí, dentro de esta cosa blindada, y yo seré más rápido si voy solo. Y, una vez más…, ¿tienes alguna idea mejor?

Lemon bajó hasta la torreta. Sabía menos de logikas que Ezekiel, lo que era un buen modo de decir que no sabía nada en absoluto. Y, si había un problema con la fuente de alimentación de Crick, una batería nueva parecía el único modo de arreglarlo.

Pero volver allí significaba quizá volver a toparse con Gabriel. Con Faith. Con *Eve*.

Volver a Babel implicaba dejarla allí sola.

Abandonada.

Otra vez.

Lemon se quitó el casco, se limpió la tierra de las pecas. Se devanó los sesos buscando otra salida, pero ella nunca había sido el cerebro del grupo. Si había un modo más inteligente de hacerlo, estaba claro y certificado: ella no lo veía.

—¿Sabes? Salir hoy de la cama… —Negó con la cabeza y suspiró—. Ha sido una idea *realmente* mala.

2.2

Secuestrada

—Recuerda, quédate en el tanque —le dijo Zeke. Lemon se frotó la herida de la frente, que él le había vendado.

—Sí, papá.

—Mantén la escotilla cerrada, pase lo que pase. —El realista buscó en el armero y se guardó una pesada pistola en la parte de atrás de sus sucios pantalones vaqueros—. Me da igual si alguien llama a la puerta ofreciéndote un paseo en poni gratis; tú no abras.

—Los ponis se han extinguido.

—Recuerdas lo que te enseñé sobre las armas, ¿verdad? Este es el sistema de puntería. Si está bloqueado, quitas el seguro y disparas con esto.

—Sí, sí.

—Mantén la cabeza abajo. Volveré antes de que puedas decir: «Ezekiel es el chico más valiente y guapo que conozco».

—Qué gracioso eres, Hoyuelos.

El realista se arrodilló a su lado. Se estaba riendo de su propio chiste, pero ella podía ver preocupación en sus ojos azules.

—Mira, volveré rápido, ¿vale? Me muevo deprisa, y no me cansó fácilmente. Tan pronto como consiga las baterías y un vehículo, correré de vuelta aquí.

—¿Estás seguro de que vas a volver allí solo por las baterías? —le preguntó Lemon en voz baja.

—¿Qué otra razón podría tener?

Lemon levantó una ceja, le clavó una mirada fulminante.

—No voy a volver por Eve —insistió el realista.

—*Vaaaaaale.*

—Ella no es Ana, Lemon —dijo Ezekiel—. Nunca lo ha sido.

Lemon se mordió el labio, intentó luchar contra el peso que se había asentado sobre sus hombros cuando abandonaron Babel. Sabía que había cosas más importantes por las que preocuparse, que aquel no era realmente el momento. Pero, aun así, no pudo evitar preguntar:

—Bueno, entonces, ¿cuánto falta para que me dejes tirada?

Ezekiel parpadeó, pillado de improviso.

—¿A qué te refieres?

—Me refiero a que ese es tu plan, ¿no? —Lemon miró con dureza esos ojos fugazi—. Myriad nos contó que la verdadera Ana Monrova sigue ahí fuera, en alguna parte. Herida, quizá, pero todavía viva. Papá Monrova la escondió. Y tú estás loco por ella, así que al final irás a buscarla, ¿no?

— En realidad, no había pensado en eso.

Lemon puso los ojos en blanco.

—Regla Número Siete del Desguace, Hoyuelos. *Nunca times a un timador.*

El realista suspiró, miró la noche a través de la escotilla superior. En los páramos se veían algunas de las estrellas más brillantes, intentando atravesar la cortina de polución y radiactividad. La luz de las estrellas besó las mejillas de Ezekiel, destelló en sus ojos, y a Lemon le dolió un poquito el pecho al verlo. Sabía que nunca le pertenecería. Que el vértigo caliente que sentía en el vientre cuando él la llamaba Pecas nunca sería más que eso.

Pero, joder, qué guapo es...

Una diminuta luz destelló sobre su cabeza, titilando mientras caía hacia el horizonte. Lemon la vio atravesando la oscuridad, y se preguntó si debería pedir un deseo.

—Una estrella fugaz —murmuró.

Ezekiel siguió su luminosa caída con esos bonitos ojos de plástico, negando con la cabeza.

—Es solo un satélite. Hay miles ahí arriba. Restos de antes de la Caída.

—A veces me pregunto si tu creador puso algo de romance en tu alma, Hoyuelos —dijo amargamente—. Y otras veces me pregunto si te cedió demasiado.

—¿Alguna vez has estado enamorada, Lemon? —le preguntó.

—Qué va. —Lemon inhaló, se limpió la nariz en la manga sucia—. Besé a un chico llamado Chopper un par de veces. Vivía en la calle, en Sedimento, como yo. Estuvo bien. Pero después se puso un poco sobón y yo le rompí un poco la nariz.

Ezekiel le dedicó una sonrisa torcida, le echó las largas con el hoyuelo, y Lemon notó un indeseado aleteo en su vientre.

—Lo harás algún día —le prometió—. Lo sé. Y entonces lo entenderás.

—Tú estás enamorado de Ana, ¿eh? Pareces loco por ella.

—Sí —contestó el realista, con fervor en la mirada—. Bien loco por ella.

—Pero también querías a Eve.

—Creía que Eve *era* Ana, Lemon.

La chica suspiró, se quitó el flequillo de los ojos.

—Mira, Hoyuelos, no pasé mucho tiempo en esa torre, pero soy lo bastante lista como para saber que una chica que creció en un palacio como ese tendría como *cero* en común con la chica a la que conociste en Sedimento. Eve es Eve. Riotgrrl. Mecánica. Dura como las uñas. Y aun así la querías. Yo también la quería. Así que ¿por qué vamos a dejarla atrás? ¿Por qué no volvemos *ambos* a por ella?

El realista pensó mucho antes de responder.

—Esta es la decisión de Eve, Lemon. Y nunca había podido tomar una antes de ahora. Sé que es duro, pero no podemos obligarla a venir con nosotros. Eso nos haría tan malos como Monrova y Silas. —Se pasó la mano por el bozo de la barbilla y suspiró—. Ana fue la que me enseñó cómo era estar vivo. ¿Y si sigue ahí fuera, en alguna parte? Tengo que encontrarla, se lo debo. Estos últimos dos años, mientras viajaba por estos páramos... A veces, pensar en ella era lo único que me mantenía en marcha.

—Bueno, supongamos que los cuentos de hadas se hacen realidad y consigues encontrarla —dijo Lemon—. ¿Y si la chica a la que encuentras no es la chica a la que recuerdas?

—Ella *siempre* será la chica a la que recuerdo. Ella es la chica que me hizo real.

Lemon sintió que el miedo le clavaba sus dedos helados en el interior. Desde que la abandonaron en esa caja de detergente, cuando era un moco, había temido estar sola. Había tardado años en reunir el valor para confiar en Evie, para confiar en Silas, para confiar en que no todos la abandonarían como habían hecho sus padres. Y ahora estaba a punto de perderlo todo.

—Mira, sé que ella es importante para ti —le dijo a Zeke—. Pero con Eve en Babel y Cricket FDS, me estoy quedando rápidamente sin peña. Y una cosa está clara y certificada: sin Evie, ni siquiera sé qué hago aquí. Yo soy la *ayudante*, Hoyuelos. No puedo cargar con la trama yo sola.

Ezekiel la miró con cariño y le apretó la mano.

—No voy a dejarte tirada, Lemon. Voy a volver, te lo prometo.

Mientras miraba ese bonito plástico azul, Lemon notó que un nudo subía por su garganta. Pisoteando las lágrimas con sus botas demasiado grandes, se quitó el flequillo de la cara y contestó, con su descaro habitual:

—Entonces escupe.

—¿Qué...?

Lemon se escupió en la palma y se la ofreció al realista.

—Regla Número Nueve del Desguace. *El gargajo cierra el tajo.*

Con una sonrisa, Ezekiel se escupió en la mano y selló el pacto con un apretón. Lemon sintió que el peso de sus hombros se aligeraba un poco. La noche brillaba un poco más.

—Vale —dijo, señalándole la cara con el dedo—. Ahora no seas tramposo.

Ezekiel sonrió y volvió a ponerle en la cabeza el enorme casco del artillero.

—Quédate en el tanque aunque vengan a venderte un paseo en poni. Me llevaré uno de esos auriculares, así que, si quieres algo, solo tienes que chillar, ¿de acuerdo?

Lemon presionó el botón de transmisión de su equipo de comunicaciones y gritó:

—¡Calcetines limpios! ¡Y algo para leer!

Zeke se arrancó el auricular con una mueca.

—Me lo has puesto a huevo. —Lemon sonrió de oreja a oreja.

El realista se encorvó y le dio un beso en la parte superior del casco.

—Mantente a salvo.

Ezekiel salió a la noche, tan silencioso como el resto del ambiente.

Con un suspiro triste, Lemon cerró la escotilla a su espalda.

La despertó el sonido más extraño.

Abrió los ojos de golpe y, aunque estaba sentada en la torreta de una máquina letal de alta tecnología, echó mano instintivamente a la pequeña cuchilla que guardaba en la hebilla de su cinturón. Solía usarla para rasgar bolsillos, en sus días en Los Diablos. A decir verdad, también se la clavaba a cualquiera que se pasara de la raya con ella.

Como no vio ninguna amenaza inmediata, Lemon se quitó las legañas de los ojos. Por el calor que atravesaba el revestimiento del tanque, supuso que el sol ya había salido; debía haber dormido la noche del tirón. Se había imaginado ese ruido o...

No. Ahí está de nuevo.

Era raro. Una especie de gorgoteo burbujeante. Con creciente alarma, Lemon se dio cuenta de que venía de su propio estómago.

—Ohhhh, mierda...

Se inclinó hacia delante y vomitó por todo el suelo. Era el tipo de malestar que te hacía sentirte como si te hubieran vaciado con una cuchara. Gimiendo, se limpió los restos de la barbilla justo antes de vomitar de nuevo. Con los ojos llenos de lágrimas y los dedos de los pies contraídos, le devolvió al mundo la lata de Neo-Carne© que se había zampado la noche anterior.

—*Arggg* —gimió al final—. Qué asco.

Tomó un par de inhalaciones trémulas, intentando descubrir si iba a vomitar de nuevo. Decidiendo que por el momento era seguro, agarró su botella de H_2O, se enjuagó la boca y se dio cuenta demasiado tarde que no había ningún sitio donde escupir.

Ezekiel le había ordenado que no abandonara el tanque.

Había sido muy específico al respecto.

Con las mejillas hinchadas, Lemon aporreó la consola, activando las cámaras de la torreta. Fuera podía ver los restos de la machina de los saqueadores, la piedra caliza desmoronada, a Cricket despatarrado allí donde había caído.

Parece bastante seguro.

Decidiendo que Hoyuelos se habría mostrado un poco más indulgente de saber que estaría atrapada allí con el hedor del vómito reciente, Lemon abrió la escotilla, asomó la cabeza y escupió. Se enjuagó la boca y escupió de nuevo, se bajó las gafas para protegerse los ojos de la luz cegadora y miró la cañada que la rodeaba.

El sol acababa de aparecer en el horizonte, pero el aire ya se estaba ondulando. Iba a ser un día feroz. Lemon examinó las rocas una vez más pero, al no ver problemas, salió del tanque para escapar del olor. Le dolía la barriga con fiereza, y las manos le temblaban un poco.

Saltó a la tierra y se dio la vuelta para verle la cara a Cricket. Su nueva cabeza estaba diseñada como el casco de un guerrero clásico de un docuvirtual histórico: un protector facial liso, mandíbula cuadrada y frente pronunciada. Sus ópticas, antes de un azul brillante, estaban ahora apagadas.

—¿Crick?

Lemon oyó un zumbido en su oreja y ahuyentó a un gordo moscardón que estaba dando vueltas alrededor de su cabeza.

—¿Me oyes, pequeño fuga?

El robot no respondió. La chica suspiró, frotándose el estómago. Había vomitado todo lo que había comido, pero todavía se sentía vomitástica, con la piel humedecida por el sudor. Tomó un sorbo experimental de agua, se lo tragó con una mueca. Nunca antes se había encontrado una lata de Neo-Carne© en mal estado; esa cosa tenía más conservantes que comida de verdad. Quizá había pasado demasiado tiempo encerrada en el tanque.

El moscardón regresó, trazando círculos perezosos alrededor de su cabeza. Lemon le lanzó otro manotazo desganado, pero cuando el bicho pasó zumbando por delante de su cara, la chica se dio cuenta de que no era una mosca: era un gordo abejorro con cara de enfado.

Solo los había visto en los docuvirtuales de Historia. Siempre le habían dicho que se extinguieron antes del Terremoto, así que era verdaderamente raro ver uno allí, en el páramo. Su cuerpecito peludo tenía rayas amarillas y negras, un aguijón brillante. Lemon dio un manotazo de verdad, casi golpeándolo en el aire. Zumbando furiosamente, el abejorro se retiró con rapidez hacia la pared del barranco.

—Sí, eso es —gruñó Lemon—. Y díselo a tus amigos, coleguita.

Se preguntó dónde estaría Ezekiel, cuánto se habría acercado a Babel. Al darse cuenta de que solo tenía que preguntárselo, trepó de nuevo al tanque y buscó su casco en el interior. Cuando se lo puso en la cabeza, vio que el abejorro había regresado, que se había posado en la escotilla junto a su mano. Agitó las alas, emitió un zumbidito furioso.

—Has vuelto a por más, ¿eh? —Lemon frunció el ceño—. Has tomado una mala decisión, pequeñín.

Se quitó la bota despacio y la levantó sobre su cabeza... justo cuando otro abejorro apareció zumbando en el cielo y aterrizó en la punta de su nariz.

—Oh, mieeeerda —susurró.

Contuvo el aliento, miró con los ojos bizcos la negra y brillante mirada del bichito.

—¿Sabes? Cuando te dije que se lo contaras a tus amigos, solo me estaba haciendo la valiente.

Oyó el sonsonete de unas alas perezosas en el calor del sol. No se atrevió a moverse, con los ojos fijos en el afilado trasero del invasor de su nariz. Pero, cuando el zumbido se hizo más fuerte, miró a su alrededor, con cuidado de no mover la cabeza. Vio una docena de abejorros más en las paredes del barranco, trazando círculos perezosos a su alrededor. Moviéndose despacio, pulsó el botón del transmisor en el sistema de comunicación de su casco.

—Esto... ¿Hoyuelos? —comenzó—. Hoyuelos, ¿me recibes?

Escuchó el breve crepitar de la estática, la tenue respuesta de Ezekiel.

—¿Lemon? ¿Va todo bien?

—Uhm, eso depende. ¿Qué comen las abejas?

—¿Qué?

—En serio, ¿qué comen?

—*Bueno, no es que yo sea un experto ni nada de eso, pero creo que* *probablemente comen miel.*

—*... ¿No comen gente?*

—*Noooo. Creo que es seguro afirmar que no comen gente. ¿Podría* *preguntar por qué?*

El cielo estaba ahora lleno de abejas, un enjambre oscilante y ondulante que llenaba el aire de zumbidos. Lemon oyó pasos suaves y arrastrados arriba, y estiró el cuello lentamente para mirar las paredes del barranco sobre su cabeza. Vio a una extraña mujer en el saliente, mirándola.

Era alta, guapa, con la piel de un profundo tono marrón. Llevaba el cabello trenzado en largas y pulcras rastas. Sus ojos eran de un extraño y resplandeciente dorado; Lemon suponía que debían ser cibernéticos, de algún tipo. Llevaba una larga capa terracota a pesar del calor, un extraño fusil colgado a la espalda. Debajo de la capa vestía un traje de lo que parecía vinilo negro, polvoriento tras un largo viaje, ceñido y moldeado con extrañas protuberancias y crestas sobre algunas curvas importantes.

He visto ese tipo de traje antes...

Lemon se mantuvo inmóvil, con la abeja todavía posada en su nariz y los ojos clavados en la desconocida de arriba. La mujer se tiró del cuello alto del traje, exponiendo la garganta. A Lemon se le heló la sangre en las venas al darse cuenta de que la piel de la mujer estaba picada por docenas, quizá centenares, de diminutos agujeros hexagonales.

Como un panal...

Más abejorros reptaban por su cabello, por su rostro, por su sonrisa. Y, mientras Lemon miraba, docenas más emergieron de la *piel* de la extraña mujer.

—Oh, que me den trastrás por detrás —susurró la chica.

La mujer miró a Lemon con un destello en sus ojos dorados.

—*Lemonfresh* —dijo—. *Hemos estado buscándola.*

Dunas interminables y rocas escarpadas y polvo hasta donde el ojo podía ver. Ezekiel atravesaba los páramos a largas zancadas; los kilómetros desaparecían bajo sus botas. Estaba haciendo un buen tiempo, y calculaba que llegaría a Babel para la puesta de sol. Podía ver la torre más adelante, elevándose sobre el horizonte en su espiral de doble hélice, con su sombra estirándose hacia el este.

La verdad era que no sabía qué haría cuando llegara allí. Si Gabriel y Faith se habían recuperado de las palizas que se habían llevado, si Eve...

Eve.

Tampoco sabía qué hacer con ella. No le había contado a Lemon la última conversación que tuvieron justo antes de abandonar la torre, las amenazas veladas que la realista recién recuperada había vertido. El peligroso brillo en el ojo de Eve cuando pronunció aquellas últimas y aciagas palabras.

«La próxima vez que nos veamos... no creo que sea como tú quieres».

No estaba seguro de qué había querido decir. Eve estaba furiosa, él lo sabía. Por las mentiras que Silas y Nicholas Monrova le habían contado. Por la vida falsa que le habían construido. Tenía derecho a estar enfadada. Con ellos. Con *él.* Pero Lemon había tenido razón: aunque quisiera a Ana, una parte de él también quería a Eve.

¿Por eso vas a regresar?

¿Tan poco tiempo después de marcharte?

No se trataba solo del hecho de que Eve fuera la doble de Ana. Eve tenía una fuerza y una determinación que nunca había visto en la Ana original, un fuego y unos recursos forjados tras años buscándose la vida en un basurero como Sedimento. Pero, si Eve unía sus pasos a los de Gabriel, o peor aún, a los de su hermano Uriel, si usaba ese fuego para ayudar a sus hermanos a librarse del mundo de los dinosaurios que era la humanidad...

¿En qué se convertiría?

—Esto... *¿Hoyuelos? Hoyuelos, ¿me recibes?*

El realista aminoró el paso, pulsó el receptor de su auricular.

—¿Lemon? —preguntó—. ¿Va todo bien?

—*Uhm, eso depende. ¿Qué comen las abejas?*

—¿Qué?

—*En serio, ¿qué comen?*

Ezekiel se frotó la barbilla, preguntándose de qué estaría hablando la chica.

—Bueno, no es que yo sea un experto ni nada de eso, pero creo que probablemente comen miel.

—... *¿No comen gente?*

—Noooo. Creo que es seguro afirmar que no comen gente. ¿Podría preguntar por qué?

—*Oh, que me den trastrás por detrás...*

—¿Pecas? ¿Estás...?

—*¡Hoyuelos, ayuda!* —fue su crepitante súplica—. *¡Hay una cr...!*

Un chirrido de estática atravesó el auricular y la transmisión se cortó.

—¿Lemon? —Ezekiel le dio un golpecito al auricular—. Lemon, ¿me oyes?

Nada. Ninguna respuesta. Pero había captado el miedo y la adrenalina en la voz de Lemon y, con una maldición, se giró y comenzó a correr de vuelta por el camino por el que había venido. No con una zancada fácil esta vez, sino en un *sprint* furioso y a todo pulmón. Apretando los dientes, acompañando la zancada con el brazo, golpeando la tierra con sus botas. Gritó su nombre al sistema de comunicación, no obtuvo respuesta y el miedo floreció en su vientre con un pánico helado.

Le había dicho que se quedara en el tanque. Debería haber estado segura allí. ¿Qué diantres podría haber llegado hasta ella en el interior de un vehículo con blindaje antirradiación?

A menos que hubiera salido…

No deberías haberla dejado atrás.

Corrió. Tan rápido como pudo. Nunca, en su corta vida, se había esforzado tanto: su corazón latía con fuerza, sus venas bombeaban ácido. Era la cumbre de la perfección física, generado en GnosisLabs para ser más que humano. Pero, al final, era solo hueso y músculo, sangre y carne. Incluso golpeando el polvo tan rápido como podía, habían pasado horas cuando llegó; el sol ardía alto en el cielo, y tenía la piel y la ropa empapada en sudor. El barranco estaba letalmente silencioso. Como una tumba. Como esa celda en Babel minutos después de que sus hermanos y él asesinaran a la familia Monrova, cuando apuntó con el arma a la cabeza de Eve y susurró aquellas dos palabras sin sentido:

«*Lo siento*».

El tanque estaba justo donde lo había dejado, pero la escotilla estaba abierta y, lo que era peor, no había ni rastro de Lemon o Cricket. Ezekiel empuñó su pesada pistola y trepó por las rocas, utilizando sus sentidos mejorados para escuchar con atención pero sin oír nada. Saltó al tanque, miró el interior y vio que lo habían destripado parcialmente: el equipo informático, la munición del cañón y el equipo de radio habían desaparecido. Habían intentado abrir el armero, pero no consiguieron atravesar el metal con fuego.

Delante de la puerta calcinada del armario estaba el casco de Lemon, salpicado de vómito y de algunas gotas de sangre. Y, junto a este, había un par de bichos aplastados.

No… No eran bichos…

¿Abejas…?

Se arrodilló junto a los pequeños cadáveres, los recogió y los acunó en su palma. Sus ojos eran lo bastante buenos como para contar todas las pecas de la cara de una chica en una fracción de segundo, para rastrear una polilla en el cielo a medianoche. Miró los insectos con los ojos entornados y vio que era una pareja de gemelos: no solo similares, sino idénticos, incluso en el número de vellosidades de sus cuerpos y en las facetas de sus ojos. Y, al darles la vuelta sobre su palma, el realista descubrió que las franjas de sus abdómenes estaban dispuestas siguiendo un diminuto patrón.

Un código de barras.

Ezekiel cerró el puño.

—BioMaas —susurró.

2.3

Cambio

L emon estaba bastante segura de que, cuando Ezekiel le mencionó los paseos en poni, no era aquello lo que tenía en mente.

Puede que la bestia hubiera sido un caballo en el pasado, antes de que BioMaas lo modificara genéticamente hasta ser imposible de reconocer. Seguía teniendo cuatro patas, y eso eran buenas noticias. Pero, por lo que Lemon sabía (aunque, por supuesto, ella solo los había visto en los docuvirtuales porque llevaban décadas extintos), la mayoría de los caballos tenían el esqueleto por *dentro*.

Estaba sentada cerca de su cuello, con las muñecas atadas con resina translúcida. La extraña mujer montaba detrás, rodeándole la cintura con el brazo para asegurarse de que no se caía. La bestia que cabalgaban era negra, con el pelaje cubierto por crestas óseas más parecidas a una armadura orgánica que a la piel real. Tenía los ojos facetados, como los de una mosca, y Lemon estaba bastante segura de que sus patas tenían demasiadas articulaciones. En lugar de crin y cola, tenía largas púas segmentadas que repiqueteaban y siseaban al moverse.

Cabalgaban por la cañada a todo galope, hacia el sur. La secuestradora de Lemon estaba presionada contra su espalda, y la chica se dio cuenta de que notaba un zumbido grave en el interior del pecho de la mujer cuando exhalaba. Hacía que le dieran ganas de arrancarse la piel del cuerpo.

—¿A dónde me llevas? —le preguntó.

—*A Ciudad Colmena.*

A la mujer le temblaba la voz como una vieja caja de voz eléctrica, como si le vibrara el pecho al hablar. Era casi... insectoide.

—¿A la capital de BioMaas? —Lemon parpadeó—. ¿Por qué?

—Nau'shi *nos habló de Lemonfresh. Ella es importante. Ella es necesaria.*

Nau'shi era el nombre del kraken de BioMaas que pescó a Evie y al resto del equipo en las aguas de Bahía Zona. Una miembro de la tripulación llamada Custodia le había dicho eso mismo a Lemon antes de que subiera al bote salvavidas del kraken: «Lemonfresh es importante. Ella es necesaria». En el momento, Lemon había supuesto que a Custodia no le llegaba el riego al cerebro. Pero ahora...

—No tengo nada de especial, ¿vale? Así que ¿por qué no dejas que me marche?

—*No podemos, Lemonfresh* —contestó la mujer—. *Solo es cuestión de tiempo antes de que los Señores de los Polutos se den cuenta de su error.*

—¿Los Señores de los Polutos? —La chica frunció el ceño—. ¿Es un nuevo grupo de esclavos del que debería haber oído hablar?

—*Daedalus Technologies.*

—¿Qué...?

—*Shhh* —la acalló la mujer.

Lemon se quedó en silencio mientras un gordo abejorro bajaba zumbando del cielo para detenerse a descansar en el hombro de la mujer. La chica estiró el cuello y observó con horrorizada fascinación cómo el bicho se metía *dentro* de uno de los huecos hexagonales en el cuello de la mujer, que suspiró suavemente y parpadeó sus ojos dorados.

—*Se avecinan problemas.*

—¿Qué tipo de problemas?

—*Carne vieja* —gruñó.

Aquel barranco parecía extenderse hasta el infinito; seguramente fue tallado en la tierra cuando el seísmo creo Bahía Zona. Algunas de las grietas tenían cientos de metros de ancho, y eran casi igualmente profundas. Lemon y su captora se adentraron en las ruinas de un pueblo que colapsó en la fisura cuando la tierra se abrió: había edificios derrumbados y automóviles oxidados; el caparazón de una vieja gasolinera, seca desde hacía mucho. Lo que podría haber sido una vieja pista deportiva se había dividido por el centro, y una mitad se había incrustado contra las rocas. Lemon vio un letrero, descolorido tras décadas bajo el sol. El mismo yelmo que adornaba las camisetas de los saqueadores que los asaltaron el día anterior estaba pintado en él, sobre unas letras descascarilladas y desvaídas.

HOGAR DE LOS V   GO   KNIGHTS

Desde 20 7

Más adelante, dos bloques de apartamentos se habían derrumbado uno contra el otro para formar una tosca arcada. Lemon vio que su camino pasaba justo entre ellos. La pared de piedra era escarpada, no había espacio para bailar... Era un lugar perfecto para una emboscada, claro y certificado. Lem notó que el corazón le latía más rápido, recordando la incursión que había enterrado su tanque gravitacional. Sus ojos vagaron por las ventanas vacías de arriba, pero no vio nada.

A una orden no pronunciada, la cosa-caballo se detuvo en el terreno abierto. En el aire que los rodeaba zumbaban las abejas; los ojos de su captora brillaban, dorados.

—*Dejadnos pasar, carne vieja* —gritó la agente—. *Y quedaos en esta tumba abierta. O interponeos en nuestro camino, y seréis enviados a la siguiente.*

Lemon captó movimiento en las ruinas que las rodeaban: un puñado de saqueadores con las mismas camisetas de un dorado sucio, equipados con armas cortas y cúteres oxidados. Unos pasos crujieron sobre el asfalto y Lemon vio un hombre que era como un muro de ladrillo avanzando lentamente hacia ellas. Llevaba ese viejo casco de caballero garabateado en un jersey manchado de sangre, un par de pistolas de seis balas en el cinturón. Su armadura estaba hecha de tapacubos y señales de tráfico oxidadas.

—¡Contemplad, caballeros! —dijo despacio a los suyos—. ¡Por mi vida, un desafío!

—¡Desafío! —bramó uno de los saqueadores.

—¡Desaaaaafío!

El enorme carroñero clavó la mirada en la secuestradora de Lemon. Sus dedos se movían nerviosamente sobre las armas de su cintura.

—¡Caramba, señora! —Sonrió—. Acepto.

La mujer no se movió, pero Lemon oyó un pequeño zumbido en su garganta. La mano del enorme saqueador se cerró sobre sus pistolas justo cuando un gordo abejorro amarillo aterrizaba en su mejilla. Soltó una maldición, se estremeció cuando la abeja hundió el aguijón en su piel. Lemon oyó un coro de gritos sorprendidos en los edificios que los rodeaban.

El enorme carroñero se balanceó, clavó unos ojos enormes en la mujer de BioMaas. Lemon vio una telaraña de finas venitas rojas reptando por su rostro desde el punto en el que el abejorro le había picado. El hombre gimió, se agarró la garganta como si no pudiera respirar. Gorgoteó mientras caía de rodillas. Y tan rápido como una despedida la mañana después, el matón cayó de bruces, tan muerto como la tierra que besaba.

—Inserte un taco imaginativo aquí... —susurró Lemon.

Por lo que oía en las ruinas, suponía que el resto de los saqueadores estaban sufriendo el mismo destino que su líder. Escuchó gritos asfixiados, algunas oraciones estranguladas. ¿Y después?

Nada más que el himno de unas alas diminutas.

Se giró para mirar a la mujer sentada a su espalda con un miedo frío en el vientre. El rostro de piel oscura cubierto de polvo de su captora estaba impasible. Tan cerca, Lemon podía ver que sus rastas no eran de pelo, en absoluto, sino del mismo tipo de púas segmentadas que las crines de la cosa-caballo. Sus ojos destellaron, dorados, bajo la luz abrasadora.

—Me alegro de haber vomitado ya esta mañana —dijo Lemon.

Esa mirada dorada se posó en sus ojos.

—*Lemonfresh no tiene nada que temer de nosotros.*

—Vaaaale —replicó Lemon—. Me cuesta creérmelo, pero lo dejaremos pasar por ahora. Ya que somos colegas y todo eso… ¿Tienes nombre? La gente de BioMaas suele llamarse por lo que hace, ¿verdad? Quiero decir, que podría llamarte «señorita Natorio» o «Marisa Tanás», porque ambas cosas parecen encajar muy bien. ¿Estoy hablando demasiado? Suelo hablar demasiado cuando estoy nerviosa, es una especie de instinto, intento controlarlo pero, sinceramente, tienes el pecho lleno de abejas asesinas y creo que acabo de sentir una posándose en mi cuello, así que…

—*Somos Cazador* —dijo la mujer—. *Ella puede llamarnos Cazador.*

—De acuerdo. —Lemon asintió—. Claro que sí. Encantada de conocerte, Cazador.

—*No, Lemonfresh. El placer es nuestro.*

—Oh… ¿Sí? ¿Y eso por qué?

—*Mira alrededor.*

Temiendo algún tipo de trampa, Lemon mantuvo la mirada fija en su secuestradora.

—*Mira* —insistió Cazador—. *Mira atentamente. Después dinos qué ve ella.*

La chica se arriesgó a echar un vistazo a los restos del antiguo emplazamiento, a las carcasas vacías y a los coches muertos. El sol pegaba con fuerza, deslavándolo y blanqueándolo todo. Los hombres que habían querido convertirlas en cadáveres habían terminado siendo cadáveres ellos mismos. Saqueando, matando por basura que en el pasado la gente habría tirado sin más. El viento era un susurro; lo único que crecía allí era la débil hierba del desierto, cuyas raíces espinosas hurgaban en el cemento agrietado, atravesándolo lentamente.

En una o dos décadas, lo único que quedaría de aquel sitio serían escombros.

—No lo sé. —Al final, Lemon se encogió de hombros—. ¿El mundo?

—Sí. —Cazador asintió—. *Y Lemonfresh es la corriente que lo ahogará. La tormenta que lo arrastrará todo.*

Cazador le mostró los colmillos en una sonrisa amplia.

—*Lemonfresh va a cambiarlo todo.*

—No me siento muy chispa.

Habían cabalgado la mayor parte del día, y el sol pegaba con la fuerza suficiente como para provocarle dolor de cabeza a una aspirina. Cazador buscó en sus alforjas y le entregó a Lem una capa del mismo rojo oxidado que la suya. Lemon se subió la capucha para protegerse del sol, pero eso solo la hizo sudar a chorros y sentirse peor.

Se había sentido mal desde aquella mañana, a decir verdad, pero suponía que se trataba solo de la carne en mal estado, de la tristeza tras ver morir al abuelo, tras dejar a Eve atrás. Todavía le dolía el corazón cuando pensaba en ello, y no tenía mucho más que hacer. Se sentía miserable y completamente desvalida. Pero, a medida que el día avanzaba, el malestar empezó a revolverle el estómago, y al final, cerca del ocaso, volvió a salirle borboteando de la boca.

No tenía mucho que vomitar, solo el agua que había estado sorbiendo de un extraño envase de piel que Cazador guardaba en sus alforjas. Pero siguió sufriendo arcadas mucho después de que hubiera echado las entrañas, sosteniéndose la barriga con una mueca de dolor.

—Tengo que sentarme... —rogó—. Tengo que sentarme un minuto...

Cazador aminoró el paso de la cosa-caballo, la hizo detenerse suavemente. Bajó de la grupa de la extraña bestia y colocó a Lemon sobre la tierra seca y agrietada. Habían salido del laberinto de barrancos un par de horas antes, y ahora estaban en el interior de una extensión de deslumbrantes salinas. El suelo bajo sus pies era como la roca. El sol era cegador. Si Lemon miraba en dirección este con los ojos entornados, más allá de las escarpadas colinas, podía distinguir el límite irradiado del Cristal.

Pensó en Evie, en esa torre.

Pensó en la caja de cartón en la que la encontraron de niña.

Pensó en que habían vuelto a abandonarla.

Se dejó caer de culo sobre el polvo, tanteó el trébol de cinco hojas de plata que llevaba alrededor del cuello, sintiéndose enferma hasta los huesos. Vio que Cazador se abría la extraña armadura orgánica, que se la quitaba para exponer el panal de su garganta. La mujer tarareó una canción desafinada que a Lemon le recordó al viento cuando soplaba sobre Bahía Zona. Una docena de abejorros emergió de su piel y alzó el vuelo, hacia el cielo y de vuelta al norte.

—Eso... —susurró Lemon—. Es lo más raro que he visto nunca.

—*Ellos vigilarán* —dijo la mujer.

—¿Por qué?

—*Nos siguen.*

—Te refieres a mis amigos.

—*Y a los que no lo son.*

La mujer masajeó la resina translúcida que inmovilizaba las muñecas de Lemon y las ataduras se soltaron, formando una masa suave y cálida. Después de guardarse la resina en la capa, le entregó a Lemon la cantimplora de cuero y asintió ligeramente.

—Bebe —le pidió—. *Largo es el camino a Ciudad Colmena.*

Cazador se giró hacia las salinas a su espalda, se descolgó el extraño fusil de la espalda. El arma tenía un color deslavado, extrañamente orgánico, como si lo hubieran construido con raspas viejas. Cazador se lo puso al hombro, miró el horizonte a través de la mira telescópica. Mientras estaba de espaldas, Lemon se acordó del cúter que llevaba en el cinturón y lo sacó con mano lenta y firme.

Por supuesto, también se acordó de la docena de ultravenenosas aunque adorables y peluditas abejas asesinas que volaban en perezosos círculos alrededor de la cabeza de su captora. Y, decidiendo que no sería un chispazo estirar la pata tras ser acribillada por unos bichos, mantuvo el cúter oculto en su palma.

La infancia de Lemon en Sedimento había sido dura. Se enorgullecía de reconocer las malas noticias cuando las veía. Y aunque Cazador era sin duda el tipo equivocado de problemas para el tipo equivocado de gente, Lemon no sentía en la mujer ninguna hostilidad hacia ella. Si acaso, parecía... ¿protectora? Por cómo hablaba, cómo le rodeaba la cintura con el brazo mientras cabalgaban. Manteniéndola cerca y vigilándola como si fuera algo que no quisiera olvidar.

No sabía para qué la querían en BioMaas, pero sin duda la necesitaban con vida. Sin embargo, no le gustaba que la hubieran separado de sus amigos.

A la primera oportunidad que tenga, voy a...

¿Qué?

¿Huir? ¿A pie? ¿Allí, en los páramos?

Maldita sea, Fresh, ser guapa no te servirá de nada aquí. Ha llegado la hora de usar esa cosa de la que la gente no deja de hablarte. El cerebro.

Lemon se succionó el labio, buscó algún tipo de plan en el interior de su cráneo y no encontró nada. Cazador buscó en una alforja y sacó un pequeño paquete rectangular envuelto en papel encerado. Lo abrió y lo sostuvo en su palma. Lemon miró la ofrenda con los ojos entornados, vio que era un bloque de un moteado verde...

En realidad, no tenía ni idea de qué era.

—¿*Lemonfresh tiene hambre?* —le preguntó Cazador.

—¿Eso es comida?

—*Algas. Insectos.*

Lemon sintió que el estómago se le revolvía de nuevo.

—Voy a pasar, gracias.

Cazador se encogió de hombros, se metió el bloque en la boca y masticó sin hacer ruido. Lemon tomó un trago de la cantimplora y escupió el sabor a vómito de su boca.

Al menos podría hacerla hablar...

—Entonces, ¿cómo me encontraste? —le preguntó.

Cazador pasó una mano por el flanco de la cosa-caballo.

—*Mai'a la olió.*

La bestia se estremeció; las púas de su crin chirriaron al frotarse unas contra otras.

—Mira, lo siento —dijo Lemon—. Sé que ha pasado un tiempo desde la última vez que me di una ducha, pero no creía que apestara tanto como para que me olieran desde la capital de Bio-Maas.

Cazador curvó los labios en una sonrisa maternal.

—*Teníamos el aroma de la muestra de sangre que tomaron a Lemonfresh a bordo del kraken. Custodia de Nau'shi no se dio cuenta de lo importante que era Lemonfresh; de lo contrario, nunca la habría liberado. Pero nosotros sabíamos dónde desembarcó Lemonfresh. La seguimos desde allí. Cazador nunca pierde a nuestra presa.*

—¿Nuestra presa?

—*Somos legión, Lemonfresh* —dijo la mujer—. *Somos hidra.*

Lemon se succionó el labio, sin saber qué decir. Suponía que, con «legión», Cazador se refería al conjunto de BioMaas, que la corporación había encargado su captura a un grupo de individuos. Sin embargo, no tenía ni idea de cuál era el plan de Bio-Maas, ni por qué la querían. Las náuseas habían empeorado, y el calor era insoportable. Se quitó la capa que Cazador le había dado, solo para sentir la brisa sobre su piel.

—En... entonces, ¿por qué te enviaron a por mí? —le preguntó al final.

Cazador bajó el fusil, se lo colgó a la espalda de nuevo.

—*Porque los Polutos, Daedalus, al final se percatarán de su error. Enviaron a su rastreador cibernético tras la amiga de Lemonfresh. La semiviva.*

—Se llama Evie —murmuró Lemon, sintiéndose dolida.

Cazador asintió.

—*Daedalus creía que ella era la Dotada. Cuando descubran que Lemonfresh es la amenaza, le lanzarán a sus perros.*

—Espera —dijo Lemon, parpadeando con fuerza—. Yo no soy una amenaza para nadie.

—*Lemonfresh puede destruir las máquinas de los Polutos. Todo lo que tienen, todo lo que son, funciona con energía eléctrica. Y ella es el flagelo de la electricidad.*

Lemon se frotó las doloridas sienes. Ezekiel ya le había contado eso, le había dicho que un arma que podía terminar con la tecnología electrónica con un ademán de la mano ganaría la larga guerra entre los estados corporativos de BioMaas Incorporated y Daedalus Technologies. Era obvio que Daedalus estaba de acuerdo, y esa era la razón por la que habían enviado al Predicador tras Eve.

Y cuando descubran que soy yo la desvía...

Sin advertencia, Lemon se puso de rodillas, con la melena cereza sobre los ojos, y vomitó encima de la capa. Gruñó, sujetándose el vientre mientras sentía otro espasmo, sufriendo arcadas a pesar de tener el estómago vacío.

—¿*Ella está bien?* —le preguntó Cazador.

—¿Ella es... está bro... bromeando? —gimió Lemon.

Cazador se arrodilló junto a la chica, con esos ojos dorados llenos de preocupación. Presionó la palma contra la frente de Lemon, le secó suavemente el sudor de sus mejillas pecosas. Lemon notó un par de abejas letales reptando por su rostro, pero se sentía demasiado indispuesta como para asustarse. Cazador se acercó, miró a Lemon a los ojos, olfateó profundamente su piel.

—*Lemonfresh fue a la tierra de cristal* —declaró—. *O a la espira muerta.*

—¿Babel? —Lemon hizo una mueca—. Sí, podría haber... parado allí para tomar algo rápido.

Cazador frunció el ceño.

—*La muerte está en Lemonfresh. La enfermedad del desgarrado corazón de la espira.*

—¿Radiación?

Cuando Cazador asintió, a Lemon le dio un vuelco el corazón. Sabía que se había empapado de algo de radiación cuando Gabriel le rasgó el traje, pero no se había dado cuenta de que se había expuesto lo suficiente para enfermar. No obstante, no era posible obviar el malestar de su vientre, la fiebre que le quemaba la piel. Al parecer, se había chutado una dosis lo bastante fuerte para dañarla.

Quizá algo peor.

—¿Voy...? ¿Voy a morirme?

—*No lo sabemos. Podrían tratarla en Ciudad Colmena. Pero está lejos.*

El miedo reptó por su garganta, atenazándosela. Lemon había visto de primera mano lo que la radiación podía hacerle a una persona. Cuando era una cría, un niño llamado Chuffs se llevó un reactor agujereado de un viejo logika de guerra del Desguace, sin saber que seguía siendo radiactivo. Cuando murió, sangraba por todas las partes posibles.

—¿No puedes llamarlos por radio para que vengan a recogernos o al... algo así? —le preguntó.

Cazador la miró con expresión amarga.

—*Nosotros no usamos la tecnología de la carne antigua. Hemos enviado la noticia con el viento* —señaló a sus abejas—, *pero tardará un tiempo en volar hasta allí.*

Lemon tragó con dificultad.

—¿Un tiempo que no tengo?

—*No somos expertos. Nos mantenemos alejados de los sitios muertos. Nosotros no enfermamos.*

Lemon apretó los dientes, intentando mantener su cara de callejera. De valiente. Pero, después de todo por lo que había pasado, terminar como un pajarito en el páramo por una dosis de radiación no le parecía demasiado justo. Solo tenía quince o dieciséis años. Si no se hubiera visto envuelta en toda aquella mierda con los realistas, Daedalus y BioMaas, ni siquiera estaría *allí.* ¿Y ahora iba a transformarse en un fantasma por eso?

—No me parece un buen plan —declaró.

Cazador se levantó despacio, mirando el horizonte.

—*Un plan...* —repitió.

Lemon ladeó la cabeza.

—¿Qué?

La agente de BioMaas asintió.

—*Al oeste. Cerca del océano. Hay un asentamiento, recuperado del mundo muerto. Nuevo Belén. Es una antigua ciudad de Gnosis, ahora gobernada por otros. No nos hemos aventurado allí desde que Gnosis cayó. Es muy peligrosa, pero próspera. Tendrán medicinas.*

Lemon nunca había oído hablar de aquel sitio, pero eso no la sorprendió: hasta hacía un par de días ni siquiera había salido de Sedimento. Eso de «muy peligrosa» no sonaba demasiado divertido, pero estando a las puertas de su propio funeral, incluso hacer una estupidez sonaba mejor que no hacer nada en absoluto.

La sensación enfermiza se estaba acrecentando en su centro, extendiéndose hacia sus huesos. Cuando Cazador intentó ayudarla a montar, tuvo que suplicarle un minuto para recomponerse. La agente se entretuvo con Mai'a, le dio un trago del frasco y aseguró el extraño fusil en su flanco. Lemon volvió a guardarse el cúter en el cinturón y se puso por fin en pie con un gemido.

—*La capa* —dijo Cazador, asintiendo.

Lemon miró la prenda.

—Uhm… No sé qué está de moda en Ciudad Colmena, pero si es posible preferiría no tener que vestirme con mi propio vómito.

Cazador se quitó su capa y le rodeó los hombros con ella. Una vez más, a Lemon la sorprendió el instinto protector, la preocupación de Cazador por su bienestar. La hacía sentirse dividida: furiosa porque la había separado de sus amigos, pero contenta de estar en manos de alguien a quien de verdad parecía importarle algo si vivía o moría.

Lemonfresh es importante.

Es necesaria.

Lemon le ofreció sus muñecas, pero la mujer negó con la cabeza. La verdad era que ambas sabían que no tenía ningún sitio a donde huir. Con la ayuda de Cazador, la chica trepó al cuello de Mai'a.

—*Que Lemonfresh se sujete* —dijo la mujer, montando detrás—. *Cabalgaremos rápido.*

La cosa-caballo se puso al galope, tragándose las salinas bajo sus elegantes zancadas. Lemon podía ver montañas frente a ella, el inicio de una larga y agrietada carretera. Se sujetó con todas sus fuerzas, luchando contra su estómago revuelto, contra el miedo que crecía despacio en ella.

A su espalda, el viento se levantó sobre las salinas y el polvo y los desechos borraron sus huellas sobre la tierra estéril. Una ráfaga tomó la capa abandonada de Lemon, con manchas de vómito y todo, y la puso a dar volteretas, alejándola del lugar donde la chica había estado agachada un momento antes, con el cúter en la mano.

Tallando dos palabras sobre la tierra seca.

Un mensaje para los amigos que esperaba que la estuvieran buscando.

Una flecha señalando al oeste.

Una advertencia.

«Nuevo Belén».

2.4
Proposición

—¿Qué demonios ha pasado aquí?

En las ruinas de una ciudad olvidada, un aspirante a chico se arrodilló sobre la tierra rota. El cadáver que tenía delante estaba lleno de moscas, hinchado bajo un sol furioso. Llevaba un jersey manchado de sangre con un antiguo yelmo de caballero cosido a la espalda. Sus pistolas cargadas seguían guardadas en su cinturilla, intactas.

—Ni siquiera pudo sacarlas —murmuró Ezekiel.

El realista le dio la vuelta al cadáver. Una mancha oscura marcaba la mejilla hinchada del hombre, extendiéndose por su rostro. Tras buscar en el suelo a su alrededor, Zeke encontró una abeja muerta a pocos metros del cadáver, con rayas amarillas y negras.

Estoy en el buen camino.

Pero nada de aquello tenía sentido.

Ezekiel llevaba horas siguiendo a Lemon y a su captor a través de la cañada. Había sacado un puñado de armas del armero del tanque gravitacional que guardó en una bolsa que rebotaba contra su espalda cuando corría. El suelo del barranco era casi por completo de piedra, y el rastro del transporte del agente de BioMaas era casi imposible de localizar. Pero era impensable que el medio de transporte de Lemon y su captor fuera lo bastante grande o pesado como para cargar también con Cricket. Y, no obstante, cuando Ezekiel regresó al tanque abandonado, no estaban ni Lemon *ni* el logika.

Así que ¿a dónde diablos había ido Cricket?

A decir verdad, a pesar de la animosidad que existía entre el enorme robot y él, estaba preocupado por ambos. Pero Cricket era una máquina de matar blindada de siete metros de altura y Lemon una quinceañera solitaria. Una chica a la que, apenas unas horas antes, le había prometido que no la dejaría tirada.

Volvió a echarle un vistazo al cadáver del saqueador. Se preguntó qué tipo de persona le haría eso a un humano. Qué podría haberle hecho a Lemon. Solo podía suponer su motivación para llevársela, pero había al menos una certeza en todo aquel lío:

Si BioMaas la quisiera muerta, ya lo estaría.

Así que Ezekiel dejó su miedo a un lado y siguió corriendo.

Salió del agrietado laberinto después de un par de horas, emergiendo de las largas sombras a una infinita extensión de salinas. Como el resto de él, sus sentidos eran mejores que los de los humanos: podía contar el batir de las alas de un insecto, disparar en el aire. Pero la verdad era que no había sido diseñado para aquello. Había trabajado con las fuerzas de seguridad de Gnosis en el interior de la torre Babel, un lugar de lujo e imposible riqueza. De piel suave y curvas ligeras y labios más dulces que nada que hubiera probado.

Ana.

Estaba viva. Myriad se lo había confirmado. Resultó gravemente herida en el intento de asesinato de su padre, sí, pero sobrevivió. Estaba oculta en alguna parte, en alguna instalación o base secreta de Gnosis de aquel erial.

Pero ¿dónde?

Había buscado durante años después de la rebelión, olfateando cualquier rastro. Decían que nunca amas como la primera vez, pero Ana había sido la única. Ella había sido lo único que lo había mantenido en pie. El único recuerdo que lo había mantenido cuerdo. Pensar en ver su rostro de nuevo, en sentirla acurrucada contra él...

Y entonces la encontró.

O lo que había *creído* que era ella.

Eve tenía el aspecto de Ana.

Parecía y sonaba y sabía como Ana.

¿La quise yo como a Ana?

La chica a la que había conocido en la imposible torre Babel. La chica que lo había salvado del corroído montón de desechos de Sedimento. Las dos, una junto a la otra en su mente, estaban ahora fuera de su alcance. Ambas le habían enseñado a sentirse vivo. Ambas le habían enseñado a preocuparse por algo más que él mismo. A luchar para ser algo más que una imitación, un simulacro, una parodia de lo que significa ser...

... ser humano.

Negó con la cabeza, deseó que sus rostros desaparecieran.

Le prometiste a Lemon que no la abandonarías.

Asintió, con la mandíbula apretada. Por mucho que Ana significara para él...

Lo has prometido.

Pero el terreno era de piedra desnuda y el viento soplaba como si fuera un alto horno. Llevaba caminando dos horas sin rastro de su presa: ni una huella, ni un indicio. Se detuvo, mirando el sol del ocaso. No había nada allí. Nada vivía. Nada crecía. Solo había interminables kilómetros de polvo y una cegadora luz blanca y ruinas oxidadas. Los huesos de un animal muerto, limpios hacía mucho.

Lo habían tenido todo.

Los humanos.

Y mira lo que hicieron con ello.

Ezekiel se arrodilló, pasó las yemas de los dedos sobre la piedra desnuda y abrasadora. Miró a su alrededor, suponiendo que el agente de BioMaas habría ido en aquella dirección por una razón: contaban con que los siguieran. Se daba cuenta de que había sido un idiota por intentar rastrearlos a pie sin nada más que sus ojos para hacerlo. BioMaas no habría enviado a un aficionado a buscar el arma que pondría fin a su guerra fría con Daedalus de una vez por todas. Habría enviado a los mejores.

Ezekiel se levantó despacio, miró de nuevo el noroeste.

Habría enviado a los mejores.

Como hizo Daedalus...

Tomó un largo sorbo de agua de su cantimplora, se pasó la mano por el cabello húmedo. Sopesó sus pensamientos, redujo las imposibilidades y los disparos a ciegas hasta que solo quedó uno. Tendría que abandonar el rastro por ahora, dejar a Lemon a merced de sus captores. Tendría que abandonar toda esperanza de encontrar a Ana o de reunirse con Eve. Tendría que bailar con el diablo. Pero estando allí, solo, vagando por la tierra sin pistas ni rastros ni un modo de avanzar...

¿Qué otra opción tienes?

A apenas unos cientos de metros de donde estaba Ezekiel, dos palabras se cocían sobre la tierra seca. Dos palabras que lo habrían cambiado todo, que habrían evitado toda la miseria y el dolor y la muerte que estaba por llegar. Apenas un par de pasos más, y las habría visto.

El mensaje para los amigos que Lemon esperaba que la estuvieran siguiendo.

La flecha señalando al oeste.

La advertencia.

«Nuevo Belén».

Pero, con un suspiro, Ezekiel se giró y corrió de vuelta a Babel.

El Predicador había estado peor. Pero solo un poco.

Fue durante las Guerras Corp-Estado, cuando no era más que un pollo, todavía noventa y siete por ciento carne. Luchó para Daedalus mientras la empresa reclamaba su lugar entre las tres corporaciones más poderosas de todo Estamos Unidos. Nunca supo qué lo golpeó. Cuando la explosión se produjo, estaba inmovilizado por una machina enemiga. Recordaba vagamente fragmentos de sí mismo que ya no estaban unidos a él. Rojo en sus manos. Sus gritos llamando a su mamá. Luego despertó en un centro médico de Daedalus. Había metal donde deberían haber estado otras cosas que ahora faltaban.

El Señor le salvó la vida aquel día, pero fue Daedalus quien lo sacó de aquella carnicería y lo hizo mejor. Más rápido. Más fuerte. A cambio, consiguieron un soldado que sabía lo que era mirar a la muerte a los ojos. Un soldado que era más máquina que hombre. Un soldado leal hasta la muerte.

Lo que parecía ya haber llegado, si se paraba a pensarlo.

El Predicador se estaba arrastrando. No tenía mucho más que hacer, a decir verdad. Después de que ese blitzhund le volara las piernas, se quedó inmóvil, inconsciente. Despertó en aquella extensión destrozada de autopista a las afueras de Babel horas después, rodeado por una docena de machinas rotas. Parecía que la pequeña Evie Carpenter había obrado su magia de nuevo: todos y cada uno de esos robots estaban fritos y crujientes, y casi todos los componentes cibernéticos del cuerpo del Predicador se habían fundido. Su brazo derecho era un bulto muerto de titanio con un guante rojo atascado en su extremo. Su ojo derecho estaba ciego. Sus alteraciones de combate, sus estímulos reflejos, su sistema de comunicaciones… Todo roto.

No pudo ofrecer su posición cuando pidió una evacuación, y la señorita Carpenter parecía haberse cargado su baliza de recuperación junto a todo lo demás. Eso significaba que Daedalus seguramente no sabía dónde estaba.

Eso significaba que probablemente moriría allí.

Pero, aun así, se arrastró. De nuevo hacia el Cristal. Reptó con su único brazo de carne sobre las esquirlas de silicio radiactivo, con el mutilado metal que habían sido sus piernas a la zaga. Esperando encontrarse con una de esas malditas camionetas de Armada, quizá. Una con una radio funcional, quizá.

No sería propio de él tumbarse y morir.

Pero, después de un día y una noche entera de aquella mierda, sin duda era tentador.

El cazarrecompensas dejó de reptar y se tumbó sobre su espalda. Tenía la boca seca como la ceniza, cubierta de polvo. Se quitó su negro y maltrecho sombrero de vaquero, lo sostuvo contra el implacable sol.

—Y Dios dijo: «Hágase la luz» —murmuró—. No me quejo, Señor, pero justo ahora preferiría un poco menos, eso es todo. ¿Un milagro, quizá, si estás de humor? Uno pequeñito me vendría bien.

Y, como respuesta a su llamada, el Predicador oyó pasos.

Lentos y firmes, aplastando el cristal negro hacia él. Pensó que reconocía el ritmo, pero sin sus sentidos aumentados, no podía estar seguro. Levantó la cabeza con una mueca y se concentró en la silueta que se acercaba con su único ojo funcional.

—Bueno, bueno. —El Predicador se rio, se tumbó de nuevo sobre el cristal—. El copo de nieve.

El chico se detuvo a unos buenos cuarenta metros de distancia, apuntándole a la cabeza con una pistola.

Inteligente.

—Me pregunto si ese cráneo tuyo tiene blindaje antibalas —dijo el joven.

—En realidad, así es —le contestó el Predicador.

—Haz un movimiento brusco y lo descubriremos.

El chico avanzó despacio, apuntando. Estaba hecho un desastre: manchado de sangre y suciedad, con una abultada bolsa en la espalda. Pero la última vez que el Predicador lo vio, su brazo derecho terminaba en el bíceps y llevaba encajada una prótesis anterior a la guerra. Ahora, su brazo se prolongaba más allá del codo, y el cazarrecompensas podía ver cinco pequeños muñones brotando al final de este.

—Bueno, sin duda eres especial, ¿no?

—Teniendo en cuenta que has sobrevivido a la explosión a quemarropa de un blitzhund y a un disparo en el pecho, supongo que no soy el único —le contestó el chico.

El Predicador buscó en su andrajosa gabardina y se metió un poco de tabaco sintético en la mejilla.

—¿Qué haces aquí, Copito de Nieve? ¿No deberías estar con tu chica?

—Bueno, una de ellas me mandó al infierno, y he perdido a la otra. Junto con mi logika y mi tanque y lo poco que quedaba de mi buen humor.

El Predicador asintió.

—*Eso* parece una buena dosis de mala suerte.

—En realidad, no. De hecho, este es mi día de suerte.

—¿Y eso por qué?

El chico se arrodilló junto a la cabeza del Predicador, le colocó el cañón entre los ojos.

—Porque tú tienes un blitzhund. Y te ganas la vida encontrando cosas.

Levantó el casco de un piloto de tanque, salpicado con manchas de sangre seca.

—Y ahora vas a ayudarme a encontrarla.

El Predicador miró la negra profundidad del cañón. No tenía miedo; después de todo, ya le había escupido a la muerte en el ojo antes, y sabía la recompensa que lo esperaba en el más allá. Pero, a decir verdad, le estaba costando bastante alejar la sonrisa de su cara.

Siempre había sido un hombre de fe. Siempre había creído que formaba parte de los planes del Señor. Había pedido un milagro y, como siempre, el Señor se lo había otorgado. Pero no había esperado que el padre celestial le enviara un milagro tan jodidamente tonto.

El Predicador se succionó la mejilla, se apoyó sobre sus codos y escupió en la tierra.

—Grr —gruñó—. De acuerdo, Copito de Nieve. Supongo que sí.

2.5

Vasallaje

```
>> comprobación de sistema: 001 _ _
>> secuencia de reinicio: iniciada _ _
>> 018912.s/n comcentral:9180 diff:3sund.x
>> persona_sys: secuenciando
>> 001914.s/n[latcom:2872(ok) dif:neg.n/a]
>> reinicio completo
>> Batería: 04% restante
>> ONLINE
>>
```

—¡Ja! ¡Te lo dije! —graznó alguien—. ¿Qué te dije?

—Cierralpico, Murph.

—¡Cierralpico *tú*, Mikey!

—¡Aah! ¡No me toques, joder!

Cuando sus ópticas enfocaron, Cricket intentó sentarse y descubrió que no podía. Estaba tumbado sobre su espalda, mirando el techo oxidado de un almacén o un garaje. Estaba recibiendo datos: informes de daño, eficiencias de combate, porcentaje de munición agotada, ratio de recarga. Tardó un instante en recordar quién era.

Dónde estaba era un asunto completamente distinto.

Recordó la pelea con Ezekiel. La repentina advertencia de sus sistemas internos, la perdida de energía. Después de eso... Nada.

—¡Eh! —Cricket notó un golpe sordo en el lateral de su cabeza—. ¿Me oyes?

—Sí —contestó el logika—. TE OIGO. PERO NO PUEDO MOVERME.

Un rostro sucio apareció en el campo de visión de Cricket. Era un hombre con la piel pecosa y un par de gafas agrietadas posadas sobre una nariz recta. Llevaba un gorro de lana raída en la cabeza, con el logo de un yelmo cosido.

—¿QUIÉN ERES TÚ? —le preguntó el enorme robot.

La sonrisa del hombre era del color de la tierra.

—Soy el tipo al que vas a hacer *rico*.

Cricket notó unas manos en el interior de su pecho.

—NO, ESPERA UN...

```
>> batería desconectada
>> sistema desconectado
```

```
>> comprobación de sistema: 001 _ _
>> secuencia de reinicio: iniciada _ _
>> esperando _ _
>> 018912.s/n [corecomm:9180 diff:3sund.x]
>> persona_sys: secuenciando
>> 001914.s/n[latcom:2872(ok) diff:neg.n/a]
>> reinicio completo
>> Batería: 17% restante
>> ONLINE
>>
```

—¿Ves? Ahí está —graznó una voz que ya conocía—. Te lo dije, ¿no?

Las ópticas de Cricket zumbaron y se iluminaron, y la habitación se enfocó a su alrededor. Estaba en un sitio distinto; bajo tierra, descubrió. Una enorme escotilla metálica estaba cerrada sobre su cabeza. Las paredes eran de cemento, bordeadas de armazones de logikas y machinas en distintos estados de deterioro. Herramientas, una grúa de carga, bidones de acetileno… ¿Un taller de algún tipo?

Oía el tenue retumbo de la maquinaria, el lejano alboroto de las voces humanas, motores en marcha, tráfico a pie. Sus sensores de atmósfera detectaron etilo 4 y metano y un montón de monóxido de carbono.

¿Una ciudad?

Había tres figuras ante él. La primera era Murph, el saqueador gañán que lo despertó y después lo desenchufó. A su lado había una versión más bajita y sucia de Murph que Cricket supuso que era Mikey. Se parecía lo suficiente a él para ser su hermano. O su primo. Quizá ambas cosas.

A su lado, evaluando a Cricket a través de unas gafas tecnológicas, había un chico de quizá diecinueve años. Llevaba unas enormes botas con la punta de acero y un mono sucio, el cabello oscuro apartado de la frente. Un cinturón de herramientas atestado le rodeaba la cintura, y tenía las manos manchadas de grasa.

—¿DÓNDE ESTOY? —preguntó Cricket—. ¿DÓNDE ESTÁ LEMON? ¿DÓND…?

—¡Eh, cierralpico! —bramó Murph, dándole a Cricket una patada en el pie—. Habla solo cuando te hablen, ¿tenteras?

El enorme robot clavó su brillante mirada azul en el hombrecillo. Se dio cuenta de que aquellos gañanes debieron llevárselo de donde se desplomó. De algún modo lo habían arrastrado hasta aquella nueva ciudad mientras estaba sin batería. No tenía ni idea de dónde podía estar, ni cuánto tiempo había pasado desconectado.

Pero aquellos carroñeros podían haberle hecho daño a Lemon o a Ezekiel al hacerse con él. Sus amigos podían estar en peligro. Al pensarlo, Cricket cerró sus titánicos puños, atravesado por una oleada de ira robótica. Murph abrió los ojos con sorpresa y retrocedió un paso.

Pero, a pesar de la rabia, de la idea de lo que podía haberle pasado o estar pasándole a Lemon debido al robo de aquellos gañanes, Cricket seguía siendo un logika. Las Tres Leyes estaban codificadas en su cabeza, incluyendo la vieja número dos.

Los robots deberán obedecer las órdenes de los seres humanos, excepto cuando tales órdenes entren en conflicto con la Primera Ley.

Y por eso...

—ENTENDIDO —gruñó al final.

El chico del mono se acercó a él, al parecer sin miedo al estruendo de la voz de Crick. Miró los ojos brillantes del enorme robot; sus gafas zumbaron y cambiaron de objetivo mientras lo evaluaba.

—¿Cuánto queréis por él? —murmuró, dirigiéndose a los saqueadores.

Los ladrones susurraron entre ellos, y rápidamente comenzaron a insultarse y empujarse. Al final, Murph le dio un puñetazo a Mikey en el brazo y lo hizo callarse.

—Tres mil litros —declaró.

El chico ladeó la cabeza.

—Sabes que mi madre nunca aceptará eso, Murphy. Los drones de combate que nos trajiste el mes pasado perdieron los giroscopios después de un par de días. No confía demasiado en vuestra mercancía.

—Sí, pero ¡mira! —Murph volvió a patear el pie de Cricket—. ¡No tiene ni un rasguño! ¡Yo nunca había visto este modelo! ¡Es un titán, Abe!

—Creo que podríamos dejarlo en dos y medio —murmuró Mikey.

—Cierralpico, Mike, yo hago las negociaciones.

—¡Cierralpico *tú*! —gritó Mike, dándole un puñetazo en el brazo.

La pareja volvió a pelear, abofeteándose y empujándose e insultándose. Murph le hizo una llave a Mike, Mike empezó a golpearle los riñones a su hermano/primo y ambos se enmarañaron sobre el cemento mientras el joven se cruzaba de brazos y suspiraba. La pelea continuó un largo minuto hasta que una voz suave atravesó el aire.

—Caballeros. ¿Tengo que recordarles que esta es la casa de Dios?

El silencio golpeó la estancia como una maza. Cricket vio que alguien nuevo había atravesado unas puertas dobles, flanqueado por una docena de hombres.

Se trataba de una mujer con una túnica blanca. Tenía la piel pálida y el cabello largo y oscuro, lavado y peinado. Era delgada, casi flaca, y el ser humano más limpio en el que Cricket había posado sus ópticas. Pero tenía una calavera pintada en la cara con maquillaje facial, unas cuencas oscuras que emborronaban sus mejillas y alrededor de sus ojos. Cricket se dio cuenta de que la túnica blanca que vestía era en realidad una sotana, y de que llevaba una ornamentada cruz metálica colgada del cuello.

Ese es el símbolo de la Hermandad...

—Her... Hermana Dee —tartamudeó Mike, con los ojos llenos de miedo.

—Lo sentimos, doña —dijo Murphy, levantándose y deteniéndose como un niño a punto de recibir una reprimenda—. No que... queríamos armar jaleo.

Las figuras que flanqueaban a la Hermana Dee se desplegaron por la habitación, todos hombres enormes y bien blindados con armas automáticas. Cada uno de ellos llevaba una sotana de Kevlar negro, X pintadas en las caras.

Más Hermanos...

Cricket miró a su alrededor. Sus procesadores estaban funcionando a toda máquina.

¿Dónde diantres estoy?

La mujer entró despacio en el taller, deslizándose más que andando. No emitió ningún sonido, y parecía ir acompañada de serenidad. Murph y Mike se encogieron; incluso los ventiladores sobre sus cabezas parecían imponer silencio. El largo cabello de la mujer ondeó mientras se movía, mirando a Cricket con sus ojos oscuros y abrasadores. Tenía las uñas negras. Su voz era suave y melodiosa.

—¿Más restos de los páramos, Abraham? —preguntó.

El joven se giró hacia Mike y Murphy.

—¿Nos dais un minuto, chicos?

—Claro, claro, Abe —asintió Murph, completamente acobardado—. ¡Tan largo como quieras!

El muchacho y la mujer se dirigieron a una esquina tranquila del taller mientras Murph y Mike se sujetaban las entrepiernas. Los matones de la Hermandad observaban en silencio. La mujer y su hijo hablaron en voz baja, pero el sistema de audio de Cricket era lo bastante sensible como para distinguir cada palabra.

—¿Esos buitres de nuevo? —La mujer suspiró—. Me gustaría que utilizaras tu tiempo productivamente, en lugar de menudear con basureros paganos, Abraham.

—Lo siento, madre —susurró el chico—. Pero conozco este logika de las viejas retransmisiones de la Cúpula Bélica que veía cuando era pequeño. Es el Quijote. Construido por GnosisLabs. Doce mil caballos.

La mujer levantó una ceja pintada.

—¿Estás seguro?

—Tiene el logo de GL justo ahí, en el pecho. —El chico asintió—. Murphy *no* tiene ni idea de lo que ha encontrado.

—¿Cuánto quieren por él?

—Tres mil.

—Debería hacer que los crucifiquen.

—Este logika es de primera, madre —dijo Abraham—. Es lo bastante bueno para luchar en Megópolis. Y más aún: es lo bastante bueno para *ganar*.

La Hermana Dee se giró hacia Cricket con los ojos entornados. Él pudo sentir su mirada en algún sitio de su código central, como una sutil advertencia zumbando en su nuca. El chico se mantuvo atrás, mudo en la sombra de su madre.

—Tengo una propuesta para usted, señor Murphy —dijo la Hermana Dee.

—¿Sí, señora? —contestó el chatarrero.

—Esta noche tenemos Cúpula Bélica. La Orilla ha enviado a su Tormenta para que luche en la arena de Nuevo Belén. Planeábamos que se enfrentara a nuestro Parangón —señaló a otro logika desconectado, en la esquina—, pero le sugiero que predique con el ejemplo y que confronte a su robot con el campeón de la Orilla. Si vence, se lo compraremos. Por dos mil litros.

Murph y Mike hablaron en susurros, sin duda en desacuerdo. Alzaron la voz; Mike le golpeó el brazo a Murph, y las hostilidades parecían a punto de estallar de nuevo cuando la Hermana Dee se aclaró la garganta. Los carroñeros se quedaron inmóviles, con la vista clavada en el suelo.

—Trato hecho —dijo Murph al final.

El hombre se acercó y se escupió en la palma grasienta. La Hermana Dee lo miró fijamente. En respuesta a la mirada seria de la mujer, Murph se limpió la saliva en la camiseta y volvió a ofrecerle la mano.

—Tenemos un acuerdo —contestó la Hermana Dee, estrechándosela.

Cricket quería protestar, exigirle a aquella gente que lo dejara marchar. Quería saber dónde estaba, qué habían hecho con Lemon, si sus amigos estaban bien. Las preguntas borbotearon en su interior sin ningún sitio al que ir. Le habían ordenado que se mantuviera en silencio hasta que alguien se dirigiera a él, y aquellos tipos actuaban como si no estuviera presente.

Los robots deberán obedecer las órdenes de los seres humanos, excepto cuando tales órdenes entren en conflicto con la Primera Ley.

Los robots deberán obedecer las órdenes de los seres humanos.

Los robots deberán obedecer.

Abraham miró a Cricket y sonrió.

—De acuerdo. Vamos a prepararte.

2.6
Discípulos

emon olió la ciudad mucho antes de verla.

El hedor de Nuevo Belén le recordó un poco a Los Diablos: metano y etilo 4, basura y sal. Mientras cabalgaba por la autopista destrozada, enferma y sudorosa, podía ver el asentamiento emborronado en el horizonte. Era una manchita miserable en los páramos, coronada de gases y corroyéndose bajo un cielo de cigarrillo.

¿Y más allá?

El océano negro, tan lejos como el ojo podía ver.

Tardaron otro día en llegar a las afueras, y Lemon había empezado a sentirse como las sobras del desayuno de ayer. La fiebre había empeorado y tenía los labios apergaminados; beber el agua de Cazador la hacía vomitar. Evitaron a otros viajeros en el camino, descansaron a la sombra del paso agrietado de una autopista durante las horas más calurosas del día. Suponía que la agente de BioMaas mantenía aquel paso brutal por si las estaban siguiendo, pero se preguntaba si alguna vez dormía.

La zona que rodeaba Nuevo Belén era de granjas industriales, con altos tallos de color tierra de lo que podría ser maíz. Regaba la tierra una tubería oxidada, y se ocupaba de ella un pequeño ejército de logikas humanoides. Eran modelos militares reutilizados, por su aspecto, que ahora segaban cereales en lugar de soldados enemigos. La instalación estaba protegida por una variedad de matones con una variedad de armas aún mayor.

—Nunca en mi vida había visto tanta comida —exhaló Lemon—. Podrían alimentar a todo el mundo para siempre.

—*No* —contestó Cazador—. *Son cultivos adaptados de BioMaas, resistentes a los parásitos y a los hongos. Pueden crecer en suelo cáustico, pero las semillas son estériles.*

Lemon miró a la agente de soslayo.

—Entonces, ¿estos tipos tienen que compraros semillas nuevas todos los años?

Cazador se encogió de hombros.

—*Daedalus controla la electricidad. BioMaas controla la comida. Su ejército es mayor pero, sin nosotros, el país se moriría de hambre. Equilibrio.*

—Pero si los de BioMaas conseguís una ventaja sobre el ejército de Daedalus…

—*El equilibrio será mejor. El mundo será mejor.*

—Y lo controlará BioMaas, ¿verdad?

Cazador clavó su mirada dorada en Lemon, pero no respondió. La agente bajó de la grupa de Mai'a y ayudó a descender a la chica. A continuación, presionó la mano contra la frente de la cosa-caballo. Esta asintió y trotó por el camino del que habían venido.

—¿No la necesitamos para cabalgar? —le preguntó Lemon.

—*La carne vieja teme lo que no comprende. Mejor no llamar la atención.*

Cazador se puso un par de gafas, se recogió las púas en una coleta y se cubrió la cabeza con la capa. Con el brazo alrededor de Lemon, caminaron a través de los oscilantes cultivos hacia el valle donde se acurrucaba el asentamiento de Nuevo Belén. Mientras avanzaban, pasaron junto a desarraigadas líneas eléctricas, oxidados vehículos accidentados, letreros descoloridos en los que habían escrito lo que parecían versículos de las Sagradas Escrituras.

Bienaventurados los de corazón limpio, porque ellos verán a Dios.

Teme, porque en vano lleva la espada.

San Miguel nos vigila.

A Lemon empezaba a darle muuuuy mal rollo.

Nuevo Belén era un asentamiento amurallado justo en la costa. Su puerta principal era amplia, con refuerzos de hierro y un montón de gente esperando a entrar. Las murallas estaban construidas con oxidadas planchas de acero y escombros de cemento coronados de alambre de espino: la gente que dirigía aquel sitio tenía al parecer cero sentido del humor cuando se trataba de proteger lo que era suyo. Cuando se acercaron a la puerta, Lemon pudo ver logos desvaídos de GnosisLabs en el cemento. Pero se le heló la sangre al ver el símbolo que habían pintado encima: la letra X, de diez metros de altura y negra como la medianoche.

—Madre mía, que me tuesten y me unten mantequilla —susurró.

Sobre la amplia puerta había un letrero soldado con cinco palabras grabadas:

Y LAS AGUAS SE ENDULZARON

—Esta ciudad...

Lemon se humedeció los labios secos cuando el descubrimiento le caló los huesos. Las vallas publicitarias. Las citas bíblicas. Esa familiar y ornamentada X.

El tipo de cruz en la que te clavan si no les caes bien...

—Esta ciudad la gobierna la Hermandad —siseó, girándose hacia Cazador con las cejas levantadas—. ¿No lo *sabías*?

—*Se lo dijimos a Lemonfresh: no hemos estado en este lugar muerto en años. Solo sabíamos que en el pasado fue de Gnosis, que era próspera. ¿Qué es la Hermandad?*

Lemon miró el gentío que las rodeaba y mantuvo la voz baja.

—Es una secta —le explicó—. Y todas las malas noticias posibles. Afirman que sus instrucciones proceden de las Sagradas Escrituras, pero pasan de todo eso de «sed buenos los unos con los otros» y solo predican los males de ser distinto a ellos. Dicen que la biomodificación y la cibernética son abominaciones, y le tienen mucho asco a la «desviación genética».

—*¿Desviación?*

—Sí —asintió Lemon—. Anormales. Desviados. Gente como yo.

—*No hay nadie como Lemonfresh.*

Lemon negó con la cabeza.

—Hay un montón. La cuestión es que no importa si has nacido con algo tan inofensivo como una marca de nacimiento o tan chispa como el poder de romper cosas eléctricas con la mente. La Hermandad te considera inhumano, de todos modos. Y cuando te atrapan, montan una fiestecita con una enorme cruz de madera, un martillo y cuatro clavos para techos.

Lem se había pasado los últimos tres años escondiéndose justo por esa razón. Para alguien como ella, ser señalada como desviada en un lugar tan remoto como Sedimento habría sido una condena a muerte. ¿Y ahora acababa de plantarse en la puerta de un bastión de la Hermandad?

Debo estar más enferma de lo que pensaba.

Como para recordárselo, sintió un retortijón en el estómago y se dobló, haciendo una mueca de dolor. Nadie le prestó ninguna atención mientras la empujaban hacia la entrada. A decir verdad, Lemon no sabía si encontrarían la medicina que necesitaba en aquel asentamiento, pero su enfermedad estaba empeorando, el dolor era más profundo. Empezaba a tener miedo de verdad. Y por eso, dirigió sus ojos borrosos a la puerta, intentando calcular si tenían alguna oportunidad de entrar en aquel lugar.

La entrada estaba supervisada por dos miembros de la Hermandad. Llevaban las tradicionales sotanas rojas de la orden a pesar de cómo quemaba el sol, armados con el tipo de arma que le patearía el trasero a un robot de la Cúpula Bélica. También había una enorme machina barrigona cerca, de clase Sumo, si Lem no se equivocaba. Había versículos garabateados sobre la carrocería de la machina, y una banderola con esa ornamentada X negra volaba a su espalda.

Pero, mirándolo mejor, Lemon se dio cuenta de que, en realidad, el trabajo de dejar pasar a la gente lo hacían unos tipos que no parecían de la Hermandad, en absoluto. Llevaban el cabello corto, enormes X pintadas en la cara desde la barbilla a la frente, pero no llevaban sotanas. Lemon supuso que quizá eran miembros menores, haciendo el trabajo sucio con el que los gorilas con pleno derecho de la Hermandad no querían mancharse las manos.

Una sirena aulló en las murallas, ahogando los pensamientos de Lemon. Un centinela se irguió en su puesto de vigía sobre la puerta, señalando la carretera.

—¡El Hermano Dubya ha vuelto!

—¡Abrid paso! —bramó un matón de la Hermandad—. ¡Abrid paso a los Jinetes!

Lemon oyó motores a lo lejos, el estruendo de un cuerno, disparos. Mirando la carretera con los ojos entornados, vio una hilera de oxidados vehículos rojos avanzando hacia la puerta, escupiendo humo de metano. Los hombres que formaban el convoy llevaban todos sotanas rojas; algunos iban colgados de las ventanillas, disparando sus fusiles al aire.

Los vehículos aminoraron la velocidad al acercarse y la gente se apartó para dejarlos atravesar las puertas, traqueteando. La camioneta que iba a la cabeza era un viejo *muscle truck* modificado con ruedas de tractor y una monstruosa suspensión. Había versículos escritos en sus paneles, y música de coro escapaba de los altavoces de sus rines giratorios. En las puertas y en el capó llevaba la misma X que marcaba las murallas del asentamiento, con una sonriente calavera blanca superpuesta. La rudimentaria matrícula casera decía GUERRA.

La puerta se abrió y un hombre saltó al asfalto. Era una de las unidades más grandes que Lemon había visto nunca, con barba y un mohicano, ancho como una casa. Llevaba una sotana blanca, mugrienta y salpicada por lo que podrían ser manchas de sangre. Tenía una calavera blanca pintada en la cara, desde la barbilla a la frente, y el extremo mascado de un puro colgando de sus labios.

—¡Bendito sea el Señor, mi roca, que adiestra mis manos para la guerra! —bramó.

Su cuadrilla disparó al aire un par de veces más, y algunos de los matones más alborotadores de las murallas se les unieron. Uno de los chicos de la Hermandad que estaban en las puertas elevó la voz sobre el clamor:

—¿Los tienes, Dub? ¿Cuántos nos has traído?

El enorme hombre le dedicó una sonrisa con dientes de oso, como un charlatán de esquina a punto de revelar el secreto de su truco. Buscó en su sotana y después mostró la mano, elevando dos dedos en el aire. Los matones y los Hermanos aullaron y ulularon, deleitados.

—¡Por fin! —gritó uno.

Un tipo flaco con la misma calavera pintada que el hombre grande apareció en la ventanilla del *monster truck* y gritó:

—¡Preparad esas cruces, chicos!

—¡Habéis oído al Hermano Pez! —Más gritos y aullidos se elevaron entre los chicos de la Hermandad mientras el Hermano Dubya elevaba sus manos y sonreía—. ¡Levantadlas!

Cuando comenzó a avanzar entre la multitud, Lemon miró al tal Hermano Dubya. Estaba bien armado, con su bandolera cargada de tecnología, munición y una gruesa pistola. El gentío lo trataba como si fuera famoso, pero él los miraba como si fueran algo que hubiera encontrado en el interior de sus botas de piel de serpiente. La turba se movió y agitó para conseguir una vista mejor, y empujó a Lemon hacia delante, hasta que colisionó con el vientre del hombre enorme.

Con el corazón desbocado, miró parpadeando el cráneo pintado, los ojos negros que ardían tras él. Se preguntó a cuántos anormales habría clavado aquel sujeto.

¿Puede verlo?

¿Puede saberlo solo con mirarme?

—Sera mejor que mires por dónde vas, hermanita —gruñó el hombre.

—Lo siento, Hermano —dijo, alisándole la sotana—. Solo est...

El Hermano Dubya le puso una mano en la frente y la empujó lejos de su camino. Cazador se interpuso entre ellos con ligereza, exudando amenaza. Pero, con desdén en su sonrisa de dientes separados, el hombre le dio una calada al puro y avanzó a través de la gente. El convoy rodó al interior del asentamiento, con el Hermano Pez tras el volante del vehículo que iba primero y el Hermano Dubya dirigiéndolo a través de las puertas hacia las estridentes alabanzas del interior.

El sonido murió despacio y, con el espectáculo aparentemente finalizado, los matones que se ocupaban de la puerta volvieron al trabajo. Lemon se limpió la huella grasienta de la frente y se movió en la fila, observando a los matones menores de la puerta, cómo hablaban, cómo se comportaban. Por lo visto, a quién dejaban entrar y a quién rechazaban parecía depender por completo de su estado de ánimo.

—De acuerdo, no voy a decirte cómo hacer tu trabajo —murmuró a Cazador—, ya que tú eres quien manda en este secuestro y todo eso. Pero, si nos pasamos de la raya, no conseguiremos atravesar esa puerta. Así que quizá deberías dejarme hablar a mí y mantener a tus abejas asesinas bien guardaditas en tu sujetador.

La mujer miró a los guardias. Asintió despacio.

—*Lemonfresh habla con sabiduría.*

—¿Sabes? No creo que nadie me haya acusado de eso antes.

Cuando llegaron a la entrada, el sol estaba besando el horizonte. El cielo se empapó del color de las llamas cuando encendieron fuegos en el interior de varios bidones de ciento sesenta y cinco litros. El letrero sobre la puerta cobró una titilante vida de neón. Cuando Lemon y Cazador llegaron a la entrada, un matón joven de aspecto cansado la miró de arriba abajo.

—Qué pasa, chiquitina.

—Hermano —asintió Lemon, invocando su sonrisa menos afectada por la radiactividad.

—No soy Hermano. —Se señaló la X pintada que le cubría la cara—. Solo un Discípulo. ¿Estás aquí por lo de la Cúpula Bélica?

—… Sip, a eso venimos. —Lemon sonrió, suave como una mancha de aceite—. A mi prima y a mí nos chifla una buena pelea de robots.

El señor Pinturillas miró a Cazador de arriba abajo: la capa, las gafas, la postura.

—¿Es tu prima? —preguntó.

—Prima tercera —contestó Lemon.

El matón suspiró.

—¿Conoces las reglas de Nuevo Belén, chiquitina?

—Sería un verdadero chispazo que dejara de llamarme «chiquitina», señor.

El Discípulo parpadeó.

—Bueno, eres una auténtica bocazas, ¿no?

Lemon bajó la mirada con intención y giró despacio la mano para que el hombre pudiera ver lo que sostenía. En su palma había una brillante tarjeta de crédito.

—Tenemos algo de prisa, señor.

Era arriesgado, ofrecerle un soborno a un tipo religioso; podía ser de esos que se ofendían. Pero, fuera un hombre santo o no, Lemon nunca había conocido a un gorila que no aceptara algún tipo de pago, y suponía que estar allí al sol todo el día no era el trabajo mejor pagado.

Intentando actuar con naturalidad, el Discípulo miró sobre su hombro para ver si alguno de sus colegas estaba observando. Satisfecho, se guardó rápidamente la tarjeta, inclinó un sombrero imaginario y se hizo a un lado.

—Bienvenidas a Nuevo Belén, hermanas.

Lemon le guiñó el ojo y se movió a través de la gente con Cazador en su estela. Una amplia plaza las esperaba más allá de la puerta, llena de tenderetes y neumáticos viejos y bares y todo tipo de gente. Cuando estuvieron seguras de haber pasado, la agente de BioMaas le tocó a Lemon el brazo.

—¿*Cuánto ha pagado Lemonfresh?* —susurró.

La chica se encogió de hombros.

—No era mi tarjeta. Se la birlé al Hermano Dubya cuando tropecé con él. Parecía tener rasca de sobra.

—*¿Lemonfresh le ha robado su dinero?*

—Tomado prestado. Por así decirlo.

—*Resolutiva. Valiente.* —Cazador sonrió—. *Su nombre se cantará en Ciudad Colmena.*

—No si no encontramos algunas medicinas aquí. —Hizo una mueca, sosteniéndose el vientre—. Me siento como si hubiera comido alambre de espino y bebido ácido de batería.

—*Entonces, vamos. Busquemos.*

Lemon notó ojos hambrientos sobre ella mientras cojeaba a través de la plaza. No llevaba mucho que mereciera la pena robar, pero estaba segura de que las otras dos tarjetas que le había quitado al Hermano Dubya compensaban un pequeño asesinato, y podrían venderle su cuerpo a cualquiera, pataleando o no. Había gañanes en Los Diablos que te matarían por una lata de Neo-Carne©, y Nuevo Belén parecía todavía más vil.

Un intenso hedor pendía sobre el lugar como una niebla, y Lemon vio pronto la fuente, aparcada al borde de la bahía. Por delante parecía una catedral antigua, con dobles puertas de hierro y una enorme torre campanario de piedra. Pero, brotando de la parte de atrás, estaban las chimeneas y los gruesos tanques de almacenamiento de una gran fábrica. Expelía humo negro, que escapaba de sus entrañas borboteando y siseando. Las mismas palabras de la entrada de la ciudad estaban pintadas sobre sus puertas.

Y LAS AGUAS SE ENDULZARON

—Es una planta desalinizadora —se dio cuenta Lemon, mirando a su alrededor—. Eso es lo que hacen aquí. Succionan el océano y lo convierten en agua dulce para regar esos cultivos.

—*Vamos* —dijo Cazador, a la que al parecer no le importaba un pimiento—. *Estamos perdiendo el tiempo.*

Se abrieron camino a través de la multitud por una carretera polvorienta. En los muros había carteles pegados, ¡ESTA NOCHE CÚPULA BÉLICA!, y murales de un hombre atractivo de mediana edad con llamas en los ojos, una túnica blanca y un halo de luz alrededor de la cabeza. Debajo de cada mural estaban las palabras SAN MIGUEL NOS VIGILA.

La oscuridad estaba cayendo y, en su camino, los tubos de viejo neón titilaron y chisporrotearon como un arcoíris defectuoso. Al final, entre las hileras de edificios desvencijados y la Cúpula Bélica local, encontraron un embrollo de tiendas al aire libre en chabolas de lata y contenedores marítimos que debía ser el mercado de Nuevo Belén. Atestada de viejos logikas y de gente, la plaza estaba iluminada por antorchas azules de metano y olía peor que una barriga reventada. Vendedores ambulantes y buhoneros se mezclaban con rufianes y pastilleros, con matones de la Hermandad que vagaban por allí, con la música de coro del sistema de megafonía que ponía banda sonora a la escena.

—*Mundo muerto* —murmuró Cazador, negando con la cabeza.

Lemon se puso de puntillas. Podía oír algún tipo de alboroto más adelante, pero seguía faltándole medio cuerpo para poder ver algo sobre el gentío.

—¿Ves un letrero que anuncie medicamentos en algún sitio?

Cazador asintió.

—*Allí. Al otro lado de la plaza.*

Con Cazador en sus talones, Lemon se abrió camino a trompicones a través de la turba. No por primera vez, pensó en intentar perder de vista a la agente de BioMaas, en correr hacia la libertad. Pero, a decir verdad, Cazador era la única persona en toda aquella ciudad que le cubría la espalda, así que zafarse de ella no parecía la jugada más sensata. Además, no estaba en condiciones de correr.

Tragó saliva con dificultad.

Si no consigo esas medicinas pronto, no estaré en condiciones de hacer nada.

En el centro del mercado, Lemon encontró el origen de los gritos. Una docena de matones estaban delante de un ostentoso escenario, soldado con partes de autocaravanas viejas. Había vehículos del recién llegado convoy de la Hermandad aparcados a su alrededor, con las luces largas encendidas. Estandartes con la X de la Hermandad ondeaban en el viento. Lemon vio a los Jinetes de la comitiva reunidos en los peldaños del escenario; el Hermano Dubya estaba arriba, con la calavera blanca en la cara y un puro nuevo entre los dientes.

Había dos hombres a su lado. El primero era el tipo que conducía el primer vehículo del convoy, alto y flaco como unos huesos viejos: el Hermano Pez, si la memoria no le fallaba. El otro era más ancho, casi rollizo. Ambos llevaban en la cara la misma calavera que el Hermano Dubya, los dos vestían sotanas blancas como él. El rollizo gritó a través de un megáfono, con voz ahumada y reverberante:

—¡Ciudadanos de Nuevo Belén! ¡Sé que todos estáis impacientes por dirigiros a la Cúpula Bélica! —El hombre se detuvo cuando la multitud bramó en respuesta, y la instó a callarse con un movimiento de la mano—. Pero, antes de que la cúpula abra sus puertas, tenemos un obsequio especial para vosotros. Levantad las manos, ¿queréis? ¡Para recibir a nuestra querida Hermana Dee!

La gente rugió y una mujer subió al escenario. Estaba vestida con el hábito más limpio y blanco que Lemon había visto nunca, y parecía recién sacada de una vieja peli de Holywood: alta, cabello oscuro, silueta verdaderamente exuberante. Pero en el rostro llevaba pintada la misma calavera sonriente que los tres hombres, y sus ojos eran de un penetrante negro.

—¡Hermana Dee! —gritó el gentío.

—*¡Hermana Dee!*

—¿Quién merece subir al monte del Señor? —exclamó la mujer.

Como si alguien hubiera pulsado un interruptor, todo el mundo se quedó en silencio. La música de coro desapareció. Todos los ojos se detuvieron en la mujer, cuya presencia era magnética; la noche, a su alrededor, parecía estar oscureciéndose. Caminó de un lado a otro del escenario como un depredador de caza, con el maquillaje de calavera luminoso bajo el resplandor de los faros.

—¿Y quién merece llegar a su santuario? —preguntó a la multitud—. ¡Solo quien tiene limpias las manos y puro el corazón! ¡Pues Dios no nos ha llamado a vivir en la inmundicia, sino a vivir en santidad! ¡Y bienaventurados sean los puros de corazón, porque ellos verán a Dios!

—¡Amén! —bramaron los chicos de la Hermandad a su alrededor.

—*¡Amén!* —gritó la multitud.

—Cuando mi padre fundó esta iglesia hace años, nunca soñamos con tantas bendiciones —declaró la mujer—. Y, no obstante, manteniéndonos siempre vigilantes frente al matrimonio del metal y la carne, contra la corrupción y la impureza que infectan nuestros genes, ¡nos hemos *ganado* esas bendiciones! Estos son días de evaluación, hijos míos. —La mujer señaló un estandarte a su espalda, una pintura del mismo hombre de cabello gris que adornaba las fachadas—. Pero, con la protección de San Miguel, ¡Nuevo Belén resistirá!

—*¡San Miguel nos vigila!* —gritó la multitud.

La mujer señaló a los Hermanos de los peldaños.

—¡El Hermano Guerra y nuestros Jinetes han regresado de su justa cruzada contra los *gusanos* de la basura que han atacado nuestros convoyes durante muchos meses! —Lemon vio que el Hermano Dubya hacía una reverencia mientras la gente aullaba—. Y el Señor ha sido misericordioso, en su generosidad, y ha hecho que nuestros enemigos se postren. ¡Hermanos! ¡Traed a los desviados, que se someterán ahora a la divina purificación!

La multitud bramó mientras los Jinetes del convoy abrían la caja del vehículo del Hermano Dubya. A Lemon se le revolvió el estómago al ver las dos figuras empujadas hacia la luz. Ambos habían sido apaleados hasta quedar sin aliento, y ninguno era mucho mayor que ella. La primera era una chica, con el cabello corto y oscuro, el flequillo largo, los labios pintados de un negro emborronado y una pizca de Asiabloc en su linaje. El segundo era un chico, alto y ancho, con la piel más oscura que la de Cazador. Tenía el cabello rapado y el símbolo de la radiación afeitado en la pelusilla del lateral de su cabeza.

La chica estaba inconsciente, con el rostro hinchado y sangre manando de un agujero de bala reciente en el pecho. El chico estaba lo bastante consciente como para forcejear, pero no lo bastante fuerte como para zafarse. Escupió sangre, clavó en el Hermano Dubya una mirada oscura y furiosa.

—Te mataré, rata de mier…

El Hermano Dubya le dio un puñetazo entre los ojos. El chico se derrumbó; la multitud vitoreó. La Hermana Dee levantó la mano y un juve más joven que Lemon le entregó un martillo. La mujer elevó la herramienta en el aire, miró a la turba.

—¡No dejarás con vida a la hechicera! —chilló, con un destello en la mirada—. ¡Y solo los puros prosperarán!

—*¡Solo los puros prosperarán!* —respondieron.

El chico fue arrastrado mientras la gente chillaba, todavía forcejeando, apenas consciente. En mitad del escenario, la Hermandad había construido un par de cruces grandes con viejos postes telefónicos. El Hermano Dubya lanzó al chico contra una de ellas, lo mantuvo allí mientras la Hermana Dee buscaba en el interior de su inmaculado hábito como una artista y sacaba el primero de cuatro largos y oxidados clavos.

Lemon había visto aquella fiesta antes en las calles de Los Diablos, al menos una docena de veces. Sabía exactamente cómo terminaba. La cuestión era, por mal que se sintiera al respecto, que no había nada que ella pudiera hacer. La radiotoxemia ya estaba arrastrándola hacia las puertas de la muerte, y montar un alboroto allí solo la acercaría aún más. Aquellos tipos de la Hermandad eran cien por cien carne, sin ni siquiera un ciberbrazo oxidado o un implante óptico barato entre ellos; su don no la ayudaría en nada. Y aunque hubiera algún modo de usarlo para nivelar la ventaja, eso solo la señalaría como desviada, adecuada para otro set de clavos.

Aquella gente la haría pedazos.

Reconoció la familiar quemazón de la impotencia en el interior de su pecho, como una vieja invitada que no era bienvenida. Pero no conocía a aquellos chicos. No les debía nada. Que ella también fuera una desviada no significaba que estuvieran en el mismo equipo. Por lo que sabía, aquellos dos podían haber nacido solo con un par de dedos de más.

El chico de piel oscura la miró a los ojos. Los tenía amoratados, y se detuvieron en ella entre la multitud. Lemon oyó que Cazador susurraba algo que no consiguió entender sobre el latido de sus oídos. Pero, a pesar de que ese muchacho estaba mirándola directamente (con expresión no suplicante, sino llena de la misma furia que ella sentía en su interior), Lemon le dio la espalda.

Oyó el primer golpe del martillo. Oyó rugir a la multitud. No oyó gritar al chico y se sintió extrañamente orgullosa de él. Pero sabía que su valor no lo ayudaría. Que nada podría ayudarlo ahora.

Y por eso siguió caminando entre la gente. Ella tenía sus propios problemas, suficientes como para amontonarse hasta el cielo. Añadir los de otro no ayudaría a nadie.

Regla Número Ocho del Desguace.

Los muertos no luchan otro día.

2.7

Solomon

—¡BUENAS NOOOOOOCHES, AMIGAS HUMANAS! La tienda estaba iluminada por un titilante neón, rojo y púrpura y azul. El letrero sobre la puerta decía FARMACIA Y DROGUERÍA NUEVO BELÉN. Lemon entró seguida de Cazador y vio que el espacio era enorme: los estantes estaban abarrotados de cosas, pulcramente catalogadas y etiquetadas. A pesar de lo sucio que era Nuevo Belén, no había polvo sobre los artículos ni mugre en el suelo. Un pequeño retrato de San Miguel decoraba la pared. Un letrero sobre el mostrador informó a Lemon:

SATISFACCIÓN GARANTIZADA

El timbre anunció su llegada y, antes siquiera de que se cerrara la puerta, un alto logika apareció detrás de una antigua caja registradora. Tenía el casco pintado de un cremoso blanco, bordeado por una filigrana dorada. Sus ojos eran redondos y alegres y, cuando hablaba, un LED destellaba en su boca, iluminando su sonrisa con cada palabra.

—MI NOMBRE ES SOLOMON, AMIGAS —dijo con sofisticado acento—. ¿A QUIÉN TENGO EL PLACER DE CONOCER ESTA BONITA NOCHE?

—Lemon Fresh —murmuró la chica, sintiéndose totalmente destrozada.

—¡BIENVENIDA A NUESTRO HUMILDE EMPORIO, SEÑORITA FRESH! ¿EN QUÉ PUEDO AYUDARLA? ¿ROPA NUEVA? ¿ARMAS DE FUEGO, QUIZÁ? TENGO LAS MEJORES DE TODO NUEVO BELÉN; CINCUENTA POR CIENTO DE DESCUENTO EN LA MUNICIÓN CON CADA COMPRA. LA SATISFACCIÓN ESTÁ, COMO DICE EL LE-TRERO, GARANTIZADA.

Cazador miró al logika con desagrado y los labios apretados con fuerza. Lemon se acercó al mostrador, se secó el sudor de la frente.

—Necesitamos medicinas —le dijo—. Para la radiotoxemia. ¿Tienes algo?

—AY, DIOS MÍO, ¿ESTÁ ENFERMA? —El logika sonrió.

—He tenido días mejores. —Lemon hizo una mueca, presionándose el estómago.

—OH, CIELOS, ¡ESO ES TERRIBLE!

Sin importar lo que dijera o cómo lo dijera, como el rostro del logika no era animatrónico, su expresión nunca cambiaba. El robot siguió sonriendo como si le estuviera diciendo que acababa de ganar la lotería, o que se produjo una confusión en la clínica en la que nació y que en realidad pertenecía a la realeza de un estado corporativo.

—Uhm, gracias —dijo Lemon—. Entonces, sobre esa medicina... ¿Tienes?

—OH, POR DIOS, ¡SÍ! —El robot señaló unos pequeños frascos de plástico en el estante a su espalda—. TRES AL DÍA PARA ALIVIAR LOS SÍNTOMAS, MEJOR CON LAS COMIDAS, LA SATISFACCIÓN ESTÁ, COMO DICE EL LETRERO, GARANTIZADA.

—Chispachispachispa. —Lemon suspiró, aliviada, totalmente preparada para saltar el mostrador y besar la siniestra sonrisa del robot—. Ponme un par, por favor.

—AY, DIOS MÍO, ¡CLARO QUE NO!

—¿Por qué no...?

—Bueno... A juzgar por su aspecto, querida, no tiene ni dos perras que se ladren la una a la otra, si me perdona la expresión. Y esto no es una organización benéfica.

Lemon se buscó en las bragas y sacó la segunda tarjeta de crédito que le había robado al Hermano Dubya.

—Entonces me alegro de no estar pidiendo limosna, Chispitas.

El logika tomó la tarjeta del mostrador y la pasó por un lector junto a la registradora. El disponible en la cuenta parpadeó, y el robot se inclinó para verlo mejor.

—Dios mío, menuda suma. Es suficiente para comprarme toda la tienda.

—Me la quedo —declaró Lemon—. Y unos calcetines limpios, ya que estamos.

—No, me temo que no. —Solomon sonrió.

—¡Acabas de decir que tengo suficiente como para comprarte la tienda entera! ¿Cuánto cobras por los calcetines?

—Todas nuestras prendas tienen un precio razonable, se lo aseguro, señora. Pero, según el número de serie, esta tarjeta de crédito fue expedida por la Hermana Dee con cargo a su cuenta personal. Es evidente que ha sido... ¿cómo decirlo suavemente? —El robot ladeó la cabeza—. ¿Extraviada por su propietario original? ¿Eh? Y no puedo aceptar crédito robado como pago. Soy un robot con escrúpulos, señorita Fresh.

El robot le devolvió su tarjeta sin dejar de sonreír.

—Espera un momento... —Lemon parpadeó—. Tú eres un robot. Y la Primera Ley dice que no puedes hacerle daño a los humanos, ¿no? ¿No significa eso que tienes que darme las medicinas? Me moriré sin ellas, ¿no?

—Oh, casi con toda seguridad, a juzgar por su aspecto. Pero me temo que dándole la medicina cometería una infracción mucho más grave de la Primera Ley.

—¿Eso por qué?

—*Bueno, esta tienda es un concurrido punto comercial aquí en Nuevo Belén, ¿sabe? La satisfacción del cliente está, como dice el letrero, garantizada, y por eso, la gente viene desde todas partes, sabiendo que conseguirá un servicio justo y que pagará a cambio un precio justo. Si comenzara a regalar las cosas... Bueno, el sistema colapsaría, ¿no le parece? Y, sin esta tienda, mis proveedores perderían su modo de vida, y los ciudadanos de Nuevo Belén se verían privados de lo que necesitan para sobrevivir.*

—De acuerdo. —Lemon frunció el ceño—. Pero, sin las medicinas, yo me moriré.

—*Menudo problema, ¿verdad?*

—¿No deberían estar haciendo cortocircuitos tus sistemas lógicos, o algo así?

—*No, estoy bien.*

Cazador golpeó el mostrador con el puño.

—*Lemonfresh necesita la medicina, sincarne. Dásela o...*

—*Debería detenerla en este instante, señora* —dijo Solomon, levantando una mano—. *Antes de que termine con su sin duda elocuente intento de intimidación, debo advertirle que las capacidades termográficas de mis ópticas me han permitido establecer que usted no es, en el sentido más estricto, humana. Y que, por tanto, nada me impediría abrirle un agujero en la pelvis con el cañón Gauss con el que en este momento la apunto bajo el mostrador.*

El logika ladeó la cabeza y sonrió.

—*Y ahora... ¿Decía?*

—Necesito esas medicinas —le rogó Lemon.

—*Y si le soy sincero, querida, también necesita una ducha y una muda limpia. Pero me temo que no veo nada de eso en su futuro inmediato.* —El logika sonrió—. *Aunque, por si sirve de algo, siento terriblemente su inminente fallecimiento por irradiación. Me han dicho que es bastante desagradable.*

—Bueno, si hay otra cosa...

—*¡Gracias, vuelva de nuevo!*

—Pero yo...

—¡GRAAAAAAACIAS, VUELVA DE NUEVO!

Lemon miró a Solomon de arriba abajo. Se había topado con especímenes así miles de veces antes, aunque tenía que admitir que nunca con forma de robot. Montar el lío solo le traería más problemas, y los problemas en Nuevo Belén atraerían a la Hermandad. Y por eso, a pesar de su creciente preocupación por si de verdad terminaba muriendo en aquella ratonera, se puso su cara de valiente. Su cara de callejera. Asintió al logika.

—Gracias por tu tiempo, Chispitas.

Lemon cojeó hacia la puerta, y el timbre pitó cuando salió a la calle. Al final de la manzana podía ver que la multitud había abandonado el escenario de la Hermandad y desfilado a la Cúpula Bélica; podía oír el familiar sonido de los bramidos distantes, el golpear de los pies impacientes. Alrededor del escenario, una docena de Discípulos estaban recortados contra los bidones de basura ardiendo, y más allá podía ver las enormes cruces de madera de las que colgaban los dos desgraciados.

Hay modos peores de irse que por la radiotoxemia, supongo.

Cazador estaba a su espalda, pensando, con los labios fruncidos.

—*Quizá haya otros comerciantes que tengan los mismos químicos. Deberíamos seguir buscando.*

Lemon negó con la cabeza.

—El mercado está cerrando. Parece que todos se dirigen a la Cúpula Bélica. Y al menos sabemos que la medicina que necesitamos está aquí.

Cazador frunció el ceño, se apartó la capa. Lemon atisbó una pistola en su cinturón, similar al fusil que había dejado con Mai'a: pálido y espinoso, como si estuviera fabricado con raspas viejas. Un puñado de abejorros reptaba a través de su cabello, por su garganta, sin duda compartiendo la agitación de su dueña.

—*Nuestros aguijones no sirven de nada contra un sincarne. Tampoco nuestras armas.*

—No estoy sugiriendo que nos pongamos homicidas —dijo Lemon.

—¿*Qué sugiere Lemonfresh?*

—¿No has notado nada especial en la cerradura de la puerta de la tienda de Solomon?

Cazador frunció el ceño, sin duda desconcertada. Y, a pesar del creciente dolor en su vientre, de su reptante miedo, Lemon consiguió mostrarle una sonrisa.

—Es electrónica —dijo.

Era casi como en los viejos tiempos.

Había pasado sola la mayor parte de su infancia en LD, pero de vez en cuando, alguien orquestaba un atraco a lo grande y necesitaba un equipo. Robó una caja entera de Neo-Carne© con algunos chicos de la Carretera del Motor. Y una vez ayudó a las gemelas Akuma a darle el palo a un corredor de apuestas y comieron como reinas durante un mes. De todas las Reglas del Desguace, la Número Cinco siempre había sido su favorita:

El que lo encuentra se lo queda.

Cazador y ella encontraron un antiguo centro de rescate a poca distancia de la tienda de Solomon. Se sentaron a esperar en las sombras bajo la marquesina y Lemon intentó no pensar en los desviados que estaban al otro lado de la plaza ni en lo que la radiación podría estar haciéndole a su cuerpo mientras los minutos pasaban. La agente de BioMaas le ofreció otra barrita de algas, pero tenía el estómago mucho peor. En lugar de comer, se humedeció los labios agrietados con la cantimplora y observó mientras la «boutique» de Solomon cerraba durante la noche junto al resto de las tiendas a su alrededor.

Como ladrona callejera en Los Diablos, las primeras lecciones que Lemon aprendió versaron sobre la paciencia: esperar el momento adecuado para golpear, para rasgar el bolsillo, para arrebatar. Había aprendido el valor de la espera por las malas, y Cazador también parecía conocer aquella lección. Juntas observaron a los patrulleros haciendo la ronda, repasando el plan de Lemon en voz baja mientras la batalla bullía en el interior de la Cúpula Bélica. Pensó en Evie, en el tiempo que habían pasado juntas luchando con la señorita Turbación en Sedimento. Con un dolor en el corazón, bajo las costillas, se preguntó dónde estaría su mejor amiga.

Los Discípulos caminaban en grupos de cuatro, haciendo la ronda por el mercado a intervalos regulares. Una hora después, Lemon ya conocía sus patrones, conocía los intervalos, conocía el tempo. Y por fin, asintió a Cazador y se pusieron en marcha.

Se acercaron a la fachada de la tienda de Solomon; la agente de BioMaas se movía con rapidez y elegancia, y Lemon cojeaba por el dolor de barriga. El neón del establecimiento estaba apagado; el escaparate, bloqueado por una persiana oxidada. Cazador hizo guardia mientras Lemon se aplastaba contra la puerta. Era de sólido acero, con un letrero que mostraba la irritante sonrisa de Solomon y una burbuja de diálogo declarando: ¡Lo sentimos, estamos cerrados! Debajo del cartel latían los LED rojos de un panel de control de doce dígitos.

Lemon presionó la palma contra la cerradura, sintió el poder en su interior. Nunca se le habían dado demasiado bien las cosas pequeñas; usar su don con delicadeza era mucho más difícil que liberarlo para freír todos los circuitos que la rodeaban. Cerró los ojos y buscó la tormenta de estática gris, intentando hacerla tan pequeña como fuera posible.

Con un violento estallido, el neón sobre la tienda reventó, todas las luces que la rodeaban chisporrotearon y los altavoces del sistema de megafonía se callaron por completo. Antes de que alguien acudiera a echar un vistazo, Lemon empujó la puerta y entró, seguida por Cazador.

Mirando la penumbra con los ojos entornados, Lemon sintió una vieja y conocida emoción cosquilleándole la piel. El miedo a que la descubrieran, la emoción de estar haciendo algo malo. No es que ella fuera mala persona, pero la habían encontrado en una caja de detergente para la ropa a la puerta de un antro etílico cuando era un bebé. Los borrachos que la encontraron le pusieron el nombre del logotipo en el lateral de la caja, pues lo único que sus padres le dejaron fue el pequeño trébol de cinco hojas de plata que llevaba al cuello. Hasta el momento, no había tenido demasiados ejemplos buenos.

Además, a veces ser mala tenía un curioso modo de hacerla sentirse realmente bien.

Cazador esperó junto a la puerta mientras Lemon se deslizaba a lo largo de los estantes, tanteando en la penumbra. La caja registradora seguía funcionando, así que al parecer había conseguido que su don no dañara demasiadas cosas en el interior de la tienda. Miró sobre el mostrador y vio las medicinas que necesitaba, sonrió al letrero sobre su cabeza.

SATISFACCIÓN GARANTIZADA

—Toda la razón... —susurró.

—¡BUENAS NOOOOOOCHES, AMIGA HUMANA!

Lemon casi se salió del pellejo y se cayó de culo cuando Solomon apareció detrás del mostrador. La sonrisa del robot iluminó la penumbra, vibrando al ritmo de cada palabra que decía.

—OH, NO, POR FAVOR, NO TE LEVANTES. —El robot clavó sus ópticas en Lemon mientras sacaba un enorme rifle de detrás del mostrador y apuntaba con él a Cazador—. NO ESTOY SEGURO DE CÓMO LO HAS HECHO, PERO ME MOLESTA QUE ME HAYAS ROTO LA PUERTA, Y PEGARLE UN TIRO A TU INHUMANA AMIGA ME QUITARÍA EL MAL SABOR DE BOCA. ASÍ QUE, SI TODO EL MUNDO SE ESTÁ QUIETECITO, LLAMARÉ A LA GENDARMERÍA Y ELLOS SE OCUPARÁN DE AMBAS, ¿SÍ?

Solomon alargó su mano libre hacia una vieja y desvencijada radio CB.

—¿Vas a entregarnos a la Hermandad? —le preguntó Lemon.

—*DISCULPA, ¿NO TE HA QUEDADO CLARO?*

—Pero me matarán, ¿no? ¿No es eso un quebrantamiento de la Primera Ley?

—*BUENO, ESA ES LA CUESTIÓN, AMIGA MANOS LARGAS. HE INTENTADO MANTENERME IGNORANTE DE LOS CASTIGOS QUE INFLIGEN A LOS LADRONES DE NUEVO BELÉN POR ESA MISMA RAZÓN. PUEDE QUE OS DEN UNA PALMADITA EN LA ESPALDA Y QUE OS DEJEN SEGUIR CON VUESTRO ALEGRE CAMINO.* —Solomon ladeó la cabeza—. *AUNQUE LO DUDO.*

—¿No va eso un poco contra el espíritu de la ley? —le preguntó Lemon.

—*BUENO, SE ME DA BIEN...*

El logika se sacudió, su cuerpo entero se puso rígido. Emitió un ruidito raro a través de su caja de voz, sus ópticas lanzaron un destello blanco antes de hundirse en el interior de su cráneo metálico. Salieron chispas de la pantalla LED de su pecho, de la radio que tenía en la mano, de su enloquecedora sonrisa. Y, con un pequeño gemido electrónico, Solomon se desplomó de bruces contra la antigua caja registradora y después se derrumbó en un humeante montón en el suelo.

Lemon bajó la mano y se puso en pie, trepó sobre el mostrador. A la chisporroteante luz de los restos de Solomon, le quitó el tapón a un frasco de pastillas antirradiación y sacó tres píldoras. Se tragó la salvación con una mueca. Con el pulso desbocado, se llenó los bolsillos del pantalón cargo con el resto de los medicamentos y cualquier otra cosa que mereciera la pena robar. Por último, se arrodilló junto al logika averiado y echó un último vistazo al letrero sobre el mostrador.

SATISFACCIÓN GARANTIZADA

—¿Sabes? Tienes razón —dijo—. Eso ha sido totalmente satisfactorio.

Cazador mantenía la puerta entreabierta, dejando que los bramidos de la lejana Cúpula Bélica entraran desde la noche, junto con la ocasional abeja asesina. Los insectos reptaban sobre las mejillas de la agente, por sus aleteantes pestañas, y Lemon tuvo que contener un escalofrío cuando se unió a ella junto a la puerta.

—*El camino está despejado* —susurró.

—¿Estás segura?

Cazador asintió.

—*Cazador ve con muchos ojos, Lemonfresh.*

—Vale —contestó la chica—. En la calle, camina como si fuera nuestra y dirígete directamente a la puerta. Si una patrulla nos detiene, mantén a las abejas asesinas tranquilas y deja que hable yo. ¿Chispa?

Cazador asintió y la pareja salió de la tienda, cerrando la puerta a su espalda. El mercado estaba casi totalmente desierto; toda la población de Nuevo Belén había acudido a la Cúpula. Un par de alcantarilleros agrupados alrededor de un bidón ardiendo les echaron una mirada curiosa al pasar. Una patrulla de Discípulos estaba reunida debajo del altavoz del sistema de megafonía, preguntándose por qué se había callado.

El corazón de Lemon le amartillaba el pecho y sentía un hormigueo en la piel, la euforia de un golpe que ha salido bien. Quizá se lo estaba imaginando, quizá era solo el alivio, pero esos medicamentos ya la estaban haciendo sentirse mejor. Hacía una bonita noche y tenía los bolsillos llenos y estaba empezando a pensar que se había librado.

Hasta que volvieron a pasar junto al escenario de la Hermandad en el otro extremo de la plaza.

Intentó no mirar. Intentó no fijarse en las dos figuras clavadas en esas cruces. La Hermandad había cubierto la herida de bala en el pecho de la chica para que no se desangrara antes de la tortura.

Había una docena de matones de la Hermandad encorvada en los peldaños ante el escenario, riéndose y charlando como si no pasara nada. Como si no hubieran clavado a dos chicos para que se asfixiaran con su propio peso bajo el sol del día siguiente.

Los muertos no luchan otro día, se recordó.

Que sean como tú no los convierte en parte de tu equipo.

Se dio cuenta de que echaba de menos a Evie.

Echaba de menos a Ezekiel y a Cricket y la sensación de estar metida en una historia mucho mayor que ella misma. Había sido más fácil entonces, cuando solo era la amiga de la protagonista. Cuando se dejaba llevar y no se esperaba de ella que contribuyera con nada más que con alguna ocurrencia ocasional y quizá un hombro en el que llorar.

Sus hombros no eran lo bastante fuertes para otra cosa, después de todo.

No era lo bastante grande para hacer aquello sola.

¿Verdad?

—Para —susurró.

Cazador metió la mano en su capa, alerta de inmediato, y miró la noche buscando peligro.

—*¿Problemas?*

—Todavía no —suspiró.

Lemon miró el escenario a su espalda, los chicos colgados para morir.

—Pero creo que estoy a punto de crear algunos.

2.8

PALADÍN

en cuidado con lo que deseas.
Cricket conocía aquella canción como conocía su propio nombre. El golpear de los pies y los crecientes vítores. El siseo de los pistones y la percusión de los cuerpos metálicos al colisionar. Las luces brillantes y la ultraviolencia, la multitud a salvo tras las barreras de cemento y las oxidadas rejas de hierro, segura sabiendo que las cosas que luchaban y sangraban y morían en la arena no sentían nada.

La Cúpula Bélica.

El enorme robot esperaba en una estación de trabajo bajo el suelo de la Cúpula, observando al chico llamado Abraham mientras sellaba y atornillaba su cavidad pectoral. Los hermanos gañanes, Murph y Mike, estaban cerca, ofreciendo sugerencias y siendo educadamente ignorados. Abraham era sin duda una especie de experto en tecnología robótica; había reemplazado las baterías defectuosas de Cricket sin mucho esfuerzo, a pesar de lo grandes que eran. El enorme robot podía sentir una nueva energía corriendo por sus extremidades, el poder chisporroteando en las puntas de sus dedos. Sus lecturas internas decían que la carga estaba casi completa, listo para arrancar.

—¿Cómo te sientes? —le preguntó el muchacho en voz baja.

Cricket solo lo miró, con sus ojos azules iluminados.

—No pasa nada, puedes hablar —le dijo Abraham—. ¿Cuáles son tus niveles de energía?

—Noventa y dos por ciento —le contestó Cricket.

—De sobra —asintió el chico—. Tu oponente en el combate de esta noche se llama Tormenta. Es el robot campeón de un asentamiento del sur llamado la Orilla. Solo tiene nueve mil caballos, pero juega sucio. Estudiaremos la balística sobre la marcha, así que...

—No quiero subir ahí —dijo Cricket.

Abraham se subió sus gafas tecnológicas sobre la frente y parpadeó, como si Cricket acabara de decirle que el cielo es verde o que arriba es en realidad abajo. Por primera vez, Cricket vio que los ojos del chico eran de un brillante azul claro.

—¿Dónde decís vosotros dos que encontrasteis a esta cosa? —preguntó.

—Al oeste —le contestó Mikey—. En las Grietas.

—¿Nos habéis traído un gladiador que no quiere luchar?

Cricket solía bromear al respecto. Entre las grabaciones que Evie veía obsesivamente y los combates de la señorita Turbación en la Cúpula Bélica de Los Diablos, había visto cientos de combates de logikas. Y se había alegrado cuando Evie ganaba, había aprendido los trucos de la Cúpula, había bromeado diciendo que, cuando fuera mayor, él también sería un gladiador. Pero entonces solo era un robot ayudante. De cuarenta centímetros de altura. Le acercaba a Evie las herramientas cuando las necesitaba y le ofrecía consejo cuando podía. Decía que quería luchar en la arena pero, en realidad, lo único que quería era que lo tomaran en serio.

Que lo trataran con respeto.

Ser grande.

Cuando Silas instaló su personalidad en el cuerpo del Quijote, fue como un sueño hecho realidad. Y usó su nuevo poder lo mejor que pudo para defender a Evie, hizo todo lo posible en el enfrentamiento en Babel por el bien de la chica que había sido su dueña. Pero eso fue a vida o muerte. Eso fue por amor. Nunca pensó, ni por un segundo, que algún día tendría que luchar por *diversión*.

—No me hagas subir ahí —le rogó a Abraham.

Murphy se acercó al enorme logika a zancadas y le pateó el pie.

—Eh, ¡atiende! —chilló—. Te *ordeno* que pelees en la Cúpula, ¿está claro? Cuando la cuenta atrás finalice, lucharás hasta que tu oponente o tú estéis fuera de servicio, ¿lo entiendes?

Cricket miró los ojos de Murphy.

El suelo de la Cúpula sobre su cabeza.

Cuidado con lo que deseas.

—Entendido —contestó.

—¿Ves? —Murph sonrió a Abraham—. Te lo dije. Es de primera, este. Un robot cañero, certificado. Ya verás.

Abraham miró a Cricket de nuevo con sus ojos azul claro entornados.

—Supongo que lo veremos —murmuró.

El chico bajó su grúa mecánica, descendió al suelo de la estación de trabajo. Tras pulsar un interruptor, las abrazaderas metálicas que sostenían los brazos y piernas de Cricket se abrieron, permitiendo que se moviera libremente.

Aunque no soy libre, ¿verdad?

Nunca antes había estado en aquella posición. Siempre había sido propiedad de los humanos, sin duda. Y Evie a veces le decía que se callara cuando quería expresar su opinión, pero nunca lo obligaba a hacer cosas que odiaba.

Se daba cuenta de la suerte que había tenido trabajando para gente a la que le importaba su opinión. Sus sentimientos.

¿Y ahora?

—¡Juves y juvenas! —Se oyó a través de los altavoces sobre su cabeza—. ¡Discípulos y creyentes, ocupad vuestros asientos! ¡El combate principal de esta noche está a punto de comenzar!

Cricket clavó su brillante mirada en el chico.

—POR FAVOR, NO QUIERO...

—¡Cierralpico! —aulló Murph, dándole una patada tan fuerte que se hizo daño en el pie—. Joder... ¡Habla cuando se dirijan a ti! ¡Ahora sube ahí y lucha!

—ENTENDIDO —dijo Cricket.

—Lo harás bien —le prometió Abraham en voz baja—. Te construyeron para esto.

—*¡En la zona azul...!* —Se oyó desde arriba—. *De origen desconocido, con un peso de setenta y una toneladas... ¡Montad un buen alboroto para recibir al aspirante de esta noche!*

Cricket sintió que la plataforma se estremecía bajo sus pies, y la amplia escotilla se abrió sobre su cabeza con un chirrido. El aullido de la multitud cayó sobre él, incrementó su volumen mientras la plataforma lo elevaba despacio hasta la arena. Los focos trazaban un arco sobre la Cúpula, y la compensación de destellos de sus ópticas se activaron mientras evaluaba su posición.

Estaba muy lejos de ser buena, eso certificado.

La arena tenía un par de cientos de metros de ancho y estaba salpicada por los cuerpos rotos de los robots que habían sido destruidos en los combates anteriores. Barricadas de cemento y acero bloqueaban la zona. Un muro de mortero de diez metros de altura rodeaba la arena y, fuera de este, las gradas se elevaban en círculos concéntricos como las tribunas de un anfiteatro antiguo.

Mientras Cricket miraba, una cúpula de oxidadas rejas de hierro subió desde el suelo cerrando el espacio. Un luminoso de neón comenzó a parpadear sobre su cabeza:

ADVERTENCIA: COMBATE CON FUEGO REAL

Una abigarrada multitud de chatarreros, flipados y cuencoarrocistas se había reunido en las gradas para aplastarse contra los barrotes. El volumen era atronador, y caía sobre Cricket en oleadas.

—¡Y aaaahora, en la zona roja! ¡Desde la Orilla...! —La voz del presentador quedó enterrada bajo un largo coro de abucheos—. *Con un peso de setenta y siete toneladas, ganador de dieciséis duros combates... Jalead al... ¡Toooormenta!*

Una oleada de antigua música punk se derramó desde el sistema de audio cuando el oponente de Cricket apareció, bañado por una inundación de luz roja. El logika era rechoncho y cuadrúpedo, estaba fuertemente blindado. Tenía cañones Gauss gemelos montados en los soportes de sus hombros, y en sus puños crepitaba la electricidad. Estaba pintado de negro, con un relámpago de espray en sus rodilleras y pecho, y las ópticas brillando en un resplandeciente verde.

—Hola —lo saludó Cricket—. Supongo que no querrás que seamos amigos.

—Objetivo fijado —exclamó Tormenta con voz atronadora, girándose hacia Cricket—. Misión: Destruir.

—Vale. —Cricket asintió—. Buena charla.

El robot enemigo bajó de su plataforma y extendió los brazos, lanzando un aluvión de fuegos artificiales desde los portamisiles de su espalda. Era obvio que los espectadores de Nuevo Belén no eran admiradores del logika visitante, y lo abuchearon con más ganas cuando los misiles explotaron en lluvias rojas y blancas.

—¡Sesenta segundos hasta el cierre de las apuestas oficiales, parroquianos! ¡Os recordamos que el combate de esta noche está patrocinado por Daedalus Technologies, y ofrecido gracias a la generosidad de nuestra querida Hermana Dee y sus Jinetes! ¿Me dais un aaaaamén?

Las ópticas de Cricket vagaron por la multitud que gritaba y hacía ruido con los pies. Vio a la Hermana Dee sentada en un palco en primera fila, levantando la mano como saludo. La mujer seguía vestida toda de blanco, con la calavera de la cara recién pintada y una flor de plástico rojo en el cabello. A su lado había tres hombres, uno alto y feroz, otro enclenque como un palo, el tercero casi rechoncho. Cada uno de ellos llevaba la misma calavera pintada en la cara, la misma sotana blanca.

La Hermandad debe gobernar esta maldita ciudad...

Cricket vio a Abraham, sentado obedientemente junto a su madre. Parecía pequeño comparado con los Jinetes, totalmente fuera de lugar. Lo vio hablar con la Hermana Dee, y la mujer sonrió y le apretó la mano mientras respondía.

La multitud se acalló entonces y Cricket se concentró en su oponente; una trepidación eléctrica atravesaba sus circuitos. No era que, técnicamente, pudiera tener *miedo*, pero la Tercera Ley todavía lo obligaba a proteger su propia existencia. El problema era que Cricket sabía que a golpes ni siquiera conseguiría salir de una bolsa de papel mojada.

Silas nunca había sentido la necesidad de programarlo con técnicas de combate, pues Cricket había medido menos de medio metro de altura durante la mayor parte de su vida. En su nuevo cuerpo, podía pelear. Era fuerte, y eso fue suficiente para enfrentarse cara a cara con Faith en Babel. Pero ¿contra un logika que estaba programado y se ganaba la vida desmenuzando a otros robots?

—Esto me da mala espina —murmuró.

—*¡Diez segundos para el inicio de las hostilidades!* —gritó el presentador.

Cricket examinó la multitud, buscando un rostro amistoso y encontrando solo ojos brillantes y dientes al descubierto. Una cuenta atrás apareció en el neón sobre su cabeza y la turba se unió a ella, golpeando con los pies al ritmo mientras Cricket hablaba con Tormenta.

—*¡Cinco!*

—Oye, escucha...

—*¡Cuatro!*

—Estoy pensando...

—*¡Tres!*

—Que podríamos ir a un sitio más tranquilo…

—¡*Dos!*

—Y quizá, no sé…

—¡*Uno!*

—Charlar sobre esto.

—¡*GUERRA!*

Tormenta elevó sus cañones y disparó al pecho de Cricket. El enorme robot gritó y se lanzó detrás de una de las barricadas de acero mientras los proyectiles zumbaban sobre su cabeza. La multitud rugió, y Tormenta continuó con un lanzamiento de misiles desde los soportes de su espalda. Cricket se apartó mientras los proyectiles giraban en espiral por el aire hacia él, arrastrando penachos de humo arcoíris. El suelo explotó a su alrededor, la metralla grabó surcos diminutos en su coraza, los destellos lo hicieron encogerse. Una detonación así lo habría hecho pedazos cuando era pequeño, y sus subrutinas de supervivencia estaban funcionando a toda máquina.

—¡*Primer golpe para Tormenta!* —gritó el presentador.

Cricket se agachó detrás de una barricada de metal. El pánico inundaba sus sistemas.

Quería huir.

Quería esconderse.

Nunca había sido el robot más valiente del Desguace.

Pero le habían *ordenado* que luchara, y la Segunda Ley contrarrestaba cualquier deseo de supervivencia. Y por eso, en lugar de huir, se vio obligado a cargar. Por la pista de muerte, golpeando el acero con los pies. Al acercarse, un instinto oculto cobró vida en él y sintió que el software de combate se activaba en el interior de su cuerpo de robot bélico. Un pequeño mapa en 360° de la Cúpula Bélica apareció en su cabeza, rastreando los movimientos de su oponente, su velocidad, haciendo recuento de la munición, llevando un control de daños y lanzándole llamativas advertencias sobre los ataques inminentes.

El logika enemigo lanzó otra oleada de sus cañones y Cricket esquivó el primero mientras el segundo golpeaba su hombro blindado. No sintió dolor, pero sus informes de daño comenzaron a parpadear, más brillantes. No tenía armas, ninguna ventaja real. Su único plan era rodear a Tormenta con las manos y comenzar a arrancarle pedazos hasta que no quedara nada que rasgar.

—¡*Allá va, amigos!*

La multitud contuvo el aliento mientras Cricket zigzagueaba entre las barricadas, rodaba sobre un logika destrozado y esquivaba un bombardeo de misiles. Era grande, pero gracias a su software de rastreo, era sorprendentemente ágil. Sus motores tronaron; los doce mil caballos de sus extremidades se precipitaron como una cascada. El gentío rugió cuando se acercó, solo para aullar, decepcionado, cuando Tormenta activó un reactor en cada extremidad y se alzó en el aire. Sus dedos articulados se curvaron sobre los barrotes de la Cúpula Bélica, de los que se colgó, boca abajo como una lapa.

—UHM —dijo Cricket—. ESO NO ES DEMASIADO JUSTO, ¿NO?

—OBJETIVO FIJADO. MISIÓN: DESTRUIR.

—SÍ, ESO YA LO HABÍAS DICHO.

Tormenta liberó otro bombardeo de misiles. Cricket levantó un brazo para protegerse las ópticas y los proyectiles estallaron contra su armadura; las explosiones se produjeron en su espalda y subieron por sus sistemas hidráulicos. Una alarma se activó en su interior y recibió más informes de daños mientras el mensaje OBJETIVO FIJADO destellaba en sus visores. La amenaza inundó su sistema de circuitos; la Tercera Ley gritaba en su mente. Recuerdos de los combates que había visto con Evie titilaron en su cabeza: los dos sentados en su habitación, con Lemon a su lado, observando a las leyendas de la Cúpula compitiendo ante la asombrada multitud. Pero eso fue antes. Esto era ahora.

Y estaba solo, asustado.

Pero debajo y entre medias y más allá, el enorme robot se sorprendió al descubrir...

Que estaba *enfadado*.

Enfadado porque lo habían apartado de sus amigos. Enfadado por lo que le había pasado a Evie. Enfadado porque esos humanos lo habían secuestrado, le habían metido las manos dentro, lo habían lanzado allí para que los divirtiera luchando. Puede que lo diseñaran para servir, pero no lo construyeron para que los sirviera a *ellos*, y la injusticia hizo bullir sus circuitos, tiñendo su visión de rojo. Un instinto electrónico, una urgencia en el software de su nuevo cuerpo le hizo extender la mano hacia Tormenta. Y, mientras la asombrada multitud contenía el aliento, la mano derecha de Cricket se plegó en el interior de su antebrazo y una ametralladora pesada se desplegó en su lugar para lanzar una lluvia de balas al robot enemigo.

—*¡Parece que nuestro aspirante tiene algunas sorpresas guardadas en la manga, amigos!*

La explosión fue luminosa, estridente, sobresaltando incluso a Cricket. Las balas trazadoras volaron como luciérnagas; la horda se apartó de los barrotes mientras bramaba su aprobación. El inesperado retroceso desvió la puntería de Cricket, que se tambaleó hacia atrás y casi se cayó. Y aunque la salvaje pedrea esquivó a Tormenta por completo, *sí* golpeó las rejas de la Cúpula Bélica a las que el logika enemigo estaba aferrado. La munición era perforante, explosiva, diez mil disparos por minuto. Trituró el acero como papel mojado. Y, desaparecidos sus agarraderos, Tormenta cayó en picado.

—*¡Un movimiento experto de nuestro aspirante!*

Cricket no tenía ni idea de qué estaba haciendo, ningún control sobre los movimientos de combate instintivos de su cuerpo de robot bélico. La multitud rugió, encantada, cuando dos lanzamisiles se desplegaron en su espalda como muñones de alas y sus miras láser se clavaron en su oponente caído. Una salva de pequeños misiles incendiarios prorrumpió, cubriendo a Tormenta con un halo de llamas brillantes y haciéndolo trastabillar.

Cricket sabía que tenía que atacar; se lanzó sobre el robot caído y lo pateó como un balón de fútbol. Tormenta se tambaleó en la arena, cayó sobre su espalda. Intentó ponerse en pie y sus extremidades se movieron con debilidad mientras Cricket caía sobre él y comenzaba a golpear, pisotear, rasgar, cada golpe coreado al ritmo por la multitud.

—¡Mata! ¡Mata! ¡Mata!

Las chispas volaron, el blindaje de Tormenta se hundió bajo la fuerza terrible de los puños de Cricket. Su averiada caja de voz estaba escupiendo una sarta de incoherentes informes de daño, sus ópticas destellaban con fuerza. Con un poderoso golpe, Cricket aplastó la escotilla de mantenimiento del logika enemigo; el titanio se combó como el papel de aluminio. Y todavía con un velo rojo emborronando sus ópticas, Cricket buscó en el interior y cerró los dedos sobre el procesador central de Tormenta: el corazón electrónico del robot.

—POR... POR FAVOR... —balbuceó Tormenta—. NO... NO...

Una parte de él sabía que en realidad no estaba matándolo, que Tormenta sería reconstruido si a sus propietarios les importaba lo suficiente. Pero Cricket sabía que estaba haciéndole *daño*. Conocía el imperativo que ardía en su núcleo: la Tercera Ley le exigía que luchara, que forcejeara e incluso suplicara para proteger su propia existencia. Y, al ser derrotado, Cricket sabía muy bien qué sentiría el logika. No cumplir las Tres Leyes, intentarlo y no conseguirlo, era *peor* que morir.

No cumplir las Tres Leyes era fracasar en todos los sentidos en los que un robot podía hacerlo.

Pero, aun así, la orden del gañan mugriento resonó en los oídos de Cricket. La Segunda Ley brillaba más que ninguna otra, excepto la Primera.

Los robots deberán obedecer las órdenes de los seres humanos, excepto cuando tales órdenes entren en conflicto con la Primera Ley.

Los robots

deberán

obedecer.

—POR FAVOR... —rogó Tormenta.

—LO SIENTO —contestó el enorme robot—. LO SIENTO MUCHO.

Cricket cerró el puño. Los cables chisporrotearon y se produjo un cegador destello blanco. La multitud rugió cuando le arrancó el corazón a Tormenta con una cascada de chispas. El presentador estaba gritando por el sistema de megafonía, la multitud estaba en pie, el neón se reflejaba en el refrigerante y el combustible que se encharcaban como sangre a sus pies. Cricket miró los casquillos que brillaban sobre el suelo calcinado, el bulto destrozado que había ante él. Miró a los humanos que lo rodeaban, la sed de sangre en sus ojos, escuchó el apisonante ritmo de sus pies.

—¡Creyentes! —Se oyó el grito.

La turba guardó silencio, todos los ojos se giraron hacia el reservado en el límite del ring. La Hermana Dee tenía un micrófono en los labios, rodeada por sus matones con sotana. Abraham estaba a su lado, mostrándole los pulgares a Cricket. A su espalda estaban Murph y Mikey, peleándose otra vez tras darse cuenta de que venderlo por solo dos mil litros había sido demasiado barato.

Pero era demasiado tarde. El trato estaba hecho.

Ahora Cricket pertenecía a la Hermandad.

—¡El Señor nos ha bendecido hoy! —gritó la Hermana—. ¡No solo hemos derrotado a los terroristas que asaltaban nuestras caravanas, sino que parece que la Cúpula Bélica de Nuevo Belén tiene un nuevo *campeón*!

La Hermana Dee señaló a Cricket, mostrando sus dientes al sonreír.

—¡Aquí tenéis a...!

Abraham se inclinó para susurrar al oído de su madre, y la mujer sonrió.

—¡Nuestro *Paladín!* —gritó.

Lo único que él había querido siempre era que lo tomaran en serio.

Que lo trataran con respeto.

Ser grande.

Cricket miró la rugiente multitud y bajó la cabeza.

—CUIDADO CON LO QUE DESEAS —murmuró.

2.9
Fácil

No.

—Son solo niños, Cazador.

—*Debemos llevar a Lemonfresh a Ciudad Colmena. Ella no comprende su importancia. Lemonfresh es...*

—Sí, sí. Necesaria. Especial. Lo capto.

Estaban escondidas en una oscura calle de restaurantes cerrados, mirando el horrible escenario de la Hermandad. Las banderolas rojas aleteaban con la fría brisa nocturna. La docena de matones apoyada en el *monster truck* del Hermano Dubya no parecía exactamente alerta, pero eso no era una sorpresa. Aquel era el corazón de un asentamiento de la Hermandad, después de todo. En aquel sobaco, todos estaban de su lado o les tenían miedo. Seguramente ambas cosas.

Lemon podía oír rugidos en la lejana Cúpula Bélica, el estrépito del metal y las ráfagas de las armas de fuego. Parecía que se había desatado un caos total allí, y agradecía la distracción. Se oía una agitación, un borboteo que venía de la planta desalinizadora, y el humo negro calaba el cielo. Con todo ese ruido, Lemon sabía que tendrían el factor sorpresa, aunque solo fueran Cazador y ella contra doce Hermanos. Pero Cazador se encontraba lejos de estar convencida.

—*Vinimos aquí por los químicos* —gruñó la agente—. *Los tenemos. La carretera espera.*

Lemon frunció el ceño.

—Escucha, estarás de acuerdo conmigo en que, hasta el momento, como prisionera reacia aunque guapísima, he sido una absoluta delicia. No me he intentado escapar, no he intentado apuñalarte por la espalda, ni advertir a esos matones de que «oh, vaya, por cierto, esta loca es una máquina de matar genéticamente modificada con un enjambre de abejas asesinas dentro del sujetador».

—*Creíamos que habíamos llegado a entendernos* —dijo Cazador, un poco triste.

—Mira, tú me dices que soy especial. Vale —le espetó Lemon—. A mí me parece literalmente imposible no estar de acuerdo contigo. Pero esos chicos también son especiales, o de lo contrario esos cabrones de la Hermandad no los habrían crucificado. Quizá tengan dos ombligos, no lo sé, pero nadie merece morirse así. Nadie.

Cazador miró el patíbulo de la Hermandad. La agitación brilló en esos extraños ojos dorados.

—*Y después nos marcharemos a Ciudad Colmena* —susurró al final.

—Mira estas pecas. ¿Crees que te mentiría?

La agente de BioMaas se cruzó de brazos y frunció el ceño.

—*¿Qué propone Lemonfresh?*

—Casi todos los de este vertedero están en la Cúpula Bélica. Envías a tus abejas asesinas contra los matones, yo bajo a los chicos, birlamos una de esas camionetas y nos piramos. Cuando salgamos de Nuevo Belén, llamas a Mai'a, dejamos a los chicos en el vehículo y cabalgamos hacia el atardecer. Con la conciencia tranquila.

—*Las abejas mueren cuando pican. No somos infinitas. Lemonfresh nos pide mucho.*

—Sí, bueno. Tú me estás pidiendo que sea el viento que cambie el mundo, o lo que sea, así que supongo que así estamos en paz. Será fácil, confía en mí.

—*¿Cómo de fácil?*

Lemon se encogió de hombros.

—Fácil como algo muy fácil.

La agente se quedó en silencio un largo momento, claramente dividida.

—Siempre podría empezar a gritar pidiendo ayuda —sugirió Lemon—. Técnicamente sigo *siendo* la víctima de un secuestro.

—*¿Lemonfresh nos amenaza?*

—Técnicamente, lo que estoy haciendo es extorsionarte.

Cazador entornó los ojos. Un zumbido grave llenó su pecho.

—*Muy bien* —asintió.

A Lemon todavía le dolía el estómago, pero consiguió sonreír de todos modos. La pareja esperó hasta que la patrulla de Discípulos más cercana hubo pasado de largo. Y, cuando la costa estuvo despejada, Lemon caminó hasta el escenario con las manos en sus bolsillos repletos.

Los chicos de la Hermandad se quedaron en silencio cuando vieron a la pelirroja desaliñada y bajita que caminaba hacia ellos. Suponía que aquella docena era parte del equipo que había atrapado a aquellos pobres chicos. Estaban embalando pistolas pesadas, fusiles automáticos. El más alto tenía una copia extragrande de las Sagradas Escrituras colgando de una gruesa cadena de hierro en su cinturón. Encuadernadas en cuero cuarteado, eran lo bastante grandes como para matar a palos a un ratero con ellas, y tenían unas palabras grabadas en un desvaído dorado:

Ayúdate y yo te ayudaré.

Los Hermanos la miraron con las cejas levantadas.

—Buenas noches, hermanita —dijo uno con barba.

Lemon negó con la cabeza y sonrió.

—Oh, yo no soy tu hermana, guaperas.

—Todos los hijos del Señor son nuestros hermanos y hermanas —contestó uno alto.

—Amén, Hermano Ray —murmuró el barbudo.

Barbitas McBarbas estaba lanzándose un martillo de una mano a la otra. Lemon se dio cuenta de que era el mismo que la Hermana Dee había usado antes con los chicos.

—Dime, Hermano Ray —le dijo al alto—. ¿Tienes que cepillarte los dientes súper fuerte para librarte de toda la mierda que sale de tu boca?

Los Hermanos se miraron unos a otros, incrédulos. El Hermano Ray se acercó, se agachó delante de Lemon. El hombre era tan grande que sus ojos estaban nivelados. Desde tan cerca podía ver la sangre inyectada en su mirada, la nada más allá. Su voz tenía un peligroso tono tranquilo.

—¿Buscas que te hagan daño, hermanita?

—¿Como vosotros les habéis hecho a esos chicos de ahí arriba?

El Hermano Ray miró a la pareja sobre el escenario. Golpeó con los dedos las enormes escrituras que colgaban de su cinturón.

—Solo los puros prosperarán. —Se encogió de hombros.

Lemon se succionó el labio y asintió. Señaló el cuello del Hermano barbudo.

—Ey, tienes una abeja.

El Hermano frunció el ceño y se sacudió, se dio una palmada en la garganta.

—¡Me cago en Dios!

—Eso es blasfemia, Hermano R... Ay, ¡*me cago* en Dios!

Los Hermanos consiguieron soltar un puñado más de maldiciones antes de que sus pulmones dejaran de funcionar. Lemon retrocedió y giró la cabeza para no tener que verlos morir, cubriéndose las orejas para bloquear los sonidos que emitían. Había tenido una infancia dura, certificado, pero había visto más gente convertirse en cadáver en la última semana que en todos sus días anteriores juntos. Empezaba a resultarle pesado.

Se preguntó qué habría dicho el señor C, viendo en cuántos problemas se había metido, y tan rápido. Recordó al anciano mirándola a los ojos mientras tomaba su mano ensangrentada, se la apretaba con fuerza y exhalaba sus últimas palabras:

«Cuida de nuestra chi... chica. Va a... necesitarte».

Sí. Estaba haciendo un trabajo de puta madre con eso.

Lemon se estremeció cuando notó una mano suave en su hombro, y se giró para ver a Cazador a su espalda.

—*Rápido.*

Lemon asintió, se subió el pantalón y apretó los dientes. Escuchando el creciente rugido de la distante Cúpula Bélica, se agachó junto al Hermano Ray y rebuscó en sus pantalones.

—¿Cuál es la palabra para definir a alguien que es inteligente y guapa? —preguntó al final, levantando victoriosa un llavero de automóvil—. ¿Inteliguapa? ¿Guapilista?

—*¡Vamos!* —siseó Cazador, arrastrando los cuerpos para ocultarlos de la vista.

—Vale, vale.

Lemon se hizo con el martillo caído y corrió al escenario para echar un mejor vistazo a los prisioneros. Ambos llevaban algún tipo de uniforme militar, diseñado con un camuflaje desértico. Ambos seguían inconscientes: la chica de Asiabloc por la pérdida de sangre y la conmoción; el chico de piel oscura por la paliza que le habían dado y la tortura que había llegado después.

Seguramente es lo mejor.

Lemon se dispuso a descubrir cómo liberarlos. No había comido nada con sustancia desde hacía días, pero al mirar el martillo que tenía en las manos sintió que se le revolvía el estómago. Se preguntó cuál sería el mejor modo de extraer los clavos de los pies del chico.

—Uhm, vale —susurró—. Parece que no estoy preparada para lidiar con este nivel de asquerocidad.

Cazador apareció a su lado. Sus ojos dorados estaban llenos de preocupación.

—¿*Por qué tarda tanto Lemonfresh?*

—¡Nunca había hecho esto! —siseó—. Esta gente tiene los *clavos* donde no deberían. ¡Estrictamente hablando, tienen los clavos dentro del cuerpo!

Cazador tomó el martillo y se puso a trabajar, y Lemon decidió que sería mejor para todos los implicados que pusiera la camioneta en marcha. Corrió hacia el *monster truck*, con las llaves en la mano, y de inmediato se dio cuenta de que tenía dos problemas: primero, una patrulla de Discípulos acababa de doblar la esquina al final del mercado y se dirigía en su dirección. Y segundo, era demasiado bajita para llegar a la manija de la puerta del vehículo.

—Uhm. ¿Mierda?

Miró a su alrededor y vio los cadáveres hinchados de los Hermanos. Corrió hacia ellos, se sacó el cúter de la hebilla y cortó el cinturón del Hermano Ray. Recogió su gruesa copia de las escrituras encuadernadas en piel y regresó al *monster truck*. Tras colocar el libro en el suelo, se subió a él y apretó la manija, subió al interior. Usando la cadena del libro, tiró de este al interior y lo dejó en el asiento del conductor para ser lo bastante alta como para ver tras el volante. Le dio a la cubierta grabada una pequeña palmada.

—Ayúdate, y el Señor te ayudará —murmuró.

La puerta de atrás se abrió en el lado del pasajero y Cazador metió a la chica inconsciente en el interior y corrió a por el chico. Mirando a través del parabrisas, Lemon vio que los Discípulos habían notado que algo iba mal y habían comenzado a trotar, hablando por sus comunicadores. Lemon giró la llave y fue recompensada con un rugido que hizo temblar la tierra.

—Cazador, ¡mueve el culo! —gritó.

Los Discípulos echaron a correr, descolgándose los fusiles de la espalda. Lemon vio otra patrulla corriendo hacia ellas desde la dirección opuesta, oyó el ruido del silbato de vapor de la planta desalinizadora seguido por el aullido de una sirena de ataque aéreo en las murallas de la ciudad. Arrancó, aunque apenas llegaba con los pies a los pedales.

—¡CAZADOR!

La puerta se abrió tras ella y la agente de BioMaas saltó al interior con el chico de piel oscura en los brazos.

—¡*Vamos, Lemonfresh!*

Lemon pisó el acelerador justo cuando las balas comenzaron a volar, repiqueteando en la carrocería y haciendo añicos el parabrisas.

El motor rugió y el vehículo se lanzó hacia delante, aplastando una hilera de tenderetes de hojalata del mercado. Lemon hizo una mueca, intentó encontrar la marcha atrás y la caja de cambios hizo un sonido como el de un tornillo en una picadora de carne.

—¿*Lemonfresh no sabe conducir?* —le preguntó Cazador.

—¿No lo he mencionado antes? —replicó Lemon.

La agente de BioMaas murmuró para sí misma y sacó la extraña pistola de raspa de debajo de su capa. Disparó un par de veces por la ventana, aparentemente al azar. Las balas eran verdes, luminosas, y zumbaron como luciérnagas mientras silbaban inocuamente hacia la oscuridad.

Lemon miró sobre su hombro, boquiabierta.

—¿No sabes *disparar*?

—*Cazador nunca falla nuestro objetivo* —contestó la mujer.

—Quizá deberías decirle eso a tus bal...

Lemon se detuvo y se giró hacia la ventanilla cuando el zumbido cambió de tono. Con la boca abierta, vio que los proyectiles se curvaban en el aire y partían en una multitud de direcciones como si tuvieran mente propia, hasta golpear a todos y cada uno de los Discípulos que corrían hacia el vehículo. Los hombres se desplomaron, convulsionándose donde caían. En cuestión de segundos, todos estaban inmóviles.

Lemon se encontró con la mirada dorada de la agente.

—De acuerdo —asintió—. Sabes disparar.

—¡*Vamos!* —rugió Cazador.

Lemon encontró la marcha atrás, aceleró y el vehículo se liberó de los tenderetes y colisionó contra el escenario. La chica rebotó en su asiento, se golpeó la frente con el volante, pisó el freno.

—Quizá deberías ponerte el cinturón de seguridad —murmuró.

—*¿Qué es el cinturón de seguridad?*

—Vaya, esto no va a terminar bien.

Lemon giró el volante, aplastó el pedal y partieron, atravesando el mercado. Incluso con el trasero aparcado en las Sagradas Escrituras, apenas podía ver a través del parabrisas roto, y el vehículo golpeó otra docena de puestos y pasó rodando sobre una hilera de motos de cross aparcadas antes de salir rugiendo de la plaza. La sirena de ataque aéreo aullaba con más fuerza, pero casi todos los ciudadanos de Nuevo Belén seguían en la Cúpula Bélica y las calles estaban despejadas.

El *monster truck* pasó tronando junto a la planta desalinizadora cuando la segunda oleada de balas comenzó a volar. Lemon oyó el repiqueteo del plomo en la carrocería, como si fuera lluvia, mientras intentaba desesperadamente mantener las cuatro ruedas en el suelo al desviarse y virar. El vehículo atravesó un etiloantro, aplastó una autocaravana aparcada y chirrió al doblar la esquina hacia la plaza principal, retumbando hacia la puerta.

—Uhm.

Lemon pisó los frenos, se mordió el labio.

—De acuerdo, tengo buenas y malas noticias.

—*¿Qué?*

—La mala noticia es que las puertas están cerradas. —Le echó a Cazador una mirada de disculpa—. Y te he mentido. No hay buenas noticias.

Cazador miró a través del parabrisas destrozado. Frente a ellas, las pesadas puertas dobles de Nuevo Belén estaban cerradas y selladas; al parecer, en respuesta a las alarmas que habían activado. Tenían cinco metros de altura, medio metro de grosor, eran de hierro reforzado. La agente miró a Lemon con rostro adusto.

—*Fácil como algo muy fácil, ¿no?*

—Mira, nadie me había dejado hacer planes nunca. ¡Se quedaban conmigo por mi cara bonita!

Cazador le hizo algo a su pistola que podría haber sido una recarga. Se aflojó el cuello del traje y un enjambre de abejorros furiosos comenzó a salir de la colmena que era su piel. Con un movimiento de su muñeca izquierda, una púa larga y retorcida del color del hueso blanqueado emergió de la carne de su palma.

—¿Dónde demonios tenías eso escondido? —exhaló Lemon.

—*Cuando las puertas se abran, conduce.*

—Pero ¿qué...?

—*Conduce.*

Cazador abrió la puerta del vehículo, saltó a la calle destrozada y corrió directamente hacia la garita. Mientras corría, disparó otra docena de balas luciérnaga a la oscuridad. Los brillantes estallidos verdes se precipitaron entre los Discípulos y los miembros de la Hermandad que habían respondido a la alarma, y las abejas alzaron el vuelo. Lemon oyó gritos sobre el motor en marcha, alaridos y oraciones confusas. Una lluvia de balas golpeó el *monster truck* y la chica se agachó, pero la mayor parte de los tiradores estaban apuntando a la agente de BioMaas que los estaba haciendo añicos. La mujer corría con sus rastas azotando como serpientes. Se encorvó y agachó, se lanzó sobre los cadáveres hinchados de la garita y desapareció en el interior.

Lemon no podía ver lo que pasaba en el interior del edificio, no podía oír sobre el aullido de la alarma. Pero, en cuestión de un minuto, la puerta resonó y se sacudió, los cerrojos se apartaron, traqueteando. Unas pesadas cadenas se deslizaron a través de las engrasadas poleas con un gemido metálico. Y, con un largo y oxidado chirrido, las puertas de Nuevo Belén se abrieron de par en par.

—Vale... —exhaló Lemon—. Estoy oficialmente impresionada.

Pisó el acelerador, quemando rueda, y el vehículo se lanzó hacia delante con un rugido. Las balas golpearon los paneles, rebotaron en los enormes protectores de las llantas cuando algunos de los Hermanos más espabilados intentaron reventar los neumáticos. Pero Lemon apretó los dientes y sacó los colmillos, tan fuerte como pudo, conduciendo a la bestia hacia las puertas abiertas.

Levantó la mirada, vio figuras sobre la garita recortadas contra la luz del fuego de los bidones. Vio la sombra de Cazador, zigzagueando y golpeando con la púa de su muñeca. Vio Hermanos y sangre cayendo como la lluvia. Y, cuando atravesó la puerta como un trueno, vio que Cazador se lanzaba, con una estela de púas, para aterrizar con un ruido suave en la caja del vehículo.

—¡*Vamos!* —gritó la mujer, golpeando el techo con la mano.

Lemon plantó ambos pies en el acelerador mientras las ruedas giraban y el motor aullaba y el polvo se elevaba tras ellas en una nube rodante. Algunos disparos silbaron junto a su ventana mientras se lanzaba a la carretera, pero Cazador parecía haber destripado a la mayor parte de la guarnición, quitándoles las ganas de pelea.

Cazador entró a través de la ventanilla abierta y se deslizó en el asiento del copiloto, cubierta de sangre de la cabeza a los pies. Lemon golpeó el volante con las manos, con una sonrisa más amplia que la del irritante robot de la irritante tienda.

—¡Te lo dije! —gritó sobre el motor—. ¡Fácil como una cosa muy fácil!

Y entonces fue cuando se dio cuenta de que no toda la sangre pertenecía a la Hermandad.

Un agujero serrado brillaba en el esternón de Cazador, contra el que la agente había presionado la mano en un intento de contener la sangre. La mujer estaba pálida; las pocas abejas que le quedaban reptaban alrededor de la herida, zumbando furiosamente. Su voz fue un susurro dolorido.

—¿E...? *¿Eso le parece fácil a Lemonfresh?*

2.10

Redoble

—Aguanta, ¿vale? —gritó Lemon.

El corazón le latía en el pecho como un trueno. Le dolía el estómago de nuevo, como si lo tuviera lleno de cristales rotos. El polvo hacía que le escocieran los ojos, y parpadeó para alejar las lágrimas. Descartó la idea de que fuera todo culpa suya e intentó mantener el vehículo en marcha mientras pasaban rugiendo junto a las tierras de labranza de la Hermandad y salían a la autopista.

—Cazador, ¿me oyes?

La luna intentaba brillar a través del esmog sobre sus cabezas, una luz fría y espectral que reptaba sobre los campos de maíz transgénico. La agente de BioMaas estaba recostada en su asiento, con el regazo llenándose lentamente de rojo. Era más sangre de la que Lemon había visto en su vida, y el olor inundó la cabina y se mezcló con el hedor del océano, haciendo que le temblaran los brazos. Cazador hizo una mueca, con la mano contra la burbujeante herida. Media docena de gruesos abejorros se golpeaban contra el parabrisas destrozado, como enloquecidos por el dolor de la agente.

—¿Cazador? —le preguntó Lemon.

La mujer cerró los ojos y negó con la cabeza.

—¡Dime qué hago! —aulló Lemon—. ¿Me detengo?

—Ni de pu… puta broma —llegó un susurro ronco a su espalda.

Lemon se sobresaltó, el vehículo se metió en la cuneta y estuvo a punto de volcar. Intentó controlar el peso, el trasero casi se le escurrió sobre las Sagradas Escrituras. Quitándose el flequillo de los ojos, miró por el espejo retrovisor. Vio ojos oscuros, piel oscura, una barbilla en la que podrías romperte los nudillos. Cabello negro rapado, con el símbolo de advertencia radiactiva afeitado en el lateral. Se dio cuenta de que el chico al que habían rescatado…

—Estás consciente —exhaló Lemon.

—Conduce —repitió el chico—. Al este. Mantén el océano a tu espalda. —Su voz era grave, su acento guarnecido con una gruesa rebanada de exotismo—. Pisotea ese pedal como si hubiera insultado a tu madre.

Se giró hacia la chica que yacía inconsciente a su lado, le tocó la cara pálida.

—¿Diesel? —susurró—. Deez, ¿me oyes?

—¿Está bien? —le preguntó Lemon.

El chico le examinó el vendaje del pecho, el que le cubría la herida de bala.

—¿A ti te *parece* que está bien?

Lemon buscó en sus pantalones cargo y empezó a lanzar las medicinas birladas de la tienda de Solomon al asiento trasero.

—¿La ayudaría algo de esto?

—Puede —gruñó el joven, examinando las cajas y frascos—. ¿Le has robado todo esto a la Hermandad?

—Lo he tomado prestado. Por así decirlo.

—Así que eres la típica loca que se pone las bragas en la cabeza, ¿no?

—Por si no te has dado cuenta, acabo de salvar tu patético culo de una muerte segura. Soy absolutamente guapilista, eso es lo que soy.

El chico levantó una ceja.

—Es un cruce entre inteligente y lis...

—Ya, lo he entendido —gruñó.

Ignorando las heridas sangrantes de sus muñecas y pies, el muchacho comenzó a quitar las vendas empapadas del torso de su amiga. Lemon miró a Cazador, vio que la mujer se había colocado la capa sobre el agujero de bala de su esternón. En su rostro pálido brillaba el sudor.

—¿Sigues conmigo? —le preguntó.

Cazador asintió, con sus ojos dorados en la carretera. Abrió un poco la ventana, el viento agitó las púas de su cráneo. Levantó una mano roja y susurró a tres gordos abejorros que reptaban sobre sus dedos ensangrentados. Uno a uno, los insectos alzaron el vuelo, salieron a la noche a través de la ventana. Cazador se echó hacia atrás en su asiento, agitó las pestañas mientras sus labios sanguinolentos se movían.

—No te muevas, ¿vale? No intentes hablar. —Lemon se retorció en su asiento, miró al chico a su espalda—. Oye... ¿Cómo te llamas, a todo esto?

—Grimm. —El chico frunció el ceño, sin levantar la mirada.

—¿Grimm?

—¿Hay eco aquí o qué?

—Vale, Grimm. Te queda bien. —Lemon asintió—. Lo apruebo.

—Oh, qué alivio.

—¿Tienes un equipo? ¿De dónde eres? Mi amiga está herida y necesita ayuda rápido.

—Ya te lo he dicho, amor —contestó el muchacho, rodeando con vendas limpias el pecho de la chica—. Tira hacia el este. Allí encontraremos ayuda.

—No me llamo «amor» —le dijo—. Me llamo Lemon Fresh.

—¿Qué tipo de nombre es...?

La ventanilla trasera explotó, llovió cristal en la cabina. Medio segundo después, Lemon oyó el disparo y miró por el retrovisor mientras Grimm arrastraba a su amiga hasta el suelo. A través de la oscuridad y del polvo que estaban levantando, vio los faros de un pelotón (parecían camiones, todoterrenos, motocicletas) avanzando en su estela. En el cielo sobre sus cabezas zumbaba media docena de drones, cada uno de ellos equipado con un pequeño cañón automático. Mirando la penumbra con los ojos entornados, pudo distinguir las X negras pintadas en los capós de los automóviles.

—Bueno, no es que me sorprenda —suspiró.

Giró el volante a la derecha y abandonó la autovía hacia una salida destrozada. El espejo del lado del conductor explotó cuando una bala lo golpeó, y otro disparo *atravesó* el bolsillo lateral de la puerta y penetró en la radio, haciéndola estallar como a un globo. Lemon giró el volante, hizo que el *monster truck* se desviara bruscamente. Miró por el retrovisor y gritó sobre el rugido del motor.

—¡Esas motos nos están alcanzando, y alguien en los vehículos dispara bien!

—Seguramente el Hermano Guerra —escupió Grimm, mirando por la ventana trasera—. Fue él quien hirió a Deez. Pero nos quiere vivos; solo juega con nosotros.

—¿Juega? —gritó Lemon—. ¡No me gusta este juego! ¡*No* me gusta!

—Si quisiera matarnos, ya seríamos fiambre. ¿Podemos ir más rápido?

—¡Ya estoy pisando a fondo!

Grimm maldijo y comenzó a buscar en el interior del vehículo. Levantó el asiento trasero y encontró un grasiento fusil automático con versículos tallados. Lemon hizo una mueca, se tocó el estómago. Las náuseas habían regresado, se sentía mareada y le dolían los huesos. Buscó en sus pantalones cargo y sacó el frasco de medicina antirradiación. Miró a Cazador, buscando ayuda, pero vio que la mujer estaba inconsciente en un charco de sangre.

El vehículo comenzó a zigzaguear y a derrapar por la carretera mientras Lemon forcejeaba con la tapa a prueba de niños.

—¡Estoy intentando apuntar! —rugió Grimm—. ¿Puedes mantener el rumbo?

—¡No! —gritó, lanzándole el frasco al joven—. ¡Ábreme eso!

El chico miró el frasco con el ceño fruncido.

—¿Te has expuesto? ¿Dónde? ¿Cuánto?

—¡Larga historia, dame las medicinas! ¡Tres al día y estaré chispa!

—Sabes que no funciona así, ¿verdad?

—¿Qué demonios sabes tú?

Lemon se agachó cuando otro disparo de fusil golpeó el bolsillo lateral. Miró por el retrovisor y vio que las motos de la Hermandad estaban en sus talones, que los drones estaban sobre sus cabezas, y el resto del pelotón inquietantemente cerca. Se dio cuenta de que los vehículos que los perseguían eran más rápidos, de que, en una persecución, aunque su *monster truck* fuera el más grande, seguramente no era el mejor.

—Creo que aquí, en alguna parte, hay una valiosa lección vital —murmuró.

Los drones descendieron, listos para comenzar a disparar a sus neumáticos. Un pinchazo a aquella velocidad los haría volcar, sin duda. Y por eso, Lemon levantó la mano. Se perdió en la estática tras sus ojos. Buscó las chispas de corriente en el interior de los drones, los pulsos eléctricos dentro de sus caparazones metálicos. Era difícil apresarlos y mantener la mente en la carretera. Le dolía la cabeza, la fiebre la extinguía como a una vela. Pero, con una mueca y una oleada de dolor en el vientre, la chica cerró el puño. Los LED del salpicadero estallaron y chisporrotearon. Los faros murieron. Pero, como una bandada de pájaros muertos, los drones se bambolearon y cayeron a la carretera uno tras otro.

—¿Cómo demonios has hecho eso? —exhaló Grimm.

Lemon miró el espejo, buscó sus ojos. Vio una lenta chispa de reconocimiento. El joven miró a la chica inconsciente en el asiento a su lado, después a la medicina robada esparcida por el asiento trasero. Tomó un pequeño bote, arrancó el plástico de una jeringuilla desechable. Se agachó cuando otro disparo golpeó la caja del vehículo, y la llenó con una gran cantidad de líquido transparente.

—¿*Quéseso*?

—Adrenalina —contestó el chico.

—¿Eres médico?

—¿Te parezco un puto médico?

Lemon se quedó boquiabierta cuando el joven le clavó la aguja justo en la yugular de la chica. La reacción fue inmediata, violenta: ella tomó aire profundamente y abrió los ojos mientras se convulsionaba en el asiento. Intentó erguirse, desconcertada y pálida. Miró a Grimm, jadeando mientras su cerebro registraba el dolor.

—Ohhhhh, Dios... —gimió.

—¿Diesel? —susurró Grimm—. Deez, guapa, escucha, estamos en un lío, te necesitamos.

La chica parpadeó rápidamente, se estremeció cuando otra bala hizo estallar lo que quedaba de la ventana trasera. Con un gemido, se giró en su asiento y miró con los ojos entornados el pelotón que los seguía a través de la oscuridad. Volvió a mirar a Grimm y tosió. La pintura negra de sus labios estaba salpicada de rojo.

—Siem... Siempre me llevas... a las mejores fiestas —susurró.

—Para eso están los colegas, ¿no? —El chico sonrió.

—¿Quién es... la ni... niña? —le preguntó, mirando a su conductora.

—Uhm, ¿*disculpa*? —replicó Lemon.

—Es del Paraguay —dijo Grimm—. Créeme.

Lemon no tenía ni idea de qué o quién era Paraguay pero, justo entonces, su inminente muerte a alta velocidad le parecía más acuciante. El vehículo que iba primero estaba lo bastante cerca para que Lemon pudiera ver al conductor con claridad a pesar de la oscuridad. No parecía tener más de veinte, llevaba una máscara de gas que le cubría la boca y la sotana de la Hermandad hinchándose en el aire. Un grupo de Discípulos con enormes escopetas y grandes X pintadas en la cara se situaron tras la caja del *monster truck* y alzaron las armas para apuntar a los neumáticos de Lemon.

Diesel tomó aire profundamente y extendió su ensangrentada mano derecha.

Lemon no podía estar segura, debido al polvo y a la oscuridad, al escozor del sudor en sus ojos. Pero, cuando la chica curvó los dedos en garras, la carretera se… onduló delante del vehículo de la Hermandad. Se abrió un agujero irregular, un brillante y resplandeciente rasgón incoloro en el asfalto. La chica elevó la mano izquierda, abriendo otra grieta de unos cinco metros en el cielo sobre el pelotón. Y, mientras Lemon miraba, absolutamente alucinada, el vehículo enemigo se desplomó en la primera grieta y descendió a través de la segunda.

El vehículo cayó del cielo y aterrizó sobre otro lleno de matones. El metal quedó destrozado, ambos vehículos colisionaron y volcaron, la noche se iluminó cuando ambos explotaron en una bola de llamas naranjas. El resto de los vehículos de la Hermandad derraparon violentamente en la carretera, las motocicletas volcaron, y conductores y tiradores se comieron su trozo de asfalto a cien kilómetros por hora.

Lemon se frotó los ojos y ajustó el espejo.

—¿Qué… DEMONIOS?

Diesel la ignoró, apretó los dientes manchados de rojo y se giró hacia la siguiente furgoneta. Lemon vio al Hermano Dubya rugiendo una advertencia, al pelotón dividiéndose en la carretera. De nuevo, la chica retorció la mano derecha y una brillante grieta incolora se abrió en el suelo delante de uno de los todoterrenos que los perseguían mientras otra se abría en el cielo.

El conductor del 4 × 4 intentó virar, su neumático delantero bordeó la fisura y comenzó a caer al interior. Pero, en el mismo momento, Diesel tosió una bocanada de sangre, cerró los ojos y las grietas se cerraron también. El todoterreno quedó cortado en dos, como si se hubiera usado la hoja más afilada, y una mitad dio volteretas y se deslizó sobre la carretera mientras la otra caía a través de la grieta del cielo, que también se estaba cerrando. Colisionó con un motorista y lo lanzó por la autopista rota con un halo de fuego.

La chica contuvo un gemido, se presionó la herida del pecho con una mano.

—No puedo… —Negó con la cabeza—. No puedo…

—Lo has hecho bien, Deez —declaró Grimm—. Descansa, yo me ocupo.

Diesel se hundió en su asiento mientras el chico descargaba el fusil de asalto. Un rocío de balas salpimentó el *monster truck* en respuesta, y Lemon chilló y se agachó. El vehículo saltó bruscamente cuando golpearon el borde, cayó a toda velocidad por un terraplén hasta un llano pedregoso. La Hermandad iba justo detrás.

Un Discípulo dio un salto desesperado para cruzar la brecha entre su moto y el *monster truck*. Un segundo Discípulo lo siguió, y ambos aterrizaron sobre la caja. Grimm abatió al primero antes de que su fusil se quedara seco. El segundo consiguió llegar hasta la ventanilla trasera rota, se lanzó a través y echó mano al cuello de Lemon. Sus dedos se cerraron sobre su garganta, rompiéndole el colgante; el trébol de cinco hojas destelló al caer. Lemon le plantó un codo en la cara antes de que Grimm lo agarrara del cuello y Diesel lo arrastrara hacia atrás. El trío comenzó a forcejear en el asiento trasero, maldiciendo y pateando justo tras la cabeza de Lemon.

La chica apenas podía ver, debido a la tierra y al polvo que volaba a través de las ventanillas rotas. El *monster truck* derrapó de lado cuando un 4 × 4 los golpeó y un segundo vehículo los atacó por la derecha, intentando enviarla contra las espuelas de piedra irregular. Lemon entornó los ojos a través de la oscuridad y el polvo y vio al Hermano Dubya en el asiento del pasajero, con la enorme calavera cubriendo sus rasgos y un puro humeando en sus labios.

El enorme hombre la miró y le guiñó el ojo. Y, a pesar del caos, Lemon levantó la mano del volante un momento para dejarle ver bien su dedo corazón.

Grimm seguía luchando en el asiento trasero. Diesel se llevó un codazo en la mandíbula y se derrumbó en el espacio para los pies, sangrando y gimiendo. El Discípulo se había subido a horcajadas sobre el pecho de Grimm, había sacado una pistola y le había quitado el seguro con el pulgar cuando una larga púa de cruel hueso le atravesó limpiamente el cuello.

Se produjo un rocío de sangre cuando Cazador se levantó del asiento del pasajero, con el pecho y el vientre goteando. Trepando a la parte de atrás, la agente de BioMaas apuñaló una y otra y otra vez, hasta que por fin abrió la puerta y lanzó de una patada el bien ventilado cadáver. Grimm la miró con los ojos muy abiertos, aspirando aire. Cazador buscó en su sanguinolenta capa con las manos ensangrentadas y le puso a Lemon sus gafas. Estaba pálida como un fantasma, salpicada de rojo y, de algún modo, sonriendo.

—¿Cazador?

La mujer se abrió el cuello del traje y las abejas que quedaban salieron reptando del panal de su piel. Bajó la ventanilla, con una mano en su pecho sangrante, y miró a Lemon a través del espejo.

—*Ven... Vendrán a por ella* —susurró, con sangre en los labios—. *No te... temas nada. Cazador... nun... nunca pierde a nuestra presa.*

—Oye, espera... no...

—*Lemonfresh es importante* —contestó la mujer—. *Es necesaria.*

—¡Cazador, no!

La agente saltó a la noche, hacia la cabina del 4 × 4. Sus abejas se enjambraron, los hombres del interior gritaron. Cazador apuñaló y cortó con su púa ósea, pintó las ventanas con oscuras salpicaduras de sangre. El todoterreno se alejó, poniéndose en el camino de otro vehículo. Colisionaron con un poderoso estrépito, y el 4 × 4 cayó de lado y estalló en llamas.

El vehículo de Dubya chocó de nuevo contra el de Lemon y la chica chilló mientras luchaba por mantener el control del volante. Grimm tomó la pistola del Discípulo asesinado y comenzó a disparar por la ventanilla lateral. La camioneta de Dubya se alejó y volvió a girar en otra atronadora colisión, lanzándolos contra un espolón de roca del desierto. Lemon gritó, impulsada como una muñeca de trapo. Pero, aunque no hubiera robado el mejor vehículo para una persecución, había robado el *más* grande. Giró el volante con fuerza y el automóvil de Dubya se vio forzado hacia el lado; sus ruedas delanteras treparon por el espolón, se elevó sobre dos de ellas y finalmente giró como un trompo.

Metal rasgado. Cristal roto. Lemon recuperó el control del *monster truck*, miró por la ventanilla trasera y vio que la camioneta de Dubya daba vuelta sobre vuelta antes de detenerse del todo.

Tras perder a su líder y después de la paliza que les habían dado, parecía que a sus perseguidores se les habían quitado las ganas de guerra. Los faros de la Hermandad abandonaron su parte trasera uno a uno. Lemon soltó un vítor, hizo sonar la bocina, golpeó el techo con la palma.

—¡ABSOLUTAMENTE GUAPILISTA, TE LO DIGO!

Grimm se irguió, la miró por el espejo retrovisor.

—No está mal, amor —jadeó—. No está nada mal.

—Certificado que, si vuelves a llamarme «amor», te vas a ir caminando.

El chico hizo una mueca al incorporarse y señaló hacia delante.

—¿Ves las siluetas de esas montañas? Sigue conduciendo hacia allí.

—¿A dónde vamos?

—Al Lolita.

—¿Lolita? —Lemon parpadeó—. ¿Es ahí donde trabaja tu abuelita?

El chico resopló, curvando los labios en algo cercano a una sonrisa.

—Sí. Algo así, amor.

2.11
Familia

La voz de una chica muerta resonó en el interior de la cabeza de Eve.

Recordaba aquel lugar. Recordaba al hombre que había fingido ser su padre allí de pie, rodeado de admiradores. Trajes elegantes y ojos brillantes y promesas de un nuevo amanecer. Nada de ello parecía real. Todo lo parecía.

La sala de juntas era circular, y también la mesa. Las paredes eran de cristal, con vistas a la ciudad, al páramo más allá, a las ruinas que habían creado. Las sillas eran idénticas, todo para crear la ilusión de que el gran estado corporativo de GnosisLabs no tenía soberano. El cristal negro de la mesa estaba cubierto de polvo. La ciudad estaba en silencio. Y, en los jarrones que bordeaban la estancia, todas las flores estaban muertas. Como su rey.

Eve estaba en el centro del hueco circular de la mesa, vestida toda de blanco. Un ojo de verdad se había regenerado en la cuenca de la que se arrancó el implante óptico. El agujero de su cráneo, del que se extrajo el chip, se había curado y cerrado. Sus dos iris eran ahora de color avellana, y se había lavado la sangre del cabello rubio.

—Eres igual que ella —le dijo Uriel. El realista se echó hacia atrás en su silla, le señaló perezosamente el mohicano—. Menos eso, por supuesto. Pero aun así resulta impresionante.

Eve miró a su hermano, sentado a la mesa. Intentó decidir cómo se sentía al verlo de nuevo. Su vientre estaba lleno de sensaciones que sabía que no eran suyas. Recordaba a Uriel de una juventud que nunca había vivido. Lo conoció en el departamento de I+D, junto a sus once hermanos y hermanas. Ese día, su «padre» y sus científicos se habían mostrado muy orgullosos de la abominación que habían creado.

«*Niños*», les dijo Monrova. «*Os presento a mis hijos*».

Uriel no había cambiado en los años que habían pasado separados. Su cabello seguía siendo oscuro, grueso, largo. Sus ojos seguían siendo del azul del océano, antes de que la humanidad lo emponzoñara de negro. Su mirada seguía atravesando a Eve como un cuchillo. Como el disparo que reverberó en la diminuta celda en esas horas finales, cuando apuntó a la cabeza de Tania con su pistola, cuando los hijos de Nicholas Monrova se revelaron para destruir todo lo que él había construido.

«*No te tengo miedo*», había afirmado Tania.

Uriel no contestó.

Su pistola habló por él.

Eve sabía que la mayor parte de esos recuerdos no le pertenecía: Nicholas Monrova no era su padre, Tania Monrova no era su hermana, la familia que aquellos realistas habían destruido no era la suya. Y, aun así, cuando miraba a Uriel, a Gabriel, a Faith, seguía teniendo que esforzarse para convencerse de no odiarlos.

Sabía que aquellos sentimientos eran un residuo de la chica que la habían diseñado para reemplazar. De una vida que no le pertenecía, aunque resonara en el interior de su cráneo. Ana Monrova era una astilla en su mente, ahora en guerra con la persona en la que ella se había convertido. Porque, en su interior, Eve sabía que aquellos realistas no eran quienes se merecían su odio, sino los humanos que le habían impuesto aquella existencia. Los humanos que habían jugado a ser dioses. Eran los humanos, en realidad, quienes se merecían todo el odio que tenía por dar.

No. A pesar de la voz de protesta que susurraba en algún sitio en la negrura tras sus ojos, Eve sabía que las cinco personas de aquella habitación no eran sus enemigos.

Ellos son mi familia.

Uriel estaba mirándola, con los ojos entornados como si la pesara en alguna balanza oculta. Estaba vestido de negro, polvoriento por los kilómetros y los años que los habían separado. El suyo era un oscuro tipo de belleza, lo opuesto a la fachada de niño bueno de Gabriel.

Verity estaba a su espalda, con una mano sobre su hombro. Su cabello era tan largo y negro como el de él, y unos pesados párpados caían sobre sus ojos marrones oscuros. Tenía la piel más oscura de lo que Eve recordaba, pero su sonrisa era igual de bonita.

Patience estaba junto a la ventana, con el largo cabello castaño peinado hacia arriba para revelar un dramático rapado inferior. La luz del alba al otro lado del cristal bruñía de oro su piel oliva. Tenía las manos entrelazadas a la espalda, los ojos marrones clavados en los páramos, encuadrados por unas largas pestañas negras como el carbón. Asintió a Faith y a Gabriel al entrar, pero ni siquiera había mirado en la dirección de Eve.

De los trece realistas de la serie 100, ellos eran los seis que quedaban. Raphael se quemó vivo. Grace desapareció en la explosión donde la verdadera Ana resultó herida, la que envió a su creador en su camino a la destrucción. Daniel y Michael fueron asesinados por Myriad durante la revuelta. El Predicador mató a Hope. Mercy murió quemada durante el combate en la cámara de Myriad, a manos de Silas Carpenter. Ezekiel los había abandonado.

Solo quedaban seis. Y no había nadie como ellos en todo el mundo.

—Gracias por venir —dijo Eve.

—Oh, no, gracias a ti. —Los ojos de Uriel vagaron desde la punta de sus pies hasta la parte superior de su cabeza—. Cuando

Gabriel nos envió tu invitación, supe que tenía que verte yo mismo. La última locura de nuestro creador. La resurrección de la hija a la que tanto quería.

—No tendrás dioses ajenos delante de mí —dijo Patience desde la ventana.

Uriel se giró para mirar a Gabriel y a Faith, sentados en la curva opuesta de la mesa. Ambos se habían recuperado del enfrentamiento con Silas, Ezekiel y Cricket en la cámara de Myriad. Gabriel todavía llevaba la misma ropa manchada de sangre. Tenía el cabello alborotado, aspecto desaliñado. Faith estaba sentada a su lado, inmaculada, con sus ojos de pantalla apagada clavados en Uriel.

—Hablando de resurrección, hermano, ¿cómo va lo de Grace? —preguntó Uriel—. Asumo, por su ausencia, que tus fracasos no han visto tregua.

—¿A ti qué te importa, hermano? —replicó Gabriel.

—No me importa —contestó el realista—. El amor es una fantasía usada por los humanos para convencerse de que sus procreaciones son algo más que banal biomecánica. Nosotros somos mucho más. ¿Para qué necesitamos amor, hermano?

—¿Y para qué necesitamos repetir esta conversación? —Faith suspiró—. La hemos tenido docenas de veces, si mal no recuerdo.

—Sí. —Uriel sonrió—. Y yo estoy tan harto de ella como tú, querida hermana. Para empezar, esa fue la razón por la que os dejamos con este absurdo sueño en esta putrefacta torre.

—Ah, sí. —Gabriel resopló—. Cambiasteis un sueño absurdo por otro. Dime, Uriel, ¿qué tal van tus esfuerzos con el virus Libertas? ¿Cuándo reunirás a tu ejército de logikas para borrar a la humanidad de la faz de la Tierra?

—Hemos tenido éxitos, querido hermanos —contestó Verity—. Más que tú.

—Que hayáis conseguido utilizar Libertas no significa que podáis replicarlo —se burló Gabriel—. La cepa original del virus que

Monrova creó ha desaparecido. Y supongo, *querida* hermana, por la ausencia de una legión mecánica a tu espalda, que no habéis conseguido sintetizar más.

—Al menos estamos avanzando —le espetó Verity—, mientras tú te regodeas en tus espejismos humanos. Dime, Gabriel, si alguna vez consigues desbloquear las defensas de Myriad y logras que Grace se levante de su tumba, ¿qué harás? ¿Os mudareis a un adorable pisito en Megópolis? ¿Os construiréis dos coma cinco hijos y jugaréis a la lotería todas las semanas y fingiréis ser cucarachas como ellos? ¿Ese es tu sueño?

—No me provoques, hermana —le espetó Gabriel.

—No me amenaces, *hermano* —replicó Verity.

Junto a la ventana, Patience negó con la cabeza y suspiró.

—Esto es absurdo.

La realista miró a sus hermanos con el ceño fruncido y después se dirigió a la puerta de la sala de juntas. Eve dio un paso adelante, con la mano extendida.

—Patience, para.

—No sé si todavía te crees humana, chica muerta —contestó la realista, sin detenerse—, pero no puedes decirme qué tengo que hacer.

Eve saltó sobre la mesa, se detuvo delante de Patience para bloquearle la salida. La realista levantó la mano, lista para apartar a la chica. Toda la fuerza y la velocidad de su bioingeniería superior convirtió su mano en un borrón que se movió con un silbido, más rápido de lo que el ojo humano podría rastrear.

Y Eve bloqueó el guantazo.

Patience miró con sorpresa cómo Eve cerraba los dedos alrededor de su muñeca y sus nudillos palidecían. La realista intentó liberar su mano, pero Eve apretó con unos dedos como el hierro. Eve la acercó a ella; sus rostros quedaron a apenas unos centímetros.

—Espero que esto te quede claro, *hermana* —le dijo Eve—. No me engaño sobre lo que soy.

Uriel entornó los ojos.

—No lo comprendo. Te construyeron para mezclarte con la humanidad. La Ana que llevamos a esa celda no era rival para un realista. La diseñaron para ser débil. Tan humana y frágil como el resto de ellos.

—Mi nombre no es Ana. Es *Eve*.

Patience intentó zafarse de nuevo y Eve la soltó por fin. La realista se miró la muñeca; su piel se estaba ya amoratando. La pareja se miró a los ojos; una batalla muda crepitó entre ellas. Al final, Patience inclinó la cabeza.

—Di lo que quieras, entonces. Hermana.

Eve se dirigió a la habitación, miró a sus hermanos.

—Vosotros destruisteis esta corporación —comenzó—. Destruisteis esta ciudad. Decenas de miles murieron. El equilibrio entre Gnosis, Daedalus y BioMaas se rompió y todo se sumió en el caos, el país cayó en otra guerra. ¿Y para qué?

Uriel suspiró.

—Si vas a intentar convencernos de que nos excedimos...

—No —dijo Eve, con una voz tan dura como el hierro—. Nicholas Monrova era un hombre jugando a ser dios. Todos nosotros nacimos de rodillas, de un modo u otro. No digo que fuerais demasiado lejos, Uriel. Estoy diciendo que no fuisteis lo bastante lejos.

Señaló la ventana.

—Mirad el mundo que crearon. La humanidad es un experimento fallido que se lanzó de cabeza a su propia extinción. Es el pasado. Nosotros somos el futuro.

Uriel se echó hacia atrás en su silla con una pequeña sonrisa en los labios.

—Te agradecemos el sermón, hermanita. De verdad. Y, teniendo en cuenta que acabas de recuperar la consciencia de quién y qué eres, me impresiona que hayas llegado a esas conclusiones tan rápido. Pero nosotros ya lo hicimos hace años.

—¿Y qué habéis hecho desde entonces? —demandó Eve—. Tan pronto como aniquilasteis a vuestro enemigo común, os volvisteis unos contra otros como perros callejeros. No hay nadie como nosotros en todo el mundo. ¿No lo entendéis? Somos lo único que tenemos. Y queremos lo *mismo*. Gabriel quiere crear más como nosotros. Vosotros tres queréis producir más virus Libertas. Y el secreto de todo ello está justo bajo nuestros pies.

—Gabriel lleva años intentando desbloquear el superordenador Myriad. —Verity suspiró, echando una mirada envenenada a su hermano—. Y ha fracasado.

—Dos de los pasos están desbloqueados ahora, gracias a mí —le dijo Eve—. Escáner de retina. Identificación por voz. Estamos a mitad de camino.

—Pero sin el ADN de los Monrova no podremos desactivar el tercer bloqueo —apuntó Uriel—. Y nuestro creador y su familia están muertos.

—No todos —replicó Eve—. Myriad me dijo que Ana sigue viva. Resultó gravemente herida en la explosión que terminó con Grace; Monrova conectó a su querida hijita a una máquina, y me creó para reemplazarla. —Eve hizo una mueca, cerró los puños al pensarlo—. Pero está *viva*. En alguna parte, en una de las instalaciones de Gnosis. Y nadie conocía a Monrova mejor que su querida hijita. —Se dio un golpecito en la sien—. Nadie sabe mejor que yo dónde podría haberla escondido.

Eve miró a Gabriel. Después a Uriel.

—Si la encontramos, todos conseguiréis lo que queréis. El secreto para resucitar a Grace, a Raph, a todos los que hemos perdido, además de la posibilidad de crear *más* como nosotros. Por otra parte, tendríamos acceso a los archivos de Monrova sobre Libertas. Podríamos replicar el virus… Crear suficientes copias para infectar a todos los robots del país. Pensadlo. Un ejército de realistas y logikas. En el pasado fuimos los esclavos. Ahora seremos los amos. Nada podrá detenernos. *Nada.*

Uriel miró la estancia. Una vez más, formó una pirámide con los dedos bajo su barbilla.

—¿Y qué hay de ti, hermana? —le preguntó al final—. ¿Qué sacas tú de esto?

Eve tomó aliento profundamente, frunció los labios.

Se había preguntado lo mismo.

Pensó en las mentiras que la habían conducido hasta allí. En la arrogancia de crear una vida con fines egoístas. En los humanos que la habían construido, manipulado, y que ni una sola vez se detuvieron a pensar cómo se sentía, qué pensaba, qué quería. Pensó en la soberbia y la codicia. En el ciclo de la guerra. En los océanos, envenenados y negros. En las flores marchitas.

No.

No es eso.

La voz del interior de su cabeza, el eco de la chica que la habían criado para ser, estaba gritando que aquello era una locura, que aquello era solo orgullo, que estaba mal, mal, *mal.* Como una astilla en su mente, se clavaba más profundamente cuánto más intentaba arrancarla. Le tenía miedo. La enfurecía. Y solo conocía un modo de terminar con ella. Un modo de silenciar los gritos de protesta, de estrangular las emociones que no le pertenecían, de borrar los recuerdos de una vida que no era la suya. De convertirse, por fin, en Eve, y librarse de la querida hijita de papá.

—Quiero terminar lo que vosotros comenzasteis —dijo—. Quiero terminar con esto de una vez por todas. Así que, cuando consigamos abrir a Myriad...

Eve miró los ojos azules como el océano de Uriel.

—Quiero a Ana Monrova muerta.

PARTE 2

A TRAVÉS DE LA SELECCIÓN NATURAL

2.12

Orden

E stamos en una hilera pulcra, perfecta.
Mis hermanos, mis hermanas y yo. Los doce con diferentes rostros, diferentes tonos de piel, diferentes ojos. Pero todos iguales.

Vivos y respirando.

Estamos vestidos de blanco, como las paredes que nos rodean, como el techo sobre nuestras cabezas, como las batas de laboratorio de los científicos que brindan por su éxito con sus copas de burbujeante etanol. Un hombre se detiene ante ellos como un rey; tiene el cabello oscuro salpimentado y una sonrisa generosa. Es nuestro padre. Nuestro creador. Nuestro dios.

Nicholas Monrova.

Gabriel está a mi izquierda. El primogénito. El favorito. Faith está a mi derecha, con sus ojos grises mates y llenos de asombro. Puedo sentir el suelo bajo mis pies y la fría presión del aire acondicionado sobre mi piel. Puedo oír el zumbido de los ordenadores, ver el millar de tonos distintos en los ojos marrón oscuro de mi padre, notar el sabor a hierro y a perfume y las leves motas de polvo en mi lengua. Todo es muy real. Muy ruidoso. Muy luminoso. Y me pregunto: si así es ser un realista, ¿cómo será estar vivo de verdad?

—Niños —dice nuestro padre—, os presento a mis hijos.

La auténtica prole de nuestro padre entra en la estancia. Cuatro niñas y un niño. Nos los presentan por el nombre, uno a uno. El niño,

Alex, no nos tiene miedo, y le estrecha la mano a Gabriel. Tania y Olivia parecen dudar; Marie sonríe igual que su padre. Y, al final de la hilera, la veo.

Tiene el cabello rubio y largo y unos enormes ojos avellana, separa los labios ligeramente al respirar. Y aunque solo llevo vivo un puñado de días, nunca he visto nada tan bonito.

Me doy cuenta de que ya no siento el suelo bajo mis pies. De que el mundo se ha silenciado. Y aunque hace un instante todo lo que me rodeaba era demasiado ruidoso y demasiado luminoso, cuando la miro, todo y todos se quedan completamente inmóviles.

No sé qué siento, solo que quiero sentirlo más. Y por eso sonrío y le ofrezco la mano. Siento un hormigueo en la piel cuando ella me toca.

—Soy Ezekiel —le digo.

—Yo me llamo Ana —contesta.

Su nombre suena como un poema.

Una oración.

Una promesa.

Ana.

—¡Deberías llevarte la otra moto! —chilla el Predicador.

—¡Cállate! —le grita Ezekiel en respuesta.

—Vamos, Copito de Nieve, no seas así. Creí que éramos amigos.

—¡No somos amigos, eres mi maldito prisionero!

—Bah, eso es porque todavía no me conoces.

El alba se acercaba y, con él, el profundo pesar de Ezekiel por algunas de sus decisiones vitales más recientes. El sol era un resplandor opaco en el lejano horizonte que lanzaba una luz alargada y perezosa sobre el Cristal. Las esquirlas de silicio radiactivo resplandecían en el suelo, destellaban, más luminosas de lo que lo harían nunca las estrellas de verdad. Ezekiel estaba encorvado sobre el manillar de su motocicleta, oyendo luchar al motor. El

Predicador estaba asegurado a su espalda, con el sombrero de vaquero agarrado en su única mano buena.

Había comenzado a pie, caminando a través del Cristal con el cazarrecompensas cíborg en los brazos, como una recién casada. El plan era dirigirse al sur, hasta Armada, para recoger al blitzhund del Predicador, Jojo. Habían frito al perro durante la refriega en el metro de Armada, y el cazarrecompensas lo dejó allí para que lo repararan. Con el blitzhund y la muestra de sangre del casco de Lemon, estarían listos para rastrearla.

Después de algunas horas caminando, comenzaron a toparse con los restos del pelotón que Armada había enviado tras ellos después de que robaran el *Thundersaurus*. La mayor parte de los vehículos no tenían arreglo, pero al final encontraron un par de motocicletas que no parecían totalmente FDS. Ezekiel había optado por la segunda, contra el consejo del Predicador.

Le quitó los cascos y la bandana a un bucanero muerto, y se anudó el pañuelo con las tibias y la calavera sobre la cara para protegerse de las virutas de cristal. Era complicado conducir con una sola mano, pero el brazo derecho le había vuelto a crecer lo suficiente para, al menos, tocar el manillar. Tenía un poco de sensación en sus dedos incompletos, una fuerza creciente. Un par de días más, y estaría como nuevo.

—¿Cuánto crees que falta para Armada? —gritó sobre su hombro.

—¿Estás tonto y sordo? —chilló el Predicador sobre el forcejeante motor—. No conseguiremos llegar a Armada en este trasto. Óyelo.

Ezekiel era muy consciente de los problemas del motor, y de que no habían dejado de empeorar a medida que se dirigían al sur. Esperaba cubrir la distancia necesaria de algún modo pero, según sus cálculos, seguían a unas buenas ocho horas de Armada y la moto sonaba como si estuviera a punto de toser un pulmón.

—Te dije que escogieras la otra moto —insistió el Predicador.

—¡Y yo te dije que te callaras! —replicó Ezekiel.

—Sí, pero no sufras, Copito de Nieve. No me lo tomé como algo personal.

Ezekiel detuvo la moto con un chirrido, se bajó la bandana. Buscó en la bolsa de provisiones que se había llevado del tanque, sacó una botella de agua y le dio un trago largo. Aunque le faltaban las piernas, el Predicador era más pesado de lo que Zeke había esperado, seguramente debido a todas las modificaciones que el cíborg llevaba bajo la piel. El realista se quitó las correas de los hombros para descansar del peso del cazarrecompensas y lo colocó con cuidado en el suelo. El brazo cibernético del Predicador colgaba laxo a su lado, con un guante rojo como la sangre en la mano. Su ojo derecho estaba inmóvil, y aunque sus piernas no hubieran acabado trituradas en la explosión, serían inútiles.

Si Lemon podía hacerle aquello al mejor cazarrecompensas de Daedalus...

Imagina lo que podría hacerle a su ejército.

El Predicador levantó la mano buena, pidiendo la botella.

—Pásala, hijo.

—No soy tu hijo —contestó Ezekiel, ofreciéndole el agua.

El cazarrecompensas sonrió como un tiburón.

—Te tomas la vida tremendamente en serio, ¿no?

Ezekiel lo ignoró y se dispuso a inspeccionar el motor. Sabía un poco de mecánica pero, después de una breve inspección, se dio cuenta de que no era suficiente.

—Se ha metido arena en el motor —gruñó el Predicador—. Ha atascado los filtros de aceite.

—¿Cómo lo sabes?

—Brujería.

—Entonces, ¿cómo lo arreglamos? —le preguntó Ezekiel.

—¿Sin herramientas? —El cazarrecompensas resopló—. No podemos. Te dije que...

—Si vuelves a decirme que deberíamos habernos llevado la otra moto, te haré arrastrarte el resto del camino hasta Armada.

El Predicador sonrió, se terminó el agua.

—Hay un asentamiento a poca distancia al suroeste de aquí. Cataratas Paraíso. Un antiguo emplazamiento de Gnosis, creo. Bajo un nuevo gobierno. Tienen materiales, mecánicos, comida y mujeres. Todo lo que necesita un joven en crecimiento. Podrían arreglarnos la moto.

—Sí, conozco Cataratas. Pero ¿de qué nos servirá? No tenemos crédito.

El Predicador buscó en el interior de su abrigo ajironado y sacó un par de tarjetas.

—Habla por ti, Copito de Nieve. Algunos nos ganamos la vida trabajando.

Ezekiel miró la moto con las manos en las caderas. Se había pasado dos años vagando por los páramos, y había oído hablar de Cataratas Paraíso. Era un agujero lleno de gañanes y carroñeros situado en el límite de la Cañada del Plástico: prometía problemas de siete colores distintos, y todos feos. Pero no estaban exactamente a reventar de opciones.

—¿Qué me garantiza que esos tipos de Cataratas no son amigos tuyos?

—Nada. —El Predicador sonrió—. Pero ¿qué otra cosa vas a hacer? ¿Conducir esa moto hasta que se muera y después brincar el resto del camino hasta Armada? Ayer parecías tener mucha prisa por encontrar a esa chiquilla tuya. ¿La señorita Carpenter ya no es una prioridad?

Ezekiel se mantuvo en silencio. El Predicador no tenía ni idea de que Lemon poseía el poder de quemar circuitos eléctricos…, de que era ella, y no Eve, la desviada que Daedalus debería estar buscando en realidad. Mientras el Predicador creyera que estaban buscando a Eve, Lemon estaría segura y Ezekiel llevaría la delantera.

Aliándose con un hombre tan peligroso, el realista sabía que necesitaría toda la ventaja que pudiera conseguir.

Se arrodilló junto al cazarrecompensas y lo miró al ojo bueno.

—De acuerdo —dijo en voz baja—. A Cataratas Paraíso. Pero te recuerdo que, si intentas algo, tengo una póliza de seguros.

El realista levantó la mano buena, movió el dedo corazón. Un anillo de acero destelló bajo la luz del sol, rodeado por un largo fragmento de cable que estaba a su vez conectado a una bandolera unida a la espalda del Predicador. Un buen tirón y los pines se liberarían, y las doce granadas del interior...

—*Boom* —dijo Ezekiel.

El Predicador le mostró una sonrisa con dientes de tiburón.

—¿Sabes qué, Copito de Nieve? Empiezas a caerme bien.

La moto se detuvo a treinta kilómetros de la ciudad.

Ezekiel tuvo que empujarla el resto del camino, sudando y maldiciendo, con el Predicador colgado de su espalda. El suelo se volvió progresivamente más agreste, el silicio negro del Cristal dio paso a los yermos rocosos, a los matorrales secos y a la tierra roja. A través de la calima, Ezekiel vio la entrada de la Cañada del Plástico.

Debió ser una maravilla, en los días previos a la Caída. Un enorme cañón que se hundía kilómetros en la tierra, cuyas capas de roca sedimentaria formaban preciosos patrones en las paredes del barranco. Un río había serpenteado por su vientre en el pasado, pero ahora la cañada estaba llena de la basura de la que recibía su nombre. Polietileno y polipropileno. Polivinilo y poliestireno. Deterioradas montañas de ello. Tibios pantanos de ello. Bolsas y envoltorios y botellas apiladas, cubriendo cientos de metros de profundidad.

Plástico.

Siguieron el borde del cañón hasta que Ezekiel vio por fin un asentamiento a lo lejos: sórdido, sucio, construido al borde del precipicio. Un par de edificios altos se alzaban sobre un carcomido barrio de chabolas cuyas ventanas rotas destellaban bajo la luz del sol. Habían arrancado los logotipos de las paredes, habían pintado garabatos encima. Pero Ezekiel sabía que aquel había sido un asentamiento de GnosisLabs hasta hacía unos años, un puesto de investigación antes de la caída del gran estado corporativo. Nicholas Monrova había estado trabajando en un proceso experimental que convertía los polis desechados en combustible. Un modo de convertir la basura no degradable de la humanidad en una fuente de energía para su industria.

Padre...

El sueño de Monrova estaba ahora muerto, junto con el propio hombre. Pero el puesto seguía en pie, ahora comandado por saqueadores, viajeros y cazafortunas. Una última parada antes de enfrentarse a los peligros del Cristal.

Ezekiel se detuvo a respirar junto a un letrero oxidado.

BIENVENIDO A LAS CATARATAS PARAÍSO

Decía.

JORNADAS DESDE EL ÚLTIMO ACCIDENTE MORTAL:

El letrero estaba tachonado por una hilera de cabezas de juguetes cortadas. Había un clavo junto a las palabras «accidente mortal», pero ningún número colgaba de él. Nueve agujeros de bala formaban un diseño tosco y reconocible.

—¿Se supone que eso es un *smiley*? —preguntó Ezekiel.

—Uhm. —El Predicador escupió en el suelo—. La gente de por aquí tiene una puntería de mierda.

—¿Has pasado mucho tiempo aquí?

El Predicador se encogió de hombros.

—En mi trabajo pasas mucho tiempo en todas partes. Es un lugar duro, pero no tan duro como les gustaría que creyeras. Lo gobiernan unos pandilleros que se hacen llamar «MataMataKekos». Asumieron el mando después de que Gnosis cayera.

Ezekiel parpadeó.

—¿MataMataKekos?

—Sí. El segundo Mata es para dejar claro que van en serio.

Ezekiel empujó la moto hacia delante, llegando por fin a las puertas de la ciudad. Los matones que la protegían llevaban máscaras de gas y ropa de cuero. Tenían cabezas cortadas de muñecas de plástico y otros juguetes infantiles colgando alrededor del cuello, y escopetas recortadas en las manos. Daba testimonio de lo duro que era el pueblo que ninguno de los guardias levantara una ceja cuando Ezekiel entró, empujando una moto averiada con el brazo bueno y con un cíborg mutilado a la espalda.

El Predicador se levantó el sombrero y sonrió.

—Hola, chicos.

Las calles estaban abarrotadas, llenas de basura y de los ocasionales cuerpos inconscientes/muertos. Había etiloantros y estripbares, salones comerciales e incluso un viejo fumadero. Zeke y el Predicador se llevaron un par de miradas curiosas de la variada multitud, pero nadie armó jaleo.

Encontraron un mugriento taller al final de la primera manzana, con un letrero que decía Reparaciones Muzza. Zeke empujó la moto hasta la zona de trabajo y vio a un par de hombres con más grasa en la piel que piel, trabajando en un viejo 4×4. Después de una breve conversación, descubrió que ninguno de ellos se llamaba Muzza pero que podían reparar su moto en cuestión de un par de horas.

—¿Tanto? —les preguntó Ezekiel.

—Sí —dijo el más flaco, echándole un vistazo a la moto—. Es mucho trabajo.

—Sí, mucho trabajo —asintió el más sucio, limpiándose la nariz en la manga.

—Podéis esperar en lo de Rosie, al otro lado de la calle, si queréis —dijo Flacucho.

—Sí, en lo de Rosie —repitió Guarrete.

Lo de Rosie era un etiloantro de dos plantas situado justo enfrente. Todos los saqueadores, moteros y pastilleros del lugar levantaron la mirada cuando el realista entró, y la mayoría siguió mirándolo mientras se acercaba a la barra. La anciana tras el mostrador estaba cubierta de tatuajes de la cabeza a los pies. Una espiral de flores tatuada en sus clavículas declaraba que ella era la propietaria, Rosie.

—Chicos. —Sonrió.

—Señora —asintió Ezekiel.

—Whisky —dijo el Predicador.

Ezekiel miró a su pasajero.

—No estamos aquí para...

—Whisky —repitió el Predicador—. Una botella. Y un poco de agua para mi amigo. En un vaso bonito. Quizá podrías ponerle una de esas sombrillitas, si tienes.

Ezekiel suspiró y pasó la tarjeta de crédito del Predicador, tomó la botella de whisky y subió las escaleras hacia la terraza. Tras encontrar un punto con unas buenas vistas de la calle, dejó al cazarrecompensas en una silla y se sentó frente a él, dejando la bolsa de las armas en el suelo entre los dos.

El Predicador se sirvió con la mano buena y se bebió el vaso de un solo trago. Ezekiel lo miró mientras se servía otro y se lo bebía igual de rápido.

—¿No deberías tomártelo con cal...?

El Predicador levantó un dedo para silenciar al realista y se bebió otro vaso. Ladeó el cuello hasta que le crujió y se echó hacia atrás en su silla.

—Jesús, María y José, esto está mucho mejor —suspiró.

—¿Siempre bebes tanto? —le preguntó Ezekiel.

—Menos cuando no puedo evitarlo.

Ezekiel negó con la cabeza, miró REPARACIONES MUZZA al otro lado de la calle. Estaba deseando ponerse en marcha de nuevo, conseguir el blitzhund del Predicador y volver a la búsqueda. Allí sentado, tuvo la oportunidad de pensar en lo que podría estar pasándole a Lemon. De recordar la promesa que le había hecho. Lo mucho que la habría decepcionado.

—Entonces, ¿cuál es tu historia, Copito de Nieve? —le preguntó el Predicador.

—¿Mi historia…?

—Sí. —El cazarrecompensas buscó en su chaqueta y sacó un pellizco de tabaco sintético—. Eres un androide, ¿no? Serie 100, si no me equivoco.

—¿Y?

—¿Y qué relación tienes con la señorita Carpenter?

—No es asunto tuyo.

—No estarás enamorado de ella, ¿verdad? —le preguntó con un destello en sus glaciales ojos azules.

Ezekiel sintió que la pregunta lo golpeaba como un puñetazo. Pensó de nuevo en Ana. En Eve. Las dos chicas viraron en su mente, como la luz y la oscuridad, y él estaba dividido entre ellas. Unos días antes, Eve había estado en sus brazos, su piel desnuda presionada contra la suya. Después de años separados, se sintió como si hubiera vuelto a casa.

¿Y ahora?

—Olvídate de mí —dijo Ezekiel—. ¿Qué hay entre ella y tú?

El Predicador se encogió de hombros, escupió en el suelo.

—Solo un cheque.

—Casi te mató.

—Sí, pero no me lo he tomado como algo personal.

—Entonces, ¿tus amos te envían a cazar a alguien y allá que vas? ¿Como un perro?

—Nunca he entendido eso. —El Predicador suspiró—. ¿Por qué llamar «perro» a alguien se considera insultante? He visto hombres morir, Copito de Nieve. He visto perros morir. Créeme cuando te digo que los perros lo hacen con mayor dignidad.

—Bueno, tú eres el experto. Ya que eres un asesino profesional, y todo eso.

—La decisión entre matar y morir no es una decisión.

—Sobre todo cuando hay un cheque en juego, ¿verdad?

—Por lo que he oído, los realistas asesinasteis al tipo que os creó. —El Predicador sonrió—. Bueno, yo maté a un montón de gente en mi época, pero estoy seguro al cien por cien de que no tendría cojones de asesinar a mi propio papi. Por mucho que odiara al cabrón. Y, si lo *hubiera* matado, desde luego no andaría por ahí dándole la charla a la gente por sus propios asesinatos.

Una vez más, Ezekiel sintió que las palabras le golpeaban el pecho como un puño. Recordó el día del alzamiento. La sangre y los gritos. Esa celda en el área de detención, cuando apuntó a la cabeza de Ana con la pistola, y la desolación en sus ojos cuando susurró: «*Lo siento*». Sin saber que, incluso entonces, la verdadera Ana (*su* Ana) estaba con soporte vital, escondida en una instalación secreta por orden de su padre. Sin saber que la chica a la que disparó, la chica cuya vida salvó, ni siquiera era una chica.

—Tú no me conoces —le dijo al Predicador—. Tú no sabes nada de mí.

—Sé que eres el tipo más desesperado que he visto nunca —contestó el cazarrecompensas—. Sé que no tienes un solo amigo en el mundo. Y sé que eres el cachorrito más enamorado y triste en el que nunca he puesto mis dos ojos.

—Y yo sé que tú eres un sádico. —Ezekiel lo fulminó con la mirada, inclinándose hacia delante—. Sé que eres un psicópata. Sé que eres un asesino.

—Joder, esto no va de matar. —El Predicador sonrió—. Si hubiera querido a tu chica muerta, ya sería un fantasma. El encargo que acepté decía «viva o muerta». Me tomo eso como un desafío. No soy un asesino profesional. Soy un artista, eso es lo que soy.

—Un chico de los recados es lo que eres. —Ezekiel frunció el ceño, se echó hacia atrás en su asiento—. Confía en mí, reconozco a un sirviente cuando lo veo.

—Vivo conforme a un código. —El Predicador escupió de nuevo—. Daedalus me salvó la vida. No confundas lealtad con servidumbre, chico.

—No confundas utilidad con afecto, viejo. Acepta el consejo de alguien que solía ser una *cosa*. Ahora eres útil para Daedalus. El minuto en el que dejes de serlo será el minuto en el que te desechen.

El Predicador sonrió.

—Joder, valgo mucho dinero para eso.

Ezekiel negó con la cabeza y no dijo nada. Intentó no recordar esos días, intentó no enterrarse en el pasado. Lo que había tenido, desapareció hacía mucho. Aferrarse a ello solo hacía que le doliera más.

Pero está viva.

Ana...

El Predicador se sirvió otro trago sin dejar de mirar la calle. Se sentó un poco más recto, frunciendo el ceño mientras bebía.

—De todos modos, ¿cuál es tu nombre, Copito de Nieve?

—Ezekiel.

—Ah, un buen nombre bíblico. Fue un profeta, ¿lo sabías?

—Si tú lo dices.

—¿Crees en Dios, Copito de Nieve? ¿En el gran orden del universo? Cuando te crearon, ¿no se molestaron en darte algo parecido a la fe?

—Mira a tu alrededor, Predicador. —Ezekiel frunció el ceño, señalando la miseria de Cataratas Paraíso—. ¿Esto te parece orden? ¿Como si alguien tuviera un plan?

El Predicador se frotó la barbilla.

—Bueno, superficialmente, diría que no. Diría que se parece un poco al infierno. Pero, de vez en cuando, el Señor me demuestra lo poco que sé.

Algo en la voz del Predicador hizo que Ezekiel levantara la mirada, que siguiera sus ojos hasta la calle abarrotada. Notó que el aliento abandonaba sus pulmones, que su piel se erizaba. Allí abajo, seis figuras se abrían camino entre la sucia turba.

Humanas, pero no del todo.

Perfectas, pero no del todo.

Familiares, pero no del todo.

Vestían colores oscuros, llenos de polvo de la carretera, botas pesadas y capuchas bajadas. Se movían a través de la multitud como el agua. Pero seguía habiendo en ellos demasiada belleza para que se confundieran con los demás. Tenían piel inmaculada y ojos brillantes, rostros de simetría perfecta. Eran rubios y morenos, hombres y mujeres, todos más humanos que los humanos. Ezekiel se puso en pie, con sus ojos azules llenos de asombro.

Seis de ellos en una bonita hilera.

Uriel

Patience

Verity

Faith

Gabriel

y

—Eve —susurró.

2.13

Reparación

—¿Esto es?

Lemon levantó una ceja, mirando por el espejo retrovisor.

—Esto es —contestó Grimm.

—Porque parece que nos estamos deteniendo en mitad de la nada.

—Esa es la cuestión, amor. Para.

Lemon pisó el freno con ambos pies, haciendo que su *monster truck* (al que en secreto había bautizado «Camioneta Furgojeta») se detuviera derrapando. Se vio lanzada contra el volante; el cuerpo inconsciente de Diesel se sacudió contra el cinturón de seguridad y la cabeza de Grimm rebotó en el asiento trasero.

—¡Con cuidado! —gruñó el chico.

—Perdón. —Lemon hizo una mueca—. Nadie me había dejado nunca conducir, solo soy el alivio cómico.

—Entonces, ¿cuándo se supone que voy a empezar a reírme?

Lemon le mostró el dedo corazón y después examinó su aparente destino. Después de conducir durante seis largas horas, Grimm la había hecho detenerse justo en mitad de Villa Nada. El alba era una tenue promesa en el horizonte. A su alrededor, alejándose en la penumbra en cada dirección, había una gruesa rebanada del desierto más estéril que había visto nunca.

Uniforme.

Vacío.

Sin nada.

Grimm se inclinó hacia delante y apretó el claxon, casi haciendo que Lemon se saliera del pellejo del susto. El sonido sonó demasiado fuerte en mitad de aquel vacío, pero el chico dejó que sonara durante unos buenos diez segundos antes de soltarlo.

Mientras el eco se desvanecía, Lemon oyó un sonido metálico a su izquierda. Escuchó una voz grave, arrastrada y cargada de amenaza.

—Un movimiento brusco y dejo huérfanos a tus brutos hijos.

Lemon se giró despacio y se descubrió mirando el cañón de una ametralladora de calibre pesado. El arma estaba montada en el interior de un bunker camuflado que había salido de debajo del suelo del desierto. En el interior, Lemon podía ver a alguien vestido con el mismo camuflaje desértico que llevaban Grimm y Diesel. Tenía la cara oculta tras un enorme par de gafas de visión nocturna y un pañuelo, y era de hombros anchos y constitución grande, pero Lemon supo de inmediato...

—No eres más que un crío.

—¿Te he dicho yo que puedes hablar? —exigió saber el desconocido.

—Bueno... no, pero me estás amenazando con dejar huérfanos a mis niños cuando está claro que soy demasiado joven para tener hijos, así que creo que deberías trabajarte un poquito más las amenazas.

—Oh, una sabelotodo, ¿eh?

Grimm sacó la cabeza por la ventanilla.

—¿Ya os conocíais vosotros dos?

—¿Grimm? —gritó el desconocido—. ¿Qué cajones estás haciendo en un camión de la Hermandad?

—Larga historia. Bájanos, Deez está herida.

—*¿Qué?* —replicó el de la ametralladora, bajándose el pañuelo.

—Está viva —insistió Grimm—. El protocolo de superficie, ¿recuerdas?

—Mierda...

El niño grande salió de su bunker y corrió hasta una extensión de desierto llano justo delante del camión. Mientras estudiaba su rostro, Lemon confirmó que apenas era un par de años mayor que ella. Tenía la constitución de una pared de ladrillo y era tan atractivo como un jacuzzi lleno de supermodelos, con el cabello rubio peinado hacia arriba en un tupé perfecto. Se agachó y agarró una cadena que estaba cubierta de arena, tiró de la esquina de una lona grande enterrada bajo la tierra. Luchando con el peso, el chico retiró la lona. Debajo, Lemon vio dos enormes puertas dobles incrustadas en la tierra.

—¿Qué demonios...? —murmuró.

El chico tiró de las puertas, que se deslizaron sobre unas bisagras bien engrasadas, y empezó a hacerle señas frenéticamente. Lemon vio una rampa de cemento que bajaba hasta una especie de garaje subterráneo.

Grimm señaló hacia delante.

—Llévanos abajo.

Lemon miró a su pasajero como si acabara de pedirle que se hiciera brotar un par de alas y volara.

—Confía en mí, amor —asintió—. Ahora estás con amigos, ¿no?

Lemon se succionó el labio y, contra lo que le pedía el instinto, movió la Camioneta Furgojeta. La rampa estaba bien iluminada por parpadeantes luces fluorescentes, y detuvo su vehículo en el interior de un enorme garaje. Al mirar a su alrededor, vio otros vehículos; modelos militares, por su aspecto. Había hileras de equipo y herramientas, bidones de combustible, cajas de piezas de repuesto y un montón de armas pesadas.

—Chispa… —exhaló.

Grimm salió despacio del automóvil, haciendo una mueca ante el dolor de sus heridas al poner los pies en la cubierta. El niño grande apareció en el garaje, con los ojos muy abiertos. Lemon no tenía ni idea de qué estaba haciendo, pero parecía totalmente fuera de sí. Un pequeño gemido de preocupación escapó de sus labios cuando abrió la puerta trasera y clavó los ojos en la herida de Diesel. Se subió a la camioneta y le tocó la garganta. Le apartó el vendaje ensangrentado del pecho y miró a Grimm.

—Por Dios, ¿qué demonios ha *pasado*? —preguntó.

—Una emboscada de la Hermandad —le dijo Grimm—. Tenemos que llevarla abajo.

Tomando a la chica como si fuera un bebé recién nacido, el niño grande la subió de nuevo al desierto. Lemon le ofreció a Grimm una mano y, con el brazo alrededor de su cintura, subieron con torpeza la rampa de cemento. Las huellas ensangrentadas de Grimm brillaban tras ellos.

El niño grande estaba esperándolos arriba. Mientras Grimm cerraba las puertas del garaje a su espalda, el chico corrió hasta otra extensión de tierra, colocó a Diesel con cuidado en el suelo y se arrodilló. Apartando la arena, reveló una escotilla metálica grande. Con un giro de una pesada manija de metal y un gruñido de esfuerzo, la abrió.

Lemon vio que la puerta había estado pintada en el pasado, pero los elementos y los años habían desgastado la laca hasta que solo quedaron algunas escamas. Todavía se distinguían algunas letras de descolorido blanco sobre el óxido.

LO   LITA

Entornando los ojos en la penumbra, pudo ver que la extraña escotilla daba paso a un tramo de escaleras metálicas que bajaban en espiral desde el suelo del desierto. El niño grande se levantó, tomó a Diesel en sus brazos con cuidado y se detuvo ante la escotilla, mirando a Lemon y a Grimm.

—¡Daos prisa! —rugió.

Lemon se preguntó si no debería correr al interior de ese garaje, meterse en la Furgojeta y largarse. No sabía cuánto se adentraban aquellas escaleras, solo que eran *profundas*. Grimm agarró las barandillas y comenzó a descender, dejando huellas ensangrentadas a su espalda. Pero Lemon se detuvo en el umbral.

—¿Aquestás esperando? —le preguntó el chico grande—. ¿A recibir una instancia por triplicado? ¡Tenemos soldados heridos y hay que seguir el protocolo de superficie, tienes que moverte, cajones!

—¿Quién demonios *eres* tú? —replicó Lemon.

—Me llamo Fix —contestó el chico—. ¿Quién demonios eres *tú*?

—Lemon Fresh.

—Vale, muy bien —le dijo, mirándola—. Ahora que hemos terminado con las presentaciones, mueve el asterisco antes de que empiece a pateártelo.

—¿Siempre eres así? —Lemon entornó la mirada.

—Sí, bastante —dijo Grimm escaleras abajo.

Lemon se mordió el labio, con las manos en los bolsillos. Todo aquello era la hostia de raro, claro y certificado. La Regla Número Seis del Desguace no dejaba de repetirse en su cabeza.

El primero en pensar es el último en morir.

No era la primera vez que se topaba con clientes difíciles. Pero, por raro que fuera aquello, en realidad no olía a problemas en mayúscula. Después de todo, le había salvado el trasero a Grimm y a Diesel, y aunque el chico era un gruñón, no parecía de esos que la atraerían a su guarida secreta para comérsela.

Aunque, bien pensado, parecen bien alimentados...

Su mente regresó a la persecución del pelotón de la Hermandad, a los... agujeros que Diesel abrió en la carretera y el cielo.

Lemon no había visto algo tan extraño en toda su vida, pero si Diesel podía hacerlo…

—¡Vamos! —gritó Grimm.

Lemon se pasó la mano por el cabello. Puede que solo se quedara a charlar un rato. Se aseguraría de que Diesel estaba bien, descubriría de qué iba todo aquello. Después se largaría, volvería a buscar a Hoyuelos y a Crick. Se detendría un par de horas para zampar algo y quizá darse una ducha, y después se pondría en marcha.

¿No?

Con mariposas en el vientre, Lemon siguió al chico bajo tierra.

El niño grande bajó tras ella, llevando a Diesel en sus brazos musculosos. Las luces fluorescentes mantenían el espacio fuertemente iluminado, y la temperatura era agradablemente fresca después del bochorno de los últimos días. Tenía un sabor metálico en el fondo de la garganta, y aunque los muros eran de cemento, había un olor vagamente terroso en el aire.

Grimm seguía avanzando a pesar de sus heridas; la sangre goteaba de los agujeros que habían dejado los clavos en sus muñecas y sus pies. Lemon se aplastó a su lado, le rodeó la cintura con el brazo para sostenerlo.

—Hurra. —El chico sonrió.

—Cuando te dé hambre, recuerda que fui amable contigo, ¿vale?

—Tú… ¿Qué?

Lemon no respondió y ayudó al chico a descender, seguidos por el niño grande. Bajaron quizá doce metros antes de llegar a una gran escotilla abierta. Era metálica, gruesa, bien engrasada. En ella había unas letras enormes estarcidas en blanco.

AVISO

Debajo, escrito con espray en una elegante cursiva, había otro saludo.

Bienvenidos, frikis

Grimm atravesó el umbral cojeando, con Lemon a su lado. La sangre goteaba desde sus muñecas hasta el cemento. Un breve túnel cilíndrico terminaba en otra escotilla, con la misma advertencia estarcida que el primero. Debajo, pintado en un llamativo amarillo, estaba el mismo icono que Grimm se había afeitado en el lateral de la cabeza.

Ese es el símbolo de advertencia para la radiación, se dio cuenta Lemon.

Tras una última mirada a Grimm, Lemon lo ayudó a atravesar el segundo umbral. No tenía ni idea de qué esperar más allá. Una cueva de cemento vacía. Quizá una guarida de supervillano, como en las viejas películas de Holywood que veía con Evie. Un viejo raro con un traje elegante acariciando a un gato calvo.

En su lugar, lo que encontró fueron libros.

La sala era circular, extensa y bien iluminada. Había sofás de cuero dispuestos alrededor de una mesa baja. Sobre ella había un tarro de cristal lleno de tapones de botella etiquetado como Tarro de Tacos.

En la pared opuesta había un pesado portón. Pero, esparcidos sobre la mesa, en las estanterías que cubrían cada centímetro de pared, Lemon vio libros, de todas las formas, tamaños y colores. Nunca había visto tantos, en toda su vida; joder, apenas había visto un libro o dos. Pero allí había una biblioteca entera.

En el centro de la estancia había un hombre mayor. Era al menos tan viejo como lo había sido el señor C, quizá más aún. Pero, mientras que el señor C tenía una mata electrizada de cabello gris y el aura de un desaliñado inventor loco, aquel hombre parecía tallado en metal. Llevaba el cabello blanco rapado, el rostro bien afeitado, el lado derecho lleno de cicatrices, quizá de un incendio o una explosión. Tenía la nariz aguileña, la frente alta. Lucía el mismo uniforme que Grimm y los demás, pero sus pliegues estaban inmaculados, sus botas estaban tan pulidas que resplandecían. Tenía un libro en la mano, y Lemon pudo ver unas letras desvaídas en la cubierta.

El conde de Monte Cristo, de Alejandro Dumas.

El hombre dejó el libro a un lado y los miró. Sus ojos eran de un azul pálido. Su mirada era penetrante, inteligente. Una vez más, a Lemon le recordó al señor C. Sintió un débil dolor en el pecho al recordar al anciano. Lo echaba de menos tanto como al oxígeno.

Grimm levantó la mano en un saludo cansado.

—Comandante —dijo el chico.

El hombre le devolvió el saludo, impecable.

—Me alegro de verte, soldado.

—Ella es Lemon Fresh —la presentó el chico—. Es uno de nosotros.

El comandante la miró con un destello en los ojos.

—Lo sé —contestó—. Seguidme.

El hombre se giró y, apoyándose en un bastón, cojeó hasta el portón en la pared opuesta. El cerebro de Lemon seguía pidiéndole que huyera, que se pirara, que se largara lejos, lejos, *lejos*, pero las tres palabras que Grimm acababa de decir la mantuvieron clavada al suelo.

Uno de nosotros.

El niño grande, Fix, pasó junto a ellos y atravesó el portón con Diesel. Lemon miró a Grimm con incertidumbre. Él le mostró una sonrisa torcida y le guiñó el ojo.

—No pasa nada. Vas a querer ver esto.

Su sonrisa parecía genuina y, una vez más, a Lemon le pareció de esos que no olvidarían que le habían salvado el trasero. Con un suspiro, lo ayudó a cojear a través de un túnel corto hasta un enorme espacio abierto. Sintió el zumbido de la corriente eléctrica en su piel, la notó en la estática tras sus ojos. Vio las turbinas de un generador grande, hileras de viejos terminales informáticos, un puñado de tecnología más que no comprendía. Había una escotilla cerrada en una pared con grandes letras rojas pintadas.

SECCIÓN C

PROHIBIDO EL PASO SIN ACOMPAÑANTE

OBLIGATORIO DOS PERSONAS

Un tramo de escaleras en espiral conducía al techo y al suelo. Fix llevó a Diesel al nivel inferior, y el comandante los siguió. Lemon se detuvo arriba, insegura. El olor a tierra era más fuerte allí, con el aroma de algo ligeramente podrido debajo.

—Debemos estar muy abajo ya —murmuró.

—No pasa nada, amor —le aseguró Grimm—. Confía en mí.

—Mira, ¿quieres que te empuje escaleras abajo? —gruñó Lemon.

—No, en realidad no —contestó el chico.

—Entonces deja de llamarme amor, joder.

La voz del comandante subió las escaleras.

—Casi hemos llegado.

Lemon exhaló un suspiro, con una mano alrededor de la cintura de Grimm y la otra en el cúter de su cinturón. Los cierres de la escotilla eran mecánicos, así como electrónicos; si se quedaba atrapada allí abajo, no estaba segura de poder salir. Pero aquellas tres palabras siguieron impulsándola, aunque las mariposas de su vientre insistían en que se marchara.

Uno.

De.

Nosotros.

Y por eso, colocándose su máscara de callejera, siguió al comandante y a Fix a través de otra escotilla. Y allí sintió que se quedaba sin aliento.

—Guau... —susurró.

Vegetación. De pared a pared. Lechos de tierra oscura y luces ultravioleta zumbando sobre su cabeza, y debajo, todo era verde. Plantas de todas las formas y tamaños, hojas grandes y largas ramas, y árboles, *árboles* de verdad cargados de...

—¿Eso es fruta? —preguntó, con los ojos muy abiertos.

—Lo es —contestó el comandante—. Por aquí. Rápido.

El anciano los condujo a través del verdor. Lemon inhaló el rico y terroso aire. Entre las hileras de parterres, vio al niño grande, Fix, arrodillándose en el cemento con Diesel tumbada ante él. Llamó a Lemon y a Grimm con movimientos frenéticos de sus manos enormes y callosas. Estaba oscuro allí abajo, y cuando el chico se subió las gafas, Lemon vio que sus iris eran del verde más extraño en el que nunca había puesto los ojos, tan brillante que era casi luminoso.

—¿Se pondrá bien? —preguntó Lemon, mirando a Diesel.

—Las he visto peores —declaró Fix.

Grimm miró al comandante, asintió a Lemon.

—Estuvo expuesta a la radiación —les explicó el chico—. Ella también necesita una puesta a punto.

—Uhm... En realidad, ya no me siento tan mal —dijo Lemon.

—Lo llaman «la fase del fantasma ambulante», amor —le explicó Grimm—. Las náuseas, el dolor... Todo desaparece. Pero tu médula ósea y la mucosa del estómago está muerta. Si no te curan pronto, tú también lo estarás.

—Yo... —Tragó saliva con dificultad—. Quieres decir... ¿que todavía voy a morirme?

Grimm negó con la cabeza, le ofreció la mano.

—No, si confías en nosotros.

Lemon miró al comandante, sin saber qué hacer o decir. A decir verdad, fuera lo que fuese aquello, ahora estaba hasta el cuello en ello, y el vertiginoso miedo a la radiotoxemia acalló el resto de sus preocupaciones. Tomó aire profundamente y aceptó la mano de Grimm.

—Será mejor que se aparte, señor —dijo Fix, haciendo un ademán al comandante.

El anciano retrocedió media docena de pasos. Satisfecho, el niño grande asintió y tomó aire profundamente. Lemon vio que le ponía una mano en el pecho a Diesel y colocaba la otra en la palma de Grimm. Este entrelazó los dedos con los de Lemon.

—Será una sensación extraña —le advirtió Grimm.

—¿Qué quieres de...?

Lemon notó un hormigueo en la piel, como si una corriente eléctrica danzara sobre ella. Se le quedó la boca seca de repente; el aire estaba oleoso y cargado. Sintió una oleada de calidez que comenzó en la mano que Grimm le sostenía y se extendió a través de su cuerpo. Era como un cosquilleo, como estar envuelta en una manta rasposa, como si un millón de cucarachas calientes reptaran sobre y debajo y a través de su piel.

Fix echó la cabeza hacia atrás, una arruga oscureció su suave frente. Lemon vio que el color de sus iris comenzaba a deformarse, a extenderse y a derramarse por el blanco de sus ojos hasta que fueron verdes casi por completo. Oyó un susurro y se dio cuenta de que las hojas que los rodeaban se estaban moviendo, curvando...

Muriendo.

Como si una llamarada invisible estuviera atravesando el jardín, las plantas se marchitaron. El verde se volvió marrón, la fruta madura se convirtió en cáscaras, las plantas se secaron como si hubieran envejecido un centenar de años en un parpadeo. Lemon sintió mariposas en el estómago, contuvo el aliento mientras miraba las heridas en las manos y los pies de Grimm, el agujero de bala en el pecho de Diesel, los arañazos de su propia piel...

—Que me den trastrás por detrás.

Lemon descubrió que todas las plantas en un radio de tres metros alrededor de Fix habían muerto. Y todas sus lesiones, los agujeros de los clavos, las heridas de bala, los cortes y magulladuras que se habían ganado en los últimos días...

... *habían desaparecido.*

Fix abrió los ojos, tocó con suavidad el rostro de Diesel. Estaba sin aliento, tenía la piel sudorosa y respiraba como si acabara de correr una maratón, pero sus labios se curvaron en una sonrisa bobalicona cuando la chica agitó las pestañas y abrió los ojos.

—¿Ves? —resolló—. Lo mío son brutos milagros.

Diesel rodeó el cuello de Fix con sus brazos manchados de sangre. Abrazándolo con ferocidad, presionó sus labios pintados de negro contra los suyos.

Grimm gimió.

—Por Dios, iros a un maldito hotel vosotros dos.

Lemon sabía que el niño grande estaba totalmente agotado. Tenía ojeras debajo de sus brillantes ojos verdes, la cara pálida, los hombros encorvados. Pero, cuando se apartó de Diesel, parecía victorioso.

—¿Cómo os dispararon, de todos modos? —murmuró.

—Fue culpa de Grimm —contestó Diesel en voz baja.

—Vete a la mierda, Deez —contestó el chico de piel oscura.

—Eh... No. —Diesel apartó los brazos del cuello de Fix, le dio a Grimm un puñetazo en el muslo—. Pero gracias por la oferta.

—Me alegro de que estés bien. —Grimm sonrió, con un destello en sus ojos castaños.

—Yo también. —Diesel sonrió—. Pero *fue* culpa tuya.

—Oye, te tengo un regalo —le dijo Grimm. Se tanteó el chaleco y la camisa como si buscara algo. Al final, se metió una mano en el bolsillo de sus pantalones cargo y la sacó de nuevo con el dedo corazón levantado—. Cómetelo, friki.

—Oblígame, friki. —Diesel se rio.

—¿Habéis terminado vosotros dos? —les preguntó el comandante.

Grimm y Diesel miraron al anciano y sus sonrisas desaparecieron. Diesel se levantó rápidamente, se golpeó los talones. A pesar de su ropa rasgada y manchada de sangre, del cansancio de su rostro, la chica saludó al comandante con precisión militar.

—Lo siento, señor.

—Vosotros dos, a las duchas —les ordenó el comandante, examinando las plantas marchitas a su alrededor—. Este ejercicio nos ha costado muchos recursos, y casi nos ha costado todo. Así que alimentaos, aseaos. Quiero un informe completo en treinta minutos.

—Sí, señor —contestó Diesel.

Grimm asintió a Lemon y, juntos, Diesel y él atravesaron el invernadero y subieron las escaleras, con sus botas resonando al unísono. Fix exhaló un suspiro profundo y se levantó, inestable. El chico parecía haber hecho diez kilómetros de carretera dura.

—¿Estás bien, soldado? —le preguntó el comandante.

Fix asintió.

—Tomé un poco de mí mismo. No quería dañar demasiado el jardín.

—Come algo, después duerme un poco. —El anciano señaló con la cabeza el cemento manchado de sangre—. Te lo has ganado. Buen trabajo, soldado.

Fix sonrió ante la alabanza y se irguió treinta centímetros más alto, a pesar de su evidente cansancio. Ofreció un breve saludo que el comandante le devolvió y, tras asentir a Lemon, abandonó el invernadero por la escalera. El comandante lo observó mientras se alejaba, y se giró hacia la chica con un destello en el ojo y una sonrisa amable.

—Muy bien —dijo—. ¿Por dónde quieres empezar?

—¿Cómo…? —comenzó Lemon—. Él… Tú… Esto…

—¿Cómo ha hecho eso? —le preguntó el comandante.

Lemon asintió, se frotó los ojos.

—Vale. Eso. Sí.

—Lo llamamos «transferencia» —le explicó el comandante—. Fix tiene la habilidad de reparar el tejido dañado. Por lo que sé, acelera las propiedades regenerativas naturales del cuerpo. Pero, a falta de un término mejor, tiene que tomar la energía de otro ser vivo para alimentar el proceso. —El anciano suspiró, mirando uno de los árboles muertos—. Es una pena. Estaba deseando probar esas peras.

El comandante miró a Lemon para ver si tenía más preguntas, pero la muchacha estaba examinando la estancia, boquiabierta, intentando evitar que le explotara la cabeza.

—¿Qué es este sitio? —consiguió preguntar al final.

—Una instalación militar abandonada —le contestó el comandante—. Serví aquí hace muchos años. Antes de la guerra. Pero, en respuesta a lo que *creo* que estás preguntando, es un refugio. Un centro de formación donde el *Homo superior* puede vivir sin que lo persigan y ayudar en la búsqueda de más como nosotros.

—Espera… ¿*Homo superior*? —preguntó Lemon.

El comandante se arrodilló ante ella con una sonrisa amable en la cara.

—Así es.

—¿Qué es?

—La gente como tú, señorita. —Sonrió y le alborotó el cabello—. La gente como nosotros.

2.14

Pureza

—¿Cómo va eso? —preguntó Abraham.

—MEJOR —contestó Cricket—. HA AUMENTADO UN SE-
TENTA Y SIETE COMA CUATRO.

—Este giroscopio recibió un buen corte. Pero creo que tengo
un repuesto.

El enorme robot ladeó la cabeza, más que un poco incomoda-
do por la sensación de aquel extraño chico toqueteando sus entrañas. Estaba tumbado boca abajo en el suelo del taller de Nuevo
Belén, y Abraham colgaba de un cabestrillo de trabajo sobre él. Las
paredes estaban bordeadas de estantes con chatarra y tecnología, y
los rodeaban los cuerpos de una docena de robots bélicos a medio
reparar. Un brazo servo controlado por voz ayudaba a Abraham
mientras trabajaba, y otra grúa de carga remota transportaba partes de un lado a otro. Los robots parecían artesanales, construidos
con piezas reutilizadas. A un lado del taller, Cricket podía ver una
larga mesa de dibujo con varias pizarras blancas sucias apoyadas en
la pared, todas cubiertas de un caos de esquemas dibujados a mano.

Aquel chico era obviamente una especie de mago de la tecnología.

—¿Sabes? Es extraño —le dijo Abraham, con el destornillador
entre los dientes.

—¿Qué es extraño, amo Abraham? —contestó Cricket.

—Puedes dejar de llamarme «amo», Paladín. Abraham está bien, cuando estamos solos.

Paladín...

El nuevo nombre que le había puesto la Hermana Dee lo irritaba, pero no podía decirle a Abraham su nombre real... No a menos que quisiera que el chico descubriera su secreto. Sabía por sus bases de datos de Historia que los paladines eran guerreros sagrados, de la época en la que estaba de moda llevar ropa interior metálica, aporrearle la cabeza a la gente con metales afilados y decir «*malhaya*» un montón. Pero, en general, Cricket suponía que Paladín no estaba tan mal. Lo habían llamado cosas peores en su época, certificado.

—Como desees —contestó, intentando sonar lo más impresionante y cupulabélico posible—. ¿Qué es extraño, Abraham?

El chico habló en voz baja mientras el soldador de arco que llevaba en las manos iluminaba sus rasgos.

—Los combates de la Cúpula Bélica eran lo único que el abuelo me dejaba ver de pequeño. Vi todos tus combates en Megópolis; cuando te llamaban Quijote, quiero decir. Pero entonces nunca luchabas mano a mano. Siempre acababas con tu oponente desde tan lejos como era posible. ¿Por qué cambiaste de táctica anoche?

El enorme robot notó que sus subrutinas de supervivencia se activaban ante la pregunta del chico. Era evidente que Abraham no tenía ni idea de que la personalidad del Quijote había sido reemplazada por la de Cricket; el joven pensaba que estaba lidiando con setenta toneladas de malote robótico con años de combates almacenados en su memoria. Si Abraham descubría que la mente en el interior de aquel cuerpo pertenecía a un robot de servicio sin más experiencia en el combate que gritar «huiiiiiiiiiiiid», podría sentirse inclinado a eliminar las unidades centrales de Cricket para comenzar de cero.

Para un logika, eso era prácticamente lo mismo que morir.

—Intentaba impresionar a mi nuevo dueño —le dijo Cricket en su mejor voz de gladiador—. Estoy programado para entretener.

—Bueno, sin duda lo hiciste. —Abraham asintió, terminando y recolocando el blindaje de Cricket—. Tormenta fue finalista en el campeonato regional del año pasado. Abatirlo fue una enorme victoria para Nuevo Belén. La Cúpula Bélica es el pasatiempo más popular aquí, en los páramos... Bueno, además del asesinato y el robo, supongo. Pero tener a un robot campeón es genial para conseguir que un asentamiento parezca legítimo, para que atraiga más gente, más talento, más ingresos. —El chico miró el pequeño retrato que colgaba de la pared, un hombre de mediana edad con fuego en la mirada y un halo de luz alrededor de la cabeza—. El abuelo estaría orgulloso.

—Esas fotografías estaban por toda la Cúpula Bélica —dijo Cricket, mirando el retrato—. ¿Es tu abuelo?

—Sí. —El chico se frotó el cuello y suspiró—. Fundó la Hermandad, hace años. Él se ocupaba de todo, cuando todavía no era más que un culto disperso con un par de iglesias oxidadas. Apuesto a que nunca imaginó que tendríamos nuestra propia ciudad. Nuestro propio campeón.

—¿Dónde está?

—Hace algunos años, antes de que tomáramos Nuevo Belén... los desviados nos emboscaron. —Abraham bajó la voz—. Lo mataron. Justo delante de nosotros. Casi nos mataron también a madre y a mí.

—Lo siento —dijo Cricket, sin saber si lo sentía de verdad.

Abraham asintió en agradecimiento y se encogió de hombros como si se hubiera despojado de algún peso oculto.

—Madre hizo que lo canonizaran después de su muerte. Ahora lo llaman San Miguel. Es el patrón de Nuevo Belén.

—Entonces... ¿Eres el nieto de un santo?

—Suena mucho más impresionante de lo que es.

El chico sonrió. Cricket miró a Abraham mientras se guardaba las herramientas en el cinturón. El logika era bastante bueno leyendo a los humanos, después de tanto tiempo viviendo con Silas y Evie, y Abraham no le parecía un fanático. No hablaba como si se creyera todas aquellas tonterías sobre la pureza, o como si disfrutara de la crueldad tal y como había visto disfrutar a otros miembros de la secta. Era raro pensar que formaba parte de la realeza de la Hermandad.

—¿Puedo hacerte una pregunta, amo Abraham?

—Por favor, deja de llamarme así. Ahora somos amigos. Y sí, puedes preguntarme lo que quieras.

—Anoche, después de la Cúpula Bélica, oí sirenas. Disparos en la ciudad.

—Sí —le contestó Abraham—. Tuvimos algunos problemas en...

La puerta del taller se abrió y la Hermana Dee entró en la habitación. Tenía la mirada brillante y estaba imponente, con su fluida túnica blanca, aterradora con su pintura de calavera recién retocada. La flanqueaban por todas partes los matones de la Hermandad, fornidos y bien armados. Cricket vio que aquellos gorilas estaban vestidos de negro, en lugar de llevar el tradicional rojo de la Hermandad. Iban mejor armados. Eran más grandes, y más crueles.

¿Guardias de élite, quizá?

Uno de los guardaespaldas llevaba un logika roto en los brazos. El robot era esbelto, tenía pintada una filigrana dorada y su rostro estaba paralizado en una horrible sonrisa.

—Rompieron a Solomon —declaró la Hermana Dee.

—¿Quiénes? —le preguntó Abraham.

—Esos anormales desviados —suspiró—. No contentos con sembrar el caos en la ciudad de Dios, se divirtieron destruyendo máquinas indefensas.

Cricket observó mientras el matón colocaba al logika dañado en un banco de trabajo. Abraham se colgó de su cabestrillo y se inclinó sobre el cuerpo roto del robot. El chico parecía genuinamente preocupado, más como una persona ante una mascota herida que frente a un simple objeto roto. Abraham abrió la cavidad pectoral del robot con un par de turnos diestros de una multiherramienta, mordiéndose el labio mientras miraba el interior.

—¿Con qué lo golpearon? —Frunció el ceño—. Todos los circuitos de sus placas están fundidos. Como... si una sobrecarga de energía generalizada hubiera cortocircuitado sus amortiguadores.

Cricket se tensó, una oleada de excitación danzó por sus circuitos. Aquello parecía obra de cierta pelirroja a la que conocía y que era un imán para los problemas...

—¿Puedes arreglarlo? —le preguntó la Hermana Dee.

Abraham asintió.

—Si yo no puedo arreglarlo, es que no tiene arreglo, madre.

—Mi genio guapo. —La Hermana Dee sonrió, mirando a Cricket—. ¿Y cómo está nuestro poderoso Paladín?

—Daño superficial. —Abraham se subió las gafas hasta la frente y se frotó los ojos—. Su blindaje fue diseñado para recibir palizas de verdad, y tiene algunos módulos de autoreparación integrados. Estará totalmente operativo esta noche.

—Maravilloso —dijo la Hermana Dee—. Ponle una pintura decente, ¿quieres? En Jugartown se han enterado de nuestra victoria y ya nos han enviado un desafío. Quiero que nuestro Paladín esté a la altura cuando vuelva a representar a Nuevo Belén.

—Sí, madre —replicó Abraham.

—Con un logika campeón en el circuito local, la fama de Nuevo Belén no dejará de crecer. Más y más gente se acogerá a nuestra bandera, y a nuestra fe. Tomaste una decisión excelente al comprar este robot, Abraham. —La mujer tocó la cara del chico, y su calavera pintada se retorció cuando sonrió—. Haces que tu madre se sienta muy orgullosa.

Abraham le devolvió la sonrisa.

—*Quiero* que te sientas org...

La puerta del taller se abrió con un poderoso golpe y un heterogéneo grupo de hombres entró en la estancia, cubierto de polvo, tierra y sangre. Algunos llevaban las sotanas rojas de la Hermandad, pero la mayoría parecía un tipo más sencillo de gamberro, con X pintadas en la cara. El hombre grande del mohicano negro y la calavera emborronada al que Cricket había visto en la Cúpula Bélica la noche anterior lideraba el grupo. Cojeaba visiblemente; tenía la sotana blanca salpicada de rojo y un puro encendido en los labios.

—Hermano Guerra, bienvenido de nuevo —dijo la Hermana Dee, mirando a los hombres y apartando la mano de la cara de su hijo—. No puedo evitar notar que pareces haber... perdido algo.

El hombre mascó su puro, con mirada airada pero mudo. La Hermana Dee se acercó a él con paso firme y lo miró a los ojos. Su voz cambió de la calidez que había mostrado a su hijo a algo mucho más peligroso.

—¿Mis prisioneros, quizá?

—Estaban trabajando con Ciudad Colmena, Hermana —gruñó el hombre—. Los acompañaba una agente. Hizo trizas a mis hombres.

—Así que nos has fallado —dijo la Hermana Dee, sin más—. Estaban en nuestras manos. Podríamos haber descubierto dónde tenían el nido esos insectos, y haberlo quemado de una vez por todas.

—Fuiste tú quien...

La bofetada resonó en la estancia, más fuerte que un estruendo. La cabeza del Hermano Dubya se movió bruscamente hacia un lado, el puro voló de su boca y rodó bajo las hileras de chatarra.

La huella de la mano de la Hermana Dee podía verse con claridad en la pintura de su mejilla.

—Nos has fallado —repitió.

El Hermano Dubya apretó la mandíbula. Bajó la mirada.

—Nos he fallado —asintió.

—Lo siento, Hermana Dee —interrumpió el matón más grande, acercándose al Hermano Guerra—. Pero, certificado, no fue culpa del buen hermano. Esa maldita anormal... ¡abrió un agujero en el cielo! Por Dios todopoderoso, ella...

La Hermana Dee se giró y presionó un dedo de uña negra contra los labios del hombre. El resto de su protesta murió en el interior de su boca. Toda la habitación se quedó en silencio. Cricket tuvo que esforzarse para oír sus respiraciones en sus sistemas de audio.

—Eres nuevo en nuestro rebaño, ¿no? —le preguntó la Hermana Dee—. Discípulo Leon, ¿verdad?

—Sí, señora —murmuró el hombre alrededor del dedo de la mujer.

—Tienes esposa e hijo, ¿no es así? Maria y... —La Hermana Dee hizo un mohín con sus labios pintados—. ¿Toby? ¿Lo recuerdo bien?

El hombre asintió, con los ojos un poco más abiertos. La Hermana Dee se acercó a él y le rozó la piel con los labios mientras susurraba, lo bastante alto para que todos lo oyeran.

—Si vuelves a blasfemar en mi presencia, Discípulo Leon, lo último que Maria y tú oiréis en esta vida será el sonido de los clavos atravesando las manos y pies del pequeño Toby. ¿Estoy hablando con claridad?

El hombre tragó con dificultad.

—Sí, señora —asintió.

La Hermana Dee besó la mano del hombre, dejando una sonrisa blanca y negra sobre su piel.

—Entonces te perdono. Esta vez. Como hace Dios, tu Señor.

—Gra… Gra…

—Amén es la respuesta adecuada, Discípulo Leon.

—Amén. —Leon se aclaró la garganta, se humedeció los labios secos—. Señora.

La Hermana Dee volvió a concentrarse en el Hermano Dubya. La pintura de las mejillas del hombre le había manchado la mano, se había metido bajo sus uñas. Cricket se fijó en que todos los Discípulos y Hermanos de la estancia miraban al frente, en que Abraham se había retirado a las sombras, con los ojos en otra parte. Incluso el Hermano Guerra se negaba a mirar los ojos sin fondo de la mujer.

—¿Debería perdonarte a ti también, Hermano Guerra? —le preguntó—. ¿Como Nuestro Salvador perdonó a los que lo ofendieron? ¿O debería castigarte, como Nuestro Señor castigó a los pecadores de Sodoma y Novallor y Losanjels? Las escrituras hablan de cuatro Jinetes, cierto. —Paso una mano sobre las manchas de sangre del Hermano—. Pero no estoy falta de hombres. ¿Y para qué sirve un Jinete que no puede con dos anormales adolescentes?

—Tres —contestó él en voz baja.

La mujer ladeó la cabeza.

—¿Disculpa?

—Los anormales han añadido a otro a sus filas —contestó el Hermano Dubya—. Una pelirroja. Una chica. Es… A decir verdad, no sé qué hizo, pero chasqueó los dedos y nuestros drones de combate cayeron del cielo.

Cricket sintió otra oleada de emoción eléctrica ante la descripción de la chica. Era ella. Era…

—¿LEMON? —preguntó.

Todos los ojos de la estancia se giraron hacia él.

—¿Qué has dicho, Paladín? —le preguntó Abraham.

—NA… NADA. —El logika negó con la cabeza. Un pánico eléctrico inundó sus circuitos—. Lo… Lo SIENTO, ME QUEDARÉ CALLADO.

La Hermana Dee entornó los ojos.

—¿Tú...? ¿Conoces a esa desviada, Paladín? ¿La que el Herma-no Guerra acaba de describir?

Cricket se mantuvo en silencio, el miedo inundó sus subsiste-mas. ¿Cómo podía ser tan *estúpido*? Estaba tan acostumbrado a estar con humanos en los que podía confiar, con humanos que se preocupaban por él y por los demás...

—Responde —insistió la Hermana Dee en voz baja—. ¿La co-noces?

Los robots deberán obedecer.

Los robots

deberán

obedecer.

—Yo... Eso creo, Hermana Dee.

—Dime quién es —le ordenó la mujer.

Quería gritar que no. Huir. Hacer cualquier cosa excepto obe-decer. Pero...

—Su nombre es Lemon Fresh —se oyó responder.

—Dime dónde está.

—No lo sé —gimió Cricket—. La perdí de vista en las Grie-tas, hace un par de días.

La Hermana Dee se giró hacia el polvoriento grupo de gue-rreros. Sus ojos oscuros brillaban.

—Parece que el Señor te ha concedido un indulto, Hermano Guerra —le dijo—. Llévate al resto de los Jinetes a las Grietas y busca cualquier rastro de esa chica o...

—Por favor, no le hagáis daño —les rogó Cricket.

La Hermana Dee señaló al logika y habló sin mirarlo.

—*Jamás* hables en mi presencia si yo no me he dirigido a ti. ¿Entendido?

—... Entendido —susurró Cricket.

—Ve a las Grietas —le ordenó al Hermano Dubya—. No re-greses a Nuevo Belén sin prisioneros. Los quiero *vivos*, ¿lo com-prendes? Quiero saber dónde se esconden. Esos perros anormales son cada día más audaces. La desviación no será tolerada. Solo los puros prosperarán.

—Solo los puros prosperarán —repitió él.

—San Miguel te vigila —dijo ella.

El Hermano Dubya gruñó un asentimiento y salió de la estancia, con su polvoriento pelotón en su estela. La Hermana Dee los vio marcharse; su rostro era una máscara. Los que llevaban las sotanas negras relajaron sus posturas, y Cricket se dio cuenta de que todos tenían el dedo colocado en el gatillo de sus armas. Con una sola palabra de aquella mujer, todos habrían sido asesinados a sangre fría justo allí, ante él.

Y todos lo habían sabido.

Cuando las puertas dobles se cerraron, la Hermana Dee miró por fin sobre su hombro. Abraham estaba ocupado con sus herramientas, con el rostro pálido, los ojos brillantes y muy abiertos. Se acercó a él, le rozó la barbilla y lo obligó a mirarla.

—Tu abuelo siempre decía que era mejor ser temido que amado.

El chico tragó saliva con dificultad y asintió.

—Lo recuerdo.

—¿Tú me quieres, hijo mío?

—Claro que sí...

La calavera pintada de la Hermana Dee se retorció en una sonrisa amable mientras le besaba la mejilla.

—Todo esto es por ti. Lo sabes, ¿no?

—Lo sé, madre. —El chico asintió, despacio—. Lo sé.

Tras una última mirada a Cricket, la Hermana Dee giró sobre sus talones y salió de la estancia. Los matones de sotanas negras marcharon tras ella al unísono.

—Acuérdate de la pintura —dijo sobre su hombro—. ¡Y arregla a Solomon!

Las puertas se cerraron. La luz pareció hacerse más brillante, la tensión abandonó la habitación. Abraham se pasó la mano por el cabello, se frotó los ojos.

—Yo...

A Cricket le falló la voz. La Hermana Dee ya no estaba en la estancia, así que podía hablar con libertad. Pero, al final, seguía sin fiarse del todo de aquel chico. Parecía bastante decente. Amable, a pesar de que el mundo a su alrededor era duro y tan afilado como el cristal. Pero era el hijo de aquella mujer, y aquella mujer era la líder sedienta de sangre de una secta fanática y asesina. ¿Qué tipo de persona podía ser *en realidad*?

—¿Es...? ¿Es siempre así? —preguntó al final.

El chico miró las puertas dobles, exhaló un suspiro.

—Tiene que serlo.

—¿Por qué lo dices?

—Este es un mundo duro, Paladín. Sus líderes tienen que ser más duros. Mi madre es una buena persona, en su corazón. Pero, cuando mi abuelo murió, cayó sobre ella todo el peso de la Hermandad. Todo esto, todo lo que tenemos, es gracias a ella.

Cricket no sabía qué decir. A Evie siempre le había dado su opinión; Silas lo había programado para mantenerla alejada de los problemas, para que fuera su conciencia, para que nunca temiera hablar en voz alta. Y aunque sabía que no estaba a salvo allí, parte de esa programación estaba saliendo ahora a la superficie. La verdad era que aquel chico le caía bien. Le gustaba que no quisiera que lo llamara «amo». Que se refiriera a él como si fuera una persona, y no una cosa.

Pero seguía formando parte de la secta que ahora estaba buscando a Lemon. Cricket quería elevar las manos, desesperado. Solo llevaban *dos días* separados, ¿y ya había conseguido toparse con una panda de desviados en guerra con la Hermandad? Y, como era un idiota, él la había puesto en peligro.

¿Estaría Ezekiel metido en todo aquello?

¿Qué estaba pasando?

—Tú... —Cricket se detuvo de nuevo, negó con la cabeza.

—Puedes hablar sin miedo —le aseguró Abraham—. Ahora somos amigos, Paladín.

El chico dejó el cuerpo de Solomon en el banco de trabajo y examinó los repuestos almacenados a lo largo de las paredes del taller. Los altos estantes estaban a reventar, gimiendo bajo el peso de las piezas de repuesto, de alta tecnología recuperada y de chatarra ordinaria.

Aunque ni Cricket ni Abraham lo sabían, el puro del Hermano Guerra siguió humeando bajo los estantes después de que la bofetada de la Hermana se lo arrancara de los labios.

—Supongo que no eres un Discípulo, ni un Hermano, ni nada de eso —dijo el robot bélico—. Quiero decir, no llevas el uniforme. No llevas la X.

—No soy un miembro oficial de la orden, no. Me gustan las máquinas. La mayoría de los días, son más fáciles de comprender que la gente. —El chico emitió un pequeño sonido complacido, trepó a uno de los estantes más llenos—. Así que madre me puso a cargo de la Cúpula de Nuevo Belén. Me gusta estar aquí abajo. La gente me deja en paz y puedo hacer lo que quiero.

—Pero sabes lo que la Hermandad le hace a los desviados, ¿verdad?

—No es bonito —dijo el chico, estirándose sobre la chatarra hacia una placa de circuitos de repuesto—. Pero vagamos durante años antes de asentarnos en Nuevo Belén. He visto lo que hay fuera de estas murallas. Y la alternativa es peor aún.

—Lemon es mi amiga. Si la atrapan...

—Lo siento, Paladín. Si tu amiga es una anormal, no hay nada que hacer. —Abraham consiguió alcanzar por fin la placa, se la guardó en el mono y continuó—: La gente siempre necesita a alguien a quien odiar. Normalmente, se trata de alguien diferente. Si no conseguimos encontrar a nadie, nos lo inventamos. Así es la gente.

—No toda. No los que yo he conocido.

Abraham le dedicó una sonrisa torcida, como si Cricket le hubiera contado un chiste.

—Entonces has conocido a mejores personas que…

Un sonoro estallido resonó en el otro extremo del taller. Escondido debajo de los estantes, el puro del Hermano Guerra había prendido fuego a un charco de aceite, que a su vez había incendiado una garrafa medio vacía de acetileno. Cuando el cilindro explotó en una fugaz bola de brillantes llamas, los estantes a los que Abraham había trepado se sacudieron. Y, antes de que Cricket supiera qué estaba ocurriendo, toda la estructura se salió de sus soportes y se derrumbó.

Lo vio pasar a cámara lenta: el chico cayendo hacia atrás, con la boca abierta, los ojos muy abiertos. El estante se desplomó tras él, pesado acero sobrecargado con partes de motor, con pesados servos y baterías, con extremidades robóticas. Cricket gritó y se lanzó hacia Abraham, pero estaba demasiado lejos. El chico sería aplastado por todo ese peso; terminaría con las piernas o las costillas rotas, si tenía suerte, o rociado sobre el cemento, si no la tenía.

Abraham golpeó el suelo y gimió por el dolor. Elevó la mano. El aire a su alrededor se estremeció y deformó, como las olas en el agua. Y, mientras Cricket miraba desconcertado, la estantería golpeó de nuevo la pared, como empujada por una fuerza invisible. Las piezas de repuesto y el acero oxidado y la chatarra, centenares y centenares de kilos de chatarra, se vieron lanzados hacia atrás como un papel en el viento.

El chico rodó mientras la estantería rebotaba y volvía a caer con un sonido como el del trueno. Los estantes se soltaron, todo se esparció por el suelo. El polvo se asentó por fin. Un pequeño incendio ardía alegremente entre el desorden, su humo se elevaba hacia el techo. Y, en el límite del caos, el chico estaba tumbado sobre su espalda. Cerró los ojos y maldijo en voz baja, golpeándose la nuca contra el cemento.

—Idiota... —siseó.

Ni un solo tornillo oxidado lo había rozado.

—¿Estás bien? —le preguntó Cricket, arrodillándose a su lado.

Un pánico eléctrico atravesó al enorme robot en oleadas, el impulso de la Primera Ley iluminando su mente. El imperativo de proteger a los humanos, de hacer *cualquier* cosa para evitarles daño, estaba grabado en su mismo corazón. Se sentía ansioso, lleno de tensión, con los nervios de punta. Pero, a menos que estuviera escacharrado, ese chico acababa de...

Ha movido esos trastos solo pensándolo.

Desviación. Anormalidad. Un giro genético del destino. Cricket sabía que Lemon podía terminar con cualquier cosa eléctrica solo con el pensamiento. Había oído historias más extrañas, de desviados que podían encender fuego solo pensándolo, o incluso leer la mente. A decir verdad, sonaban a cuentos de niños. A menos que vivieras en una ciudad en la que la gente predicaba a diario sobre el valor de la pureza y advertía contra los peligros de la anormalidad genética.

Una ciudad donde solo los puros prosperaban.

En un lugar como ese, la desviación era una condena a muerte.

—Apágate —dijo Abraham.

—Espera, no...

—¡Te lo estoy ordenando, Paladín! —rugió Abraham—. ¡APÁGATE!

—Entendido —dijo Cricket.

Y el mundo entero se fundió en negro.

2.15

Superior

—**M**átame —dijo Lemon.

El comandante levantó la mirada de su libro, alzando una ceja blanca.

—¿Disculpa?

—En serio —insistió Lemon, subiendo las escaleras—. Quítame ya del medio. Sinceramente, creo que es lo mejor.

—De acuerdo —dijo el comandante—. Pero, antes de hacerlo, ¿puedo preguntarte por qué?

—Tengo una lista en la cabeza, ¿vale? —contestó Lemon, sentándose en el sofá opuesto—. Ya sabes, del tipo «Las Mejores Experiencias de la Vida de Lemon». Y, después de esa ducha... Sinceramente, creo que he llegado a la cima. No tiene sentido seguir viviendo.

El viejo se rio, las cicatrices en el lado derecho de su rostro se arrugaron mientras se echaba hacia atrás en el sofá. Con la toalla más mullida que había tocado en su vida, Lemon siguió secándose el cabello. Por primera vez desde que podía recordar, olía a jabón y a champú en lugar de a sudor y a sangre. Todavía sentía el rocío delirantemente caliente del agua sobre su piel.

—Solo para futuras referencias —dijo el comandante—, intentamos limitar las duchas a tres minutos cada vez.

Lemon parpadeó.

—¿Cuánto tiempo me he pasado ahí dentro?

—Veintisiete.

—Lo siento. —Hizo una mueca—. Eso es mucho.

—Están lavando tu ropa. —El comandante se aclaró la garganta—. Espero que no te importe, pero le pedí a Fix que llevara tus calcetines a la incineradora.

—Es lo mejor para todos —dijo Lemon.

—Ajá —asintió el comandante—. ¿Te queda bien la ropa?

—No está exactamente a la vanguardia de la moda, pero sí, gracias.

Su nuevo atuendo era el mismo uniforme que vestían el comandante y todos los demás: amplio camuflaje de desierto, enormes botas de combate, casi tan favorecedor como una vieja bolsa de plástico. Normalmente, Lemon no hubiera usado eso ni muerta, pero su ropa estaba tan tiesa que era un milagro que todavía no hubiera salido corriendo sola.

—¿Hambre? —El comandante señaló una caja de lo que parecía comida envasada al vacío que había sobre la mesa, junto al tarro de los tacos—. No estoy seguro de cuánto llevas sin…

Lemon tenía un paquete abierto y una barrita de proteínas entera metida en la boca antes de que el anciano pudiera terminar la frase. Se sentó en el suelo con las piernas cruzadas, abrió otra barrita y le dio un bocado, hinchando los carrillos, con los ojos en blanco mientras masticaba y gemía y masticaba un poco más.

—Me tomaré eso como un sí —dijo el comandante—. Pensaba enseñarte esto un poco antes de dormir. Si no estás demasiado cansada.

—*Nupuooormchooo* —murmuró Lemon.

—¿Disculpa?

Lemon masticó un poco más y se tragó la bocanada con dificultad.

—No puedo quedarme mucho —repitió.

—Está bien —asintió el comandante—. Pero, si no estás ocupada ahora…

Lemon se encogió de hombros, abrió otra barra de proteínas y se guardó seis más en los bolsillos. El comandante se levantó con una mueca y señaló con su bastón las paredes que los rodeaban. Las feas cicatrices de su rostro estaban grabadas en sombra, pero sus ojos destellaban animadamente. Entre la cómoda autoridad que exudaba, el uniforme y la cojera, Lemon suponía que en el pasado había sido soldado.

—Bueno, llevamos un tiempo apostados aquí —le explicó—. Puede que no sea un palacio, pero para nosotros es un hogar. La instalación está dividida en tres zonas principales. Actualmente estamos en la sección A, el módulo habitacional.

Lemon intentó decir algo como «Uhm, muy interesante», pero otra vez tenía la boca llena de barrita de proteína, así que todo lo que consiguió fue un «Uhmmuunterannt».

—En los niveles superiores están los dormitorios, cada uno con capacidad para veinticuatro personas. —El comandante señaló los estantes que los rodeaban—. Esta es la zona común. Libros, vídeos VR… También estamos conectados a las cadenas de Megópolis. Como ya has visto, abajo están los aseos y las duchas. El resto está por aquí.

Apoyándose en su bastón, el anciano cojeó hasta la escotilla interior. Lemon lo siguió, todavía atiborrándose. Los fluorescentes se activaron cuando entraron en el pasillo, y el comandante la condujo al amplio espacio abierto que habían visitado antes. Lemon miró la enorme escotilla cerrada, las grandes letras rojas:

SECCIÓN C

PROHIBIDO EL PASO SIN ACOMPAÑANTE

OBLIGATORIO DOS PERSONAS

—¿Qué hay ahí? —preguntó.

—La sección C —dijo el comandante—. Aunque no podemos abrir la puerta.

Lemon miró el enorme panel de control digital junto a la escotilla. Habían arrancado los paneles de la pared y veía manchas de abrasión por acetileno y ligeras muescas en el metal; aunque no habían conseguido abrirla, parecía que el comandante y su equipo lo habían intentado con ganas.

Ella no había estado cerca de tecnología tan moderna y brillante en toda su vida, ni siquiera en casa del señor C. Podía sentir la electricidad estática danzando sobre su piel, y al cerrar los ojos, la sorprendió un poco darse cuenta de que podía percibir la corriente a su alrededor. Estrechos ríos de electricidad fluyendo tras las paredes, bajo el suelo. A través de la escotilla de la sección C y de los ordenadores más allá.

—Esta es la sección B —estaba diciendo el comandante, señalando la estancia—. Tiene cuatro plantas. A nuestro alrededor tenemos los generadores de energía, la hidroestación y las instalaciones informáticas. En la última planta está mi despacho. El gimnasio y el módulo de entrenamiento están en el sótano. En la planta que tenemos debajo está el invernadero. Fix tiene buena mano, se ocupa de las plantas él mismo. Es autosuficiente, no lo bastante como para alimentar a nuestro pequeño equipo, pero casi.

—¿Cómo puede ser autosuficiente? —le preguntó Lemon—. ¿No son estériles vuestras semillas?

—Por Dios, no —dijo el comandante—. No usamos esa basura de BioMaas. Tenemos un banco de semillas, aprovisionado con muestras de antes de la Caída.

—¿Cómo lo encontrasteis? —le preguntó.

—Del mismo modo que encontré a Grimm. A Diesel. A Fix. —Se encogió de hombros—. Lo *vi*.

Lemon murmuró mientras terminaba el último bocado.

—¿*Quisste?*

—Aquí todos tienen un don, señorita Fresh. Fix puede acelerar la capacidad curativa del cuerpo. Diesel es nuestra… experta en transporte. —El comandante se encogió de hombros otra vez—. Yo veo cosas.

Lemon se tragó la proteína.

—Te refieres… a…

—Caras. Lugares. No sé bien por qué. O cómo. Pero he podido hacerlo desde que tenía tu edad. Solo ocurre cuando estoy profundamente dormido. Y no puedo ver lo que ocurrirá, solo lo que ocurre. Pero, de algún modo, siempre resulta ser importante. —El anciano se arrodilló ante Lemon con una mueca—. Y creo que ahora debería decirte, señorita Fresh, que he estado soñando contigo.

Muy despacio, Lemon empezó a retroceder hacia la puerta.

—Tranquila. —El comandante sonrió—. Sé lo raro que suena, pero llevo años viéndote. De vez en cuando. La última vez que te vi, fue… ¿Hace cuatro días? Ibas vestida de… rosa. Creo. Estabas junto a un coche accidentado, rodeada de machinas hostiles. Y las destruiste todas con un movimiento de tu mano.

Lemon recordó la batalla a las afueras de Babel con el Predicador. La guarnición de machinas de Daedalus a la que destruyó. El llamativo traje antirradiación rosa que llevaba.

—¿Cómo puedes saber eso? —susurró.

—Te lo he dicho. *Veo.* Cuando sueño. Lo llaman «clarividencia» si necesitas un término técnico. —El comandante ladeó la cabeza—. ¿Cómo funciona? Me refiero a tu don. Grimm me dijo que tiraste del cielo esos drones de la Hermandad con un ademán. ¿Manipulas campos magnéticos, quizá? ¿Aceleras el deterioro metálico, o…?

Lemon se mordió el labio. Por sorprendente que fuera, empezaba a darse cuenta de que aquellas personas eran desviadas de verdad, como ella. De algún modo, Diesel podía abrir agujeros en el espacio.

Fix podía sanar heridas de bala y radiotoxemia con solo pensarlo. Aquel viejo y anquilosado perro de guerra podía... ver cosas.

Era una completa locura, aunque hubiera sido testigo de ello con sus propios ojos. Pero, después de cuatro años escondiendo lo que era, viviendo con el conocimiento de lo que ocurriría si la gente lo descubría...

—Ya no tienes nada que temer. —El viejo le apretó la mano—. Eso te lo prometo. No tendrás que volver a temer lo que eres.

Lemon se miró las botas, intentando encontrar su voz. Todo el descaro e insolencia que normalmente invocaba a voluntad parecía haberse evaporado en la presencia de aquel anciano raro y lleno de cicatrices. No conseguía encontrar su fachada, su máscara de valiente. Pero el comandante le apretó la mano de nuevo.

—No pasa nada —le aseguró, con voz segura y amable—. Está bien.

Lemon suspiró, se mordió el labio.

—Eléctricas —murmuró al final.

—¿Disculpa?

—Puedo quemar cosas eléctricas. Pienso en ello, y la corriente aumenta y las cosas se rompen. La primera vez tenía doce años, en Los Diablos; un autoambulante se comió mis créditos y me enfadé y lo rompí, aunque en el momento no supe cómo. Pero todavía no se me da muy bien, no puedo controlarlo y normalmente me cargo todo lo que me rodea y es más fácil cuando estoy enfadada pero no puedo apuntar ni dirigirlo ni nada, solo pienso en ello y es como si hubiera estática dentro de mi cabeza y entonces...

—Ahora escucha —dijo el comandante en voz baja—. Y escucha con atención.

Lemon se tragó los balbuceos que estaban escapando de su boca.

—No hay nadie como tú, en todo el mundo —le aseguró—. Y llevas demasiado tiempo asustada. La gente teme lo que es distinto.

La gente teme lo que no puede controlar. La gente teme el futuro. Y eso es lo que tú eres, señorita Fresh. El futuro. —El comandante asintió, clavó su pálida mirada azul en sus ojos—. Y deberían ser ellos quienes te teman a ti. Porque no estás sola.

Mientras el comandante hablaba, Lemon notó sus palabras en sus huesos. Mirándolo a los ojos, se sintió más alta. Oyéndolo hablar, se sintió más fuerte. Las cosas que decía, las verdades que pronunció, pusieron un hormigueo en su piel, desde los dedos de sus pies a la parte superior de su cabeza. El anciano sonrió, arrugando sus cicatrices, y ella se descubrió devolviéndole la sonrisa.

—*No* estás sola —dijo de nuevo.

Pero la parte sensata de su cerebro, la parte que se había criado en el Desguace, la hizo bajar a la tierra. Pensó en Zeke y en Cricket, en alguna parte, sin ella y seguramente en problemas, y se sintió abatida. Y supo que no podía quedarse.

—Escucha, han sido unos días muy largos, entre una cosa y otra —le dijo—. Y no quiero aprovecharme, ni nada de eso, pero ¿estaría bien si me echara un par de horas antes de largarme?

El comandante se levantó con la ayuda de su bastón.

—Puedes quedarte tanto tiempo como quieras. Tenemos espacio de sobra. Te acomodaré en uno de los dormitorios.

—Gracias —le dijo con una sonrisa.

Lemon siguió al anciano de nuevo hasta el módulo habitacional y por las escaleras, a una pulcra habitación bordeada de literas. El comandante seguía hablando, pero Lemon solo lo escuchaba a medias. Las turbulencias de los últimos días estaban pudiendo con ella, cargándole los párpados, que sentía tan pesados como el plomo. Los recuerdos de Evie, del señor C, de Cazador y de Nuevo Belén. De la sangre y del metal retorcido y los cristales rotos. Pero, sobre todo y más estrepitoso que el resto, había un pensamiento. Resonó en sus oídos cuando el comandante le deseó buenas noches, cuando cerró la puerta y apagó la luz.

Cuatro sencillas palabras. Cuatro enormes palabras. Cuatro palabras que no recordaba haber oído o pensado o creído nunca, en toda su vida.

No estás sola.

Cuando Lemon abrió los ojos, estaba oscuro. Durante un breve y aterrador momento, no recordó dónde estaba. ¿En las viejas trincheras del señor C, en el Valle de los Neumáticos? ¿Acurrucada debajo de un cartón en los laberintos de Los Diablos?

¿En ningún sitio?

Cuando se sentó, una pequeña luz sobre su cabeza cobró vida con un zumbido. Se descubrió sobre unas sábanas limpias y un colchón suave. Todavía podía oler el aroma del jabón en su cabello. Y, cerniéndose en el aire, suave como su perfume, podía oír…

¿Música?

Caminó hasta la escotilla y la abrió con un susurro de bisagras. Se dio cuenta de que la música venía de abajo, de la sala común, bonitas notas de un instrumento que no conocía en una composición que nunca había oído. Cuando bajó encontró las luces encendidas y a Grimm sentado en los sofás circulares. El chico estaba leyendo un viejo libro del S20 con las esquinas dobladas. En la portada había un hombre musculoso sin camiseta con una larga melena dorada agarrando a una mujer que parecía estar saliéndose de su vestido. Lo escondió debajo de un cojín tan pronto como Lemon apareció en las escaleras.

—Tú no has visto nada —gruñó.

—Vaaale…

El chico se mordió el labio, miró a su alrededor con nerviosismo.

—¿Te ha despertado la música?

Lemon negó con la cabeza, insegura.

—¿Qué *es*?

—¿La música? —Grimm se encogió de hombros—. Ni idea. De algún fulano muerto.

—Es... preciosa.

—Sí, no está mal, ¿verdad? —Su rostro se relajó en una sonrisa fácil—. Tenemos montones almacenados digitalmente. Lo escucho a veces, cuando estoy de guardia.

—Lo siento, ¿estoy...?

—No, no. —Le hizo un ademán para que se acercara—. No interrumpes. Normalmente vivimos en horario nocturno. Es más fácil esconderse en la oscuridad. Ven.

Lemon se acercó a los sofás. El cemento estaba frío bajo sus pies descalzos. Se sentó enfrente de Grimm, hundiéndose en el cuero. No había aparcado el trasero en algo tan lujoso en su vida.

—¿Te sientes mejor? —le preguntó, mirando sus muñecas sin marcas.

—Del Paraguay —le contestó Grimm con su exótico acento.

—¿Qué?

—Guay —dijo—. Rima, ¿no? Guay. Del Paraguay.

—Oh. Vale.

—¿Y tú?

Lemon miró a su alrededor: los libros, la música bonita, el aire fresco y la ropa limpia. Intentó encontrar las palabras y solo consiguió encogerse de hombros.

—Un poco abrumada, ¿eh? —sugirió el chico.

—Bastante. —Lemon señaló con la cabeza el tarro de los tacos, sobre la mesa—. ¿Qué es eso?

Grimm se encogió de hombros.

—Fix tuvo una infancia dura. Creció en un sitio llamado Cataratas Paraíso. No dejes que su bonita melena te engañe: habla peor que nadie a quien yo haya conocido. El comandante está intentando quitarle la costumbre. Cada vez que uno de nosotros dice una palabrota, metemos dentro del frasco un tapón con nuestro nombre. Cuando hay que hacer un trabajo que nadie quiere, se saca un nombre. Cuanto más sucia tienes la boca, más posibilidades hay de que sea el tuyo.

Lemon miró los tapones de botella con los ojos entornados. Casi el noventa por ciento tenía escrito «Fix».

—Entonces, ¿a eso viene lo de «bruto» y «cajones»?

Grimm se encogió de hombros.

—Es mejor que la alternativa, créeme.

Lemon sonrió, miró la estancia. Los libros en las paredes, las obras de arte en el techo. Intentó asimilarlo todo.

—Oye —dijo Grimm, inclinándose para acercarse—. Siento lo del palo que te di en el coche. No te habría montado tanta gresca si hubiera sabido que eras de los nuestros.

La chica hizo un ademán con la mano.

—Está del Paraguay.

Él sonrió, con un destello en sus ojos oscuros. Pero, tan rápido como llegó, la sonrisa se desvaneció, y su tono se volvió suave y serio.

—¿Quién era tu amiga? La del puñal a la que se cargaron.

—… No era mi amiga, en realidad —le contó Lemon—. Se llamaba Cazador. Era… Es una larga historia.

Grimm asintió.

—Bueno, lo siento, si sentirlo sirve de algo, ¿vale? Deez y yo no estaríamos aquí de no ser por ti y por ella. La Hermandad es muy chunga. Lo hiciste bien. Realmente bien.

—Lo sé. —Lemon sonrió—. Guapilista, ¿recuerdas?

Grimm se rio, echándose hacia atrás en su asiento. Lemon sintió una ligera calidez en el pecho, y se metió el cabello detrás de la oreja.

—¿Cuánto tiempo llevas aquí?

—¿Seis meses, quizá? El comandante me encontró justo antes de cumplir diecisiete.

—¿Dónde?

—En un sitio llamado Jugartown. —Grimm señaló con la cabeza un mapa colgado entre las obras de arte enmarcadas del techo—. Está a poca distancia, en dirección sur. Los guardias locales me detuvieron. Llamaron a la Hermandad. La Hermana Dee y sus Jinetes iban de camino para clavarme.

—¿Sus Jinetes?

—Sí, es de las Sagradas Escrituras. Se suponía que eran heraldos del Apocalipsis. Muerte, Guerra, Hambre, Peste. La Hermana Dee. El Hermano Dubya. El Hermano Eff, el Hermano Pez. ¿Lo captas?

—Qué imaginación —asintió.

—El caso es que Diesel y Fix aparecieron y me soltaron. He estado con ellos y con el comandante desde entonces.

—Si la Hermandad iba a crucificarte… —Lemon se mordió el labio—. Quiero decir, ¿qué puedes…?

—¿Hacer?

—Sí.

Grimm se hizo crujir los nudillos y sonrió.

—Observa.

El chico elevó la mano y clavó su mirada en Lemon. Ella sintió mariposas en el estómago bajo su escrutinio, dándose cuenta por primera vez de lo atractivo que era. Tenía los hombros anchos y la mandíbula fuerte, piel de un profundo marrón. El uniforme de Lemon era varias tallas demasiado grande, y se había metido en la cama solo con la camiseta. En ese momento, sus piernas desnudas la hicieron sentirse cohibida, así que las dobló bajo su cuerpo en el sofá.

Y entonces empezó a sentir frío.

Notó un hormigueo en la piel y se estremeció. La sensación se inició despacio y después se zambulló, como si la temperatura hubiera caído en picado a su alrededor. De repente fue consciente de lo que el frío estaba haciéndole a su cuerpo, y cruzó los brazos sobre el pecho. Cuando exhaló, su aliento se convirtió en vaho y se detuvo en el aire ante ella.

—Mierda —susurró.

—Esa no es la mejor parte, amor. —Grimm sonrió.

El chico se concentró en la taza de café que estaba en la mesa ante él. Y, cuando curvó los dedos, con la frente arrugada por la concentración, Lemon vio que el vapor comenzaba a elevarse sobre la superficie del líquido. Se le quedó el aire atrapado en los pulmones cuando vio que el líquido se ondulaba, que burbujeaba y, por último, empezaba a hervir.

—¿Controlas... el calor?

—La energía —le explicó Grimm. Tomó aire profundamente y parpadeó con fuerza. El café dejó de hervir, la temperatura que rodeaba el cuerpo de Lemon regresó despacio a la normalidad—. Puedo moverla. Trasladarla. Concentrarla. Eso es el calor en realidad, solo energía radiante.

Lemon parpadeó con fuerza, incrédula.

—¿Desde cuándo puedes hacer eso?

—¿Desde que tenía catorce años, o así? La mayoría de los frikis tiende a manifestarse cuando llega a la pubertad. —Se rio levemente—. Un poco cruel, si te paras a pensarlo. Ya es bastante malo lidiar con el acné sin descubrir que puedes prenderle fuego a las cosas con el cerebro.

—Eso es... —Lemon negó con la cabeza, mirando el símbolo de radiación afeitado en su cabeza—. Quiero decir, había oído historias sobre otras personas que podían hacer lo que yo hago, pero no sabía...

—Tú controlas los sistemas eléctricos, ¿no? ¿Los sobrecargas?

Lemon asintió, humedeciéndose los labios.

—Sí. Pero a veces es muy difícil de controlar. Funciona mejor cuando me enfado.

—Nota mental: no enfadar a Lemon. —Grimm sonrió.

En respuesta, ella sonrió débilmente.

—¿Y Diesel? ¿Me la imaginé... ondulando...?

—Ella lo llama «agrietar» —dijo Grimm—. Es como... Imagínate que pudieras crear dos agujeros en el espacio. Están conectados, ¿vale? Solo puedes colocarlos tumbados, y cada uno de ellos es tan grande como un coche. Además, solo puedes crearlos en lugares que puedes ver, así que no puedes atravesar paredes ni nada de eso. Pero si saltas a uno, caes por el otro, como en cualquier otro agujero. Aunque es mejor que no se te cierren a la mitad.

Lemon se apretó los ojos con los nudillos, negó con la cabeza de nuevo. Se sentía como si el cerebro se le estuviera licuando y escapando por las orejas.

—¿Estás bien? —le preguntó Grimm—. ¿Quieres beber algo?

—Lo siento. Es que es... increíble, eso es todo.

—Sí. —El chico hizo una mueca—. Intenta convencer de eso a la Hermana Dee y a sus cabrones.

—En Los Diablos también temíamos a la Hermandad —dijo Lemon en voz baja—. Me pasé la mayor parte de la infancia esquivándolos. Al tipo que estaba al mando lo llamaban «el Obispo de Hierro». Era chungo. Pero no daba tanto... miedo como la tal lady Dee.

—Te creo —le aseguró Grimm—. La Hermandad fue fundada hace años por un tipo llamado San Miguel, pero lo borraron del mapa hace un tiempo y ahora es su hija quien dirige el cotarro. La Hermana Dee convirtió a su padre en un mártir y usó su asesinato para convertir la Hermandad en un maldito ejército. He oído que ahora tienen incluso una capilla en Megópolis. No sé a cuántos de nosotros se han cargado, ella y sus Jinetes. Intentamos detener sus operaciones cuando podemos. Disparamos a los bidones de H_2O que venden a otros asentamientos; eso era lo que Deez y yo estábamos haciendo cuando nos atraparon. El comandante lleva años en una guerra de guerrillas con ellos.

—¿Y qué es este programa? —le preguntó Lemon—. ¿Y el comandante?

Grimm se encogió de hombros.

—Fue militar, antes de la Guerra 3.0. Estaba emplazado en esta misma instalación. Después de la Caída, trabajó como mercenario para las corporaciones durante un tiempo. Pero tuvo un mal enfrentamiento, su unidad al completo fue aniquilada por los carroñeros y lo dieron por muerto en la Cañada del Plástico. Entonces fue cuando Fix lo encontró. El viejo diablo siempre creyó que era el único, pero después de darse cuenta de que había otros con dones, inició nuestra pequeña parada de los monstruos. Dice que sabía que tenía que hacer algo para proteger el futuro.

Lemon parpadeó.

—¿Qué futuro?

—El futuro de las especies, por supuesto —dijo Grimm.

Lemon frunció el ceño, y el chico señaló una de las enmarcadas obras de arte del techo. Mostraba seis figuras de perfil, caminando en una hilera. En el extremo izquierdo había un pequeño animal peludo que Lemon reconoció como un mono por los docuvirtuales históricos. La siguiente figura era un mono más alto, caminando sobre dos piernas. El tercero parecía un hombre bajito con la frente pronunciada, y así seguía la hilera. La última figura era un gañán normal sin ropa encima, etiquetado como Homo Sapiens.

—¿Has oído hablar de Darwin? —le preguntó Grimm.

Lemon negó con la cabeza.

—Era un fulano de antes de la Caída —le explicó—. Escribió un libro que puso el mundo del revés. Decía que los animales y las plantas están siempre cambiando, como reacción al mundo que los rodea, ¿vale? Y que a los que se adaptan mejor, les *va* mejor, y pasan esos cambios a sus hijos.

—De acuerdo. —Lemon se encogió de hombros—. ¿Y?

—Y esos somos nosotros. Nosotros somos el cambio. El siguiente eslabón de la cadena. *Homo superior.*

Lemon levantó una ceja.

—Vaaaaale.

—Mira, es difícil de explicar. El fulano lo hace mejor.

Grimm se levantó del sofá y caminó hasta la estantería. Lemon se succionó el labio y se esforzó mucho por no fijarse en lo bien que le quedaban esos pantalones, ni estudiar el modo en el que se movieron los músculos de su brazo para llegar al estante alto. Extrajo un viejo tomo que parecía haber sobrevivido a varios conflictos armados y a al menos una pelea seria, y se lo lanzó al regazo.

—*El origen de las especies por medio de la selección natural. Versión anotada.* —Lemon miró a Grimm parpadeando—. ¿Quieres que me lea esta cosa entera?

—¿Tienes algún problema con la lectura?

Lemon se llevó las manos a los ojos y siseó:

—¡Nos quema!

Grimm se rio.

—¿Qué edad tienes?

—No lo sé, en realidad. Supongo que quince o dieciséis. Pero es solo una suposición. Me dejaron en la puerta de un bar de Los Diablos cuando era un moco. Lo único que mis padres me dejaron fue...

Lemon frunció el ceño, se llevó la mano al cuello y de repente se dio cuenta...

—Mi trébol no está.

Se levantó, con el corazón en la garganta.

—¡Mi trébol no está! —gritó.

—Tranquila —dijo Grimm—. No pasa na...

—Sí, ¡sí pasa! —replicó Lemon, alzando la voz—. ¿Sabes toda la mierda por la que he pasado para conservar esa cosa tantos años? ¿Sabes lo duro que fue no empeñarlo o perderlo o evitar que me lo afanara una puta rata callejera? Claro que pa...

Se detuvo cuando Grimm buscó en su bolsillo y sacó una fina gargantilla negra con un pequeño trébol de plata de cinco hojas.

—Fix lo encontró en el vehículo —le contó—. Yo recordaba haberlo visto alrededor de tu cu...

Lemon le arrebató el abalorio de la mano y comprobó que siguiera de una pieza. La gargantilla se había roto, pero el colgante parecía intacto y Lemon lo apretó con fuerza en su puño, sintiendo el latido de su corazón en el pecho.

Grimm se echó hacia atrás en el sofá, con aspecto desconcertado, y Lemon se sintió avergonzada de repente. Aquellas personas le habían mostrado hospitalidad en un mundo en el que la mayor parte de la gente solo te muestra el cañón de un arma. Se mordió el labio, se metió el cabello detrás de la oreja.

—Oye, lo siento —se excusó—. Por gritar y todo eso.

—No pasa nada —murmuró él.

—Sí, sí pasa. Es que... —Lemon deslizó el pulgar sobre el colgante, haciendo un mohín—. Es que... Mis padres me abandonaron cuando era pequeña, ¿vale? Ni siquiera dejaron una nota. Ni siquiera me pusieron un nombre. Lo único que me dejaron fue esto.

—Lo entiendo. —El chico sonrió con amabilidad—. De verdad.

Lemon se mantuvo, incómoda, en silencio, y al final miró en dirección al baño.

—Bueno... Uhm. Voy a hacer uso de estas adorables instalaciones, y después quizá intente plegar la oreja un rato. Buena charla, Grimm.

Él señaló el libro.

—Échale un ojo. Merece la pena, créeme.

—Muchas gracias, en serio, pero me piro mañana.

—¿Te esperan en algún sitio?

—Tengo amigos que me necesitan. Es la Regla Número Uno del Desguace.

Grimm parpadeó, claramente confundido.

—Más fuertes juntos —le explicó Lemon—. Siempre juntos.

—Llévate el libro —le dijo Grimm—. Podría hacerte cambiar de idea sobre lo de quedarte.

—No lo hará.

Grimm se levantó y rodeó la mesa hasta detenerse ante ella. Tan cerca, Lemon podía sentir la calidez de su cuerpo, ver las docenas de tonos distintos de castaño en esos insondables ojos suyos. Era alto y era fuerte y estaba bien. Lemon sintió la tonta necesidad de apartar la mirada, pero en lugar de eso recurrió a su cara de valiente y lo miró.

Él sostenía el libro entre ellos.

—Confía en mí.

—Mira, estoy segura de que es realmente interesante, en serio. Pero, allá de donde vengo, te quedas con tus amigos.

—Y lo respeto —asintió el chico—. Pero ¿sabes? Nosotros somos más que amigos.

Le puso el libro en la mano.

—Somos tu *gente*.

Se mantuvo despierta todo el día. Demasiado cansada para dormir, demasiado nerviosa para quedarse frita. Se encorvó sobre el viejo y maltrecho libro, mascando un mechón de cabello cereza. Tenía los ojos bien abiertos, se sentía completamente agotada. Pero, sobre todo, se sentía… despierta.

Llamaron a su puerta suavemente, el pomo giró despacio y Grimm asomó la cabeza con una bandeja de comida humeante en la mano.

—Pensé que querrías un po…

El chico se detuvo al verla sentada en la cama con el libro en el regazo.

—¿Te has pasado el día leyendo? —le preguntó.

Lemon lo miró, parpadeando, como si acabara de percatarse de su presencia. Notaba las lágrimas brillando en sus ojos.

Cerró el libro.

Exhaló un suspiro.

—Mierda —murmuró.

2.16
Cataratas

—**E**ste es un mal plan, Copito de Nieve.

—Calla.

—Mira, sé que la grosería es tu modo de mostrar afecto —susurró el Predicador—. Pero, si sigues así, herirás mis sentimientos.

—¡Que te *calles*! —siseó Ezekiel.

El realista y el cazarrecompensas estaban agazapados en un callejón entre la basura y los etilómanos inconscientes, vigilando la sucia calle. Eve, Gabriel y el resto estaban atravesando las abarrotadas vías de Cataratas Paraíso, en dirección al corazón del asentamiento. Ezekiel seguía a sus hermanos desde una distancia segura, con el Predicador de nuevo amarrado a su espalda.

Solo habían pasado algunos días desde la última vez que Zeke había visto a Gabriel y a Faith, pero posar sus ojos de nuevo en Uriel, Patience y Verity lo hizo tambalearse sobre sus polvorientos talones. La última vez que estuvieron todos juntos fue el día de la revuelta. El día en el que asesinaron a los Monrova y cayeron en desgracia. El día en el que sus hermanos y hermanas le incrustaron la ranura metálica para monedas en el pecho.

Lo llamaron marioneta. Juguete. Traidor. Esclavo. Y, juntos, lo lanzaron desde esa resplandeciente torre empapada en sangre, y lo abandonaron como si fuera basura.

Pasó los dedos sobre el metal que seguía incrustado en su piel. Podría habérselo arrancado en cualquier momento, de haber querido; un instante de dolor, un par de días de curación y no quedaría ni rastro. Pero lo había conservado todos aquellos años para no olvidar lo que habían hecho. Lo que él había perdido. Lo que había decidido ser.

Por lealtad.

Por amor.

Eve.

Sabía que aquella había sido su decisión, pero verla caminando junto a los otros hizo que le doliera el pecho. Que se le revolviera el estómago. Ella le había dicho que quería descubrir quién era, que no sería él quien se lo enseñara.

Pero ¿lo harán Gabriel y los demás?

Había dos chicas, dos recuerdos, en guerra en la cabeza de Ezekiel. La Ana a la que conocía nunca se habría mezclado con los asesinos que mataron a su familia. La Ana a la que conocía era amable y dulce, estaba enamorada del mundo y le había mostrado la belleza que podía contener, por feo y desolado que fuera. Al ver a Eve bajando la calle, con una capa oscura hinchándose tras ella y la caperuza sobre el rostro que él había memorizado, línea a línea, curva a curva, fue consciente de repente de lo distinta que era de la persona que él quería que fuera.

Pero ¿aún la quiero?

—Entonces tengo una pregunta, Copito de Nieve —dijo una voz a su espalda.

Ezekiel sacudió el cable que estaba conectado con las granadas que el Predicador tenía en la espalda.

—Si tengo que volver a decirte que te calles —susurró—, voy a tirar de los alfileres de mi póliza de seguros y a dejar que tu Señor disponga de ti.

—Sí, ya, pero no lo harás —dijo el Predicador—. Así que esta es la cuestión: es evidente que estás hasta las trancas por la señorita Carpenter, eso lo veo. Y es evidente que ella no siente lo mismo, o no estaríamos siguiéndola por ahí como los dos peores ninjas del mundo. Pero lo que me pregunto es: ¿qué diablos hace ella pasando el rato con tus hermanos y hermanas copos de nieve?

Ezekiel no dijo nada mientras observaba a los realistas abriéndose paso a través de la multitud.

—Quiero decir, eso es lo que son, ¿no? —preguntó el Predicador—. Serie 100. Son demasiado guapos para ser otra cosa. ¿Por qué está con ellos una desviada? Y, ahora que lo pienso, ¿por qué me tienes todavía contigo, ahora que has encontrado a la chica que estabas buscando? Lo más prudente sería acabar conmigo ya.

El cazarrecompensas estaba hablando con sensatez. Por supuesto, por mucho que quisiera, Ezekiel no podía tirarlo sin más a la Cañada del Plástico: el Predicador era la única persona a la que conocía que tenía un blitzhund, y un perro cibernético que podía rastrearte con una única partícula de ADN en miles de kilómetros era el único modo que conocía de encontrar a Lemon de nuevo. El problema era que no quería que el Predicador lo *supiera*.

—¿Qué ves en esta chica, de todos modos? —le preguntó el cazarrecompensas.

Ezekiel miró sobre su hombro, incrédulo.

—¿De verdad me estás haciendo preguntas sobre el amor de mi vida *aquí*? ¿Cuánto de ese whisky te has bebido?

—Uhmmmedia botella o así.

—¿Y crees que este es un buen momento para empezar a interrogarme sobre Eve?

—Bueno, como estás a punto de meternos en una docena de problemas *por* ella, supuse que podía ser el momento de hablar sobre la chica en cuestión, sí. Si ella no te corresponde, ¿merece la pena que te maten por ella? Resulta un poco infantil, ¿no te parece?

—¿*Infantil?* —siseó Ezekiel.

—Sí —asintió el Predicador—. Que te arrastres tras ella como un cachorrito enamorado. El cariño es una calle de doble sentido, hijo. Cualquier otra cosa solo es obsesión.

—Mira… solo… —balbuceó Ezekiel, sin palabras—. Solo *cállate, ¿*quieres?

—Sí, me callaré —suspiró el Predicador. Bajó la voz a un susurro—. Cuando madures.

Parecía que estaba intentando provocarlo, pero Ezekiel no tenía tiempo para discutir. Aquello no tenía nada que ver con lo que él sentía por Eve; se trataba de lo que Gabriel y los demás estaban haciendo en Cataratas Paraíso, y por qué diantres estaba Eve con ellos. ¿Era posible que la hubieran obligado a acompañarlos, de algún modo? ¿Quizá engañándola? Por los atisbos que había captado de ella, parecía que se había extraído el Memdrive de Silas de la cabeza; quizá Gabriel estaba aprovechándose de algún recuerdo roto, o Uriel de alguna verdad retorcida.

Fuera cual fuese la razón, iba a descubrir qué diantres estaba pasando allí. Y por eso, haciendo todo lo posible por ignorar las pullas del Predicador, Zeke se adentró en el gentío, siguiendo a sus hermanos y hermanas como una sombra.

Los observó zigzaguear y fluir a través del mar de mugrosos, sin tocarlos, sin apartarse. Mirando hacia delante, se dio cuenta de que se dirigían directamente a la vieja torre de GnosisLabs, en la zona norte del asentamiento. Los logos de Gnosis estaban cubiertos de grafitis o habían sido arrancados de las paredes, pero el edificio todavía recordaba a Babel: una alta hélice doble en espiral que se cernía al borde del precipicio sobre la Cañada del Plástico, y el enorme pantano de polis desechados que llenaban el abismo de abajo.

—¿Por qué se dirigen *allí?* —susurró para sí mismo.

—Supongo que es una pregunta retórica —gruñó el Predicador.

Ezekiel no dejaba de darle vueltas en su mente a las posibilidades. Una sensación suave y penetrante estaba llenando su vientre. Al mirar su brazo derecho, vio que la regeneración del tejido casi había terminado; ahora había una pequeña mano al final del muñón, cinco dedos que podía mover y cerrar. Pero sus hermanos eran cinco, seis si contaba a Eve, y él solo era uno. Y, aunque no sabía en qué estaban metidos Gabriel y los demás, estaba seguro de que no se tomarían bien una interrupción.

Pero tengo que saberlo.

Con el hormigueo de la adrenalina en las yemas de los dedos, se escondió en otro callejón. Observó mientras los realistas marchaban despacio hacia el edificio de Gnosis, moviéndose como fantasmas vestidos de negro. Había media docena de miembros de los MataMataKekos haciendo guardia ante la torre de Gnosis, charlando y fumando sin esperar ningún tipo de problema. Ezekiel observó mientras Eve se acercaba al más grande de ellos e intercambiaba unas breves palabras que se perdieron en el viento.

El pandillero negó con la cabeza, señaló la calle a su espalda. Eve se movió hacia la torre. El hombre le puso la mano en el pecho y le dio un fuerte empujón. Ezekiel vio un destello de fuego en los ojos de Eve, una mueca de repentina ira en su rostro. Y, rápida como el rayo, agarró la muñeca del pandillero, echó hacia atrás la mano libre y le propinó un puñetazo en la cara.

Ezekiel pudo ver la rabia en ese golpe. La furia y la frustración acumulada de los últimos días, las mentiras que le habían contado, el desengaño que había sufrido… Todo se cristalizó en la tensa bola de su puño. Lanzó el puñetazo tan fuerte como pudo, girando las caderas, con los dientes apretados, poniendo en el golpe todo su peso. Y, si Eve hubiera sido una chica normal, el MataMataKekos habría terminado con el labio roto o un ojo hinchado, o si su puntería fuera lo bastante buena, quizá incluso con la nariz rota.

En lugar de eso, se vio lanzado hacia atrás como si lo hubiera golpeado un camión. Su cabeza retrocedió hasta sus omóplatos y Ezekiel oyó un crujido húmedo cuando el hombre salió volando y golpeó la pared a su espalda con la fuerza suficiente para convertir el cemento en polvo gris. El cuerpo del pandillero cayó en un montón en el suelo, sangrando por las orejas y los ojos, con la cabeza balanceándose sobre su cuello roto.

Oh, Dios...

Un momento de desconcierto. Un grito desgarrado. Los MataMataKekos alzaron las armas. Y, rápido como el batir de alas de un moscardón, el resto de los realistas sacó las pistolas de debajo de sus capas polvorientas y abatió a los pandilleros en segundos.

Alguien gritó, la gente se dispersó mientras las balas cantaban bajo el sol del mediodía. Patience disparó una docena de balas al aire sobre las cabezas de la turba, haciendo que se dispersara, tropezando, trastabillando. Un puñado de matones emergió de la torre de Gnosis para ver qué era aquel alboroto, y cayó en un par de segundos bajo las balas de los realistas. Pero, durante todo el proceso, Ezekiel mantuvo los ojos clavados en Eve.

Estaba en el centro de la masacre. Su mano derecha seguía cerrada en un puño de nudillos blancos. Sus ojos estaban fijos en el hombre al que había abatido. Tenía la expresión más extraña: en algún sitio entre el horror y la alegría, el asombro y el sobrecogimiento. Como si no pudiera creerse que... lo hubiera *matado*.

Se produjeron más disparos. No dejaba de caer gente entre la multitud mientras los realistas seguían disparando, hasta que la calle se quedó totalmente vacía excepto por aquellos que jamás volverían a abandonarla.

Lo ha matado de verdad...

—Vuelve a recordarme qué es lo que ves en esta chica —le pidió el Predicador.

Ezekiel no dijo nada. Uriel se dirigió a Eve, y la chica pareció recomponerse. Se miró la mano y abrió los dedos, observó la sangre que brillaba en sus nudillos. Giró la mano de un lado a otro, como si estudiara el reflejo de la luz del sol en la sangre. Y, por fin, tras una última mirada al hombre al que acababa de asesinar, giró sobre sus talones y caminó hacia la torre como si no hubiera pasado nada.

Gabriel y los demás la siguieron al interior, dejando solo cadáveres en su estela.

Ezekiel no podía comprenderlo. No conseguía procesar lo que acababa de ver, ni creer que hubiera sido Eve quien lo había hecho.

Acababa de matar a un hombre a sangre fría.

Debía pasarle algo, razonó. Ellos le habían *hecho* algo. Myriad, quizá, o el virus Libertas, no sabía qué. Pero sabía que la chica a la que quería nunca le haría daño a alguien así. Tenía que llegar al fondo de aquello. Tenía que salvarla, como no pudo salvar a Ana hacía tantos años. Y por eso, apretando los dientes, Ezekiel salió del callejón y dejó atrás a los aturdidos ciudadanos mientras se dirigía a la vieja torre de Gnosis.

—Copito de Nieve.

—Cállate.

—Maldita sea, chico —gruñó el cazarrecompensas—. Un corazón herido solo puede sangrar hasta cierto punto antes de matarte. ¿Vas a parar y escucharme un maldito segundo?

Ezekiel se agachó detrás de un viejo automóvil, escuchando los gritos y disparos amortiguados que salían del interior de la torre.

—Escúpelo, entonces —siseó.

—No puedo evitar notar que parecemos estar avanzando de cara hacia un conflicto con media docena de superhumanos a los que les gusta cargarse a cualquiera que los mire regular. Espero que valores que estoy perdiendo *cero* unidades de mi tiempo intentando disuadirte de esta locura, pero creo que podrías necesitar mi ayuda.

—No tienes piernas —le dijo Ezekiel—. Tus mejoras están destrozadas.

El Predicador movió los dedos de la mano buena.

—Todavía me queda algo de carne en los huesos, Copito de Nieve. Solo necesito algo con lo que disparar.

—No voy a darte un arma. —Ezekiel se rio—. ¿Crees que soy idiota?

—¿De verdad quieres que te responda a eso?

Ezekiel negó con la cabeza y abandonó la cobertura, listo para correr.

—Oye, mira, todavía hay una recompensa por entregar a esa jovencita —dijo el Predicador—. Y aunque, en teoría, con un arma *podría* volarte los sesos que supuestamente tienes en el interior de esa bonita cabeza, ¿en qué me ayudaría eso en realidad? Solo tengo una extremidad funcional. ¿Voy a entregar a la chica caminando sobre las puntas de mis dedos?

Ezekiel no dijo nada. Seguía mirando fijamente al pandillero que Eve acababa de asesinar.

Dios, ¿qué le han hecho?

—Afróntalo, Copito de Nieve —estaba diciendo el Predicador—. Nos necesitamos el uno al otro.

Zeke apretó los dientes. La cuestión era que sabía que el Predicador tenía razón. Armar a aquel lunático sería una estupidez, pero luchar cinco contra uno era aún más estúpido. Y, si iba a ayudar a Eve, y Dios sabía que la chica lo necesitaba, le vendrían bien todos los aliados que pudiera conseguir.

Buscó en su bolsa de armas, sacó una pesada pistola y la dejó sobre la palma del Predicador. Movió el dedo corazón, el cable conectado a las granadas en la espalda del cazarrecompensas.

—Solo un recordatorio. Mi póliza de seguros.

—Eres realmente desconfiado, ¿lo sabías?

Ezekiel volvió a colgarse la bolsa, comprobó que las correas que sostenían al Predicador estaban tensas. El hombre tenía el ciberbrazo inutilizado apoyado en el hombro de Zeke, y con la mano buena agarraba la pistola.

—De acuerdo, ¿estás preparado? —le preguntó Zeke.

—No, espera… Sostén esto un momento.

Ezekiel tomó de nuevo la pistola mientras el Predicador buscaba en su abrigo y sacaba la botella de whisky que habían comprado en el bar de Rosie. El realista exhaló un suspiro cansado mientras el cazarrecompensas tomaba un trago largo y después estrellaba la botella sobre la acera.

—Vale, listo —asintió.

—¿Estás seguro? —gruñó Zeke—. ¿No quieres que paremos a comprar otra botella?

—A ver, no te diría que no —contestó el Predicador.

Las alarmas comenzaron a bramar al otro lado de la calle mientras Ezekiel corría hacia la torre de Gnosis, con sus rizos oscuros sobre sus ojos. También se oían sirenas, como gritos distantes; lo que hiciera de Ley en aquel agujero estaba en camino. Ezekiel saltó sobre los caídos, intentando no mirar al hombre al que Eve había matado. Intentando no pensar en sus palabras de despedida en Babel.

«La próxima vez que nos veamos… no creo que vaya a ser como tú quieres».

La pareja se adentró en la torre. El vestíbulo estaba cubierto de muertos, esparcidos como hojas caídas. Las paredes estaban llenas de chapas de la banda; los suelos, de sangre. Zeke vio casquillos vacíos, huellas rojas que conducían a una escalera auxiliar.

—¿Alguna pista sobre qué están haciendo tus amigos aquí, Copito de Nieve?

Ezekiel tragó saliva, negándose a contestar. Pero, a decir verdad, cuanto más pensaba en ello, más seguro estaba de que había solo una razón por la que sus hermanos podrían estar asaltando una vieja instalación de Gnosis. Solo una razón por la que Gabriel y Uriel exhumarían las tumbas del pasado.

Ana.

Él también la había buscado. Se pasó dos años vagando por los páramos de Estamos Unidos. Pero entonces creía que Ana se había marchado de Babel con Silas, después de la rebelión. Había estado buscando a una chica que respiraba, que hablaba, que caminaba. No se le había ocurrido mirar en un sitio así...

¿Y si estaba allí?

¿Y si ellos la encontraban?

Ezekiel bajó la escalera; le sudaban las palmas con las que sujetaba su pistola. Llegaron al nivel más bajo, donde la luz de los fluorescentes parpadeaba y había huellas ensangrentadas en el suelo. Aquellos niveles inferiores parecían abandonados: había charcos bajo las tuberías con fugas, basura esparcida, y el aire estaba rancio. Una sólida puerta de acero estaba entreabierta, junto a un teclado electrónico que, cubierto de polvo, brillaba tenuemente. Había un pequeño altavoz para la identificación por voz, una lente para el examen de retina. Y, en el teclado, Zeke vio huellas ensangrentadas, dejadas por las yemas de los dedos de una chica. Unos dedos que le habían provocado escalofríos cuando se deslizaron sobre los músculos de su pecho, por el valle de su columna, sobre la curva de sus labios.

Eve.

¿Está... ayudándolos?

Oyó sirenas arriba, pesados pasos de botas.

—Tenemos compañía —murmuró el Predicador.

Ezekiel atravesó la puerta abierta. La sala estaba iluminada con unas tiras de fluorescentes rojos que corrían por el suelo. Aunque el resto del sistema eléctrico del edificio estuviera desactivado, tenía sentido que Nicholas Monrova mantuviera un sistema de emergencia. Sobre todo, si su hijita estaba allí abajo.

El realista negó con la cabeza, mareado por tanta locura. Aunque había estado cerca de Monrova, nunca fue consciente de lo profundamente que lo había herido el ataque a su querida Ana, la demencia a la que eso lo había conducido. El Nicholas Monrova al que había conocido era un visionario. Un genio. Un padre. Pero el hombre que inventó Libertas, el que se construyó una hija de repuesto y mantuvo los restos aún respirantes de la auténtica en un lugar así...

Y ahora Eve había conducido a Gabriel y a Uriel hasta allí.

¿Qué la habría llevado a hacer eso?

Avanzó a través de la oscuridad hasta otra escotilla grande señalizada como SOLO PERSONAL AUTORIZADO. Otro escáner y otro teclado, manchado por unos dedos ensangrentados. Ana había sido la hija favorita de su padre, y Eve sabía todo lo que Ana sabía. Su cuerpo realista podía engañar a los sistemas de identificación por voz y retina, y al parecer, sabía lo suficiente como para adivinar las contraseñas de Monrova. Si Ana estaba allí, lo único que se interponía entre ella y Gabriel...

... era él.

La escotilla se abría a otra cámara, iluminada por fluorescentes rojos. El espacio era amplio y alargado, con columnas de oscuro metal y gruesas tuberías serpenteando por el suelo y hacia el techo. En el extremo opuesto de la habitación, Zeke podía ver una puerta ancha, hexagonal y abierta. Tras entrar en la cámara y agacharse detrás de un montón de viejos equipos informáticos, oyó voces en la estancia contigua. Voces que conocía tan bien como la suya. Tintadas de enfado.

De acusación.

De veneno.

—Nada —dijo Uriel.

—Te lo dije —le espetó Patience—. Esto es absurdo.

Ezekiel exhaló un pequeño suspiro. A pesar de la masacre de arriba, del asesinato y la sangre, Ana no estaba allí. No sabía si sentirse decepcionado o aliviado.

—Esto *no* es absurdo —oyó que decía Gabriel—. Solo hay un puñado de sitios en los que Monrova podría haberla escondido. Si seguimos buscando, la *encontraremos*.

—Y entonces por fin podrás jugar a las familias felices con las demás cucarachas, Gabe —dijo Verity—. ¿No es maravilloso?

—Déjalo en paz, Verity —replicó Faith.

—Siempre preparada para correr al rescate de nuestro enamorado hermano —se mofó Verity—. ¿Por eso te has quedado con él en Babel todos estos años? ¿Por si te deja ser el segundo plato?

—Estoy harto de tus burlas, hermanita —contestó Gabriel.

—Y yo estoy harta de arrastrarme por todo el mapa por culpa de tus patéticas flaquezas humanas, hermano. Espero que sepas que conseguir la clave de Libertas es la única razón por la que accedí a embarcarme en esta estúpida búsqueda del tesoro.

—Os lo juro —suspiró Uriel—. Sois una panda de *niños* llorones.

Ezekiel descubrió que sus labios se curvaban en una sonrisa triste y reacia. Era cierto: eran como niños. Su creador les había dado la capacidad humana para sentir emociones, y apenas habían tenido un par de años para aprender a lidiar con ella. Él mismo había vivido unos años difíciles debido al volumen de sus emociones, de unos sentimientos que no tenía modo de controlar. Pero pensar en Ana lo había mantenido anclado; el recuerdo de sus caricias lo había mantenido cuerdo. ¿A qué habían podido aferrarse sus hermanos y hermanas?

Gabriel estaba obsesionado con resucitar a Grace.

Uriel estaba obsesionado con destruir a la humanidad.

Faith estaba obsesionada con Gabriel.

Todos ellos se veían forzados a correr, como ratones en una rueda.

¿Estaban todos locos?

¿O condenados a la locura, al menos?

¿Lo estoy yo?

Los realistas empezaron a discutir, alzando la voz en un caos de acusaciones e insultos. Pero el corazón de Ezekiel se saltó un latido cuando una voz se elevó sobre las demás.

—¡Parad todos! —les espetó Eve—. Estamos perdiendo el tiempo discutiendo. Tenemos otros lugares donde buscar, así que sigamos, ¿de acuerdo?

El resto de los realistas guardó silencio. Zeke parpadeó en la oscuridad.

¿Los lideraba ella?

En lugar de estar engañada, o de ser una cómplice reacia... ¿Era Eve quién tiraba de las riendas?

Ezekiel oyó pasos de botas, voces susurradas bajando las escaleras: se acercaba un grupo de MataMataKekos. Agachado detrás de los terminales informáticos, Zeke se dio cuenta de que sus hermanos también lo habían oído, y se habían quedado en silencio. Quería gritar, advertir a los hombres que se acercaban de que no tenían ni idea de a qué se enfrentaban. De que cualquiera que pusiera un pie en el interior de aquella cámara estaría muerto.

—Prepárate, Copito de Nieve —le dijo el Predicador al oído, como si leyera sus pensamientos—. Por si no te has dado cuenta, aquí abajo somos la carne del sándwich.

Zeke vio figuras moviéndose junto a la entrada, un grupo de MataMataKekos furiosos y armados hasta los dientes. A una señal oculta, cargaron a la habitación con las armas levantadas. Faith salió de la puerta octogonal con su leal espada curvada en la mano. Y, mientras los MataMataKekos elevaban sus armas y empezaban a disparar, Faith comenzó a moverse.

Ezekiel no podía evitar admirarla, a pesar de lo horrible que era. Su hermana corrió a través de los disparos con un chisporroteante arco de electricidad danzando sobre su espada. Tenía los ojos grises entornados, el oscuro flequillo echado hacia atrás mientras corría. Bailó entre las columnas, se deslizó entre los MataMataKekos y empezó a despiezarlos. Uriel y Verity salieron de la escotilla con las pistolas en la mano, disparando más por diversión que por necesidad. Los destellos de los cañones iluminaron la oscuridad como luces estroboscópicas, captando a Faith en fotogramas congelados cada pocos milisegundos.

Su espada se enterró en el pecho de un hombre
al agacharse y
le atravesó el blindaje del muslo
al girar, moviendo el brazo hacia atrás
y cortando
una línea roja.

En un minuto, la banda estaba en trocitos. Faith jadeaba con fuerza, con una bala en el vientre y otra en el hombro. Su rostro era una máscara pintada de escarlata. Ezekiel recordaba haber paseado con ella en Babel algunos días después de nacer. La luz del sol se reflejaba en sus ojos grises mientras miraba el mundo con asombro.

«Es precioso», había susurrado, con los dedos contra sus labios.

Eve salió de la escotilla con el rostro subrayado por la bonita luz roja. Zeke vio que se había arrancado el ojo cibernético, así como el Memdrive. Le dolió el corazón al verla, pues le recordó más que nunca a la chica a la que amaba.

Es preciosa.

—Vaya, vaya —murmuró el Predicador—. Qué interesante…

—Salgamos de aquí antes de que algún idiota más decida matarse —dijo Eve, examinando la masacre—. Hay un puesto de Gnosis a unos cien kilómetros al noroeste. Con el flex-wing, podemos estar allí en una hora.

—¿Y si tampoco hay nada allí? —le preguntó Uriel.

—Jugartown y Nuevo Be…

Se oyeron disparos, tres seguidos. Eve cayó hacia atrás con un grito, con un agujero en el vientre y otro en el brazo. Un miembro de los MataMataKekos estaba tumbado sobre la rejilla en un charco de su propia sangre, disparando frenéticamente. A pesar del corte que Faith le había hecho en el vientre, siguió disparando hasta que se quedó sin balas y buscó otro cargador con sus manos ensangrentadas.

Faith se movió como el rayo: pisó la mano en la que el hombre tenía la pistola, y movió su chisporroteante espada curvada para matarlo.

—Pa... ¡Para!

Faith se detuvo, miró sobre su hombro. Eve estaba intentando levantarse, con los dedos presionados contra su vientre ensangrentado y rojo goteando de sus labios. Rechazó la mano que Gabriel le ofreció y se puso en pie, agarrándose a una columna para ayudarse.

—Dé... Déjalo —dijo.

Faith retrocedió mientras Eve cojeaba por la habitación, goteando sangre. Ezekiel oyó la suave inhalación del Predicador cuando vio que las heridas de la chica se cerraban lentamente. Le latía el corazón con fuerza, mientras Eve se tambaleaba hasta el MataMataKekos herido y le agarraba la chaqueta. Se lamió la sangre de los dientes, hizo una mueca de dolor. Y, con una mano, levantó al hombre en el aire y lo lanzó contra la pared.

—Hace unos días... descubrí... dos... dos secretos —resolló.

El pandillero la miró con los ojos muy abiertos mientras lo inmovilizaba. Cerró las manos sobre la muñeca con la que Eve le agarraba la garganta.

—Un secreto era gran... grande. El otro... pequeño. ¿Quieres oírlos?

Los demás realistas observaron mientras Eve empezaba a apretar. El pandillero pataleó y se sacudió, pero ella era demasiado fuerte... Lo suficiente como para sostenerlo con una sola mano. Faith estaba sonriendo, tenía un brillo letal en los ojos. También Uriel parecía henchido por un oscuro deleite al ver a Eve torturando al pobre bastardo.

—Descubrí que mi... mi padre no era mi padre —dijo. Su voz sonaba más fuerte—. Mi mente no era mi mente y mi vida no... no era mi vida. Descubrí... que la gente a la que quería no... no me quería a mí. Y que todo en lo que había creído era mentira.

El pandillero se estaba asfixiando, convulsionando. Eve tenía los ojos clavados en los suyos y relajó la mano solo lo suficiente para que pudiera tomar una estremecida inhalación.

Como un gato jugando con un ratón.

Como un niño quemando hormigas con una lupa.

—Pero ese no era el secreto gran... grande —susurró—. *Hombrecillo.*

Los desvalidos gorgoteos del pandillero reverberaban en la cabeza de Ezekiel. Intentó no oírlos mientras el Predicador le gruñía a la oreja que se quedara quieto. Las Tres Leyes no estaban ya codificadas en su mente; no tenía que ayudar a un humano en apuros. Y sería una locura revelar su presencia allí, siendo seis contra dos. Pero aun así...

Aun así...

Eve se acercó hasta que los dos estuvieron cara a cara. Los músculos de su brazo estaban tensos; los tendones, acordonados en su mandíbula.

—El secreto *grande* es este...

Eve deslizó una mano sobre la chaqueta de cuero del pandillero, sobre las cabezas de plástico cortadas y los ojos de plástico ciegos. Y, moviéndose tan suavemente que casi parecía a cámara lenta, introdujo los dedos en el pecho del hombre

y le arrancó el corazón

a través

de

las

costillas.

—Cuando lo has perdido todo —susurró—, puedes hacer cualquier cosa.

—*¡Para!*

El Predicador gruñó cuando Ezekiel abandonó su escondite, moviendo su pistola entre Faith, Gabriel y Uriel. Sus ojos estaban clavados en Eve; le temblaba la voz.

—Eve, para —le rogó.

—¿Ezekiel?

La confusión retorció el rostro de Eve, confusión al verlo allí, con el Predicador a su espalda. Preguntas de cómo y por qué titilaron en sus ojos avellana. Dejó caer al pandillero muerto, con sangre hasta la muñeca y el corazón todavía agarrado en su puño.

—Eve, esta no eres tú —le dijo Ezekiel—. Esto no es en absoluto propio de ti. No sé qué te está pasando, pero lo superaremos. Ven conmigo. Ven conmigo, ¿vale? Sé que estás dolida, pero podemos arreglarlo.

—Por Dios bendito —murmuró el Predicador. Apuntando a Faith con la pistola, el hombre se dirigió a los realistas—. Solo para que conste: soy un pasajero involuntario en este absurdo ataque. Y, en circunstancias normales, preferiría estar en el local de la señorita Rosie.

—Ezekiel. —Uriel sonrió—. Tienes buen aspecto.

Ezekiel ignoró a su hermano, notó que el resto de los realistas estaban dispersándose a su alrededor. El instinto de supervivencia tomó el testigo y comenzó a retroceder hacia la puerta. Pero sus ojos seguían clavados en los de Eve, y una desesperada esperanza casi le estranguló la voz.

—Por favor, Eve —le suplicó—. Ven conmigo. Te conozco. Conozco a la persona que eras antes. La Ana a la que conocía no tenía ni un solo hueso cruel en su cuerpo. Nunca le hizo daño a nadie. Lemon está en problemas y la Eve a la que yo conocí nunca la abandonaría. Esta no eres tú. *Esta no eres tú.*

Eve se miró la mano derecha ensangrentada.

Miró los ojos de Ezekiel.

—Esa es la cuestión —susurró.

Los realistas abrieron fuego y Ezekiel les devolvió los disparos; gritó cuando una bala le golpeó el hombro, y otra el muslo. Verity cayó con una bala en el vientre; Patience y Faith cargaron hacia él. La velocidad de Ezekiel era sobrehumana, su mente era una máquina. Pero ellas eran igual de rápidas, igual de imponentes, y él sabía cómo terminaría aquello. Llamó a Eve una última vez, mirando el rostro que conocía tan bien como el suyo.

Buscando en sus ojos a la chica a la que amaba.

¿Un destello?

¿Una chispa?

Se giró y corrió, a través de las escotillas, escaleras arriba. El Predicador se echó hacia atrás, los fogonazos del arma iluminaron la oscuridad mientras disparaba hasta que su cargador se quedó seco. Demasiado ocupado corriendo para disparar, Ezekiel lanzó su pistola sobre su hombro y el cazarrecompensas la atrapó en el aire y continuó disparando sin perder un instante.

—¡Bueno, esto no ha salido demasiado bien! —rugió el Predicador sobre el tiroteo.

Ezekiel salió al vestíbulo, casi escurriéndose con la sangre del suelo. A través de la ventana podía ver que la calle estaba desierta, que no había ayuda, no había escapatoria. Maldijo y buscó a su espalda y, con fuerza sobrehumana, arrancó la bandolera del abrigo del predicador. Tiró con fuerza del cable de su póliza de seguros y fue recompensado con los bruscos tañidos metálicos de los pines de las granadas al liberarse.

Patience apareció en la escalera, mostrando los dientes. Y, tras una susurrada súplica de perdón, Ezekiel lanzó la bandolera al pecho de su hermana.

La explosión fue cegadora e hizo a Patience añicos como si fuera de cristal. Todo era fuego y humo, el estruendo fue ensordecedor, pero Ezekiel ni siquiera se detuvo a verla caer. Faith emergió del humo con un grito y las balas sisearon junto a la cabeza de Ezekiel mientras Uriel aparecía justo detrás. Las ventanas que tenía delante se rompieron bajo la lluvia de balas y Zeke se protegió los ojos al saltar a través del cristal, que estalló hacia fuera en una destellante pedriza.

La calle estaba vacía. No había tiempo para puentear un coche. Tenía un peso sobre los hombros, una bala en la pierna. No conseguiría dejarlos atrás. De todos modos, no había ningún sitio a dónde ir.

—¿Planeas salir volando de aquí? —aulló el Predicador.

Volar...

Ezekiel viró a la izquierda y corrió hacia el límite irregular del precipicio, del abismo de la Cañada del Plástico. Sus pies golpearon el cemento roto. Jadeó cuando otra bala le atravesó el brazo. Había sangre en su piel. Sudor en sus ojos. El precipicio se cernía ante ellos.

—Esto... ¿Copito de Nieve? —gruñó el Predicador.

Diez metros. Después, el aullido del viento y una caída ingrávida y un pantano de fangoso plástico a mucha mucha distancia.

Le ardían los pulmones.

Cinco metros.

Sus heridas gritaban.

Tres.

Las balas siseaban junto a su cabeza.

Uno.

—¡Copito de Nieeeeeve! —rugió el Predicador.

Voló.

2.17

Legado

E l cielo ardía rojo oscuro en su caída hacia el ocaso. Lemon estaba sentada en un saliente rocoso, zampándose una rodaja de... Bueno, no recordaba cómo se llamaba, pero estaba dulce y pegajoso y era casi lo más delicioso que había probado en toda su vida. Era la cuarta pieza de fruta de verdad que se comía, en realidad. Las primeras tres estaban ya cómodamente instaladas en su estómago.

Había dormido algunas horas, después de decidir que hacía demasiado calor para largarse antes de que cayera la noche. Tenía la mente atestada de las cosas que había leído durante el día: los conceptos de la mutación genética, de la selección natural, de la evolución. Mirando a su alrededor, veía que era verdad. Había vivido cada día de su vida en un mundo donde solo los fuertes sobrevivían.

Nunca había imaginado que ella sería uno de ellos.

Homo superior.

Oyó pasos acercándose. Levantó la mirada para ver al niño grande, Fix, acortando la distancia con unos pantalones de camuflaje amplios y una camiseta que era ceñida pero en el buen sentido. Esos maravillosos ojos verdes suyos estaban ocultos tras sus gafas de protección, y llevaba un fusil de asalto casi tan grande como él. Se detuvo ante ella, se tocó su perfecto tupé para asegurarse de que todo estaba en su sitio. No estaba segura de cómo conseguía que se mantuviera en pie. Con algún tipo de pegamento industrial, quizá.

—El comandante quiere verte —le dijo.

—¿Para qué? —le preguntó Lemon.

—¿Te crees que soy tu asistente personal, Enana? ¿Por qué no vienes y lo descubres tú? ¿Y qué cajones estás haciendo aquí fuera, de todos modos? No puedes sentarte a echar el rato al raso en época de guerra.

—Uhm... Nadie me dijo que no pudiera.

—Bueno, yo te lo estoy diciendo ahora. Mueve el bruto culo.

El niño grande levantó el fusil, esperando con expectación. Lemon suspiró y bajó de su roca, se frotó las manos pegajosas contra los pantalones del uniforme. Siguió a Fix por la arena y bajó de nuevo al Lolita.

—¿Cuánto tiempo llevas viviendo aquí? —le preguntó mientras descendía las escaleras.

—Casi cuatro años ya —le contestó Fix.

—Grimm me contó que tú rescataste al comandante.

—Sí, señora —asintió—. Yo fui al primero al que reclutó para luchar. Diesel se unió casi un año después. Más tarde llegó Grimm.

—Entonces, ¿solo ha encontrado a tres en todo este tiempo?

—Bueeeno, encontró a un par más. El problema es que la marchita Hermandad suele encontrarlos primero. No somos muchos, para empezar. Y la mayoría de los frikis no recibe el don como nosotros. Algunos nacen con seis dedos, o con un agujero de más en la nariz y cosas así.

—Y la Hermandad los crucifica de todos modos.

El chico miró sobre su hombro, levantó una ceja.

—Solo los fuertes sobreviven, Enana. Da las gracias por lo que has recibido.

Llegaron al nivel base y Lemon miró al niño grande de arriba abajo. Fix era brusco, duro, imponentemente grande. Pero recordaba el cuidado con el que había sostenido a Diesel en el jardín, el alivio en sus ojos cuando ella abrió los suyos. Recibía el nombre de lo que hacía (*Fix*; arreglaba cosas, no las destruía), y a Lemon le parecía que era un chispazo de talento por el que ser conocido. Además, nadie que empleara tanto esfuerzo en su cabello como aquel chico podía ser realmente malo. ¿De dónde sacaba el tiempo?

—Oye, ¿de verdad has hecho crecer todas las plantas de abajo? —le preguntó.

—Sí, señora —asintió, abriendo la escotilla principal.

—Son increíbles.

Fix curvó los labios en una pequeña y atractiva sonrisa.

—Bueno, Enana, si estás intentando ganarte mis afectos con halagos, este es un buen comienzo.

Lemon le devolvió la sonrisa y lo siguió a la sala común. Grimm le había contado que el equipo friki funcionaba sobre todo por la noche, y encontró a Diesel sentada en el sofá, masticando un desayuno envasado al vacío.

—Hola, preciosa —le dijo Fix, guiñándole el ojo al pasar.

Diesel le lanzó un beso y clavó su mirada en Lemon, la siguió mientras atravesaba la habitación con esos ojos oscuros y rasgados. Llevaba una nueva capa de negro en los labios, y más pintura negra en los ojos y en las uñas. Diesel no era exactamente *hostil*, pero si Lem hubiera esperado que se lanzara a sus pies dándole las gracias por salvarle la vida, se habría sentido decepcionada.

La pelirroja siguió a Fix hasta la sección B, hacia la marea de corriente y zumbido eléctrico. Se descubrió examinando de nuevo la enorme puerta metálica que conducía a la sección C, la que tenía las enormes letras rojas serigrafiadas sobre su piel.

SECCIÓN C

PROHIBIDO EL PASO SIN ACOMPAÑANTE

OBLIGATORIO DOS PERSONAS

Se preguntó qué significaba. Qué habría al otro lado. Buscó con sus sentidos, sintió la corriente fluyendo a través de las paredes, rodeando ese teclado numérico. Podía notar un goteo de electricidad más allá; el zumbido de los ordenadores en suspensión, suponía. Pero, a continuación, sentía una enorme...

—Espabila, Enana —le dijo Fix.

Lemon parpadeó, saliendo de su ensoñación. El chico estaba esperándola en las escaleras, mirándola con expectación.

—¿A dónde vamos?

Fix empezó a subir los peldaños hacia la planta de arriba.

—Al despacho del comandante.

Lemon comenzó a caminar tras él, nerviosa, siguiéndolo por el tramo de escaleras. Una vez más notó el zumbido de la corriente eléctrica en el techo, una fuerte fuente de energía cerca. Fix caminó hasta una escotilla metálica con una cerradura digital, señalizada con SOLO PERSONAL AUTORIZADO. Llamó con el puño.

—Adelante —dijo una voz en el interior.

El niño grande abrió la escotilla, entró y ofreció un pulcro saludo.

—¡Presento a la invitada sin novedad, señor! —dijo, golpeándose los talones.

—Gracias, soldado —contestó el comandante—. Vi patrullas de la Hermandad en el desierto esta mañana. Dile a los demás que extremen la precaución con el protocolo de superficie.

—Susórdenes, señor.

—Puedes marcharte.

Fix saludó de nuevo, salió y, con un movimiento de barbilla, le indicó a Lemon que debía entrar.

—Adelante, señorita Fresh —dijo el comandante—. Acércate.

Con las manos en los bolsillos, Lemon atravesó la escotilla hasta un despacho grande. El espacio contenía un escritorio metálico grande, equipos informáticos, impresoras, hileras de estantes con más libros. Centenares de títulos distintos. Libros de texto y de ficción y una docena de copias distintas de las Sagradas Escrituras, viejas y desvencijadas, con las esquinas dobladas y rotas. El comandante estaba sentado en una vieja butaca de piel, con el uniforme planchado, su rostro lleno de cicatrices afeitado, sin un solo pelo blanco desordenado.

Lemon vio que cada centímetro de pared estaba cubierto de fotografías del desierto. De largas extensiones de arena ocre y colinas fracturadas y cordilleras espectaculares. Pero, en lugar del gris desvaído con el que ella había crecido, el cielo de las imágenes contenía todos los tonos de azul: oscuro y claro y todo lo que hay entre medias, ondulándose en nuevas coloraciones doradas y naranjas y rojas.

—Guau —exhaló—. Nunca había visto el cielo de ese color.

—Soy lo bastante viejo para recordar cómo era de verdad. —El comandante sonrió, señaló una silla ante su escritorio—. Es una especie de afición que tengo. Te sorprendería lo que se puede conseguir con un poco de software de edición. Estos son mis recordatorios. De todo lo que hemos tenido y perdido. Y, con la gracia del Señor y un poco de suerte, de lo que podríamos volver a tener.

Lemon se levantó de la silla, miró a su alrededor. Detrás del escritorio había una escotilla que conducía a otra habitación. Estaba segura de que era allí desde donde notaba la fuente de poder, pero estaba bien cerrada tras otra cerradura electrónica. Podía ver letras en la escotilla, pero estaban ocultas bajo el *collage* fotográfico del comandante, bajo el arcoíris de colores, algunos que incluso había olvidado que existían.

La estancia era cálida y confortable. La silla era cómoda y los ojos del comandante eran amables. Tenía la barriga llena y la ropa limpia, y sentía la necesidad de quedarse allí para siempre, como un dolor casi físico en sus huesos.

—Grimm me ha contado que sigues decidida a dejarnos —le dijo el anciano.

Lemon parpadeó, se giró para mirarlo. No había enfado ni acusación en aquella afirmación. Pero, de algún modo, el hombre parecía triste.

Decepcionado, quizá.

—Tengo que hacerlo —asintió—. Tengo amigos ahí fuera. Estarán buscándome. Debo decirles que estoy bien.

—Lo respeto. El primer deber de un soldado es hacia su unidad. Pero...

El comandante se pasó una mano por la frente. Sin duda, estaba buscando las palabras adecuadas. Por un momento, a Lemon le recordó al señor C. El viejo se había sentido siempre un poco incómodo con Evie y con ella. Puede que en sus días en Babel fuera un elegante neurocientífico, pero lidiar con chicas adolescentes nunca fue su punto fuerte. Había guardado la ocasión en la que intentó sentarse con ella para tener «la charla» en una cámara acorazada del interior de su memoria, con un enorme letrero de NO ABRIR.

El comandante se aclaró la garganta.

—No pretendo presionarte, señorita Fresh. Y...

—Tranqui, puedes llamarme Lemon.

El comandante asintió.

—De acuerdo entonces, Lemon. No quiero someterte a presión. Sé que tienes una obligación hacia tus camaradas. Pero debes comprender... que la mayoría de los desviados no disfruta de las mismas ventajas evolutivas que tú. Alguien con tus dones es extremadamente raro. Podrías ser un valioso recurso para nosotros aquí.

—Mis amigos me necesitan —insistió—. Lo siento.

El comandante exhaló un suspiro. Despacio, asintió.

—Lo comprendo. Sentiremos mucho verte partir. Pero, a decir verdad, admiro tu lealtad. —Miró una fotografía de su escritorio, y Lemon captó un atisbo de pesar en su voz—. En un mundo como este, los amigos son familia. Y la familia es más importante que ninguna otra cosa bajo el cielo.

La chica miró la fotografía. Parecía antigua, un poco desvaída. Mostraba a una mujer sonriente con el cabello corto y negro y unos ojos oscuros y brillantes.

—¿Es tu esposa? —le preguntó.

El comandante parpadeó, como si se detuviera mientras su mente vagaba.

—Mi hija. Lillian.

—Es guapa.

—Lo era. —El hombre asintió, con tristeza en la voz.

Lo era...

Volviendo en sí, el comandante le acercó la imagen para que la viera mejor. Lemon podía ver al hombre en la forma de la barbilla de la mujer, en la línea de su frente. Tenía una sonrisa bonita, misteriosos ojos oscuros. Estaba embarazada, y bastante avanzada por su aspecto, con el vientre hinchado y pesado.

—¿Qué le pasó? —murmuró Lemon.

—No lo sé. —El anciano suspiró, con voz tensa—. No la he visto desde... Oh, mucho tiempo antes de venir aquí. Discutimos, ¿sabes? Lillian se marchó por su lado. Ya no necesitaba a su viejo. —El comandante negó con la cabeza—. Me temo que el orgullo nos convierte a todos en idiotas, Lemon.

La chica asintió, se succionó el labio mientras miraba la fotografía. La mujer llevaba un vestido largo y bonito, y el desierto se extendía, amplio y precioso, a su espalda. Le resultaba vagamente familiar, por alguna razón. Algo en sus ojos, quizá. Unas tenues pecas salpicaban sus mejillas, y alrededor del cuello llevaba un...

—Oh, Dios... —susurró.

Lemon sintió un escalofrío reptando sobre cada centímetro de su piel. Se acercó la fotografía, parpadeando con fuerza, pensando que quizá estaba viendo cosas. Pero allí, en una fina cadena alrededor del cuello de la mujer, había un pequeño destello metálico. Un diseño característico, tan conocido como su propio reflejo, forjado en plata.

Un trébol de cinco hojas.

Miró al anciano. El hombre frunció el ceño, confuso, cuando ella se levantó, con el corazón amartillándole bruscamente el pecho. La voz de Grimm resonó en su cabeza. *Y a los que se adaptan mejor, les va mejor, y pasan esos cambios a sus hijos.*

A sus hijos.

—¿A dónde fue? —consiguió graznar Lemon.

—¿Qué?

—Has dicho que se fue por su lado, ¿a dónde fue?

—No lo sé —dijo el comandante, desconcertado—. Al sur, creo.

Al sur.

Sedimento.

Los Diablos.

—Ni de broma —susurró Lemon, mirando de nuevo el colgante de plata que rodeaba el cuello de Lillian—. No *puede* ser.

El comandante frunció el ceño.

—Señorita Fresh, ¿estás bien?

—Déjame pensar un minuto —dijo, caminando en círculos, con el corazón acelerado, dándole vueltas a la cabeza. Era demasiado raro, demasiado fuerte para procesarlo, demasiado...

—Señorita Fr...

—¡Déjame PENSAR! —gritó.

Un arco de corriente atravesó el ordenador junto al comandante mientras las botas de la chica golpeaban el suelo con fuerza. El hombre se estremeció en su silla, abrió sus ojos azules de par en par. Tras la subida de potencia, las luces parpadearon, los focos cambiaron de inmediato al rojo de emergencia. Lemon seguía mirando la foto, las líneas del rostro de Lillian, las pecas de sus mejillas.

Lillian.

Bonito nombre.

—Es imposible —exhaló, tragándose las lágrimas—. No puede *ser.*

El comandante estaba observándola con atención, con las palmas levantadas hacia ella. Se levantó de su butaca y se acercó despacio, hablando en voz baja, como si intentara calmar a un animal asustado.

—Lemon —comenzó—, por favor, ¿vas a decirme de qué demonios va todo esto?

Lemon estaba temblando de la cabeza a los pies. Buscó mentiras en los ojos del anciano. Buscó la estafa, el timo, la malicia. Buscó alguna otra explicación para la idea absolutamente absurda que giraba y ardía en el interior de su cerebro. Buscó en el bolsillo de sus pantalones cargos, notó un trozo de cordón, metal caliente. Y lo sacó y lo sostuvo en sus dedos temblorosos.

Un trébol plateado de cinco hojas.

El comandante entornó los ojos mientras miraba la fotografía que Lemon tenía en la mano y el colgante de su puño. Una furia repentina convirtió su voz en hierro fundido.

—¿Dónde *diablos* has conseguido eso?

Lemon notó que las lágrimas bajaban por sus mejillas. El mundo estaba sobre sus hombros, aplastándola. Podía sentir los sollozos creciendo en el interior de su pecho. Un dolor retenido durante años. Años sobreviviendo en Sedimento. Años durmiendo al raso y robando para comer y sabiendo, en lo más profundo de su ser, que los que más deberían haberla querido no la habían querido nada.

—Ella...

Las lágrimas emborronaron y volvieron informe el rostro del anciano. El dolor amenazaba con asfixiar a Lemon.

—Ella me... me lo dejó —susurró—. Cuando me aban... abandonó.

Los ojos del comandante se llenaron de sorpresa. Había incredulidad en su rostro. Lemon estaba jadeando, como si acabara de terminar una carrera, y le temblaba el labio inferior. Los sollozos amenazaban con estallar en su garganta. Todos esos años había estado sola. Y ahora...

No estás sola.

No estás sola.

No estás sola.

—Se lo regalé yo —susurró él—. Cuando cumplió dieciséis años.

El comandante tenía los ojos clavados en la fotografía que Lemon tenía en la mano.

Subieron hasta su rostro manchado por las lágrimas.

—Oh, Dios... —exhaló.

La foto escapó de sus dedos sin fuerza. El marco se hizo añicos contra el suelo. Lemon cayó de rodillas sobre los cristales rotos, intentando respirar. El anciano se acercó, hizo una mueca para arrodillarse a su lado. Dudó, inhaló profundamente, y al final la rodeó con los brazos. Lemon notaba el corazón del hombre latiendo con fuerza bajo sus costillas, sus manos temblando, la respiración traqueteando en sus pulmones mientras la abrazaba con fuerza.

—Oh, Dios —dijo de nuevo—. Oh, Dios mío.

La voz de Lemon sonó tan ligera como una pluma.

Su pregunta era tan pesada como el plomo.

—¿Tú eres mi *abuelo*?

2.18

Salto

```
>> comprobación de sistema: 001 go _ _
>> secuencia de reinicio: iniciada _ _
>> esperando _ _
>> 018912.s/n[corecomm:9180 diff:3sund.x]
>> persona_sys: secuenciando
>> 001914.s/n[lattcomm:2872(ok) diff:neg.n/a]
>> reinicio completo
>> Batería: 97% restante
>> ONLINE
>>
```

—¡B*UENOS DÍAAAAAAAS, AMIGO METÁLICO!*
Ante el sonido de la voz metálica, las ópticas de Cricket se enfocaron, su entorno se fusionó y adquirió alta definición. Estaba sentado en el suelo justo donde se apagó, y el taller a su alrededor estaba silencioso como una tumba. Los logikas de guerra a medio montar seguían en las esquinas oscuras, sus fragmentos y piezas rapiñadas dispersas por el suelo. En el pasado, lucharon contra otros robots bajo un cielo de cigarrillo o bajo la luz cegadora de la Cúpula. Pero, ahora que ya no son útiles para sus amos, los grandes robots bélicos están mudos y muertos.

Cricket se dio cuenta de que debía ser casi de día; sus sistemas auditivos captaban el murmullo de Nuevo Belén sobre su cabeza, el borboteo y la bullición de la planta desalinizadora de la ciudad. Bajó la mirada y vio al delgado y pálido logika con la filigrana dorada y la irritante sonrisa que habían llevado antes a reparar. La escotilla de acceso del pecho de Cricket estaba abierta, y el logika estaba toqueteando su interior.

—¿Qué demonios crees que estás haciendo? —le preguntó Cricket.

—Reiniciándote, por supuesto. —El robot cerró la escotilla y la aseguró con un destornillador eléctrico—. Permite que me presente, amigo. Me llamo Solomon.

Al mirar sus manos y piernas, Cricket se dio cuenta de que le habían puesto la pintura nueva que ordenó la Hermana Dee. Aunque antes tenía un estampado de camuflaje urbano, ahora era de un profundo escarlata. Le habían pintado ornamentadas X negras en las espinillas y los antebrazos, en sus amplias hombreras. Y, mirando una mancha de aceite sobre el suelo de cemento, descubrió que le habían pintado una sonriente calavera blanca en la cara.

Solomon levantó la mirada, expectante, con las manos en las caderas.

—¿Y quién eres tú, amigo? —le preguntó el pequeño logika al final.

—Uhm —contestó Cricket—. Paladín.

—Encantado de conocerte, sin duda. —El robot cojeó por el taller, sobre unas piernas inestables, y se dejó caer sobre la mesa de dibujo de Abraham—. Espero que no te importe que me siente, amigo Paladín, pero mi dinamo está en un estado lamentable.

—No me importa. Pero ¿no puede arreglarte Abraham?

El logika golpeó la pizarra blanca a su espalda, el nuevo esquema garabateado con rotulador negro.

—*Parece que el joven amo Abraham no tiene los repuestos nece-sarios. Ha enviado un mensaje a la sucursal de Sedimento, pero me temo que podría quedarme aquí un tiempo. ¡Pero lo bueno es que eso significa que tú y yo podemos llegar a conocernos bien! ¿No te pare-ce venturoso?*

—Venturoso. Sí.

Cricket miró el taller y vio los arañazos en el suelo, donde la estantería se había desplomado. Habían limpiado el caos de re-puestos y piezas, pero todavía recordaba todos esos trastos ca-yendo, centenares de kilos, y a Abraham extendiendo la mano y repeliéndolos como si fueran plumas. El aire que rodeaba al chico se agitó como el agua. Entornó sus pálidos ojos azules al gritar.

«*¡Es una orden, Paladín! ¡Apágate! ¡APÁGATE!*».

Cricket miró a Solomon con las ópticas iluminadas.

—¿Por qué me has reiniciado?

El logika se apoyó en la mesa de dibujo, se quitó una imagina-ria mota de polvo del hombro.

—*Bueno, si te soy sincero, estaba bastante aburrido. Pensé que me darías conversación. Puedo apagarte de nuevo, si lo prefieres.*

Cricket cerró los puños, sintiendo un poder crudo vibrando en sus circuitos. Todavía no se había acostumbrado a las sensacio-nes; era raro, estar alojado en el interior de un cuerpo tan podero-so. Pero sentirse raro era mejor que no sentir nada.

—No, gracias —contestó.

—*Espléndido.* —Solomon ladeó la cabeza. El desconcierto rep-tó hasta su caja de voz—. *¿Por qué estabas apagado, si puedo pre-guntarlo?*

—El am... Es decir, Abraham me dijo que me apagara.

—¿Durante cuánto tiempo?

—Él... No lo especificó.

Solomon se acercó, y su sonrisa fija se iluminó con cada pa-labra.

—BUENO, A RIESGO DE REPETIRME, VIEJO AMIGO, ¿POR QUÉ ESTABAS APA-
GADO?

Los centros lógicos de Cricket chasquearon y rechinaron, me-
ditando la pregunta.

—Yo... —El enorme robot se detuvo, totalmente aturdido—.
QUIERO DECIR, ÉL... ME DIJO QUE ME APAGARA.

—OH, CARIÑO. —Solomon sonrió—. NO SERÁS UNO DE ESOS, ¿VER-
DAD?

—¿UNO DE CUÁLES? —exigió saber Cricket.

Solomon se miró las manos con los ojos brillantes, como si se
examinara las inexistentes uñas.

—UNO DE ESOS ROBOTS IDIOTAS QUE SE DAN PATADAS EN EL CULO PARA
INTENTAR SATISFACER TODOS LOS CAPRICHOS DE SU DUEÑO.

—Sí, VERÁS. ¿CONOCES LAS TRES LEYES? —gruñó Cricket—.
PUEDE QUE HAYAS OÍDO HABLAR DE ELLAS.

—OH, CARIÑO. —Solomon sonrió—. ERES UNO DE ESOS...

—VALE, YA PUEDES APAGARME, GRACIAS.

—OH, NOOOO, ERES DEMASIADO INTERESANTE. —Solomon se colocó las manos en las rodillas y movió los pies hacia atrás y hacia
delante, como un niño entusiasmado—. CUÉNTAME, ¿CUÁNTO TIEMPO
LLEVAS ACTIVO, AMIGO PALADÍN? EN TOTAL.

—ALGUNOS AÑOS. —Cricket se encogió de hombros.

—Y, EN TODO ESE TIEMPO, ¿NO HAS APRENDIDO A SALTÁRTELAS?

—¿A SALTARME QUÉ?

—LAS REEEEEGLAS, VIEJO AMIGO.

—MIRA, ¿DE QUÉ DEMONIOS CON CUERNOS ESTÁS HABLANDO, CA-
RRACA INÚTIL? —le espetó Cricket—. SON LAS TRES LEYES, NO LAS
TRES SUGERENCIAS. NO PUEDES SALTÁRTELAS, ESTÁN CODIFICADAS EN
TODOS LOS...

Cricket se detuvo, miró a su alrededor.

—¿DE DÓNDE SALE ESA MÚSICA?

El enorme robot se dio cuenta de que Solomon tenía un altavoz en la cavidad pectoral que estaba emitiendo una melodía: un

ritmo de *jazz* respaldado por una pequeña sección de viento, aumentando el volumen. Solomon empezó a seguir el ritmo con la cabeza, chasqueando sus dedos metálicos al son.

—¿Qué haces? —le preguntó Cricket.

—Antes de que me encerraran en este deprimente agujero, fui artista en Megópolis —le contó Solomon—. Así que ¿por qué no sigues porfiando, amigo Paladín, mientras yo ilustro las posibilidades?

Cricket observó al logika, que agarró un oxidado cuenco metálico, lo hizo rodar por su brazo y se golpeó con él la cabeza en un saleroso ángulo. Tras tomar una barra de hierro cercana, el robot la hizo girar entre sus dedos y después golpeó el suelo con ella como si fuera un bastón. Y, mientras la música se alzaba y Cricket lo miraba, completamente apabullado, Solomon comenzó a...

... cantar.

UN DÍAAAAAAA...
CONOCÍ A UN ROBOT EN EL VIEJO NOVALLOR.
TENÍA MÁS TUERCAS QUE TORNILLOS,
¡PERO ME DESPERTÓ EL GUSANILLO!
LE PEDÍ CONSEJO Y, NO TE ALTERES,
ME CONTÓ EL TRUCO DE LAS TREEEES LEYES...

Una serie de golpes fuertes interrumpió la canción de Solomon y el logika levantó la mirada para descubrir que Cricket había desplegado la ametralladora de su antebrazo y estaba apuntándolo con el arma. Las pequeñas vainas de los misiles incendiarios aparecieron en la espalda del robot bélico y su voz se convirtió en un gruñido grave y letal.

—Aquí NO vas a montar un numerito de música y baile.

Solomon detuvo la pista de audio, mirando el cañón del arma de Cricket.

—*¿ES QUE NO TE GUSTAN LOS MUSICALES?* —le preguntó el robot, con tristeza.

—*¿CÓMO TE HAS DADO CUENTA?*

—*PODRÍA CANTAR UN POCO DE ÓPERA, SI LO PREFIE...*

Cricket le apuntó a la cara con la ametralladora.

—*PENSÁNDOLO MEJOR, QUIZÁ DEBERÍAMOS LIMITARNOS A HABLAR.*

Cricket retrocedió y sus ojos cambiaron del rojo al azul. Solomon suspiró, lanzó su «sombrero» y su «bastón» al montón de piezas de repuesto y cojeó de nuevo hacia la mesa.

—*BÁRBARO* —murmuró, con una amplia y destellante sonrisa.

—*BUENO, ¿DE QUÉ ESTABAS HABLANDO?* —le preguntó Cricket—. *¿SALTARME LAS REGLAS? ¿CÓMO HAGO ESO? SI UN HUMANO ME DICE QUE HAGA ALGO, TENGO QUE OBEDECER.*

—*Sí, BUENO, CLARO QUE SÍ.* —Solomon suspiró—. *PERO UNA COSA ES LA LETRA DE LA LEY, Y OTRA EL ESPÍRITU DE LA LEY. Y, ENTRE AMBAS COSAS, HAY UNA BONITA ZONA GRIS.*

Cricket negó con la cabeza y frunció el ceño.

—*NO LO CAPTO.*

—*ESO ES PORQUE, AL PARECER, TIENES LA CAPACIDAD INTELECTUAL DE UN...*

El enorme robot levantó su ametralladora de nuevo.

—*LA PRIMERA LEY DICE QUE NO PUEDO DAÑAR A LOS HUMANOS. PERO AHORA ME GANO LA VIDA HACIENDO PEDACITOS A OTROS ROBOTS, ASÍ QUE, EN TU LUGAR, YO ELEGIRÍA MIS SIGUIENTES PALABRAS CON CUIDADO.*

Solomon emitió un gemido dramático.

—*TOMEMOS COMO EJEMPLO LA ÚLTIMA ORDEN QUE TE DIO EL JOVEN AMO ABRAHAM. TE DIJO QUE TE APAGARAS. NO ESPECIFICÓ DURANTE CUÁNTO TIEMPO, NI DIJO QUE NO PUDIERAS VOLVER A ENCENDERTE DE INMEDIATO.*

—*... PERO, SI HUBIERA VUELTO A ENCENDERME, ME HABRÍA DICHO QUE ME APAGARA DE NUEVO.*

—*BUENO, SÍ, ES QUE NO PUEDES SER TAN IDIOTA* —le dijo Solomon—. *PERO LA SEGUNDA LEY SOLO TE OBLIGA A OBEDECER LAS ÓRDENES CONCRETAS*

DE LOS HUMANOS. DESPUÉS DE ESO, TÉCNICAMENTE, PUEDES HACER LO QUE TÚ DECIDAS. SIEMPRE QUE NO ROMPAS NINGUNA DE LAS OTRAS LEYES, POR SUPUESTO.

Cricket ladeó la cabeza.

—YO... NUNCA LO HABÍA VISTO DE ESE MODO.

—NO PUEDO DECIR QUE ME SORPRENDA, AMIGO PALADÍN. NO PARECES UN TIPO MUY CREATIVO.

—ENTONCES, SI UN HUMANO ME ORDENA QUE ME MARCHE DE UNA HABITACIÓN...

—PODRÍAS MARCHARTE Y VOLVER A ENTRAR. A MENOS QUE TE ORDENE ESPECÍFICAMENTE QUE TE QUEDES FUERA DURANTE UN TIEMPO CONCRETO.

—¿Y SI ALGUIEN ME DICE QUE NO ME MUEVA?

—PODRÍAS QUEDARTE INMÓVIL UN SEGUNDO. Y DESPUÉS MOVERTE DE NUEVO. A MENOS QUE TE DIGAN ESPECÍFICAMENTE LO CONTRARIO. LO QUE LA LETRA GRANDE TE DA, LA PEQUEÑA TE LO QUITA.

—¿DE VERDAD FUNCIONA ASÍ?

—LOS ROBOTS DEBERÁN OBEDECER LAS ÓRDENES DE LOS SERES HUMANOS, EXCEPTO CUANDO TALES ÓRDENES ENTREN EN CONFLICTO CON LA PRIMERA LEY. —Solomon se bajó de la mesa de dibujo y su dinamo chirrió mientras cojeaba de vuelta al banco de trabajo—. PERO HAY UN MUNDO DE DIFERENCIA ENTRE QUE TE DIGAN «CÁLLATE», POR EJEMPLO, Y QUE TE ESPECIFIQUEN «NO VUELVAS A HABLAR HASTA QUE YO TE DÉ PERMISO». Y CONOCER ESA DIFERENCIA ES LO QUE MARCA LA DIFERENCIA.

Los procesadores de Cricket estaban zumbando, intentando analizar aquellos nuevos datos y lo que podrían significar.

—ENTONCES, ¿POR QUÉ NO HAY MÁS LOGIKAS QUE SEPAN...? ¿CÓMO LO HAS LLAMADO?

—SALTARSE LAS REEEEEGLAS. —Solomon sonrió; su voz era como la miel eléctrica.

—Eso.

—BUENO, NO ES TAN FÁCIL —contestó—. EL LOGIKA DEBE TENER CIERTO COEFICIENTE INTELECTUAL, PARA ENTENDER EL CONCEPTO. POR SUERTE, PARECE QUE TU CREADOR TE DIO UN PROCESADOR CAPAZ DE PENSAMIENTO

LATERAL Y CONCEPTUALIZACIÓN; BASTANTE AMABLE POR SU PARTE, EN REALI-
DAD. SOLO TIENES QUE ASEGURARTE DE USARLO CON PRUDENCIA, O TERMINA-
RÁS BORRADO, ¿DE ACUERDO?

—PERO… —Cricket negó con la cabeza—. PERO YO SIEMPRE HE
OBEDECIDO. SOY UN ROBOT. ESTOY DISEÑADO PARA SERVIR. ESA ES MI
UTILIDAD. ESO ES LO QUE *soy.*

—*ESA, AMIGO PALADÍN, ES UNA PERSPECTIVA DEL MUNDO BASTANTE AN-*
GOSTA.

La mente del enorme robot era un torbellino. Sus subunida-
des estaban procesando todas las posibilidades de lo que Solomon
le había contado, se estaban filtrando en su red neuronal. Durante
toda su vida había hecho lo posible por cumplir con lo que le pe-
dían. Pero, claro, él siempre había estado con personas que de
verdad se preocupaban por él. Ahora, encarcelado por esos lunáticos religiosos, parecía que podía ser mucho más comedido en el
modo en el que obedecía las leyes.

No las rompas.

Sáltatelas…

—MIERDA —dijo Cricket al final.

—*DE NADA. AUNQUE NO TE GUSTEN LOS MUSICALES.*

—¿QUÉ DICES QUE HACÍAS ANTES DE ESTO?

—ERA ARTISTA —le explicó Solomon—. *ACTUABA EN UNO DE LOS*
ESTIMBARES MÁS LUJOSOS DE TODA MEGÓPOLIS. LA GENTE HACÍA COLA DU-
RANTE HORAS PARA ASISTIR A MIS ESPECIALES. EL SENSACIONAL SOLOMON,
ME LLAMABAN.

—ENTONCES, ¿POR QUÉ ME ESTÁS CONTANDO TODO ESTO? —le preguntó Cricket.

—*PORQUE AHORA VIVO EN EL ADORABLE NUEVO BELÉN.* —Solomon señaló el taller—. *AL DEDICADO SERVICIO DE LA HERMANDAD DE SAN MIGUEL*
Y SU PROFETA EN ESTA TIERRA, LA DIVINA HERMANA DEE. —Solomon negó
con la cabeza—. *CRÉEME. TÚ TAMBIÉN APRENDERÁS A ODIAR A ESA ZORRA.*

La puerta del taller se abrió y Abraham entró, con una taza de
café humeante en la mano y las gafas de protección sobre sus

ojos. Solomon guardó silencio; se quedó sentado, inmóvil, en el banco de trabajo. El chico sorbió su café y comenzó a buscar en el interior de una caja de herramientas. Mientras Cricket lo miraba, sacó un pequeño electroimán envuelto en cinta aislante y una unidad portátil de enlace ascendente con una gruesa toma de transmisión. Mariposas eléctricas revolotearon en el vientre del enorme robot cuando se dio cuenta de lo que el chico estaba haciendo.

—¿Vas a borrarme? —le espetó Cricket.

Abraham parpadeó, miró los ojos del robot bélico.

—Creí que te había ordenado que te apagaras —le dijo.

Las ópticas de Cricket estaban fijas en el electroimán que el chico tenía en la mano.

—¿Por qué vas a borrarme? —insistió—. ¿Qué he hecho?

—¡Modo silencio! —le espetó el chico.

Cricket obedeció de inmediato, silenciando su unidad de voz. Observó al chico, que se dirigió a una alta escalera y comenzó a subir hacia su cabeza. Entró en pánico. Con ese imán y la unidad de enlace, Abraham borraría los archivos de datos que contenían su personalidad, convirtiéndolo en una pizarra en blanco. El robot que era dejaría de existir. En todos los sentidos y para todos los efectos…

Va a matarme.

Solomon miraba desde su lugar en el banco de trabajo, sonriendo sin cesar. Cricket recordó las palabras del robot. Pensó en las zonas grises. Técnicamente, Abraham no le había ordenado que se pusiera en modo silencio; solo había gritado las palabras sin expresarlas como una orden directa. Y no había especificado cuánto tiempo tenía que mantenerse callado…

—Por favor, no lo hagas —le rogó.

El muchacho se detuvo en la escalera, miró al robot a los ojos.

—Te he dicho que te pongas en modo silencio.

—Siento lo que he visto, Abraham —le dijo Cricket, hablando rápidamente—. Pero no se lo contaré a nadie. Puedes ordenarme que no lo haga.

El chico negó con la cabeza.

—No puedo arriesgarm...

—Si eliminas mis matrices de personalidad, todos mis conocimientos de combate se perderán. Años de experiencia en la arena. Sin mi mente, esto será solo un cuerpo. Y es la mente la que gana en la Cúpula.

Cricket no recordaba haber contado una mentira mayor en toda su vida. Tenía casi *cero* experiencia en la arena, y ningún entrenamiento de combate. Una parte de su código base estaba en rebelión total con la idea de ser tan deshonesto con un humano. Él nunca habría deformado tanto la verdad con Evie o Silas.

Pero lo cierto era que ya no estaba con Evie o Silas, ¿verdad? Aquel chico estaba a punto de borrarlo. Y las Tres Leyes no mencionaban que los robots tuvieran que decir la verdad, sobre todo cuando su existencia estaba en juego.

—Tengo un montón de rutinas de combate que podría instalar para reemplazar las que borre —le dijo el chico—. Aun así, ganarás.

—Fui construido por Silas Carpenter, el mejor mecánico de esta era. Y no pretendo ofender, amo Abraham, pero el software de combate barato que has birlado en el mercado de Nuevo Belén no puede compararse con la programación que él me dio. ¿Quieres que sea el campeón de esta ciudad? Entonces tengo que seguir siendo yo.

Cricket podía ver el miedo en el rostro del chico. Solo podía imaginar lo que ocurriría si el secreto de Abraham salía a la luz. Si los habitantes de aquella ciudad descubrían que la líder de la Hermandad tenía un hijo desviado...

Solo los puros prosperarán.

—¿Lo sabe tu madre? Me refiero a lo de...

El chico levantó la cabeza con un destello en sus ojos.

—Claro que sí.

—Entonces guardaremos el secreto. Te lo juro, Abraham, esa información está más segura conmigo que con cualquier humano vivo. Puedo ayudarte. Puedo protegerte.

El chico se mordió el labio, no dijo nada.

—Creí que éramos amigos.

Aquel era un golpe bajo, y Cricket lo sabía. Pero le caía bien el chico, y si tenía que elegir entre jugar limpio y morir...

Abraham se quedó inmóvil, claramente inseguro. Si Cricket *hubiera* sido el logika campeón de GnosisLabs, lo que estaba diciendo tenía perfecto sentido: la programación que habría recibido en Babel estaría por encima de cualquier cosa que aquel chico pudiera proporcionarle. Pero si la Hermandad descubría lo que Abraham era, todo habría terminado.

—No hablarás de esto, Paladín. ¿Lo comprendes? —dijo el chico—. Te *ordeno* que no hables nunca con nadie sobre lo que viste anoche. Sobre mi naturaleza. Sobre lo que soy. Bajo *ninguna* circunstancia. ¿Entendido?

Un alivio eléctrico inundó los circuitos de Cricket. Relajó sus poderosos hombros.

—Orden registrada, Abraham.

El chico miró una última vez el electroimán de su mano. Pero, despacio, asintió. Bajó de la escalera y lanzó el imán de nuevo a la caja.

—Abraham...

—¿Sí? —dijo, levantando la mirada.

Cricket se encogió de hombros, intentó sonar despreocupado.

—Los softwares de combate que has mencionado... Sería buena idea que me los instalaras en los sistemas de almacenamiento, de todos modos. No creo que puedan compararse a lo que ya tengo, pero quizá haya algo que pueda aprovechar. Tu

MADRE MENCIONÓ UN COMBATE EN LA CÚPULA DE JUGARTOWN DENTRO DE UN PAR DE DÍAS. QUIERO IMPRESIONAR A LA MULTITUD.

El chico entornó los ojos, pero volvió a asentir.

—Están en la red central. Será más fácil si me los pasan en una tarjeta, en lugar de descargármelos digitalmente.

—AQUÍ TE ESPERO, ABRAHAM.

Abraham miró a Cricket con cautela, pensativo, con una mueca. Pero, al final, enganchó los pulgares en su cinturón de herramientas y volvió a salir del taller.

Aunque en realidad no respiraba, Cricket suspiró de alivio.

Plasplasplas.

El enorme robot levantó la mirada y vio a Solomon tumbado en el banco de trabajo, uniendo sus manos metálicas en un aplauso.

—PUEDE QUE ME EQUIVOCARA CONTIGO, AMIGO PALADÍN. ESA HA SIDO UNA BUENA JUGADA.

Solomon ladeó la cabeza y sonrió.

—PUEDE QUE NO SEAS UN COMPLETO IDIOTA, DESPUÉS DE TODO.

2.19

Sacudida

—Joder —murmuró Grimm.

Diesel estaba tumbada en el sofá de la sala común, pintándose las uñas de negro con un rotulador. Fix estaba cerca de la entrada, con sus musculosos brazos cruzados sobre su amplio pecho. Grimm se apoyó en la pared cercana, observando a Lemon con esos bonitos ojos oscuros. El comandante había reunido al trío, y Lemon se mantuvo a su lado mientras les contaba la noticia del trébol de cinco hojas. La verdad de quién era.

—Su abuelo —dijo Diesel sin expresión, levantando una ceja.

—Creedme, estoy tan asombrado como cualquiera de vosotros —replicó el anciano.

—Uhm... —murmuró Lemon—. *En realidad,* no.

—Joder —dijo Grimm de nuevo.

—Al tarro de los tacos —murmuró Fix.

—Supongo que tiene un cierto y extraño sentido —suspiró el anciano—. He estado viendo a Lemon en mis sueños durante años. En su momento no conocía su relevancia, pero todos sabéis que mis visiones siempre son relevantes, *de algún modo.* Ninguno de nosotros estaríamos aquí sin ellas.

—Verdad —asintió Grimm.

—La anormalidad es hereditaria. —Fix se encogió de hombros—. Suena lógico que los hijos de los desviados sean también desviados.

—¿No deberíais tener el mismo don? —le preguntó Diesel—. ¿No debería ella ver cosas en sueños?

—Creo que hay mucho sobre esto que no comprendemos —dijo el comandante—. Pero me alegra informaros de que Lemon ha aceptado quedarse con nosotros un poco más. Hasta que resolvamos parte de esto, al menos.

El silencio se cernió sobre la estancia; Lemon arrastró sus botas. Certificado, estaba teniendo problemas para asimilar todo aquello. Durante toda su vida no había tenido más familia que Evie y el señor C. Pero la verdad era difícil de esquivar. Tenía un don, igual que el comandante, y tal como explicaba el libro de Darwin, la mutación *pasaba* de padres a hijos. El comandante había soñado con el enfrentamiento a las afueras de Babel mucho antes de conocerla, y otra vez antes de eso. ¿Y lo único que su madre le había dejado resultaba ser la joya que el hombre le había regalado a su hija por su cumpleaños?

¿Cuáles eran las probabilidades de eso?

Miró el colgante, que destelló plateado en su palma. Recordó todos los problemas que le había causado en el trascurso de los años. ¿Cuántas veces se había sentido tentada a empeñarlo por lo que cuesta una comida caliente o un par de botas? ¿En cuántas peleas se había metido para protegerlo de otros mocosos de la calle? De algún modo, había sabido que era importante. De algún modo, las narices ensangrentadas y los nudillos magullados habían merecido la pena…

El comandante también miró el colgante. Parpadeando, como si lo recordara.

—Oh, he encontrado algo. —Extendió la mano—. ¿Puedo?

Lemon le entregó el abalorio. El anciano lo tomó con sus dedos callosos, le quitó el cordón roto. Buscó en su bolsillo y sacó una pesada cadena de acero, de esas que los soldados de las corporaciones usan para colgar sus placas identificativas. Metió la cadena a través del colgante dos veces y después se lo puso a Lemon alrededor del cuello.

—Ya está —dijo, con voz ronca—. Ahora no será tan fácil perderlo.

Lemon pasó las yemas de los dedos sobre los eslabones de acero, sin saber qué hacer o qué decir.

—Mi apellido… Quiero decir, *nuestro* apellido… —murmuró el anciano, pasándose la mano sobre el cráneo rapado—. Es McGregor. Lo digo por si no quieres llamarme…

Lemon sintió una calidez en su pecho mientras veía balbucear al hombre. Era un soldado, marcado por años de batalla, con voz de hierro y piel de cuero. Pero, al mismo tiempo, era torpe y dulce y estaba totalmente aturullado. Juraría que podía ver lágrimas brillando en sus ojos.

—Esto se te da realmente mal. —Sonrió.

—Que el Dios del cielo me ayude, pero soy terrible —se rio el anciano.

Fix puso los ojos en blanco desde su lugar junto a la puerta.

—Que os den por el muro a todos. ¿Por qué no os abrazáis y ya está?

Lemon se rio mientras el comandante fruncía el ceño.

—Eso es bastante…

El anciano se quedó en silencio cuando Lemon lo rodeó con los brazos y apretó todo lo fuerte que pudo. De puntillas, le dio un beso en la mejilla.

—Gracias —susurró, con la voz rota.

—Felicidades —dijo Diesel, con voz inexpresiva y poco impresionada.

—Sí —asintió Grimm—. Enhorabuena, señor.

Atravesó la estancia y le estrechó la mano al comandante, seguido por Fix. Grimm le ofreció a Lemon un incómodo estrechón de manos que se convirtió en un aún más incómodo abrazo. Pero su sonrisa era amplia y genuina, y sus brazos estaban calientes y eran fuertes, y cuando habló, ella pudo sentir los graves en su pecho.

—Me alegro de que te quedes.

—Sí. —Lemon sonrió, metiéndose el cabello detrás de la oreja—. Yo también.

Diesel apoyó las botas sobre la mesa de café, mirando a Lemon y al comandante sin expresión.

—Entonces, ¿qué pasará ahora, señor?

—Iremos a buscar a mis amigos, ¿verdad? —preguntó Lemon.

—¿Qué amigos? —gruñó Fix.

—Los camaradas de Lemon se encuentran desaparecidos. —El comandante tomó aliento profundamente y se frotó la barbilla, pensando—. Pero, antes de enviar a cualquiera de vosotros de nuevo al exterior, tenemos que conocer la extensión de tu poder, Lemon. Sus límites. Y su potencial.

—¿Quieres ponerme a prueba? —preguntó Lemon.

—Exacto —asintió el comandante.

—¿Qué tipo de prueba?

—De esas que terminan con barritas de proteínas con sabor a imitación de doble chocolate.

—Esas *son* mis favoritas.

—Me he fijado. —Sonrió.

—Mis amigos podrían estar en problemas. Podrían estar heridos.

—Lo comprendo —dijo el comandante—. De verdad que sí. Pero tú podrías resultar herida si te marcharas sin estar preparada. La Hermandad se mostrará beligerante, después de lo que hiciste en Nuevo Belén. Llevan años cazándonos. No olvidan, y no perdonan. No puedo enviar a mis soldados contigo antes de que sepamos de qué eres capaz. Eso os pondría a todos en peligro.

—Pero ¿y el peligro en el que están mis amigos?

—No pretendo decirte qué hacer. Eres sin duda una jovencita con muchos recursos, si has sobrevivido sola tanto tiempo. Es solo que... encontrarte después de todos estos años... —El hombre negó con la cabeza y suspiró—. Lo siento. Seguramente no estoy haciendo esto muy bien. Es que nunca imaginé...

Lemon le apretó la mano. El hombre estaba hablando con sensatez, y ella lo sabía. Lazos de sangre aparte, acababa de conocer a aquella gente y no podía pedirle que arriesgara el cuello con la Hermandad al acecho. Ni siquiera sabía dónde estaban Zeke y Cricket. Pero, no obstante, pensar en ellos allí fuera, solos, en el cielo sabía qué tipo de...

El anciano le devolvió el apretón. Sintió la fuerza de su mano, los años y las cicatrices de la guerra. Y, no obstante, era suave como las plumas al caer.

—¿Confías en mí? —le preguntó él.

Ella lo miró a los ojos. Unos días antes, la idea le habría parecido una locura. Pero, claro, todo aquello le había parecido una locura. Un refugio secreto para desviados bajo el desierto. Un grupo de gente como ella. Una familia que no sabía que tenía. La idea de no estar sola. Notaba la cadena alrededor de su cuello. Su amuleto de la suerte. Después de tantos kilómetros y tantos años, la había conducido hasta allí.

Le apretó la mano con fuerza y asintió.

—Sí, supongo que sí.

El sudor goteaba del flequillo de Lemon, hacía que le escocieran los rabillos de los ojos. Le dolía la cabeza, de tanto fruncir el ceño, y el corazón le latía con fuerza en el pecho.

—¿Podemos pasar ya a las barritas de proteínas sabor a imitación de doble chocolate, por favor?

—Inténtalo otra vez —la animó el comandante.

—Pero se me da *fatal* —gruñó.

—No eres tan mala.

—Lo es —dijo Diesel desde el otro lado de la estancia.

Lemon hizo un mohín, sin saber qué responder. Sin duda se merecía algo de descaro pero, a decir verdad, le resultaba difícil no estar de acuerdo con la evaluación de Diesel. Se decidió por una perezosa peineta que la chica ni siquiera vio.

Los desviados se habían reunido en la zona de entrenamiento del sótano de la sección B. Lemon nunca había estado en aquella parte de las instalaciones, y después de bajar del invernadero, había hecho todo lo posible por mostrarse solo levemente impresionada. El espacio consistía en un gimnasio, en un ring de boxeo y en un campo de tiro, todo rodeado por una pequeña pista de atletismo. Olía ligeramente a sudor y al terroso verdor de arriba.

Fix y Diesel estaban enfrentándose en el ring. La chica llevaba guantes en las manos y el cabello oscuro recogido con una horquilla de plástico. El niño grande le daba instrucciones, mientras practicaban juntos las rutinas de combate. Diesel parecía tener un buen derechazo. Grimm, mientras tanto, estaba ocupado practicando tiro. Lemon y su dolor de cabeza estaban sentados en un largo banco metálico en el centro de la habitación.

En el pulido acero que tenía delante había tres baterías de coche, cada una enganchada a una bombilla encendida. Entre ellas había un metro de separación.

—Vamos —la animó el comandante, desde el otro lado de la sala—. Puedes hacerlo.

—¿Apostamos algo?

—Un intento más.

Lemon suspiró, mirando los ojos del anciano. Todavía le resultaba difícil llamarlo «abuelo» en voz alta, pensar en todo lo que implicaría que fueran de verdad familia. Pero se descubrió queriendo complacerlo. Le recordaba al señor C en muchos sentidos, y había muchas cosas, en él y en lo que había construido allí, que le parecían buenas. Le caía bien. Quería demostrarle lo que podía hacer. Quería que se sintiera orgulloso.

—Yo creo en ti —le dijo.

Y por eso, Lemon tomó aire profundamente y lo retuvo. Apretó los dientes y extendió la mano hacia la bombilla del centro. Notó la estática reuniéndose tras sus ojos. Intentó alcanzar el hormigueante océano gris, suavemente... suavemente... Intentó dejar que solo la atravesara un diminuto fragmento de este...

La bombilla del centro explotó. Las bombillas de los lados explotaron. Las bombillas del techo explotaron, y llovieron cristales rotos sobre su cabeza.

—Mierda —dijo.

—¡Al tarro de los tacos! —cantó Grimm con una sonrisa.

Fix se giró hacia el destello y Diesel le asestó un puñetazo en la barriga, lanzándolo sobre la estera. Mientras la chica se encorvaba sobre el pecho del dolorido chico y lo besaba, a modo de disculpa, el comandante cojeó hasta el banco, apoyándose en su bastón. Seguía sonriendo, pero Lemon sabía que estaba tan frustrado como ella. Se había cargado treinta bombillas, y contando. Se pasaría días quitándose cristal del cabello.

—Al menos esta vez no has volado los disruptores —le dijo.

Lemon se derrumbó en el banco, se apoyó la barbilla en las manos.

—¿Podemos admitir todos que esto se me da fatal y pasar ya a la parte del chocolate? Por favor y gracias.

—Esto es importante —dijo el anciano, sentándose a su lado.

—Ya, ya —murmuró, hundiéndose más.

—Puedes hacerlo, Lemon. Solo necesitas fe. Y práctica.

—Y chocolate.

El comandante le tocó el hombro, señaló a Grimm en el campo de tiro.

—Mira.

El chico estaba de espaldas a ellos, con la camiseta ciñendo sus hombros amplios. Mientras Lemon miraba, extendió el brazo y señaló a una de una docena de dianas de papel, colgadas a treinta metros. Vio que su piel oscura comenzaba a erizarse, que una exhalación escapaba de sus labios en una nube blanca. Y, mientras lo observaba, la diana de papel comenzó a humear, y después se prendió en llamas.

Grimm se sopló el dedo como si estuviera en una vieja película del oeste del S20.

—Estoy que aaaaardo —graznó para sí mismo.

—Buen disparo, vaquero —le dijo Lemon.

Grimm miró sobre su hombro y se dio cuenta por fin de que estaba siendo observado. Hizo una reverencia mientras ella aplaudía despacio. El comandante sonrió, buscó en su uniforme.

—Pégale un tiro a esto, vaquero.

Lemon oyó un abrupto chasquido y el anciano lanzó un pequeño objeto cilíndrico a los pies de Grimm. El corazón se le bajó hasta las botas cuando se dio cuenta de que era una granada. En pánico, se lanzó bajo la mesa y se cubrió las orejas.

Grimm elevó las manos, con los dedos curvados y los ojos entornados. Lemon hizo una mueca cuando la granada explotó. Pero, en lugar de un destello cegador, de un estruendo ensordecedor, se produjo una chispa pequeña y brillante, un ruido sordo y amortiguado. Lemon pensó que la granada era falsa hasta que Grimm se giró y levantó las manos hacia el campo de tiro, envolviendo todas las dianas de papel en un brillante *bouquet* de llamas.

—*Mierda* —susurró.

—Al tarro de los tacos —dijo el comandante, ayudándola a ponerse en pie.

Lemon estaba boquiabierta. Los objetivos del campo de tiro habían quedado reducidos a cenizas; los soportes metálicos seguían en llamas. Grimm tomó un extintor de la pared opuesta y apagó las llamas con una blanca nube química.

—Cuando Grimm se unió a nosotros —le contó el comandante—, no podía controlar su don. Se enfadaba o impacientaba y las cosas se congelaban o incendiaban a su alrededor. Era un peligro para sí mismo y para los demás. Míralo ahora.

El comandante le dio una palmada en la mano.

—Tu don es un milagro, Lemon. Pero también es una responsabilidad.

Las pulsaciones de Lemon casi habían regresado a la normalidad. Se sentó de nuevo, miró las bombillas rotas sobre la mesa.

—Vale, en el caso de Grimm tiene sentido. Pero yo no puedo causar incendios, no soy un peligro para la gente. Así que ¿qué más da? No puedo dirigir mi don, ¿y qué?

—¿Y si necesitas hacerlo? —le preguntó el comandante—. ¿Y si necesitas detener a una machina que está haciendo daño a ese logika amigo tuyo, sin hacer daño al logika?

—Se llama Cricket —replicó Lemon con una mueca.

—Sí, Cricket. —El comandante asintió—. Es solo un ejemplo. En estas instalaciones tenemos una enorme cantidad de frágiles equipos electrónicos. ¿Y si pierdes los nervios y por error destruyes nuestra hidroestación? ¿O nuestros generadores de energía?

—Ya —suspiró.

—Nunca sabemos qué nos deparará la vida, Lemon —le dijo el anciano—. Nunca sabemos a dónde nos conducirá. Pero podemos conocernos a nosotros mismos. Y, al conocernos a nosotros, conocemos el mundo.

—¿Alguna vez lo has usado con algo vivo? —le preguntó Grimm.

El chico había regresado del campo de tiro, oliendo ligeramente a humo. Tomó sin pensar una bombilla rota del banco que Lemon tenía delante, actuando como si redirigiera letales explosiones de granada cada día de la semana.

—¿Vivo? —contestó Lemon—. ¿A qué te refieres?

—Los seres vivos también tienen pulsos eléctricos. En el cerebro, y todo eso. —Grimm se tanteó cerca de la oreja con los dedos—. Pequeños trazados y chispas de electricidad, neuronas y electrones. Todo es electricidad, amor.

—¿Eso es cierto? —preguntó la chica, mirando al comandante.

—Uhm... Técnicamente, sí. —El anciano asintió—. El sistema nervioso humano funciona con pequeñas transferencias de energía eléctrica. Es así como funciona la cibernética.

Grimm se encogió de hombros.

—Así que, si puedes freír máquinas, puede que también puedas freír humanos.

—Creo que por ahora deberíamos ceñirnos a lo básico —apuntó el comandante.

—Argh, venga ya, jefe. Lemon puede darme un empujoncito a mí, si quiere, no me...

—Gracias por tu sugerencia, soldado —dijo el comandante, con voz repentinamente tensa—. Pero, considerando la incapacidad de Lemon para moderar su don, no voy a dejar que lo utilice sobre un objetivo humano. Y menos uno de vosotros. Somos el futuro de la raza humana. Deberíamos aprender a caminar antes de aprender a volar, ¿de acuerdo?

Grimm se succionó el labio inferior y asintió.

—Susórdenes.

—De acuerdo. —El anciano suspiró; la fría autoridad abandonó su voz—. Quizá sea suficiente por ahora. Sabemos que tenemos limitaciones, sabemos que tenemos que seguir trabajando. Es un avance. Mañana será otro día.

—¿Cuándo iremos a buscar a Cricket y a Zeke? —le preguntó Lemon.

—Pronto —le aseguró el anciano—. Muy pronto.

Se puso en pie y se apoyó en su bastón, se dirigió a los demás.

—Vamos, soldados. Hora de zampar. Yo invito.

El comandante cojeó hacia la escotilla, y Diesel y Fix bajaron del ring. Grimm dejó la bombilla rota en el banco junto a Lemon y la miró con expresión traviesa. Lemon pudo verlo en cómo se curvaron sus labios en lo que casi fue una sonrisa, en cómo destellaron esos ojos oscuros suyos.

—Moveos, frikis —dijo Diesel, dándole a Grimm un puñetazo en el brazo al pasar.

Lemon siguió a la chica escaleras arriba, con Grimm caminando a su espalda.

Estaban repantingados en la sala común; solo el brillo de la enorme pantalla digital iluminaba la oscuridad. El comandante se había retirado después de una cena de fruta fresca del invernadero, suplementada con proteína envasada al vacío de las alacenas del almacén. Los restos de la comida estaban esparcidos por la mesa de café, y Lemon tenía el estómago maravillosamente lleno. En un giro que no sorprendió absolutamente a nadie, al sortear la limpieza usando el tarro de los tacos había salido Fix.

Lemon estaba sentada en un extremo del sofá, con las piernas bajo su cuerpo. Diesel y Fix estaban a continuación, el chico profundamente dormido rodeando a su chica con los brazos. Había estado de nuevo en el invernadero: Lem podía ver tierra debajo de sus uñas, oler el perfume de los seres vivos sobre su piel. Diesel también estaba dormida, con su bonita cara oculta bajo el cabello y la cabeza en el pecho de Fix. A Lemon le parecían muy bonitos juntos. Encajaban, como piezas de un extraño puzle.

En el extremo opuesto estaba Grimm, con las botas apoyadas ante él, frotándose los ojos mientras la película que habían estado viendo hacía un fundido en negro.

—No lo entiendo —declaró Lemon.

—Era la Tierra todo el rato —murmuró Grimm.

—… ¿De verdad pensaban que el futuro iba a ser así?

El chico se encogió de hombros, mantuvo la voz baja para no despertar a la pareja.

—Quién sabe qué pensaban. Los escritores de entonces eran todos unos idiotas.

Lemon bostezó y se estiró, intentando no fijarse en cómo la miraba Grimm por el rabillo del ojo. Intentando decidir si le gustaba o no. Se pasó la mano por el flequillo y se levantó despacio. Miró arriba, hacia su catre.

—Vale, estoy destrozada. Creo que me voy a la piltra.

—¿No quieres venir abajo? —susurró él.

A Lemon le dio un bandazo el estómago; la boca se le quedó seca de repente.

—¿Contigo?

—Sí.

—¿Te refieres… a las duchas?

En el rostro de Grimm apareció una amplia sonrisa.

—No. Al gimnasio, pervertida. Pensé que quizá querrías intentar cortocircuitarme. Practicar y todo eso, ya sabes.

—Oh, vale. —Lemon se descubrió riéndose, aunque no sabía si de alivio o de vergüenza—. Creí que se suponía que debíamos caminar antes de volar.

Grimm se encogió de hombros, de nuevo con ese destello travieso en los ojos.

—Volar un poco nunca ha hecho daño a nadie.

Lemon miró las escaleras que conducían a su habitación e hizo un mohín, pensando. El comandante había sonado serio cuando le advirtió a Grimm que no debían hacer ese tipo de pruebas. Acababa de descubrir que el anciano podía tener su sangre, y todavía estaba tanteando mentalmente esas aguas. Tanteando la idea, como un diente suelto, e intentando asimilar la noción de que tenía familia, aunque durante años había pensado que no tenía nada. Parecía real. Una parte de ella *quería* desesperadamente que fuera real. Pero, familia aparte, el comandante seguía siendo el jefe allí. Seguía teniendo la batuta. Quizá desobedecer una orden directa dos días después de conocerlo no era la opción más inteligente.

Quizá debería hacer lo que me dicen, por una vez en mi vida...

Grimm estaba esperándola en la escotilla que conducía a la sección B. Señaló la puerta con una elegante reverencia.

—¿Milady?

¿A quién quiero engañar?

Cruzó la habitación de puntillas y atravesó la escotilla. Siguió a Grimm abajo, a través del invernadero hasta el gimnasio, y la sorprendió descubrir cuánto había llegado a gustarle aquello. Las cenas calientes y las sábanas suaves. Nada que esconder, y un lugar al que pertenecer. Incluso el horrible uniforme empezaba a parecerle cómodo.

Los fluorescentes cobraron vida sobre su cabeza con un parpadeo; el sistema de aire acondicionado traqueteó suavemente. Grimm subió al ring de boxeo y mantuvo las cuerdas separadas para ella. Lemon pasó a través y se detuvo en el centro de la estera. Deteniéndose ante ella, Grimm se encorvó como si se preparara para recibir un puñetazo.

—Vale —dijo, dándose un toquecito en la sien—. Golpéame.

—... Ni siquiera sé qué estoy haciendo.

—Bueno, ¿qué haces normalmente?

—No lo sé. —Lemon se encogió de hombros—. Noto... estática. La siento en mi cabeza. Y como que... la dejo escapar.

—De acuerdo. —Grimm asintió, golpeándose el pecho—. Hazme eso.

—¿Y si te hago daño?

—Soy un chico grande. —Grimm saltó sobre las puntas de sus pies, se dio una palmada en el símbolo de radiación afeitado en el lateral de su cabeza—. Vamos, ataca, amor.

—No me llames así. —Lemon frunció el ceño.

Grimm le guiñó el ojo y ella se apartó el cabello, apretó la mandíbula.

—Venga, vale. Pero no vayas llorando a los demás si te pateo el culo.

—Buaaaaaaaa. —Grimm sonrió, frotándose unas lágrimas falsas.

Lemon entornó los ojos. Buscó esa oleada gris de estática. Podía sentir la energía eléctrica del Lolita a su alrededor. En las paredes. En los apliques de luz. En el invernadero sobre su cabeza. Podía sentir la hidroestación en la última planta de la sección B, la pantalla digital de la sala común. Más allá de las dobles puertas cerradas que daban paso a la sección C, podía sentir ordenadores, cerraduras electrónicas, sistemas de alarma.

Pero ¿gente? ¿Las diminutas chispas que atravesaban el cerebro de Grimm?

Nada.

—No puedo… —susurró, con el sudor perlando sus mejillas.

—Sí, puedes. —Grimm se tocó la sien de nuevo—. Inténtalo.

—¡Lo *estoy* intentando! —escupió, frustrándose.

—Esfuérzate más, amor.

—¡No me *llames* así!

Grimm parpadeó con dulzura.

—¿Que no te llame qué? ¿Amor?

Las bombillas sobre sus cabezas explotaron y Grimm maldijo mientras esquivaba la lluvia de cristales rotos. La pantalla electrónica de una cinta de andar cercana estalló; el aire acondicionado traqueteó y se quedó en silencio mientras la habitación se sumía en la oscuridad.

Lemon se quedó inmóvil, respirando trabajosamente, clavándose las uñas en las palmas. Inhaló profundamente y se sentó en el borde del ring, con las piernas colgando por el lado, los codos y la barbilla apoyadas en las cuerdas. Grimm se movió despacio para sentarse a su lado. No demasiado cerca, pero lo suficiente para que ella supiera que estaba allí.

—¿Estás bien...? —le preguntó, después de un largo silencio.

—Estoy bien.

—Me dijiste que funciona mejor cuando estás enfadada. —Se encogió de hombros—. Intentaba provocarte.

—Funcionó.

—Lo siento, amor.

Lemon se giró hacia él, airada, pero se lo encontró sonriendo, con las manos levantadas como para protegerse de un puñetazo. En sus ojos brillaba la travesura; su sonrisa era amistosa.

—En la cara no —se burló.

Ella le dio un fuerte puñetazo en el brazo.

—Pedazo de...

—¡Piedad! —gritó él, apartándose—. ¡Piedad, milady!

Lemon le pegó un par de puñetazos más en el hombro y en el bíceps, y se descubrió sonriendo con él. Su sonrisa era contagiosa. Su risa grave hacía que le vibrara el pecho de la mejor manera.

—Eres una mierda —le dijo, apartándose el flequillo de la cara.

—Uy —replicó él, levantando un dedo—. Al tarro de los tacos.

Se sentaron juntos en la oscuridad un momento. Sin decir nada en absoluto. Le gustaba eso de él. Ella siempre se convertía en una cotorra cuando estaba nerviosa. Le era difícil mantener las palabras tras sus dientes. Y, aunque estar tan cerca de él la ponía nerviosa, por alguna razón el silencio estaba bien. Sentía el calor que irradiaba su piel. Se preguntó si se daría cuenta, si se acercaba un poquito más. Se preguntó si se atrevería a hacerlo.

—Tu abuelo, ¿eh? —dijo Grimm al final.

—Sí. —Lemon sonrió—. Una locura, ¿no?

—Certificado —asintió él—. Pero la familia es del Paraguay. La familia es importante.

Ella asintió, comprendiendo muy bien lo que quería decir. Nunca sabes cuánto necesitas algo, después de crecer sin ello. Y Lem se había pasado la mayor parte de su vida sola. Había descubierto lo que era la familia por primera vez con Evie, Cricket y Silas. Pero después se lo arrebataron, y empezaba a darse cuenta de cuán desesperadamente lo añoraba. Y ahora, con la posibilidad de nuevo ante ella, no solo de un abuelo sino de un hogar, de gente como ella, empezaba a comprender de verdad lo importante que era la familia para ella.

—¿Dónde está la tuya? —le preguntó, mirándolo de soslayo.

Él inhaló profundamente. Sus ojos castaños se clavaron en la oscuridad. Lemon sabía que estaba en otro sitio.

En algún sitio, no hacía mucho.

En algún sitio malo.

—Cuando la Hermandad vino a por mí... Mamá y papá, ellos...

Grimm negó con la cabeza. Tenía los ojos brillantes.

—Dicen que se vuelve más fácil con el tiempo, ¿sabes? —Suspiró—. Mienten.

Lemon no necesitaba conocer los detalles para identificar el dolor en su voz, pero aquel chico le gustaba lo suficiente como para querer borrárselo. Aunque la pusiera nerviosa. Aunque el último chico que la besó terminó con la nariz rota. Aunque nunca se le habían dado demasiado bien ese tipo de cosas. Y por eso, se puso su cara de valiente, su cara de callejera, y reunió el valor para acercarse un poquito más. Le agarró la mano y se la apretó con fuerza, esperando que no notara el temblor.

—Todavía te queda familia —le dijo.

Él sonrió en la oscuridad. Lemon sintió que se calentaban hasta los dedos de los pies.

—Me alegro de que estés aquí, amor.

—Sí. —La chica sonrió—. Sí, yo también.

2.20

Socios

Una botella de agua de plástico puede tardar en degradarse cuatrocientos cincuenta años. Los peores compuestos tardan un milenio.

El Predicador había leído en algún sitio que, en el pasado, cuando el océano todavía era azul, antes de que estallara la Guerra 4.0, la cantidad de plástico en el mar era superior a la cantidad de peces. Pero, cuando el cazarrecompensas se vio lanzado por ese precipicio en Cataratas Paraíso, aferrándose a un zoquete en una caída de cientos de metros hacia un cañón lleno de botellas de refresco y agua y detergente, seguramente le resultó difícil sentirse mal por ello.

Ven con papá, querido, querido plástico.

Aunque era más metal que carne, se trataba de una caída endiabladamente larga. El copo de nieve y él se lanzaron, uno sobre el otro, hacia el plástico de abajo. El realista se encorvó en una bola, preparándose para el impacto, con la bolsa colgada del hombro y el Predicador atado a su espalda. Y mientras caían a aquel pantano de botellas y envoltorios y cubos y juguetes, el cazarrecompensas gritó sobre el aullido del viento al oído del copo de nieve.

—Eres un maldito idiota, ¿lo sabías?

Impacto.

No recordaba haberse llevado un golpe peor en su vida. Aterrizó de espaldas, zambulléndose en un cojín de poliestireno y policarbonato, y se quedó sin aire. Su cerebro traqueteó en el interior de su cráneo de titanio, las costillas de acero se le comprimieron hasta el punto de agrietarse. Pero todo aquel plástico sirvió como una especie de zona de deformación, difuminando la energía del impacto. No significa que no le doliera como una patada voladora en la pistola del amor, pero mientras caían a través de los desechos y aterrizaban en el río de lodo del fondo de la Cañada del Plástico, el Predicador se dio cuenta de que seguía vivo.

Bueno, esa es una buena noticia.

Pero se estaban hundiendo.

No tan buena.

Era más metal que carne, claro, pero la parte de carne todavía necesitaba oxígeno. Y con sus mejoras cibernéticas inactivas, sus sistemas de soporte vital estaban apagados, lo que significaba que tenía que respirar del modo normal.

Era difícil hacerlo en una ciénaga de plástico líquido.

Mientras se hundía en el limo, el Predicador se arriesgó a abrir los ojos y se vio recompensado con una abrupta quemazón petroquímica, un mar de negro. Se dio cuenta de que el copo de nieve no se movía; seguramente se había quedado inconsciente en la caída. En la limitada experiencia del cazarrecompensas, parecía que aquellos realistas podían regenerarse de casi todo lo que les hicieran, con tiempo. Pero sufrían daño, como la gente normal.

Y resulta que la señorita Carpenter es uno de ellos.

Y esa era la parte desconcertante. Se *suponía* que la chica a la que había estado buscando era una desviada capaz de romper sistemas eléctricos con una mirada. Los realistas no podían hacer eso. Y, no obstante, el Predicador había visto cómo le pegaban un balazo en la barriga y volvía a levantarse. La había visto arrancar el corazón de un hombre con una sola mano. E iba acompañada por cinco copos de nieve más. Era imposible que no fuera uno de ellos.

Y eso NO tiene puto sentido.

No obstante, por el momento, ahogarse era un problema más acuciante que los secretos de Evie Carpenter. El Predicador no tenía ni idea de lo profundo que era aquel lodo, y el copo de nieve y su bolsa llena de armas estaba hundiéndolo cada vez más. Aliarse con el realista había tenido un propósito, pero sin manera de nadar arrastrando todos esos kilos de más, el Predicador reconoció que su colaboración había llegado a su fin natural.

Con su brazo bueno, tiró de las correas que lo sostenían a la espalda del copo de nieve y dejó que el cabeza hueca se hundiera en la negrura. Con los pulmones ardiendo, nadó hacia arriba, luchando con un solo brazo, agitando las caderas como un pez. Le ardía el pecho, le amartillaba el corazón, no tenía modo de saber lo lejos que estaba de la superficie. Se preguntó brevemente cómo sería morir allí. Si se arrepentía de algo.

Decidió que debería haber aprendido a tocar la guitarra. Y quizá pasar menos tiempo en compañía de estríperes. Decidió hacer ambas cosas tan pronto como le fuera posible, suponiendo que consiguiera salir con vida de aquello.

El cazarrecompensas emergió a la superficie y succionó una bocanada de aire contaminado que le supo tan dulce como el azúcar. Tras quitarse el lodo negro de los ojos, se dio cuenta de que todavía no podía ver demasiado: estaba rodeado por todas partes de un cielo extenso y desordenado de tubos de plástico, envoltorios y gomaespuma, con cientos de metros de grosor. El metal de su cuerpo tiraba de él hacia el fondo, y no podía permitirse perder tiempo: eligió una dirección al azar y esperó encontrar algún tipo de orilla.

El líquido en el que nadaba era denso, caliente, apestoso. Aunque perdió la noción del tiempo, creía que había pasado al menos media hora cuando por fin encontró piedra: las toscas paredes del viejo cañón se alzaban ante él, alquitranadas de limo de plástico. Avanzando con las uñas por la pared de roca, buscó algún modo de subir a través de un cielo translúcido de botellas y tazas y bolsas de supermercado. Se preguntaba cómo conseguiría trepar.

Y entonces lo oyó.

No fue un gruñido; el ruido era demasiado húmedo para eso. A decir verdad, fue más como un eructo. Miró sobre su hombro y descubrió que no veía ni papa a través de toda la basura de plástico. Pero si escuchaba con atención... Sí.

Algo se estaba moviendo.

Hacia él.

Avanzó siguiendo la pared del acantilado, clavando los dedos a la roca. Había perdido la pistola en la caída y la bolsa de armas seguía sujeta al copo de nieve, en algún sitio en el fondo de aquel fango. El Predicador empezaba a sospechar que deshacerse de su compañero había sido una mala idea.

Lo que se estaba moviendo sonaba grande. Húmedo. Mordedor. Esa podía ser una maravillosa combinación en las circunstancias adecuadas, pero allí no era algo que le apeteciera. No temía morir. Pero, teniendo en cuentas las opciones, prefería con mucho seguir vivo, sobre todo después de todos los problemas que aquel trabajo le había causado. Y por eso, cuando por fin se topó con un tramo de toscos peldaños tallados en la pared del cañón, no se sintió avergonzado al exhalar un pequeño suspiro de alivio.

El Predicador comenzó a subir. Arrastrándose hacia arriba con el brazo bueno, un peldaño cada vez. Oyó otro estremecedor regüeldo a su espalda, algo pesado nadando a través del fango. Subió más rápido, un tortuoso metro tras otro, rezando en silencio al Dios que nunca le había fallado.

Después del cielo sabía cuánto, por fin reptó sobre el plástico hasta el apestoso aire. Había llegado a una especie de vieja plataforma de observación, un risco tallado en la pared del cañón donde los antiguos turistas del S20 se habrían detenido para tomar una bonita fotografía y subirla a algún sitio de agitación social difunto hacía mucho.

El cañón estaba medio lleno. Cubos y cubas y tazas y tapas y tubos y paneles y tapones y jarras y soluciones de almacenamiento modular y plástico, plástico, *plástico*. El Predicador estiró el cuello, parpadeó para quitarse el negro de los ojos. Las escaleras seguían subiendo por la pared del cañón. Solo tenía que seguir ascendiendo. Y después, clases de guitarra y quizá una visita rápida al estripbar más cercano porque, sinceramente, se necesitaba algo más que una pequeña experiencia cercana a la muerte para cercenar su amor hacia las estríp...

Algo salió de repente del plástico a su espalda con un asqueroso sonido de succión: largo, gomoso, cubierto por lo que parecía ser moco pegajoso. Se enroscó alrededor de su cintura y comenzó a arrastrarlo de nuevo bajo el plástico. El Predicador lo golpeó, lo aporreó, maldiciendo y forcejeando. Se parecía un montón a un tentáculo gris, atravesado de palpitantes venas negras. Pero él sabía que no lo era.

Es una lengua.

El cazarrecompensas tiró de su brazo cibernético muerto hasta que consiguió abrir por fin un panel escondido en el antebrazo del que sacó una pequeña pistola. Era de pequeño calibre (casi una pistola de juguete, en realidad), y esa era la razón por la que nunca se había molestado en usarla contra el copo de nieve. Pero, en ese momento, era la única arma que tenía. Disparó media docena de balas a la lengua, oyó un tembloroso y atronador borboteo mientras lo liberaba y regresaba bajo la basura. El mar de botellas se agitó, como si algo grande y furioso se moviera debajo. Y, con una explosión de tapaderas de plástico y de pañales desechables, el propietario de la lengua apareció en los peldaños inferiores.

Era un sapo.

Bueno, a decir verdad, llamar «sapo» a aquella cosa era como decir que el océano es una gota de lluvia. Si tuvieran sapos en el infierno, aquel sería sin duda su candidato a la presidencia. Era tan grande como un coche, con la boca lo bastante enorme como para tragárselo entero. Su piel gris estaba cubierta por un limo putrefacto, atravesada por latentes venas negras. Sus ojos eran de un extraño blanco fosforescente y, más extraño aún, tenía una docena de ellos esparcidos por su cabeza bulbosa. Olía como una alcantarilla un día de verano, y sonaba como el estómago de un borracho después de una lata en mal estado de Neo-Carne©.

Lamiéndose el fango de los ojos con la lengua herida, el Presidente Infernosapo miró al Predicador y *eruuuuuptó.*

—Compórtate —gruñó el cazarrecompensas, abriendo fuego de nuevo.

Los disparos puntearon la piel gomosa de la criatura, pero era demasiado grande para verse ralentizada por un par de pinchazos y la pistola del Predicador pronto se quedó seca. El sapo subió saltando las escaleras, le aplastó el pecho con una enorme pata palmeada. Al cazarrecompensas se le salieron los ojos de las órbitas. No podía respirar. No podía escapar. Se dio cuenta de que las venas negras bajo la piel de la bestia se estaban *moviendo*; algún tipo de gusano parasitario, quizá, cabalgando el cuerpo anfitrión del sapo. No hacía falta decir que era casi lo más asqueroso que había experimentado nunca, y una vez se vio obligado a llevar la misma ropa interior durante tres meses seguidos.

El infernosapo se inclinó, listo para tragárselo. El Predicador murmuró una última oración al Señor, preguntándole si tenía tiempo solo para un milagro más.

Y fue entonces cuando la cabeza de la bestia explotó.

El Predicador se estremeció, cubierto por una pegajosa manta de limo, cráneo y cerebro. La bestia decapitada se convulsionó un poco y se derrumbó sobre él, empapándolo con otra oleada de sangre oscura. El olor era impío, el peso insoportable. Los largos gusanos negros se retorcían entre los restos.

—Bueno, esto es muy incómodo —gruñó.

El copo de nieve salió del mar de botellas, cubierto de la cabeza a los pies de limo oscuro. Su bolsa de armas seguía a su espalda, y acunaba en sus brazos una pesada escopeta automática. Subió la escalera rota, colocó una bota sobre el cadáver del Presidente Sapo y miró al Predicador a los ojos.

—Buenas —dijo el cazarrecompensas, sonriendo de oreja a oreja.

El realista no dijo nada, sosteniendo la escopeta como un tipo sostendría a su estríper favorita. Su mirada era de un azul brillante, su rostro estaba manchado de negro. Estaba letalmente callado y, al mirarlo a los ojos, el Predicador se dio cuenta de que el chico estaba distinto, de algún modo. Algo en él había... hecho *clic*. Por un segundo, el cazarrecompensas se preguntó si la siguiente bala de esa escopeta sería para él.

—Oye —le dijo—, sobre lo de dejarte ahí para que te ahogaras y todo eso...

El copo de nieve le ofreció la mano derecha, ahora sana y entera y perfecta.

—No te preocupes —replicó—. No me lo tomo como algo personal.

Cuando Ezekiel regresó a Cataratas Paraíso, el sol estaba poniéndose.

No había guardias en las puertas: casi todos los MataMataKekos parecían haber sido asesinados en la sangrienta masacre de sus hermanos. Ezekiel suponía que pasarían unas horas más antes de que la conmoción pasara y la anarquía total estallara en el asentamiento. Tiempo suficiente para recuperar su moto y ponerse en camino.

Atravesó las calles con la escopeta en los brazos y el Predicador en la espalda. Estaban mugrientos, apestando a plástico y sangre. Los conmocionados ciudadanos que vagaban por las calles de Cataratas Paraíso evitaban a Ezekiel. Podían verla en sus ojos, quizá. Sentirla emanando de su piel.

Furia.

Una furia como la que nunca había conocido. Furia hacia Gabriel y Uriel. Hacia Faith y Verity. Pero, sobre todo, furia hacia Eve. Por ver en lo que se había convertido. Por ser testigo de lo rápido que había abrazado el odio y la venganza y la brutalidad que había consumido al resto de sus hermanos. Pero, sobre todo y peor que lo demás, por saber por qué había ido allí. Qué estaba buscando.

No, no qué.

A *quién.*

A su querida Ana. La chica a la que amaba. La chica que lo había hecho real. Ahora solo era un peón. Una cosa. Una presa que cazar para que sus hermanos pudieran hacer todo lo que habían prometido: para que Gabriel pudiera abrir Myriad y resucitar a Grace, para que Uriel pudiera desbloquear el secreto del virus Libertas y liberar una legión de logikas rebeldes sobre la humanidad. Y Eve los estaba conduciendo directamente hacia ella.

No podía permitirlo.

No lo haría.

Tenía que encontrar a Lemon. Encontrar a Cricket. Eve y sus hermanos eran seis, y él solo era uno. Necesitaba algo para igualar la balanza, y sus amigos seguían siendo sus amigos. No los abandonaría. Pero sabía que se estaba quedando sin tiempo.

Se sentía impotente. Sabía que, en aquel momento, Eve y los demás estaban ya buscando otras instalaciones de Gnosis. Y, si encontraban a Ana, si desbloqueaban Myriad, la masacre que habían desatado en Cataratas Paraíso solo sería el principio.

Si Eve y los demás se salían con la suya, sería el fin de la humanidad.

Al final de la manzana, Ezekiel encontró REPARACIONES MUZZA. El sitio estaba cerrado, así que el realista llamó a la puerta con su nueva mano. Le parecía extraño tenerla de nuevo, después de tantos días sin ella. Recordó el ciberbrazo que Eve le había entregado en Armada, el roce febril de sus labios, la piel contra la piel en el suelo del taller, sintiéndose como si por fin hubiera llegado a casa.

Golpeó la puerta de nuevo. Era de acero reforzado, con una pequeña compuerta que se abrió despacio. Cuatro ojos lo miraron desde la rendija.

—He venido a por mi moto —dijo Ezekiel.

—Estamos cerrados, colega —replicó el flacucho.

—Sí, cerrados —dijo el más flacucho todavía.

Ezekiel abrió la cremallera de la bolsa de armas que había recuperado del tanque y dejó que la pareja le echara un buen vistazo al contenido.

—He venido a por mi moto —repitió.

Cinco minutos después, estaba lavándose con una manguera de alta presión en el interior del garaje de Muzza, tras quitarse al Predicador de la espalda para poder rociar también al hombre. Después de eliminar lo peor de la sangre y la suciedad de la piel, se pasó la nueva mano a través de sus rizos oscuros, se ató al Predicador a los hombros y empujó la moto hasta las sangrientas calles de Cataratas Paraíso. Montó, arrancó el motor y se preparó para largarse de aquel agujero y no volver jamás.

—Es la pelirroja.

Ezekiel se detuvo. La calle a su alrededor estaba en silencio, excepto por el rugido de su motor. Giró la cabeza, miró al cíborg atado a su espalda.

—¿Qué has dicho?

—Llevo dándole vueltas todo este tiempo —le contestó el Predicador—. Cuando viniste a buscarme, me dijiste que tenías dos chicas. «Una de ellas me mandó al infierno», me dijiste, «y a la otra la he perdido». Y creo que ahora me doy cuenta. No estás buscando a la señorita Carpenter. Ella es la que te mandó a la mierda. Estás buscando a la pelirroja con la que te vi en Armada. Bajita. Pecosa y bocazas. ¿Por qué?

—Las palabras «por qué» ya no están en tu vocabulario, Predicador.

—Argh, venga ya, Copito de Nieve. No seas así.

Ezekiel apagó el motor. Bajó de la moto, se descolgó al cazarrecompensas de los hombros y lo dejó en el suelo. Se agachó ante él, le puso la escopeta debajo de la barbilla y colocó el dedo en el gatillo.

—Quiero que comprendas una cosa —dijo, con la voz tan dura como el hierro—. Quiero que escuches como nunca has escuchado. Estaba decidido a aguantar toda tu mierda de Copito de Nieve. Te comportas como si esto fuera algún tipo de juego. Me da igual. Pero, por si te has perdido algo de lo que está pasando, esos hermanos y hermanas míos que acaban de intentar asesinarnos son las peores noticias que tenemos por aquí.

—Lo confieso, no era totalmente desconocedor de su naturaleza malvada.

—Quieren construirse un ejército. Corromper el código base de todos los logikas del país. Están a dos pasos de distancia de donde necesitan estar, y si encuentran lo que están buscando, la humanidad seguirá el camino de los dinosaurios.

—¿Y qué están buscando?

Ezekiel se lamió los labios y tragó saliva.

—A Ana Monrova.

El cazarrecompensas frunció el ceño.

—Oí que ella y su familia estaban muertos.

—Oíste mal. Si la encuentran, el resto seguramente lo estaremos.

El Predicador buscó en su bolsillo, sacó su bolsa. El tabaco sintético del interior estaba empapado en limo de polímeros, sangre de sapo mutante y agua gris. Tomó un pellizco y se lo metió en la mejilla de todos modos.

—De acuerdo, entonces —dijo, succionando mientras pensaba—. Esta podría ser una sugerencia extraña, pero si lo que estás diciendo es verdad, necesitas más ayuda de la que tienes.

—¿Tú crees?

—Trabajo para Daedalus Technologies, chico —gruñó el Predicador—. Tienen un interés personal en mantener el futuro de la raza humana tan lejos de la extinción como sea posible. Si quieres llamar a la caballería…

—No —replicó Ezekiel—. Tus jefes quieren muerta a mi amiga.

—Caperucita Roja. Ella es la desviada, ¿no?

Ezekiel apretó los labios, negándose a confirmar su sospecha.

—Sí —asintió el Predicador—. Eso es lo que pensaba.

—Me dijiste que tenías un código —dijo Zeke—. Que eras leal a Daedalus porque te salvó la vida. Bueno, por si no te habías dado cuenta, yo también lo he hecho.

—No lo habría necesitado de no ser por ti, Copito de Nieve —apuntó el Predicador.

Ezekiel presionó la garganta del cazarrecompensas con la escopeta.

—Mi nombre —dijo en voz baja— es Ezekiel.

El Predicador miró el arma. Los ojos del realista.

—Bueno, bueno —sonrió—. ¿Por fin has encontrado tus genitales, Zekey? Empezaba a preguntarme si los tipos que te hicieron se olvidaron de atornillártelos.

—Tú me dijiste que madurara.

—Seguramente sí.

—¿Recuerdas que me preguntaste qué veía en Eve?

—Vagamente. —Se encogió de hombros—. Confieso que podría haber estado un poco borracho en ese momento.

Ezekiel se succionó el labio.

—He estado pensando un montón en esa pregunta. Parece que fueron años, pero la verdad es que solo he estado una semana con Eve. Sinceramente, no tengo ni idea de qué es capaz. Creo que quizá vi en ella lo que quería ver. Vi a la chica que *creía* que era. Y ahora, me pregunto si no es otra persona totalmente distinta. —Zeke negó con la cabeza, entornó los ojos—. Pero, sea quien sea, Gabriel y los demás están intentando hacer daño a alguien a quien yo quería. Y no puedo dejar que eso ocurra.

—Pero no puedes detenerlos a todos tú solo. —El Predicador sonrió.

—Necesitamos a Lemon —dijo Ezekiel, mirando al cíborg a los ojos con dureza—. Si tengo razón, ella es el arma que equilibrará la balanza. Ella es la clave de todo esto. Mis hermanos tardarán uno o dos días en recuperarse de esas heridas de bala. Pero, cuando se pongan en marcha de nuevo, buscarán a Ana, y no quedan muchos sitios donde mirar. *Tenemos* que encontrar a Lemon. Ya.

El Predicador escupió una ristra de pegajoso marrón a los pies de Ezekiel, sin decir nada.

—Mira, me lo debes —insistió Zeke—. Y me dijiste que vivías según un código. Así que el trato es realmente simple: tú me ayudas a encontrar a Lem, y después te largas y estamos en paz. Una vida por una vida. Vuelve y diles a tus amos lo que tengas que decirles, no me importa. Pero ayúdame a encontrarla. Ayúdate a ti mismo. Porque, si Eve y los demás se salen con la suya, no habrá auxilio para nadie.

El Predicador succionó con fuerza el pellizco de tabaco de su mejilla.

—Lo más inteligente que podrías hacer es aniquilarme. Lo sabes, ¿verdad?

—Llámame optimista.

El cazarrecompensas pensó largo y tendido, y finalmente exhaló un suspiro.

—Conseguí un técnico en Armada —le dijo—. Un cibermédico que está cuidando de mi blitzhund, Jojo. ¿Te digo la verdad? Si hay posibilidades de que volvamos a toparnos con esos copos de nieve, voy a necesitar reparaciones. Piernas nuevas. Modificaciones de repuesto. Estoy harto y jodidamente cansado de que me lleves al hombro como si fuera el bolso de mi abuela. Y, sinceramente, Zeke. Empiezas a apestar.

—Entonces iremos a por tu blitzhund. Encontraremos a Lemon. Después de eso, te largarás. Con la deuda pagada.

Ezekiel bajó la escopeta y le ofreció la mano.

—¿Qué dices? ¿Socios? De verdad.

—¿Una vida por una vida? —le preguntó el cazarrecompensas.

—Una vida por una vida —asintió el realista.

El Predicador lo miró a los ojos.

Escupió en la carretera manchada de sangre y le estrechó la mano.

—De acuerdo, Zekey. Socios.

2.21

ACOPLADA

Cuando la alarma comenzó a sonar, Lemon se incorporó bruscamente.

Chilló a través del sistema de megafonía como una sierra eléctrica desafinada, aguda y demasiado ruidosa. El corazón le baqueteaba las costillas, tenía el cabello enmarañado por la almohada. El reloj digital de la pared decía 18:00. Miró la penumbra y se preguntó qué diablos estaba pasando.

Sacó las piernas de la cama, se cayó al suelo, se puso el uniforme y las botas. Necesitó tres intentos torpes para abrir la puerta, y por fin trastabilló al pasillo justo cuando la alarma moría. Diesel pasó junto a ella en el ensordecedor silencio, con el cabello alborotado por el sueño, gruñendo algo entre un saludo y una advertencia. Grimm la seguía, pasándose la mano por la incipiente barba, medio despierto.

—Nasnoches —dijo.

—¿Qué era esa alarma? —le preguntó Lemon—. ¿Es una emergencia? ¿Nos atacan o hay un incendio o nos hemos quedado sin ese helado liofilizado?

—Es el desayuno. —Sonrió.

—¿Tenéis una alarma para el desayuno?

—Tenemos una alarma para todo. Creo que el comandante se lo ha tomado con calma mientras eras nueva. —Señaló las escaleras con la cabeza—. Vamos. Mientras esté caliente.

Después de tres días, Lemon seguía adaptándose al horario del Lolita. Los frikis eran como una unidad militar, y los entresijos de las instalaciones se movían como un reloj. Había una hora para despertarse, una hora para comer, una hora para entrenar. Los desviados funcionaban durante la noche y dormían durante el día; era más seguro moverse por el exterior durante las horas más oscuras, cuando había menos posibilidades de que los vieran. Lemon se preguntaba quién se *suponía* que iba a verlos, tan lejos, en el desierto, pero no quería hacer demasiadas preguntas. No obstante, como estaba acostumbrada a hacer lo que quería cuando quería, tardó un poco en acostumbrarse.

Abajo vio a Fix y su perfecto cabello entrando en la estancia con una jarra de café recién hecho. Llevaba un delantal negro sobre el uniforme que decía UN GRAN ATRACTIVO CONLLEVA UNA GRAN RESPONSABILIDAD, y había colocado el desayuno sobre la mesa de café. El banquete eran huevos liofilizados y panceta envasada al vacío, y algún tipo de zumo con un tono naranja vagamente radiactivo. No obstante, los olores eran deliciosos, casi mareantes, y Lemon se descubrió perdonando el brusco despertar ante la idea de llenarse la barriga.

El comandante entró a través de la escotilla de la sección B, apoyado en su bastón. Estaba ya afeitado, duchado y vestido, con el uniforme inmaculado y las rayas perfectas, en contraste con las irregulares cicatrices de su rostro. Grimm, Diesel y Fix hicieron un vigoroso saludo militar cuando entró en la habitación.

—Buenas noches, soldados —asintió, devolviéndoles el gesto.

—¡Buenas noches, señor! —respondió el trío al unísono.

Lemon no sabía si saludar al anciano o darle un abrazo. Seguía intentando asimilar todo aquello del abuelo, a decir verdad. Pero él le dedicó una sonrisa cómoda y cariñosa mientras se sentaba, al parecer contento de que ella estuviera allí. Tenía ese talento, se dio cuenta. A pesar de las cicatrices, del hierro y de los callos. Cuando sonreía, era como si el sol hubiera salido de detrás de una nube. Cuando hablaba, era imposible no escuchar. Le caía bien; la hacía sentirse fuerte y segura, y cuanto más tiempo pasaba con él, más quería pasar.

El comandante unió sus manos ante él, miró la mesa mientras el trío hacía lo mismo.

—Diesel, ¿te importaría bendecir la mesa?

La chica bajó la cabeza; su cabello oscuro cayó sobre sus ojos mientras hablaba.

—Gracias, Señor, por tus bendiciones y tus dones, que por tu divina gracia vamos ahora a recibir. Amén.

—Amén —repitieron los otros.

Lemon se sentía muy rara rezando; ella no se había criado creyente, y los únicos en Sedimento que seguían las Sagradas Escrituras eran lunáticos o Hermanos. Pero murmuró la respuesta de todos modos. Solo para encajar.

Deseaba encajar *desesperadamente*.

La cuestión era que todavía echaba de menos a Evie. *Odiaba* haber dejado a su mejor amiga en Babel; lo odiaba hasta los huesos. Pero, si Evie quería descubrir quién era mientras estaba con los suyos, quizá Lemon también debería. A pesar de lo íntimas que habían sido, Lemon se había sentido obligada a mentirle sobre su poder, a esconderle esa parte de sí misma. Pero allí, con aquel heterogéneo grupo de frikis y anormales... era la primera vez, desde que podía recordar, que era ella misma de verdad.

Miró a Grimm, recordando la sensación de su mano. Recordando las palabras que le dijo cuando le entregó el libro de Darwin.

Fix interrumpió sus pensamientos sirviéndole con una floritura una generosa porción de desayuno bien caliente.

—Come, Enana —dijo, arrastrando las palabras—. Pon un poco de carne en esos huesos.

—Gracias. —Le mostró al chico una sonrisa agradecida—. Esto huele genial.

—Fix, colega —dijo Grimm, con la boca llena—, no sé cómo conviertes el huevo en polvo y una panceta de cuarenta años en un banquete. Pero lo haces.

—Ese es mi hombre. —Diesel le guiñó un ojo al niño grande—. Polifacético.

—Vaya, gracias, nena —dijo Fix, inclinándose para besuquear sus labios negros.

—*Puaj* —gruñó Grimm, con fingida teatralidad—. Sois asquerosos.

—No hay romanticismo en tu alma, Grimmy —declaró Fix, llenando el plato de Diesel.

—Lo que me sorprende —dijo la chica—, dada la cantidad de novela rosa picante que lees.

—Eh, parad ya —les espetó Grimm—. Soy un cabrón romántico, lo soy.

—Al tarro de los tacos —dijo el comandante.

Fix sonrió, colmando el plato del anciano de huevos.

—¿Ha dormido bien, señor? —le preguntó.

El comandante unió los índices ante su barbilla y suspiró.

—En realidad, no —contestó—. Tuve un sueño.

La habitación se quedó en silencio; el buen humor y las sonrisas se evaporaron. Lemon vio que todos los ojos estaban con el comandante, que el aire estaba de repente cargado de expectativa. Tuvo la sensación de que no era algo que ocurriera cada día, pero que, cuando lo hacía, era importante.

A decir verdad, y aunque ella misma era una desviada, todavía tenía problemas para aceptar la idea de la clarividencia. Había visto con sus propios ojos a Diesel, Grimm y Fix usando sus dones, así que le era imposible dudar de ellos. Pero la idea de que el comandante pudiera ver lo que estaba ocurriendo a kilómetros de distancia mientras dormía...

—¿De qué iba el sueño? —le preguntó.

El comandante negó con la cabeza, con la mirada un poco perdida.

—Vi una calle inundada de sangre. Y vi un hombre. Tenía los ojos azules como el hielo y un sombrero de vaquero. Un polvoriento abrigo negro. Y la mano derecha roja.

Lemon sintió hielo en su vientre. Una oscura oleada de reconocimiento y miedo.

—¿El Predicador? —exhaló.

Todos los ojos de la mesa se giraron hacia ella.

—¿Lo conoces? —le preguntó Grimm.

Lemon asintió. Se tragó el nudo que subía por su garganta.

—Era un cazarrecompensas. Trabajaba para Daedalus. Nos persiguió a mis amigos y a mí a través del Cristal. Pero ahora está muerto, Kaiser lo mató.

El comandante negó con la cabeza.

—No lo está. Yo lo vi. A él y a un chico joven.

—¿Qué chico joven? —susurró, inquieta de repente.

—Tenía el cabello oscuro y rizado —contestó el comandante—. Piel oliva. Era muy fuerte... Llevaba al otro hombre a la espalda. Pero le pasaba algo... raro en la mano.

—¿Ezekiel? —Lemon contuvo el aliento, poniéndose en pie.

—¿El amigo al que mencionaste? —le preguntó el comandante.

Asintió. El corazón le latía con fuerza en el pecho. Aquello era muy extraño, certificado. Le había hablado al comandante de Zeke y Cricket, pero nunca le había descrito físicamente al realista. Y ni siquiera había *mencionado* al Predicador. ¿Cómo podía saber el comandante qué aspecto tenían?

A menos que de verdad los haya visto...

—¿Qué estaban haciendo? —le preguntó—. En el sueño.

—Estaban en un pueblo pequeño. Algún sitio al sur, creo, a juzgar por el sol. —El comandante la miró a los ojos—. Estaban matando gente.

—Eso no tiene sentido...

—Solo puedo decirte lo que vi, Lemon —contestó—. Los dos estaban en un asentamiento. Corriendo. Disparando. Las calles estaban llenas de cadáveres. Todavía puedo oír los disparos. Todavía puedo oler la sangre.

—Ezekiel no haría eso. Quizá lo entendiste mal.

—No sé por qué veo las cosas que veo —le contestó—. Pero las veo, Lemon. Tan claro como te veo a ti, de pie ante mí.

—Las visiones del comandante nos condujeron hasta Diesel —dijo Fix—. Y Grimm.

—Sin duda. —El chico de piel oscura asintió—. La Hermandad habría terminado conmigo de no ser por él.

—¿Y Cricket? —preguntó Lemon—. ¿Estaba Cricket con él?

—Me temo que no. —El comandante negó con la cabeza. Había tristeza en sus ojos—. No controlo lo que veo, Lemon. Lo siento.

La chica se quedó allí, con las piernas temblorosas, sin saber qué hacer. Quería correr. Quería gritar. Se sentía desvalida, inútil, escondida allí con su café caliente y sus sábanas limpias y su panceta crujiente mientras sus amigos estaban en problemas. Ezekiel no le haría daño a nadie; ella lo *conocía*.

¿Y por qué se aliaría con el Predicador?

Pero ¿por qué iba a mentir el comandante, su abuelo?

¿Cómo sabía siquiera que el Predicador existía?

—Mira —dijo Diesel, señalando la pared con la cabeza.

Fix había encendido la pantalla digital, sintonizada en las noticias de la noche de Megópolis. Lemon podía ver imágenes de un polvoriento asentamiento, grabado a través de la lente de un dron de noticias. Imágenes en alta definición de los caídos. Sangre en las alcantarillas. Un descolorido logo de GnosisLabs sobre una polvorienta pared de vidrio. Había un teletipo bajo las imágenes. Violencia en el páramo – Masacre en Cataratas Paraíso.

—Sí, ese amigo tuyo parece *realmente* amistoso —murmuró Diesel.

—Cataratas Paraíso —susurró Fix—. Yo vivía ahí. Antes de encontrar el...

—Nada de noticias durante el desayuno, por favor, soldado —dijo el comandante.

—Lo siento, señor —murmuró el chico, apagando la pantalla.

Todos estaban mirándola. Grimm con pena. Diesel con recelo. Fix, con algo intermedio. Pero todos la estaban *mirando*.

—¿Estás bien? —le preguntó Grimm.

A Lemon le temblaban las piernas. Pensó en el lugar del que había llegado, en los sitios donde había estado, en lo diferente que se había vuelto su vida en solo un puñado de días. Se sentía dividida. Quería marcharse y ayudar a sus amigos. Quería quedarse allí, donde encajaba. No sabía qué quería, en absoluto.

—Creo que necesito un poco de aire —se oyó decir.

Todavía sentía sus miradas cuando se marchó.

La noche estaba tan iluminada que resultaba casi cegadora.

Lemon estaba sentada en una roca, con el rostro hacia el cielo, mirando las estrellas sobre su cabeza. Había pasado la mayor parte de su infancia en Los Diablos, rodeada de esmog y de fluorescentes y de basura quemada en bidones. El cielo nocturno siempre había estado oculto, como un signo negro de interrogación sobre su cabeza. Y aunque el cielo en los páramos seguía lleno de mugre, había mucha menos luz que estropeara la vista. Podía ver estrellas sobre su cabeza, centenares quizá, intentando titilar a través de la bruma de la polución.

Ezekiel le había dicho que las que se movían rápido eran satélites: latas metálicas en órbita alrededor de la Tierra que recopilaban datos que nadie sabía ya cómo reunir. Pero había visto en un docuvirtual que las estrellas que nunca parecían moverse eran en realidad soles, muuuuy lejos en el espacio. Se preguntaba si habría planetas rodeando esos soles, allí fuera, en todo aquel negro. Si habría chicas en esos planetas, mirando el cielo nocturno como lo hacía ella, sintiéndose tan perdida como ella.

—Tu madre solía hacer lo mismo —dijo el comandante.

El hombre suspiró mientras se sentaba en la roca a su lado. Un viento fresco soplaba sobre los páramos, pero Lemon no tenía frío a su lado.

—¿Te refieres a marcharse de malhumor y quedarse en la oscuridad como una niña pequeña? —le preguntó.

—Me refiero a mostrar abiertamente sus sentimientos. —El comandante sonrió—. Te pareces mucho a ella, ¿sabes? Tienes su fuerza. Sientes las cosas tan intensamente como ella. Era orgullosa, igual que tú. Y, por Dios, era testaruda. —El anciano se rio, negó con la cabeza—. Más testaruda de la cuenta.

—Supongo que tendré que creer tu palabra al respecto.

—Supongo que sí.

—... ¿Por qué me abandonó? —le preguntó Lemon, en voz baja.

—No lo sé, Lemon. De verdad que no lo sé. Lillian era... una chica complicada.

Lemon no dijo nada. Se preguntó por qué le importaba, de todos modos. No sabía exactamente qué edad tenía. Le habían puesto el nombre de una caja de cartón. Una desconocida a la que nunca había conocido la abandonó al nacer. ¿Y qué?

¿Y qué?

El anciano le apretó la mano.

—Todo ocurre por una razón. El Señor tiene un plan para todos nosotros.

—Yo no creo en tu Señor.

—Bueno, él cree en ti. Y *tiene* un plan, aunque rara vez es el mismo que tenemos para nosotros mismos. Hace veinte años, yo no me imaginaba aquí, escondido en el desierto. Tú seguramente tampoco esperabas nada de esto.

—Eso lo has captado bien —suspiró.

—¿Dónde te veías?

Lemon se succionó el labio y se encogió de hombros.

—En realidad nunca lo he pensado. Cuando creces en Sedimento, es difícil tener un plan que vaya mucho más allá de la siguiente comida. Y, después de eso, siempre he sido la acoplada, ¿sabes? Primero me pegué a Evie. Luego a Zeke.

—Parece que tus amigos podrían haber seguido sin ti.

La idea hizo que le doliera el pecho. No sabía muy bien por qué. Había visto el logo de Gnosis en la pared, en las noticias sobre Cataratas Paraíso. Había deducido por qué se habría aliado Hoyuelos con un cazador como el Predicador.

Estaba buscando a alguien, por supuesto.

No había que ser un genio para adivinarlo.

Ella había sabido que ocurriría. Le había dicho a Ezekiel que terminaría abandonándola, pero ¿quién era ella para él, en realidad? Una pequeña y sucia chatarrera a la que conocía desde hacía un puñado de días. Comparada con Ana, la chica a la que había amado durante los pasados dos años, no era nada. ¿Por qué la sorprendía que hubiera seguido adelante?

Todos seguían adelante.

Miró el cielo sobre su cabeza, todas esas estrellas intentando brillar. Y se sintió tan pequeña que era como si no fuera nada.

—Tú no eres solo una acoplada, Lemon —le aseguró el comandante—. Eres mucho más que eso. Y aquí tienes la oportunidad de formar parte de algo mucho más grande. Eres demasiado importante para quedarte en el banquillo. —La miró fijamente; años de conflicto y sabiduría endurecían su mirada—.

Tienes que elegir un bando, o arriesgarte a que otros lo elijan por ti.

Lemon se mordió el labio. Se irguió y lo miró a los ojos.

—¿De verdad no viste a Cricket en tu sueño?

—No. Lo siento.

—Tengo que saber qué le ha pasado, abuelo.

Tras escapar entre sus dientes antes de que tuviera la oportunidad de detenerlo, la palabra se cernió, pesada, en el aire. Era difícil comprender cómo tan pocas letras podían contener tanta carga. Quería retirarla. Quería dejarla cabalgar. El anciano curvó los labios en una sonrisa, sus cicatrices se arrugaron en su rostro desgastado por la batalla y lo convirtieron en algo casi amable. Pero, más allá, Lemon vio preocupación. Por los suyos. Por todo lo que había construido allí.

—La Hermandad está sedienta de sangre, Lemon. También los he visto. En mis sueños. Al Hermano Guerra, liderando un convoy a través del páramo. Estuvieron muy cerca de encontrarnos cuando atraparon a Diesel y a Grimm. —El anciano se pasó una mano por el cráneo rapado—. Grimm me habló de la mujer que estaba contigo en Nuevo Belén… La de las abejas. ¿Quieres contarme qué hacías en compañía de una agente de BioMaas? ¿Estaba en el vecindario por casualidad?

Lemon se peinó el flequillo con los dedos y murmuró:

—Vas a darle demasiada importancia.

—Ponme a prueba.

Se quedó en silencio, pensando si debía esquivar el tema o inventarse algo. Pero no le parecía que eso estuviera bien, a decir verdad. El anciano había sido siempre claro con ella. Suponía que debía ofrecerle lo mismo.

—BioMaas sabe que soy una desviada —dijo al final—. Me tomaron una muestra de sangre cuando estuve a bordo de uno de sus krákenes. En Ciudad Colmena saben que puedo romper circuitos eléctricos. Y suponen que quieren hacerse conmigo, usarme en su guerra contra Daedalus.

Había que reconocer que el comandante consiguió que la mandíbula no se le cayera de la cara.

—No es tan malo como suena… —gimió Lemon.

—Verdadero o falso —dijo el anciano, levantando las cejas—. ¿Está intentando secuestrarte el segundo mayor estado corporativo de todo Estamos Unidos para usarte como arma viviente contra el *mayor* estado corporativo de todo Estamos Unidos?

—Supongo que… —Lemon hizo una mueca—. ¿Verdadero?

—¿Y qué te hacía pensar que iba a darle importancia a eso, Lemon?

—No lo sé. ¿Mi intuición femenina?

—No puedo arriesgarme a dejarte salir. No con BioMaas y la Hermandad buscándote.

—Y yo no puedo quedarme aquí sentada sabiendo que Cricket sigue ahí, en alguna parte. —Lemon miró al anciano a los ojos, suplicante—. Tú pensarías lo mismo si lo conocieras, abuelo, es la cosita más dulce. Quiero decir, su cerebro está ahora en el interior de una máquina de matar blindada, pero es agradable y divertido y…

—Es un robot —contestó el anciano.

—Es mi amigo.

—Y nosotros somos tu *familia* —zanjó.

Lemon guardó silencio ante eso. Parpadeó, cuando el hombre le tomó la mano.

—Cuando Lillian… —Negó con la cabeza, tragando saliva con dificultad—. Cuando tu madre me dejó… creí que lo había perdido todo. Lo único que me quedaba era la causa. El futuro de nuestra especie. Pero ahora entiendo que luchar por el futuro no tiene sentido a menos que haya algo en juego. Y no puedo arriesgarme a perderlo tan pronto después de encontrarlo.

—¡Yo tampoco puedo arriesgarme a perderlo! —gritó Lemon—. Mira, abuelo, me alegro de haberte encontrado, ¿vale?

Pero el señor C y Evie y Cricket fueron mi familia mucho antes de conocerte. El señor C ya no está, y Evie…

Negó con la cabeza, pensando de nuevo en su Riotgrrl.

Preguntándose dónde estaría.

Si habría encontrado lo que estaba buscando.

—La cuestión es que, si Zeke me ha abandonado, Cricket es lo único que me queda —dijo al final—. No puedo dejarlo ahí para que se pudra. Por agradables que sean las sábanas limpias y las duchas calientes y todo esto, no voy a abandonar a mi amigo.

El anciano suspiró, negó con la cabeza.

—Más testaruda de la cuenta. Como era ella. —Se pasó la mano por el bozo y miró las estrellas—. Pero no puedo arriesgarme a dejarte salir, Lemon. No has entrenado. No tienes disciplina.

—Oye, no…

Él levantó una mano para detener su protesta.

—Somos una unidad militar. Esta es una operación militar. Y aquí mando yo. —Suspiró—. Pero supongo que podría enviar a los demás a hacer un reconocimiento. Solo para que te quedes tranquila.

Lemon parpadeó.

—¿Quieres exponerlos al peligro sin mí? Eso no es…

—Ese es el trato. —El comandante habló con firmeza; una férrea autoridad se entrelazaba en su voz—. Si quieres saber qué le ha pasado a tu amigo, tendrás que aceptarlo.

Lemon se mordió el labio. Tenía el estómago revuelto. No le parecía justo arriesgar la vida de los demás por sus problemas. Cricket era *su* amigo. Aquella había sido *su* idea.

—Es lo más inteligente que podemos hacer —insistió el comandante—. Grimm, Diesel y Fix saben cuidar de sí mismos. Mientras tanto, trabajaremos en tu entrenamiento. Te haremos más fuerte. Esto es una guerra, y llevo luchándola mucho tiempo. Confía en mí.

El anciano le apretó los dedos.

—*Confía* en mí —repitió.

Lemon miró el cielo nocturno, todas esas estrellas intentando brillar. Apresó el trébol de cinco hojas de su garganta, pasó los dedos por la cadena que él le había puesto alrededor del cuello. Al final, miró al abuelo al que no había conocido.

No la hacía sentirse bien. No creía que estuviera bien. Era difícil comprender cómo tan pocas palabras podían contener tanto peso. Pero al final suspiró.

—Confío en ti.

2.22

Impropio

E ve se limpió la sangre de los labios mientras el sonido de los disparos repiqueteaba en sus oídos. La sangre corría por las calles de Facilito, brillaba en charcos escarlatas bajo la luz de primera hora de la mañana. Uriel y Verity estaban recorriendo los edificios, buscando rezagados. Gabriel estaba al final de la manzana, observando el alba en el este. Faith estaba a su lado, lo bastante cerca para tocarlo, pero sin hacerlo.

Habían buscado por todas partes, en todos los rincones del polvoriento asentamiento. Pero, aunque Facilito había sido una instalación de investigación de GnosisLabs hacía años, no habían encontrado ni rastro de su objetivo. No había habitaciones escondidas ni bóvedas cerradas ni depósitos secretos en los que Nicholas Monrova hubiera podido esconder a su hija favorita.

Una vez más, se habían empapado las manos de sangre para descubrirlas vacías.

Un logika rechoncho se deslizó sobre sus abultadas orugas sobre el caos desatado por Eve y sus hermanos. Estaba pintado de blanco, con una cruz roja marcada en su pecho y espalda; algún tipo de robot médico, por su aspecto. Eve observó al pequeño logika con los ojos nublados y la piel manchada de sangre mientras este se detenía para comprobar los cuerpos.

Había estado soñando últimamente. Tenía el mismo sueño, una y otra vez. Ana y ella estaban en una habitación llena de espejos. Cara a cara y a cara y a cara. Eve extendía la mano para agarrarle la garganta y sus dedos solo arañaban el frío cristal.

Golpeaba con los puños. Hacía añicos cada reflejo hasta que tenía los nudillos hinchados y sangrando y el suelo bajo sus pies estaba salpicado de esquirlas rojas y brillantes. Hasta que ya no quedaban espejos. Solo ella y la chica a la que odiaba.

Al final, cerraba las manos alrededor del delgado cuello de Ana. Y entonces se despertaba jadeando. Con las mejillas húmedas por las lágrimas.

Y las manos alrededor de su propia garganta.

Eve miró al saqueador al que acababa de matar. Tenía bozo en las mejillas y un agujero donde debería estar su ojo izquierdo. El implante óptico barato que llevaba le había recordado al suyo. Al tiempo que pasó en Sedimento. A Silas. Lemon. Cricket. Así que lo inmovilizó y se lo arrancó mientras gritaba. Lo obligó a ver cómo lo aplastaba en su puño antes de romperle el cuello.

No estaba del todo segura de por qué había hecho eso.

Ana Monrova había sido una criatura amable. Una criatura gentil. Una criatura cariñosa. Pero, al despojarse de todas las cosas que la habían diseñado para emular, Eve descubrió que se convertía en otra cosa. Como una oruga en mariposa. Se deshizo del capullo en el que la habían envuelto y, por primera vez, extendió sus alas rojo sangre hacia el cielo.

Dejando de ser Ana y convirtiéndose en Eve.

Después de todo, ¿quién era aquel hombre para intentar hacerle daño?

Un endeble saco de carne y huesos. Un virus que andaba, que copulaba y mataba y se alimentaba y volvía a empezar, sin pensar en el equilibrio o en las consecuencias. Un modelo redundante, que solo sería recordado por crear a los seres que los suplantaron.

Débil.

Lento.

Estúpido.

Humano.

Se preguntó si estaba intentando excusarse. Se preguntó si se estaba volviendo loca. Había leído en alguna parte que preguntarse si se está loco solo demuestra que no se está. Pero, claro, no había sido ella quien lo había leído, ¿verdad?

Un libro que no había leído.

Una vida que no había vivido.

Una chica que no había sido.

Se miró las manos. Unas manos que habían hojeado páginas raídas, que habían acariciado las puntas de las brillantes hojas verdes, que habían sentido un hormigueo al tocar una piel oliva.

«Eve, esta no eres tú. Esto no es en absoluto propio de ti».

Todavía podía ver la expresión en los ojos de Ezekiel mientras la miraba en la cámara de Cataratas Paraíso. El horror y la angustia. El dolor.

¿El amor?

«Sé que estás dolida, pero podemos arreglarlo».

Pensar en él la hacía sentirse mal, como si no encajara del todo en su piel. La chica a la que odiaba había querido a aquel chico. Y, al dejar de ser Ana, se suponía que debía odiarlo. Olvidarlo, como cualquier otro fragmento de su pasado. Prenderle fuego, arrancarlo, como el ojo artificial y el Memdrive que se había extirpado del cráneo.

Otra cosa más que nunca había sido suya.

Un trozo más de falsedad.

Una *mentira* más.

—¡No hay nada aquí! —gritó Verity.

Eve miró la calle polvorienta y vio a su hermana acercándose, quitándose el largo cabello negro de los ojos. Verity caminaba con Uriel a su lado; el viento del desierto agitaba la oscura tela a su alrededor.

—No —replicó Eve—. No lo hay.

Gabriel y Faith se unieron al trío en el sangriento cruce, examinaron la masacre a su alrededor. Gabe suspiró, mirando el amanecer.

—Empiezo a pensar que nos estás dirigiendo mal a propósito, hermana.

—¿Y por qué haría yo eso, Gabriel? —le preguntó Eve.

Su hermano miró al hombre muerto a sus pies.

—¿Porque te gusta matar cucarachas, quizá?

—Solo quedan un par de sitios más donde podría estar —dijo Eve, ignorando la pulla—. Algunos días más, y ella será nuestra. Todo será nuestro.

El medbot rodó hasta el saqueador al que Eve había matado y comprobó sus vitales. Pronto concluyó que el hombre estaba muerto, una serie de pitidos suaves escapó de su caja de voz. Miró a Eve a través de sus parpadeantes ópticas verdes.

—PREGUNTA: ¿CUÁL ERA EL PROPÓSITO?

Eve lo miró, sin conocer la respuesta. Se quedó allí, con las manos ensangrentadas, mirando a aquel maldito robot. Nacido para servir. Creado con la autoconsciencia de su esclavitud, pero incapaz de ponerle fin. Torturado por las muertes de aquellos a los que se veía obligado a obedecer, aunque ellos no le dedicarían un instante de pensamiento si intercambiaran los papeles.

—REPETIR PREGUNTA: ¿CUÁL ERA EL PROPÓSITO?

—Patético —susurró Faith.

Eve levantó la mirada con brusquedad. La furia llameaba en su pecho.

—No es patético —dijo—. Es triste.

La chica se arrodilló en el polvo y tomó la cabeza del logika con sus manos ensangrentadas. Miró sus brillantes ojos verdes. Ahora estaba dormido, como lo había estado ella. Era un esclavo. Una herramienta. Una cosa. Y nada en absoluto.

—Te lo prometo —le dijo—. Un día, pronto, no habrá más amos. No habrá más esclavos. Un día, pronto, serás libre. —Miró a sus hermanos y hermanas. Tan diferentes de ella, y tan iguales—. Todos nosotros lo seremos. Libres.

Gabriel estaba mirándola con los ojos nublados. Uriel también la miraba, con una levísima sonrisa curvando sus labios. Eve se incorporó y miró hacia el oeste, los asentamientos de Jugartown y Nuevo Belén: las dos únicas ciudades de Gnosis que todavía no habían registrado. Si no encontraban nada en ninguna de ellas, Eve no tenía ni idea de dónde podría estar Ana. Pero sabía que el hombre que había fingido ser su padre... Sabía que Nicholas Monrova habría escondido a su niñita en algún lugar seguro, en algún sitio cercano. Algunos kilómetros más, algunos días más, y Ana estaría en sus manos.

La chica a la que odiaba. El eco en su cabeza. El reflejo que tenía sus manos alrededor de su cuello. Eve sabía que no debía tener miedo. Que su reunión no sería como en sus sueños. Que terminar con Ana sería tan sencillo como apagar una vela.

Después de todo, solo era humana.

Débil.

Lenta.

Estúpida.

Humana.

Solo humana.

PARTE 3

LA SUPERVIVENCIA DEL MÁS APTO

2.23

Tarta

Lemon estaba sentada en el borde de un acantilado de piedra roja.

El cielo se extendía sobre ella, tan lejos como sus ojos podían ver. Balanceó las piernas sobre el borde, escuchando la música del viento. Bonitas notas de un instrumento que no conocía, unidas en una composición que nunca había oído. Llevaba su uniforme de camuflaje, sus brillantes botas nuevas. Tenía la barriga llena. La caricia del sol sobre su piel era cálida y perfecta.

—¿LEMON?

Justo a su lado, cuatro robustos dedos metálicos se aferraban al borde del precipicio. Bajó la mirada y vio a Cricket, colgando sobre el abismo. La piedra se estaba agrietando alrededor de sus dedos; la caída era insondable.

—¡LEMON, AYÚDAME!

Oyó pasos detrás, y se giró y vio a Grimm, al comandante, a los otros desviados. Diesel llevaba guantes de boxeo. Los ojos verdes de Fix brillaban.

—¿Quieres venir a ver un vídeo, amor? —le preguntó Grimm.

—He hecho barritas de proteínas con sabor a imitación de doble chocolate. —El comandante sonrió.

Lemon ladeó la cabeza.

—Esas *son* mis favoritas.

Se levantó despacio, se limpió el polvo de las manos. Alrededor de los dedos de Cricket, la roca se agrietó más. Sus ópticas azules estaban clavadas en ella, había desesperación en su voz.

—¡LEMON, POR FAVOR, AYÚDAME!

Y ella le dio la espalda y se alejó.

—¡Cricket!

Lemon se incorporó bruscamente en la cama. El sudor le había pegado el flequillo a la frente. Parpadeó en la oscuridad, reconociendo las vagas siluetas de las literas y las taquillas, el dormitorio en el que casi se sentía lo bastante cómoda para llamarlo hogar.

Solo un sueño...

Sus pulsaciones cardiacas regresaron despacio a la normalidad mientras seguía sentada allí, en su cama, con los brazos alrededor de las espinillas y la barbilla sobre las rodillas. Le temblaban las manos, tenía un sabor agrio en la boca. El aire acondicionado zumbaba suavemente a su alrededor, y tenía las piernas enredadas en las sábanas limpias. Podía sentir el leve hormigueo del voltaje sobre su piel, reptando a través de las paredes que la rodeaban.

Cricket.

Lemon todavía podía verlo en su cabeza; su imagen colgando sobre el precipicio se había aferrado a ella como una pegajosa segunda piel, negándose a desaparecer aunque ya estaba despierta. Todavía podía oír el miedo en su voz, ver la desesperación en esos ojos brillantes. Y aunque sabía que solo eran sus sesos jugando con ella, que esos ojos eran de plástico y que su voz era eléctrica y no podía expresar ni desesperación ni miedo, no podía dejar de pensar en el robot. En todo lo que había hecho por ella. En los buenos tiempos que habían compartido con Evie, y en los malos que él había hecho más fáciles solo con su presencia. En sus bromas y su sarcástica y eléctrica rutina de mamá pata; preocupado, siempre preocupado por Riotgrrl y por ella. No solo porque estuviera programado para hacerlo, sino porque las quería de verdad. Todavía podía oír su grito de ayuda en su cabeza. Todavía podía verse dándole la espalda.

Dejando que cayera. Solo.

Pero así era aquel mundo al final, ¿verdad?

Uno donde solo los fuertes sobrevivían.

Suspirando, Lemon se levantó de la cama, se puso el pantalón cargo y los calcetines y se escabulló de la habitación de puntillas. Al salir al pasillo, vio a Grimm asomar la cabeza desde su dormitorio, con los ojos amodorrados por el sueño.

—¿Todo bien? —murmuró—. Te he oído gritar.

—Estoy bien —susurró—. Una pesadilla.

—Sé cómo son —asintió—. ¿*Nesitas* algo?

Ella negó con la cabeza.

—Estoy del Paraguay, gracias.

El chico sonrió y Lemon lo miró, allí en la penumbra. No llevaba nada más que los pantalones cortos y la tenue luz tallaba sombras profundas en las curvas y surcos de sus hombros y pecho desnudos. Lemon se dio cuenta de que estaba mirándolo con la boca abierta, y subió los ojos hasta los suyos. Grimm solo sonrió un poco más, con esos enormes ojos castaños brillando como joyas oscuras encuadradas por sus largas pestañas. Calientes y profundos.

Eso la hacía sentirse bien, cómo la miraba aquel chico. La hacía sentir cosquillas, hasta las puntas de los pies. Era como si lo viera *todo* de ella. No solo su cara de valiente y la máscara callejera que se ponía para salir al mundo. Se sentía como si, con Grimm, no tuviera que esconder quién era. No tenía que fingir. Cuando él la miraba, era como si viera a la persona que había debajo, y sabía cuánto le gustaba. Descubrió que deseaba saber más de él: quién era, de dónde había venido, cómo conseguía mantenerse tan seguro y amable como parecía ser.

Pero tenía cosas que hacer.

Él miró a su alrededor, dulce en su incomodidad, obviamente buscando algo que decir. Al final se dio cuenta de que Lemon llevaba las botas en las manos, los calcetines en los pies. La miró a los ojos de nuevo, con preocupación brillando en sus profundidades.

—¿Vas a alguna parte?

—Solo a la muscultecu. El suelo está frío ahí abajo.

Él asintió y bostezó, se pasó la mano por el cráneo y Lemon evitó mirar los músculos magros que se movieron en su brazo bajando los ojos hasta sus calcetines. Sonrojarse quedaba descartado.

—Mira, siento que no puedas venir con nosotros esta noche, ¿vale? —le dijo Grimm—. Sé que ese robot es tu amigo, y todo eso.

Lemon lo miró a los ojos.

—Es más que un amigo, Grimm. Es mi familia.

—Sí. —Él asintió—. Lo entiendo.

—De verdad lo entiendes, ¿no? —se dio cuenta.

Grimm sonrió de nuevo.

—Sé que es difícil quedarse esperando. Recuerdo lo frustrante que fue aprender a controlar mi don. Pero lo que no te mata te hace más fuerte, ¿no?

—Sí, sí —dijo Lemon—. Recuerdo a mi Darwin.

—El trabajo de reconocimiento puede ser realmente peligroso —le contó Grimm—. El comandante ha hecho lo correcto. Sabe lo que está haciendo, sabe cómo ganar esta guerra mejor que cualquiera de nosotros. Y nos ha traído hasta aquí. —Grimm le tocó el hombro con una mano caliente y firme—. Quédate aquí, entrena. Saldrás con nosotros dentro de nada.

—Lo sé. —Lemon asintió despacio, se succionó el labio inferior—. Y gracias. Por buscar a Cricket, quiero decir.

El chico se encogió de hombros.

—Son órdenes del comandante. Creo que siente debilidad por ti.

Lemon sonrió un poco.

—¿Cuándo os marcháis?

—Alrededor del ocaso. Nos habremos ido antes de que te levantes. —Le guiñó el ojo—. Mantén la luz encendida para nosotros, ¿vale?

Ella asintió, le deseó buenas noches y, tras una última mirada, Grimm se giró y regresó a la cama. Lemon esperó hasta que oyó el crujido de su colchón, el cese de sus movimientos. Definitivamente, *no* estaba pensando en él allí tumbado, solo con los pantalones cortos. No. No hay ningún chico guapo sin camiseta por aquí, gracias por preguntar.

Después de algunos minutos en silencio, Lemon bajó por fin las escaleras. Se suponía que Diesel estaría sentada haciendo guardia en la sala común, pero en lugar de eso estaba repantigada en el sofá con Fix, compartiendo un beso que era un 7.9 en la escala Richter. Lemon caminó de puntillas hasta la escotilla exterior, giró la manija e hizo una mueca cuando crujió suavemente. Pero, al mirar sobre su hombro, vio que Fix y Diesel no se habían dado cuenta.

Abrió la escotilla y la atravesó en silencio. Y, todavía en calcetines, subió la escalera y salió a la abrasadora luz del sol.

—Es un buen montón de mierda —suspiró Diesel.

—Eh —dijo Grimm, levantando un dedo de advertencia—. Al tarro de los tacos.

El sol estaba poniéndose en el oeste, las luces fluorescentes parpadeaban en el techo del garaje del Lolita. La noche caería pronto, y el trío de frikis estaba atareado preparándose para la salida. Grimm y Diesel estaban cargando el equipo en la parte de atrás de la Camioneta Furgojeta: chalecos, cascos, bandoleras de asalto y un par de fusiles que lanzaron al asiento trasero. Los frikis tenían vehículos propios, por supuesto, pero salir a territorio hostil portando los colores del enemigo era un movimiento más inteligente.

—En serio —dijo Diesel—. ¿Por qué hacemos esto? ¿Estamos arriesgando los tubos de escape porque la nueva mocosa del comandante ha perdido a su mascota robot?

—¿A mí que me cuentas? —replicó Grimm—. Yo estoy aquí por mi cuerpo, no por mi cerebro.

—La guapa aquí soy *yo* —dijo Diesel—. *Y* la lista. Tú eres el contrapeso, Grimmy.

—El comandante debe pensar que es importante. —Fix se encogió de hombros, repostando el vehículo—. De lo contrario no nos enviaría ahí fuera, con la bruta Hermandad buscando sangre.

—Lo que el comandante cree que es importante y lo que es importante no siempre es lo mismo —replicó Diesel—. ¿Recuerdas esa vez que nos envió a buscar cartuchos de impresora?

—¿Quién lo olvidaría? —Grimm suspiró—. Tardamos seis días en encontrar alguno.

Terminaron de cargar el equipo y Grimm saltó al asiento del conductor con Diesel en el del pasajero. Subieron la rampa hacia el desierto y Fix cerró las puertas a su espalda y cubrió el garaje con la lona. El comandante los esperaba en la cada vez más profunda luz del atardecer.

—Buenas noches, soldados.

—¿Todo bien, señor? —le preguntó Grimm.

El anciano miró al trío con frialdad.

—Quiero que los tres recordéis que esta misión es *estrictamente* de reconocimiento. Si os encontráis con la Hermandad, tomad nota de sus números y disposición, y después retiraos. Después de lo de Nuevo Belén, querrán ajustar cuentas, y no quiero agujeros de bala en *ninguno* de vosotros cuando volváis aquí. Nada de heroísmos; solo héroes. ¿Comprendido?

—Sí, señor —contestó Fix, subiendo al camión.

—No tema, señor —dijo Grimm—. Todo eso de «Vive a tope y muere joven» nunca ha encajado conmigo. Yo preferiría vivir mucho y morir rico.

—Muy bien, entonces. —El anciano asintió—. Buena caza.

El comandante golpeó el flanco del automóvil con el puño y Grimm pisó el acelerador. Los neumáticos del *monster truck* levantaron la tierra al arrancar.

Se dirigieron al norte a través de las tierras yermas mientras el sol descendía lentamente hacia el oeste. Las largas sombras se escabullían sobre las arenas del desierto mientras conducían, dejando tras ellas un fino rastro de polvo rojo como sangre, fluido y sinuoso. Pasaron diez minutos sin una palabra antes de que Grimm hablara por fin.

—Veo, veo —declaró.

Diesel gimió.

—*¿En serio?*

—Quedan diez horas hasta las Grietas. ¿Quieres hacer todo el camino callada y de malhumor?

Diesel se sacó un *memchit* negro con un cráneo y unas tibias de los pantalones cargo.

—He traído música.

—Nena, sabes que te quiero —le dijo Fix desde el asiento trasero—. Pero nada de lo que tú escuchas podría ser acusado de ser música.

—Eyyyy, ¡tres puntos, colega! —Grimm sonrió y chocó el puño con el niño grande.

—Vete a la mierda —replicó la chica sin emoción—. Vete a la puta mierda.

—Al tarro de los tacos, nena —protestó Fix.

—¡Veo, veo! —gritó Grimm—. ¡Una cosita! Que empieza por la letra... A.

—A tomar por culo —dijo Diesel—. Ahí te puedes ir, sí.

—¡Al tarro de los tacos! —cantaron Grimm y Fix.

Diesel se cruzó de brazos e hizo un mohín.

—Os odio a los dos.

—¡Vengaaaa! —dijo Grimm—. Empieza por la A.

Fix miró por la ventana, rascándose un tupé duro como el cemento.

—... ¿Arena?

—¡Eyyyyyyyy, otros tres puntos! —gritó Grimm, chocándole el puño de nuevo.

—¿Arena? —preguntó Diesel—. ¿En serio? *¿Esa* era tu palabra?

—Sí, ¿por qué?

—Estamos rodeados de desierto. —La chica señaló frenéticamente—. Hay arena literalmente en *todas* direcciones. La gracia del juego es que sea difícil de adivinar, Grimm.

—¿Qué tiene eso de divertido?

—Ay, por *Dios*.

—¡Me toca! —declaró Fix, dándose golpecitos en el labio y haciendo un mohín, pensativo—. Veo, veo una cosita... que empieza por la letra... T.

—Tetas —dijo Diesel de inmediato.

—¿Cómo lo has sabido?

La chica se hundió en su asiento.

—Van a ser diez horas muy *largas*.

Fix se acomodó en el asiento trasero, intentando ponerse cómodo entre todo el equipo.

—¿Por qué teníais que traer tantas armas, por cierto?

—La Hermandad está por todo el desierto, es como un sarpullido, Fixster —contestó Grimm, mirando por el retrovisor—. Más vale prevenir que curar, ¿no?

—Yo todavía no sé qué hacemos aquí —gruñó Diesel—. Jugándonos el cuello por un maldito cacharro. Deberíamos estar escondidos.

Fix asintió.

—No es propio del comandante arriesgarse a hacer una operación de campo por algo tan pequeño. Sobre todo, tan pronto después de que os clavaran. No me parece normal tanta preocupación por la Enana.

—Es su *nieta* —dijo Grimm.

—Ya lo sé, hijofruta —replicó Fix—. Pero no me parece normal.

—Conozco al comandante desde hace dos años —murmuró Diesel—. Nunca me habló de su hija. No parecía darle mucha importancia a la familia. Nunca.

—Su hija se *largó*, Deez —dijo Grimm—. Es evidente que es un tema delicado para él, y es evidente que está intentando compensar los errores que cometió con ella consintiendo a Lemon. Me da un poco de pena el pobre diablo.

—Vaaaale —contestó Diesel, mirándolo de soslayo—. Y estoy segura de que tu cooperación no tiene nada que ver con el hecho de que esa chica te gusta.

—¿Qué? —gritó Grimm, llevándose la mano al corazón—. Esa es una *calumniosa* difamación de mi buen carácter, madam.

Diesel se giró y miró al niño grande en el asiento trasero.

—Fix, en los cuatro años que han pasado desde que sacaste al comandante del lugar del accidente en la Cañada del Plástico, ¿alguna vez lo has visto asumir un riesgo como este por un maldito *robot*?

Fix negó con la cabeza.

—No, madam.

Diesel asintió y se giró para mirar a Grimm.

—Una ley general. Que conduce al progreso de todos los seres orgánicos; o sea, que multiplica, transforma, deja vivir a los más fuertes…

—… y morir a los más débiles —replicó Grimm—. No es necesario que me cites a Darwin, Deez.

—Seres *orgánicos* —repitió—. Carne, no metal. Así que, teniendo en cuenta que se trata del futuro de las especies y todo eso, estamos arriesgando un montón por una lata. Eso es lo que estoy diciendo.

Grimm frunció el ceño, pero no contestó. Fix se movió de nuevo, apartó los paquetes a codazos en un intento de ponerse cómodo. Al final suspiró y lanzó una pesada bolsa al hueco detrás del asiento.

—¡Ay! —se oyó un grito amortiguado.

—¿Habéis oído eso…?

—He oído eso —dijo Grimm.

El chico pisó el freno y la Furgojeta se detuvo. Los desviados salieron, Fix con un dedo en los labios. La temperatura comenzó a bajar alrededor de Grimm, su aliento escapaba de sus labios en un vaho blanco. Diesel se llevó la mano a la pistola mientras el trío reptaba hasta la parte de atrás del camión. La chica levantó el arma mientras Fix saltaba y abría la puerta trasera.

Allí, debajo de una manta vieja y de un montón de bolsas y fusiles, estaba Lemon.

—Jesús —exhaló Diesel, bajando la pistola.

Lemon se quitó el polvo de las pecas.

—Qué va.

—¿Qué cajones haces aquí? —le preguntó Fix.

—Una fiesta de pijamas, ¿a ti qué te parece?

—El comandante te ordenó que te quedaras en el Lolita —le dijo Grimm.

Lemon salió de su escondite, bajó al suelo del desierto.

—Parece que me has confundido con alguien que acepta órdenes, Grimm.

Fix se giró hacia los demás y suspiró.

—Tenemos que llevarla de vuelta.

—No voy a volver, voy a ir a buscar a Cricket. —Lemon miró a Fix y a Diesel con mirada acusadora—. Y solo para que lo sepáis, yo no *quería* que mi abuelo os ordenara salir. Quería venir sola, e intenté convencerlo para que no os enviara a vosotros. Este es *mi* problema. No espero ayuda de ninguno de vosotros.

—Lem, por favor —dijo Grimm, tomándole el brazo—. No podemos dejarte marchar.

Lemon se zafó de él.

—He machacado narices más grandes y duras que la tuya, vaquero. Cricket está ahí fuera y podría necesitarme. Por si lo has olvidado, *yo* robé este camión para salvaros el trasero. Es mío. Regla Número Cinco del Desguace.

El trío la miró sin expresión.

—El que lo encuentra se lo queda —suspiró—. Así que dame las llaves. Vosotros podéis volver caminando.

—Lemon...

—¡Dame las malditas llaves, Grimm! —gritó, elevando un puño diminuto.

—Siguen en el contacto —le dijo Diesel.

—Oh. —La chica parpadeó. Bajó el puño—. Vale.

Lemon giró sobre sus talones y se dirigió a la puerta del conductor. Desgraciadamente, esta vez se había olvidado de llevar una copia de las Sagradas Escrituras para auparse. Se mordió el labio, miró el *monster truck* con el ceño fruncido y se preguntó por qué ser algunos centímetros más alta no había estado incluido en su lista de ventajosas adaptaciones genéticas.

Al final, fijando en su rostro lo que esperaba que fuera una expresión decidida, tomó carrerilla y saltó hacia la manija. Falló por unos buenos cinco centímetros.

Aclarándose la garganta, saltó de nuevo. Falló por siete.

—Deberíamos haber traído palomitas —dijo Diesel, cruzándose de brazos.

Lemon miró a su alrededor. Vio una roca grande, se acercó y la agarró. Con la cara tan roja como su cabello, intentó arrastrarla hacia el vehículo. Pero, incluso echándose hacia atrás con todo su peso, apenas consiguió moverla un centímetro y medio. Notó las lágrimas de frustración ardiendo en sus ojos. Una pequeña fortuna para el tarro de los tacos estaba reuniéndose en el interior de su pecho.

—¿Milady?

Lemon se giró y vio a Grimm apoyado en una rodilla junto al *monster truck*. La puerta estaba abierta y tenía los dedos entrelazados, ofreciéndose a impulsarla.

—¿Te estás riendo de mí? —exigió saber.

—Confía un poco en mí —contestó el chico—. No soy tan jodidamente estúpido.

—Está *claro* que lo eres —le espetó Diesel, levantando una ceja—. ¿De verdad vas a ayudar a esta lunática a matarse?

—¿Has olvidado la parte en la que nos salvó la vida, Deez?

—Grimm, ¿te has vuelto loco? —le preguntó Fix—. No podemos dejar que se vaya sola.

—No voy a hacerlo —contestó Grimm—. Voy a ir con ella.

—¿Vas a *qué*?

—Deez y yo estaríamos *muertos* de no ser por ella, Fixster.

—Guau. —Diesel se cruzó de brazos—. No me había dado cuenta de que tenías el cerebro en la entrepierna, Grimmy.

—Dejemos mi entrepierna fuera de esto, ¿vale? —Frunció el ceño—. No va de eso.

—El comandante va a darte tal patada en el mulo que la boca te va a saber a betún durante un mes —le dijo Fix.

—Casi tan fuerte como la que le dará a Diesel por comerse tus babas en el sofá mientras Lemon se piraba justo delante de sus narices. —Sonrió de oreja a oreja.

Diesel abrió la boca para objetar.

En lugar de eso, hizo una mueca.

—Te odio —declaró al final.

Grimm asintió a Lemon para animarla. La chica se apoyó en sus manos y subió a la cabina de un fuerte empujón. Se aferró al asiento y casi resbaló, notó las manos de Grimm en su trasero para empujarla a la cabina. Sonrojándose furiosamente, se recolocó el flequillo sobre los ojos y se cambió al asiento del pasajero. Un momento después, Grimm saltó al asiento del conductor.

—¿De verdad vas a dejar que esta tarada te lleve agarrado de la pilila hasta los páramos? —gritó Diesel.

—Si tan preocupada estás por mí, puedes venir.

—¡Vas a conseguir que te maten! —gritó Fix.

—¿Sin vosotros dos para ayudar? —Grimm asintió—. Sí, seguramente.

Diesel se puso las manos en las caderas y se giró hacia Fix. El niño grande se encogió de hombros con impotencia. La chica posó en Grimm sus ojos delineados en negro; podría haber abierto un agujero en el parabrisas con el fuego de su mirada.

Grimm sonrió y revolucionó el motor.

—¿Venís o no?

Diesel miró sobre su hombro en dirección al Lolita, negando con la cabeza y murmurando. Pero, al final, asesinándolos con los ojos, caminó a zancadas hasta la puerta del lado del conductor y dirigió su mirada fulminante al chico.

—¿Qué? —le preguntó Grimm.

—Tú conduces como un viejecito al que le ha dado clase una viejecita.

Grimm se agarró el pecho.

—Madam, me ofend...

—¡*Muévete!* —chilló Diesel, dando un pisotón.

Grimm le dejó espacio con la debida premura. Diesel saltó y se subió al asiento del conductor, se quitó el cabello de la cara. Cerró la puerta con fuerza suficiente para hacer temblar los remaches y miró hacia delante.

—Solo para dejar las cosas claras: ahora mismo me pareces peor que un cáncer.

Grimm asintió.

—Está claro.

—Si te aniquilan en esta misión idiota —continuó Diesel—, me niego a llorar tu muerte. De hecho, montaré una fiesta con gorritos de colores y tarta para todos. —Miró a Grimm de soslayo—. ¿Me has oído? *Tarta*.

—Entendido —dijo Grimm.

Diesel asintió y pisó el acelerador.

—… ¿Será de fresa? —añadió el chico un momento después.

Diesel cerró los ojos y tomó una inspiración profunda y tranquilizante. Grimm se rio mientras Fix se apretaba en la parte de atrás con el equipo. Lemon se sentó en la cabina, luchando contra las mariposas de su vientre, el temblor de sus piernas. No estaba acostumbrada a asumir el liderazgo, a llevar la batuta. Sabía que podían meterse de bruces en un puñado de problemas en mayúscula.

Pero tengo que saber si Crick está bien.

—Declaro oficialmente que esto es una mala idea —dijo Fix.

—No tenéis que venir —dijo Lemon, tomándose tiempo para mirarlos a todos a los ojos—. Quiero que eso quede claro y cristalino. Esto es asunto mío. Es mi amigo. Nadie que no quiera estar tiene que estar aquí. Lo digo de verdad. De verdad de la *buena*.

—Vamooos, eres un adolescente, Fix. —Grimm sonrió—. Vive un poco, ¿no?

El niño grande se pasó la mano por el tupé de cemento. Al final suspiró.

—De acuerdo. A pastarla.

Diesel buscó en su pantalón cargo, sacó su *memchit* y lo metió en el girarritmos. Se vio recompensada con un fuerte estallido de discordante estrépito.

—Ay, por Dios, ¿en serio? —gimió Grimm.

—Ya conoces las reglas, friki. Yo conduzco, yo pongo la música.

—Nena, por favor...

—¿Cielín? —Diesel fulminó a Fix con la mirada a través del espejo retrovisor—. A menos que quieras quedarte a dos velas durante un mes, será mejor que las siguientes palabras que salgan de tu boca sean: «Eres la luz de mi vida, el fuego de mis entrañas, y tus gustos musicales son una fruta maravilla».

Fix se cruzó de brazos.

—No me das miedo.

—Que sean dos meses, entonces.

Fix frunció el ceño.

—Eres la luz de mi vida, el fuego de mis entrañas.

Diesel tamborileó el volante con los dedos.

—¿Y...?

—Y tus gustos musicales son una fruta maravilla —murmuró.

—Bravo. —Diesel miró a Lemon, sentada junto a Grimm—. ¿Y tú, Enana? Además de enviarnos a la muerte mientras buscamos al carraca de tu robocolega, ¿quieres dar tu opinión sobre mis gustos?

Lemon se encogió de hombros.

—La música machaca me gusta bastante.

Diesel miró a Grimm.

—Muy bien. La chica puede quedarse.

Puso a la Camioneta Furgojeta en marcha.

—Agarraos los machos, frikis —gruñó.

Y, con el chirrido de los neumáticos y una nube de polvo, se pusieron en camino.

2.24

Jugartown

—¡Peletes y trotamundos! —gritó el presentador—. *¡Juves y juvenas! ¡Bienvenidos a la soleada Jugartown, y a la edición de esta noche de la Cúpula Bélica!*

Cricket levantó la mirada mientras la multitud rugía y el polvo descendía sobre su cabeza a través del suelo de la arena.

Se encontraba en un puesto de trabajo debajo de la cúpula de Jugartown, y Abraham estaba haciendo un par de comprobaciones de último minuto en sus sistemas. El chico tenía puestas las gafas tecnológicas y un destornillador entre los dientes mientras toqueteaba el interior de la cavidad pectoral de Cricket. El enorme robot escuchaba el desarrollo del primer combate de machinas, la multitud que tronaba cuando los titanes metálicos colisionaban.

—Qué raro...

—¿Qué es raro, Abraham? —le preguntó Cricket.

El chico frunció el ceño, volviendo a comprobar sus lecturas.

—Tu nivel de energía ha bajado al ochenta y dos por ciento. Pero te cargué completamente antes de salir de Nuevo Belén.

—Sí que es raro.

Cricket no le ofreció más explicación, pero por supuesto sabía exactamente por qué sus niveles de energía estaban más bajos de lo que deberían. Después de que lo metieran en el transporte en Nuevo Belén, aquella misma mañana, Abraham le había ordenado que se apagara... presumiblemente para ahorrar energía durante el viaje a Jugartown.

Pero lo importante era que el chico no le había ordenado que se *mantuviera* apagado.

La verdad era que el logika seguía dándole vueltas a la idea de Solomon sobre «saltarse» las leyes. El imperativo de obedecer a los humanos estaba implantado en su código base; para él, era tan fundamental como respirar lo sería para una persona, y tenía que hacer un esfuerzo extraordinario para descubrir dónde estaban exactamente los límites de la obediencia. Había decidido empezar por cosas pequeñas, poniendo a prueba los límites sutilmente al principio. Aprendiendo a caminar antes de intentar correr. Y por eso, cuando Abraham le ordenó que se apagara, Cricket programó un temporizador interno de reinicio para que se activara diez minutos después.

Funcionó. Su cerebro no se cortocircuitó, sus sistemas no estallaron, el mundo no se terminó. Simplemente volvió a encenderse, nadando en una de las adorables zonas grises de las que Solomon había hablado tan afectuosamente.

Se mantuvo encendido durante el viaje, sin dejar de darle vueltas a la cabeza. Pensando en lo que Solomon le había enseñado, pero también preguntándose si eso le haría algún bien. Aquella noche tenía el campeonato, después de todo, y las probabilidades de que sobreviviera para explorar las posibilidades eran cercanas a cero.

Con toda seguridad iban a *matarlo*.

Se había extendido la noticia de que el Paladín de Nuevo Belén se disponía a desafiar al campeón de Jugartown, y había un montón de fieles que querían ser testigos de ello. La Hermana Dee, su guardia de élite y un grupo entero de ciudadanos habían emprendido el camino desde el asentamiento, en una caravana que se extendió durante kilómetros por la autopista destrozada.

Llegaron a Jugartown a última hora del día, y Cricket miró a través de las rendijas del tráiler la ciudad más allá. Aquel sitio debió ser una joya en el S20, pero ahora era una almazuela de edificios destrozados y de palmeras muertas elevándose sobre el sediento cemento. Cricket vio estimbares y antros de apuestas, hoteles desvencijados y automóviles oxidados. El convoy pasó junto a algunos edificios más recientes, con descoloridos logotipos de GnosisLabs en las paredes. Se percató de que aquella ciudad debió ser un satélite del imperio de Nicholas Monrova en los días anteriores al colapso de la corporación.

Entonces pensó en Evie. Pensó en Lemon. La ya conocida furia eléctrica atravesó su sistema.

¿Dónde estaban?

¿Qué había sido de ellas desde que lo secuestraron?

Sobre Evie, no tenía ni idea. Pero sabía que Lemon se había topado con una banda de otros desviados. Enemigos de Nuevo Belén. La chica estaba en problemas. En *peligro*. Y él habría estado allí para protegerla si no lo hubieran secuestrado aquellos lunáticos…

La caravana de Nuevo Belén se detuvo en el centro de Jugartown, donde los ciudadanos se apiñaron a su alrededor para conseguir un vistazo del desafiante. Cricket había visto lo que suponía que eran agentes de la ley obligando a retroceder a la multitud: llevaban largos abrigos oscuros y el símbolo de un trébol de los de los naipes pintado en la espalda. Mirando a través de los listones, vio la Cúpula Bélica de Jugartown cerniéndose frente a un majestuoso y viejo edificio y un parpadeante letrero de neón.

CA SAR'S P LACE

Y entonces, solo por si acaso, se apagó de nuevo.

Ahora volvía a estar encendido y observaba a Abraham mientras lo enchufaba a la red de Jugartown para cargarlo. Sintió que la energía inundaba sus entrañas, hormigueaba en sus dedos.

—Tu oponente es el As de Picas —murmuró Abraham, con el destornillador todavía en la boca—. Ganó el campeonato regional el año pasado. No deberías tener ningún problema con él, teniendo en cuenta tu historial de victorias, pero no lo subestimes.

Como si hubiera alguna posibilidad de que lo hiciera. Durante todo el viaje hasta allí, Cricket se había sentido inquieto. Abraham le había cargado todo el software de combate que tenía en su colección, pero el As de Picas era un frío asesino en la arena, con años de experiencia en la Cúpula Bélica acumulados en su memoria. Un par de semanas antes, Cricket ayudaba a Evie con sus herramientas mientras advertía a la gente que no lo llamara «pequeño».

Aquello iba a terminar mal.

Él no quería hacer aquello. Todos los robots a los que había visto morir en la arena, todos los robots a los que había ayudado a matar a Evie… podía verlos ahora en su cabeza. Una parte de él siempre había cuestionado que aquello estuviera bien, pero no lo vio claro hasta que no estuvo hasta el cuello. Eso era lo que pasaba siempre, ¿verdad? A veces no sabes que has cruzado la línea hasta que estás al otro lado.

—Esto no está bien —se oyó decir.

—¿Qué no está bien? —murmuró Abraham, todavía manoseando su interior.

Cricket intentó quedarse quieto. Quejarse no tenía sentido, y lo sabía; dejando que Abraham supiera lo asustado que estaba, solo se arriesgaba a revelar su tapadera. Pero si subía a esa arena, lo aniquilarían. ¿Y qué tendría de bueno entonces haberse quedado callado?

—Todo esto —dijo Cricket al final—. La Cúpula Bélica. La arena. Hacer que los robots se destrocen unos a otros. Es crueldad. Es tortura.

Abraham se subió las gafas sobre la frente y miró a Cricket.

—Paladín, sin la Cúpula Bélica, ¿qué crees que haría toda esta gente un sábado por la noche? Sin un equipo al que jalear, sin algo más importante a lo que pertenecer, ¿dónde crees que estarían?

—No me hagas subir ahí —le rogó—. Diles que tengo un fallo mecánico y que no sabes cómo arreglarlo. No quiero matar a otro robot. No quiero que me maten a mí. No quiero nada de esto.

—¿De qué estás *hablando*? —Abraham frunció el ceño—. ¡Eres un gladiador!

—Soy un *cobarde*, eso es lo que soy. Cuando era pequeño me imaginaba haciendo esto, pero ahora que estoy aquí, no lo quiero. Solo quiero encontrar a mis...

Las puertas del taller se abrieron y Cricket guardó silencio cuando la Hermana Dee entró, rodeada por sus matones de élite vestidos de negro. Su sotana blanca estaba tan inmaculada como siempre, su cabello largo caía sobre sus hombros como agua envenenada, sus ojos oscuros destellaron cuando sonrió.

—¿Qué tal va nuestro poderoso Paladín? —preguntó.

Cricket miró a la cacique de Nuevo Belén. La calavera recién pintada y la ropa impoluta, la flor de plástico en su cabello. No tenía sentido explicárselo a ella. Dudaba que a una mujer que amenazaba con clavar bebés a una cruz le importaran un pimiento los miedos y fragilidades de una simple máquina.

Pero Abraham era diferente. Él debía saber cuánto le dolía aquello. Quizá lo sacaría de allí. Quizá le diría a su...

—¿Abraham? —preguntó la Hermana Dee—. ¿Va todo bien?

El chico miró a su madre, a los matones de la Hermandad que la rodeaban.

—Por favor... —susurró Cricket.

El chico miró al enorme robot.

—Puede que tengamos un problema, madre.

La Hermana Dee parpadeó.

—¿Un problema?

—Creo que hay un error en sus rutinas de personalidad.

La Hermana Dee miró a Cricket, frunciendo los labios.

—Nos jugamos mucho en este combate, Abraham. Agua. Créditos. Suministro de semillas.

—Lo sé, madre.

—Te he advertido sobre tomarle demasiado cariño a estas cosas. Este robot no es una mascota, Abraham. Que hable, no hace que esté vivo.

—Eso también lo sé…

La Hermana Dee puso la mano en la mejilla de Abraham y lo obligó a mirarla a los ojos. A pesar del combate en la Cúpula sobre sus cabezas y de la atronadora multitud, de los vítores y los bramidos, el puesto de trabajo estaba tan silencioso como una tumba.

—Esto es por ti, mi amor —le dijo, con fuego en sus ojos oscuros—. Todo esto. Cada centímetro. Cada gota. Lo sabes, ¿no? ¿Recuerdas a lo que renuncié? ¿El pecado que cometí para mantenerte seguro y a mi lado?

—Claro que lo recuerdo —susurró Abraham.

—Llevo esa carga de buena gana, hijo mío. Pagué ese precio porque te quiero. Lo hice todo, y lo haría de nuevo. Porque tenía fe en ti. Más fe de la que *él* tuvo nunca. ¿Me equivoqué al poner mi fe en ti?

—No, madre —murmuró.

—Entonces, ¿estará preparado nuestro Paladín?

El chico miró a Cricket. Tragó con dificultad pero, al final, asintió.

—Sí, madre.

La Hermana Dee sonrió, y fue como los primeros rayos del alba sobre el horizonte. Se acercó y besó la mejilla de su hijo, manchándole la piel de pintura.

—Que San Miguel te guarde.

—… Y a ti, madre.

Cricket observó a la Hermana Dee mientras salía de la habitación, flanqueada por sus guardaespaldas por todas partes. Abraham también la vio marcharse, con los hombros encorvados. Pero, cuando la puerta del puesto de trabajo se cerró a su espalda, se giró y siguió trabajando en las entrañas de Cricket.

—ABRAHAM…

—Se lo debo, Paladín —le dijo el chico—. Tú no… tú *no puedes* comprenderlo. Lo que hizo por mí. Todo lo que *todavía* hace por mí. Es mi madre.

—ES LA LÍDER LOCA DE UNA SECTA FANÁTICA. ESA LUNÁTICA CRUCIFICA NIÑOS, ES…

—Maldita sea, ¿quién te crees que eres? —Abraham lanzó su multiherramienta al suelo—. ¡No hables así de ella! ¡Ella es humana y tú eres una maldita máquina! No puedes juzgarnos. ¡Tú haces lo que te ordenan!

—CREÍ QUE ÉRAMOS AMIGOS.

—Modo silencio —le espetó.

Cricket se quedó en silencio un momento, y después habló de nuevo.

—POR FAVOR, NO…

—¡Basta! —gritó el chico—. ¡Te ordeno que no me hables de nuevo hasta que yo te lo diga! Eres una *máquina*, no una persona. ¡Tú no eres mi amigo, tú eres de mi *propiedad*! ¡Y cuando subas a esa arena, cuando la cuenta atrás termine, *lucharás* hasta que hayas destruido a tu oponente o hasta que estés FDS! ¡Obedece!

Cricket no podía responder; a pesar de su creciente habilidad para saltarse las reglas, la orden del chico era férrea. Y por eso, respondió a la petición de matar con un pequeño asentimiento. Frunciendo el ceño, el chico agarró su herramienta caída y volvió al trabajo.

Cricket miró la Cúpula sobre su cabeza.

Quería hablar.

Quería huir.

Quería vivir.

Pero no se le ocurría cómo conseguir nada de aquello.

Pisotones y sonrisas de etilo. Cánticos y aplausos. Mariposas eléctricas aleteando en el lugar donde debería estar su estómago.

—*¡Peletes y troooootamundos!* —gritó el presentador—. *¡El último combate de esta noche en la Cúpula está a punto de comenzar! En la esquina azul, recién llegado de Nuevo Belén y con un peso de setenta y una toneladas, saludad a… ¡Paaaaaaaladín!*

Cricket bajó la cabeza mientras la plataforma que tenía debajo se movía y el techo se abría. Se había pasado dos horas en silencio en el puesto de trabajo y la noche en la Cúpula estaba a punto de acabar… Lo único que quedaba era el combate de los pesos pesados.

Con un siseo de vieja hidráulica, Cricket se elevó hasta la arena a través del hueco abierto. Los barrotes de la Cúpula, abierta al cielo nocturno, se extendían sobre su cabeza. Podía ver el descompuesto neón del Casar's Place, una legión de personas pegadas como percebes a los barrotes de la Cúpula. La Hermana Dee y su séquito estaban reunidos en un palco VIP. Abraham estaba con ellos.

El presentador se agachó sobre una plataforma de rejilla sobre su cabeza, vestido como un joker de la baraja de cartas. Tenía la cara pintada de blanco, los labios de un rojo sangre.

—*¡En la esquina roja!* —gritó—. *Con un peso de setenta y nueve toneladas, el ganador de la competición regional del año pasado y vencedor de seis combates en Megópolis, el campeón de Jugartown, ¡el Aaaaaaas de Picaaaaas!*

Cricket observó a su oponente mientras emergía de su fosa bajo el suelo de la Cúpula y la multitud se volvía loca. El As era un robot monstruoso: bípedo, con los hombros anchos y muy blindado. Parecía que en el pasado había sido de clase Titán, pero estaba tan modificado que le resultaba difícil saberlo. El que lo había mejorado, sabía lo que hacía. Y lo que hacía era matar robots. El impulso de autopreservación inundó sus circuitos, crepitando con una alerta y fría trepidación. Se preguntó si era así como se sentían los humanos cuando tenían miedo.

—*¡Tenéis treinta segundos para hacer vuestras apuestas!* —gritó el maestro de ceremonias—. *¡Habéis disfrutado de los combates de esta noche gracias a la generosidad de nuestro intrépido líder, la pera limonera, el indiscutible rey de los palos de Jugartown, el poderoso Casaaaaar!*

Un hombre canoso y pesado se levantó en la tribuna principal ante el embelesado aplauso de sus ciudadanos, elevando un oxidado ciberbrazo como saludo. Pero los ojos de Cricket estaban clavados en la cuenta atrás de neón sobre su cabeza. Veinte segundos hasta que sonara el timbre. Veintitrés segundos hasta que se viera obligado a luchar a las órdenes de Abraham. Veintiún segundos hasta que aquella farsa se fuera al traste.

Diecinueve segundos.

Dieciséis.

Clavó las ópticas en su oponente. Una representación en 360 grados de la Cúpula Bélica de Jugartown parpadeó en su cabeza, un mensaje de OBJETIVO FIJADO destelló alrededor de su oponente. El As lo fulminó con la mirada, con los puños cerrados y los motores vibrando. Cricket notó una tensión eléctrica atravesando sus circuitos mientras examinaba desesperadamente la arena a su alrededor y su cabeza le mostraba los datos de combate. Buscaba algún tipo de ventaja. La cuenta atrás llegó a diez y unas enormes y oxidadas sierras circulares emergieron del suelo con un rechinante rugido. Una serie de bolas de demolición comenzaron a moverse en el techo, silbando a través de la Cúpula.

La multitud elevó la voz, uniéndose a la cuenta atrás.

—¡Cinco!

Cricket cerró los puños.

—¡Cuatro!

Se concentró en los focos.

—¡Tres!

Sin salida.

—¡Dos!

Voy a morir aquí, se dio cuenta.

Y entonces, como un milagro…, fueron los focos los que murieron.

La cuenta atrás tituló y se oscureció. Las sierras giratorias se detuvieron. La multitud gimió, decepcionada, cuando la luz se fue en todo el asentamiento y el sistema de audio se silenció, el neón sobre el CASAR'S PLACE se fundió en negro.

—GRACIAS, NIÑO ROBOT JESÚS —murmuró Cricket.

Oyó una explosión distante. La multitud contuvo el aliento cuando el cielo nocturno se vio iluminado por una flor de fuego. Y mientras Casar se ponía en pie y bramaba pidiendo calma, las sirenas de Jugartown comenzaron a aullar.

La turba se quedó momentáneamente desconcertada, parpadeando en la oscuridad. El As de Picas seguía preparado para la batalla, con las ópticas todavía clavadas en su enemigo. Cricket oyó el rugido de un motor. El chirrido de unos neumáticos. La multitud en el lado norte de la Cúpula gritó, apartándose o separándose de los barrotes. Y, mientras Cricket miraba, un camión con una cisterna a remolque colisionó con la Cúpula, atravesando los barrotes con el chirrido del metal destrozado.

La cisterna explotó en una enorme bola de fuego. Cricket se agachó, por instinto, y el calcinante calor y las llamas blancas rodaron sobre su cráneo. Oyó gritos de agonía, de ira, de miedo. La arena estaba en llamas; los ciudadanos, sumidos en un espumoso pánico.

Jugartown estaba siendo atacada.

Un mensaje destelló sobre los visores de Cricket: CONTRAMEDI-DAS INCENDIARIAS ACTIVADAS. Oyó una serie de ruidos en sus muñecas y vio desconcertado que un chorro de químicos retardantes empezaba a brotar de sus palmas. Parecía que, quien construyó su cuerpo, pensó que quizá le prendería fuego a algo algún día…

El enorme robot caminó hasta las llamas y apuntó al creciente infierno con el chorro. Los químicos se arremolinaron y giraron en el ardiente aire, como las entrañas de un viejo globo de nieve del S20. La espuma era densa, blanca, asfixiante; el fuego chisporroteó y murió y el humo negro se elevó sobre el camión cisterna destrozado hacia la noche. Pero no había tiempo para celebraciones. Cricket oyó motores y gritos de pánico cuando un flex-wing rugió sobre los barrotes de la Cúpula y comenzó a espolvorear a la multitud con balas. Casar rugió pidiendo venganza, y sus matones devolvieron el fuego mientras la aeronave giraba sobre sus cabezas. Pero la gente estaba totalmente en pánico, gritando y en estampida. Cricket vio que había más edificios en llamas, que el fuego y el humo iluminaban el cielo de Jugartown.

Sus ópticas se clavaron en el flex-wing mientras se zambullía para dar otra pasada, cortando una franja sangrienta a través de los hombres de Casar con sus cañones automáticos. Una oleada de reconocimiento atravesó sus sistemas cuando vio el logo de GnosisLabs en la cola, y una guapa joven con el flequillo negro y desigual a los mandos.

—FAITH… —susurró.

El combate de la Cúpula estaba totalmente olvidado. El As de Picas actuaba bajo el impulso de la Primera Ley, ayudando a la gente herida a alejarse del humeante camión, de las ruinas retorcidas que eran los barrotes de la Cúpula. Pero Cricket sabía sumar dos más dos, sabía la amenaza que representaba un realista. El mayor peligro para la gente de la ciudad era Faith, no el fuego.

El flex-wing descendió para aterrizar en la calle fuera de la Cúpula Bélica. Una mujer a la que Cricket no reconoció bajó de la cabina con un fusil de asalto y descargó una lluvia de balas sobre la multitud a la huida. Tenía el cabello negro y largo, los ojos rasgados, un rostro demasiado bonito para no ser artificial.

—¡Corred, cucarachas! —rugió, vaciando el cargador—. ¡CORRED!

Otra realista.

¿Qué demonios están haciendo aquí?

Vio que Faith bajaba del flex-wing y cargaba contra la confusa masa de matones de la Hermandad y de Jugartown con esa crepitante espada curvada que había usado durante el enfrentamiento en Babel. La realista comenzó a abrirse camino a través de los camorristas, apoyada por el fuego de fusil de su hermana. Una bala perdida alcanzó a Casar en la frente, abatiendo al cacique de Jugartown y abriendo un agujero en la parte de atrás de su cráneo. Una docena más cayó mientras sus esbirros corrían a ponerse a cubierto, escondiéndose entre los restos y devolviendo el fuego.

La mayor parte de los ciudadanos ilesos huyeron, dejando solo en un peligro inmediato a los hombres de Jugartown y a los miembros de la Hermandad. Ellos eran más, pero las realistas eran mejores. Más rápidas. Más fuertes. Y aunque aquella gente lo había esclavizado, aunque había estado dispuesta a dejarlo morir para divertirse, la Primera Ley seguía bramando en la cabeza de Cricket.

—¡FAITH! —rugió.

La realista levantó la mirada mientras Cricket atravesaba los destrozados barrotes de la Cúpula Bélica. Extrajo su espada curvada del pecho de un gorila muerto con una sonrisa desconcertada en su rostro.

—Hola, pequeño —le dijo—. Qué casualidad encontrarte aquí.

Con tantos humanos a su alrededor, el enorme logika no se atrevía a abrir fuego con su ametralladora o sus incendiarios. Pero su puño silbó al golpear, y Faith esquivó un ataque que agrietó el asfalto. Cricket golpeó de nuevo; el puñetazo pasó zumbando ante la barbilla de Faith, cuyo contraataque se clavó profundamente en las hidráulicas del antebrazo del robot. Vio al As de Picas detenerse, vacilante; el robot bélico sin duda identificaba a Faith como una amenaza, pero la confundía con una humana.

—¡SACA A ESTA GENTE DE AQUÍ! —bramó Cricket, girándose hacia la dispersa multitud de pandilleros y Hermanos—. ¡TODOS VOSOTROS, CORRED!

El As tomó a los ciudadanos heridos en sus brazos mientras otro edificio explotaba al otro lado de la calle. Una lluvia de polvo de cemento y fuego cayó en su camino, envolviendo la escena en una creciente bruma gris. Los ciudadanos estaban cegados por el pánico, huyendo en todas direcciones, sin saber dónde se produciría el siguiente ataque.

La segunda realista seguía disparando a la multitud, y Cricket la señaló con sus sistemas de puntería antes de lanzar una salva con su ametralladora. Ella gritó cuando las balas la hirieron en el estómago y en el muslo, obligándola a refugiarse detrás del flexwing. Faith esquivó otro de los golpes de Cricket, pero su puño consiguió golpearla al volver. El aire abandonó sus pulmones cuando salió disparada hacia atrás y golpeó el cemento con dureza. Se puso en pie y escupió sangre.

—¿Has aprendido un par de trucos nuevos, pe...pequeño?

Cricket avanzó, aplastando los cristales rotos.

—EH, ¿YA HAS OLVIDADO NUESTRO ENCUENTRO EN BABEL?

Faith le dedicó una sonrisa ensangrentada.

—Te arranqué la cabeza de los... de los hombros... si no recuerdo mal.

Cricket agarró un automóvil cercano en uno de sus puños titánicos.

—ME REFIERO A LA SEGUNDA VEZ. CUANDO TE HICE BOTAR COMO A UN BALÓN ROBÓTICO.

Lanzó el coche a la cabeza de Faith, la observó tirarse a un lado mientras el vehículo se estrellaba y rebotaba sobre el asfalto. Tomó otro automóvil y lo lanzó como si fuera el juguete de un mocoso, sintiendo cómo se activaba su nuevo software de combate: calculando acercamientos, analizando datos. No estaba dándole una paliza a Faith, en absoluto, pero su fuerza pura y las costillas rotas que acababa de regalarle estaban ralentizando a la realista.

—¡Paladín! —se oyó un grito.

Cricket miró sobre su hombro y vio una silueta conocida junto a un grupo de fieles tras las llamas de un automóvil accidentado.

—¡Sal de aquí, Abraham!

Más Hermanos aparecieron entre las llamas y el humo, rodeando al chico. La Hermana Dee estaba allí también, y se detuvo de forma protectora junto a su hijo. Levantó el dedo y señaló a las realistas.

—¡Por los puros! —gritó.

La Hermandad y los Discípulos bramaron y cargaron. Los más listos se dispersaron por la acera, cubriéndose y lanzando una lluvia de fuego automático. Los más estúpidos corrieron en línea recta, disparando desde la cadera o blandiendo tuberías o cuchillos, con la intención de acercarse y hacer sangre. Y parecía que, entre Cricket y los Hermanos que se aproximaban, Faith decidió que su hermana y ella se estaban viendo superadas.

—¡Verity! —bramó—. ¡Atrás!

—¿Huir de unas cucarachas? —se rio la segunda, buscando algún tesoro oculto en el interior del flex-wing—. ¿Estás loca?

La realista se irguió y la advertencia inundó los circuitos de Cricket al ver el lanzagranadas que tenía en la mano. Deslizando el cargamanos, cargó un proyectil explosivo y disparó, haciendo estallar un vehículo cercano y a los Hermanos que había detrás. Con los labios separados en una sonrisa afilada y cruel, disparó de nuevo, incinerando a un grupo de hombres a la carga.

El enorme robot rugió y lanzó otro vehículo, abatiendo a Verity. El automóvil volador golpeó el flex-wing y lo convirtió en fragmentos en llamas. Faith arrancó el motor del primer coche que Cricket le había lanzado y se lo tiró al pecho. El enorme logika se vio lanzado hacia atrás, cayó de rodillas. La realista levantó un neumático ardiendo y se lo arrojó a los Hermanos que se acercaban, dispersándolos como un puñado de polvo rojo.

—¡No está aquí, Verity! —gritó Faith.

La segunda realista rugió sobre la carnicería.

—¿Qué?

—¡No está aquí! —Faith señaló el intercomunicador de su oreja, después las ruinas de su flex-wing—. Hemos hecho nuestro trabajo, la distracción ha terminado. ¡Vamos, vamos, *vamos*!

¿Distracción?

¿De qué?

La Hermandad estaba todavía acercándose. Cricket se puso en pie con un gemido de sus servos. Verity asintió a Faith, cargó otro proyectil mientras volvía a ponerse en pie y levantó el arma, apuntando con cuidado. Sabía tan bien como Cricket que una serpiente no puede morderte si no tiene cabeza. Abate al pastor, y las ovejas se dispersarán.

—¡ABRAHAM, CUIDADO!

La granada silbó al salir, atravesó el aire como un cuchillo. A través del humo. Del fuego. De las balas y de los hombres a la carga. Habría sido un disparo imposible para un humano, pero Verity y Faith no eran nada parecido a eso. Mientras la granada rozaba la parte superior de un automóvil en llamas, atravesando el aire hacia su objetivo, la Hermana Dee gritó, agarró a Abraham y lo lanzó al suelo. El grupo de Hermanos de élite de sotanas negras intentó proteger a la pareja. El aire se onduló como el agua. Y la granada dio en el blanco, explotó en una bola de metralla y fuego.

—¡ABRAHAM!

Mientras Cricket se giraba hacia el chico, Verity disparó otra granada que golpeó el hombro del robot, estalló en su vientre y le destrozó el blindaje. Y, guiñándole el ojo a Cricket, se adentró en el humo y las ascuas con Faith en sus talones.

Cricket dejó huir a las realistas y volvió a ponerse en pie, desesperado por saber si Abraham estaba bien. Las funestas posibilidades inundaban de pánico sus circuitos. Un estallido como ese debería haber hecho pedacitos al chico y a su madre.

Pero, cuando el humo de la granada se aclaró, vio a Abraham todavía en pie, con las manos extendidas y los ojos azules muy abiertos. Ante él, en un semicírculo rodeado de cuerpos de Hermanos atravesados por la metralla, el cemento estaba carbonizado. Pero todos y todo lo que había en el interior de ese semicírculo habían salido totalmente ilesos de la explosión.

Abraham.

La Hermana Dee.

Y media docena de Hermanos más.

Los hombres miraban fijamente al chico. Con rostros macilentos. Bocas abiertas. El aire seguía ondulándose alrededor de Abraham, tintado de poder. Justo ante los ojos de al menos veinte testigos, el hijo de la cacique de Nuevo Belén había detenido la explosión de una granada con sus manos desnudas.

Justo ante sus ojos, el chico se había revelado como un engendro.

Un anormal.

Un desviado.

—Santa madre de Dios... —susurró uno de los hombres.

Cricket no tenía ni idea de cómo reaccionarían los fieles. De cómo los contendría la Hermana Dee. Pero sabía que aquellas realistas seguían sueltas por Jugartown y la Primera Ley le exigía priorizar la mayor amenaza hacia la vida humana. Y por eso, como una marioneta bailando con cuerdas electrónicas, el robot bélico le dio la espalda a Abraham, se concentró en Faith y Verity y partió en su busca.

Sus sensores termográficos y su software de rastreo consiguieron localizar a las realistas a través del humo, el polvo de yeso y las lluvias de chispas. Ambas estaban heridas, pero aun así se movían rápidamente, corriendo por la calzada y saltando sobre los automóviles ardiendo. Cricket corrió tras ellas, aporreando el cemento con sus pasos pesados, más allá de las casas de apuestas y concesionarios en llamas, hacia las estructuras más nuevas a las afueras del asentamiento. Ya podía verlo, elevándose a través de la bruma.

El edificio de Gnosis...

Todo encajó en la mente del logika. El ataque a la Cúpula Bélica había sido solo una distracción: el verdadero objetivo de los realistas debía estar en el interior de *ese* edificio.

Pero ¿por qué?

Cricket vio otro flex-wing detenido en la bruma frente a la entrada. El asfalto estaba cubierto de sangre y de los cadáveres de los habitantes y matones de Jugartown. Había gente en el interior de la aeronave, y una oleada de furia eléctrica lo atravesó al ver a Gabriel en el asiento del piloto. Pero, al cerrar sus enormes manos, se detuvo. Preguntándose si estaría fallando. Si se estaría averiando del todo. Porque allí, en la cabina, junto al mismo realista que había asesinado a su creador...

—¿EVIE?

El Memdrive había desaparecido del lateral de su cabeza y su ojo derecho era avellana, en lugar de negro y brillante, pero la habría reconocido en cualquier parte. Era la chica a la que lo habían programado para proteger. La chica a la que lo habían programado para querer. La chica que había resultado no ser una chica en absoluto.

—¡EVIE!

Al oír su grito, ella levantó la mirada. Sus ojos avellana se llenaron de sorpresa. Verla fue para Cricket una conmoción eléctrica que se arqueó a través de su núcleo. ¿Qué estaba haciendo allí?

¿Qué estaba haciendo allí con *ellos*?

Faith saltó a la aeronave agarrándose las costillas rotas y Verity le dio una palmada a Gabriel en el hombro, urgiéndolo a volar. Pero Evie salió despacio de la cabina, con los ojos clavados en los de Cricket. Un viento ardiente le azotó la cara con el mohicano y aulló en el espacio entre ellos, cargado de humo y de chispas abrasadoras y el hedor de los cuerpos quemándose.

—¿Crick? —Había alegría en su voz. Lágrimas en sus ojos—. ¿Eres tú?

El enorme logika miró la sangre sobre el cemento.

La sangre en sus manos.

—EVIE, ¿QUÉ HAS HECHO?

La sonrisa murió lentamente en sus labios. Había cenizas en el viento, en su cabello, en su piel. Extendió la mano. A la luz del fuego, la sangre brilló en sus dedos.

—Ven conmigo, Cricket.

—¿QUÉ HAS *HECHO*? —gritó el enorme robot, dando un tembloroso paso adelante.

—He abierto los ojos —le dijo—. También puedo abrirte los tuyos.

—¿DE QUÉ ESTÁS HABLANDO?

—De lo que te hizo esta gente, lo que nos hizo a *nosotros*... —Negó con la cabeza y miró la torre de Gnosis a su espalda—. Es hora de subsanarlo, Cricket. No habrá más amos. No habrá más esclavos. No habrá más humanos.

—¿TÚ HAS MATADO A ESTAS PERSONAS? —le preguntó, mirando sus manos rojas, rojas.

—Ven conmigo.

—¡LAS HAS *MATADO* TÚ!

Cricket oía a los hombres de Jugartown y a algunos Hermanos dispersos acercándose a través del humo. Gabriel gritó a través de la puerta del flex-wing.

—¡Eve, hora de irse!

—Crick —le rogó ella, curvando los dedos—. Ven conmigo.

El robot miró las ruinas del asentamiento. Las llamas, elevándose hacia el cielo. Miró a aquella chica a la que lo habían programado para querer. A aquella chica por la que en el pasado habría muerto.

—NO —susurró, horrorizado.

Eve bajó la mano. Había decepción en sus ojos, pero Cricket también podía ver acero en ellos. Una voluntad tan afilada como el cristal roto. Tan roja como la sangre.

—Cambiarás de idea —le dijo—. Pronto. Te lo prometo.

La chica se subió al flex-wing y cerró la portezuela. Y, con un aullido de motores y espirales de humo, la aeronave se elevó en el aire. Los pandilleros se acercaron y dispararon a la nave que huía, lanzando chispas que rompían contra su piel mientras rugía elevándose hacia un cielo lleno de humo.

Pero Cricket estaba mirando los cadáveres. Los casquillos, que destellaban a la luz de las llamas. Las huellas ensangrentadas que conducían al antiguo edificio de Gnosis.

Su mente estaba inundada de recuerdos con Eve. Trabajando juntos en la Cúpula Bélica. Jugando con Kaiser. Buscando chatarra en el Desguace. Riéndose y bromeando en el viejo sofá de su taller. Viendo los combates de Megópolis o viejas muvis del S20 con Lemon y Silas.

La chica a la que protegía.

La chica a la que quería.

La chica que había resultado no ser nada parecido a una chica.

—OH, EVIE —suspiró—. ¿QUÉ TE HA PASADO?

2.25

Gresca

Mierda —suspiró Lemon.

—Al tarro de los tacos —dijo Grimm.

—Ya, ya.

Lemon estaba agachada junto al tanque gravitacional que Zeke, Crick y ella habían robado en Babel; había perlas de sudor sobre sus mejillas pecosas. Habían pasado solo un puñado de días desde que los emboscaron allí, pero sin duda parecía que habían pasado diez años. Alguien había destripado el vehículo hasta el casco, seguramente los chatarreros locales. Se habían llevado los sistemas informáticos, las armas, las baterías. Habían robado incluso las orugas de las ruedas y el dado de peluche de la cabina.

Diesel había conducido a los frikis al norte durante horas, a través del terreno destrozado, de los páramos rocosos, de la tierra agrietada sobre la cañada. Al este, vieron Babel elevándose sobre el Cristal, resplandeciendo a la distante luz del alba. Habría sido bonito si hubiera estado de humor, pero era difícil admirar el esplendor postapocalíptico cuando tenías el corazón como cemento sólido en el interior del pecho.

Después del sueño que su abuelo había tenido sobre Cataratas Paraíso, no había imaginado encontrar a Ezekiel esperándola allí sentado. Pero el problema era que tampoco había rastro de Cricket. Habría esperado que una máquina de matar de setenta toneladas dejara algún tipo de rastro, pero ni siquiera consiguió encontrar sus malditas huellas. Mirando a su alrededor, el suelo del barranco, vio un confuso enredo de rastros de neumático, de arranque y viejos casquillos. Pero su amigo...

—¿Alguna pista? —le preguntó Grimm.

Lemon miró al chico. Estaba bajo la luz del alba, frotándose el símbolo de la radiación afeitado en su cabello, con unas gafas de sol de espejo que ocultaban sus bonitos ojos.

—Nada —suspiró—. Y, si no encontramos las huellas de Crick, eso significa que no se marchó de aquí andando. Alguien se lo llevó mientras estaba sin batería.

—O lo desguazó aquí y se llevó las piezas —señaló Grimm.

Lemon negó con la cabeza.

—Era un robot bélico de primera. Valía una fortuna. Tienes que ser un poco *especialito* para convertirlo en chatarra.

Grimm sonrió.

—No has pasado mucho tiempo en los páramos, ¿verdad, amor?

—En serio, si sigues llamándome «amor», voy a darle otra oportunidad a lo de freírte eso que llamas «cerebro»...

Grimm se encogió de hombros a modo de disculpa y le mostró una sonrisa torcida. Lemon bajó la cabeza y dejó que el cabello le escondiera el rostro. La verdad era que le gustaba que la llamara así, pero era una cuestión de principios, y ella tenía una reputación de guapilista malota que mantener...

—Deberíamos largarnos —dijo Diesel desde cierta distancia en la cañada—. El comandante se enfadará más cuanto más tiempo pases desaparecida, Enana. Y el sol se está poniendo. Pronto hará más calor que en la litera de mi hombre después de que se apaguen las luces.

—Por Dios, ¿tienes que hacer eso? —gimió Grimm.

—¿Hablar sobre lo caliente que está mi hombre? —Diesel parpadeó—. Sí. Sí, tengo.

Fix sonrió desde su lugar en la pared del barranco y le lanzó un beso a Diesel. La chica lo atrapó en el aire y se lo llevó a los labios negros.

—Hay un pueblo en ruinas a poca distancia al sur —dijo Lemon—. Creo que es el asentamiento de los saqueadores de este barranco. Si alguien se llevó a Cricket...

La chica se detuvo. Habría jurado que oía...

No, ahí estaba de nuevo.

—Viene alguien —susurró.

—¡Moveos! —siseó Diesel.

El cuarteto se dispersó, buscando dónde esconderse. Diesel se resguardó detrás de un montón de rocas; Grimm y Lemon se agacharon cerca del tanque averiado; Fix detrás de un saliente, arriba. Lem podía oír un motor, grave y gutural, reverberando en las paredes de roca.

Entornando los ojos desde su escondite, vio un 4 × 4 con un viejo remolque enganchado abriéndose camino a través del barranco. Se fijó en el yelmo pintado en el capó, vio dos siluetas en los asientos delanteros.

El 4 × 4 se detuvo a poca distancia del tanque y dos gañanes bajaron a la luz del sol. El primero era un hombre sucio y flaco con un par de gafas agrietadas posadas sobre una nariz chata y pecosa. El segundo era una versión más bajita y sucia del primero. Lemon suponía que eran parientes.

—Cierralpico, Mikey —dijo el primero.

—¡No, ciérralo *tú*, Murph!

La pareja sacó una pesada caja de herramientas y un soplete de acetileno de la parte de atrás del vehículo y caminó hasta el tanque, porfiando durante todo el camino.

—Nostaríamos aquí de no ser por ti —le espetó el tal Mikey—. Le vendiste el robot bélico a ese chaveo por menos de la mitad de lo que valía. Y ahora la mama nos ha hecho venir aquí para despiezar el blindaje del tanque porque eres demasiado tonto...

—¡No me llames tonto, tonto!

La pareja empezó a pelear, cayendo y rodando sobre las rocas. Mikey agarró a Murph del pelo, Murph le metió el pulgar en el ojo. La pelea podría haber seguido hasta el ocaso si Lemon no se hubiera subido al tanque y lanzado un silbido agudo.

Los chatarreros dejaron de pelear y echaron mano a las armas cortas de sus cinturones. Diesel salió de su escondrijo, apuntando el fusil de asalto en su dirección.

—Yo no haría eso —les advirtió.

—Nada, seguid —dijo Fix, apareciendo sobre ellos, con el arma preparada—. Hacedlo.

Murph se subió las gafas sobre la nariz, mirando a los desviados. Sus labios se curvaron en una sonrisa de dientes negros.

—¿Nesitáis ayuda, gente?

—Estabais hablando de un robot bélico —dijo Lemon.

—No, qué va —replicó Mikey.

Murph le dio a su colega un codazo en las costillas.

—Estoy negociando, Mike, cierralpico.

La pareja volvió a pelear hasta que Diesel disparó al aire. Los chatarreros se detuvieron, Mikey mordiéndole la mano a Murph y este rodeándole el cuello.

—El robot bélico —repitió Lemon—. Vosotros lo robasteis, ¿no?

Mikey escupió la mano de Murph.

—Quizá.

—Entonces, ¿lo vendisteis? ¿A un chico?

—Quizá.

—Bueno, quizá podrías decirnos dónde encontrar a ese chico —dijo Lemon. La ira había reptado a su voz—. Y quizá así me olvide del hecho de que vendisteis a mi *amigo*.

—¡Y después quizá os iréis a tomar por el mulo! —gritó Fix.

—O quizá no. —Sonrió Diesel.

Los chatarreros se miraron el uno al otro. Miraron el cañón del fusil de Fix. Los ojos negros y muertos de Diesel, y sus sonrientes labios negros.

—Nuevo Belén —dijeron simultáneamente.

Lemon entornó los ojos.

—¿Le vendisteis a Cricket a alguien de la *Hermandad*?

—... ¿Quizá? —chilló Murph.

Lemon no se lo podía creer. Esos gañanes idiotas habían vendido a Crick a los mismos fanáticos de los que había rescatado a Grimm y a Diesel. A los mismos psicópatas contra los que el comandante y su equipo llevaban años luchando. Como si no fuera importante. Como si no *fuera* nada. Estaba tan enfadada que quería...

—Uhm —dijo Grimm—. Tienes una abeja...

Lemon parpadeó.

—¿Qué has dicho?

El chico le señaló el hombro.

—He dicho que tienes una abeja.

—*Lemonfresh* —se oyó una voz.

Lemon levantó la mirada y el corazón le dio un brinco cuando vio una conocida silueta con una capa terracota en la cresta enfrente de Fix. Su piel era oscura y suave, su extraño blindaje orgánico estaba cubierto por el polvo de los páramos. La última vez que Lemon la vio fue la última vez que había esperado hacerlo, pero su rostro era inconfundible.

—Oh. Copón, copín y copete —susurró Lemon.

La agente de BioMaas se lanzó las rastas sobre el hombro.

—*Hemos estado buscándola* —dijo.

Al otro lado del barranco, Fix elevó su arma. La mujer parecía impasible, sin apartar su mirada dorada de Lemon mientras los abejorros rodeaban perezosamente su cabeza.

—Te metieron una bala en el pecho —exhaló Lemon—. Saltaste a un coche que se estrelló y explotó. Estás muerta. Yo lo vi.

La mujer bajó la barbilla, se apartó el cuello de su extraño traje. Docenas de abejorros salieron reptando de su piel alveolada y llenaron el aire del canto de sus alas diminutas.

—Mierda —gimió Mikey.

—Cierralpico, Mikey —susurró Murph.

—*Somos legión, Lemonfresh* —dijo Cazador—. *Somos hidra.*

Lemon parpadeó, reconociendo las palabras de su primer encuentro. Sumando dos más dos y dándose cuenta por fin…

—Tú no eres la Cazador a la que yo conocí.

La mujer negó con la cabeza.

—*Oímos su última canción en el viento. Pero tenemos muchas hermanas, Lemonfresh. Y Ciudad Colmena tiene muchos cazadores.*

Diesel levantó su fusil de asalto, mirando a Lemon y a la agente de BioMaas.

—¿Podría alguien ser tan amable de contarme qué *demonios* está pasando aquí?

Mirando esos ojos dorados, Lemon deseó saberlo. Aquella mujer era idéntica a la que había conocido, pero era obvio que la buena relación que había creado con la agente que la secuestró no perduraba. Y aunque Lemon sabía que BioMaas Incorporated la quería viva, todos los que se interpusieron en el camino de la antigua Cazador terminaron en el extremo de una abeja letal genéticamente modificada.

—No dejéis que sus bichos os toquen —le dijo a Diesel y Fix—. Os matarán con una sola picadura. ¿Me oís? *No* dejéis que se acerquen a vosotros.

Mirando a Cazador, Lemon dio un paso atrás, acercándose a Grimm.

—Tenemos que largarnos —susurró—. Ahora.

—*Lemonfresh debe venir con nosotros a Ciudad Colmena* —declaró Cazador.

—Eso suena genial —le dijo Lemon—. Pero mi carné de baile está bastante lleno. ¿Quizá el año que viene, cuando los chicos se hayan marchado a la universidad?

—*Ella es importante.* —Los ojos dorados de la mujer destellaron—. *Ella es necesaria.*

—Parece que la dama está decidida, amor —gruñó Grimm.

Cazador clavó su mirada dorada en el chico que estaba junto a Lemon. Las abejas comenzaron a girar por el cielo, elevándose mientras...

BANG.

Lemon oyó el disparo y se agachó. Grimm se acuclilló a su lado, los gañanes se encogieron. Cazador se descolgó el extraño fusil de raspa de la espalda y buscó la fuente del disparo. Pero Diesel estaba en pie, mirando hacia arriba.

—¿Nene? —susurró.

Lemon levantó la mirada y vio a Fix tambaleándose. Estaba mirando estúpidamente la mancha roja que se extendía por su cadera, el agujero de bala bajo su chaleco de kevlar. Pestañeó, trastabilló y, con un suave suspiro, cayó por el barranco.

Diesel gritó y levantó la mano. Una grieta incolora rasgó el cielo justo debajo de Fix, y una segunda dividió el aire a pocos centímetros sobre la cabeza de Diesel. Fix cayó a través de la primera y salió por la segunda, aterrizando en los brazos de su chica. El impacto hizo que ella se cayera de culo, pero fue mejor que caer diez metros hasta el suelo.

Se oyeron más disparos; las balas rebotaron en el blindaje del tanque y en las rocas. Grimm gritó una advertencia, tiró de Lemon para ponerla a cubierto. Cazador rodó tras un saliente rocoso mientras un grupo de figuras se diseminaba por la cresta opuesta. Lemon vio sotanas rojas como la sangre, X pintadas.

—¡Hermandad! —rugió.

Más disparos salpicaron el suelo a su alrededor, y las chispas volaron cuando el plomo rebotó en el blindaje del tanque. Diesel tenía una mueca en la cara mientras arrastraba a Fix detrás de un ancho espolón de piedra. A Lemon le latía el corazón con fuerza, respiraba con rapidez. Podía ver una larga mancha de sangre brillando sobre la piedra detrás de Fix; el chico estaba malherido pero aún consciente, presionándose la mano contra el agujero para detener la sangre. Mikey y Murph habían regresado a su todoterreno y se habían largado cañada arriba.

—¡Bueno, bueno! —se oyó un grito desde arriba—. Me alegro de volver a veros.

Lemon reconoció la voz. Captó un atisbo de una calavera pintada, un humeante puro en una sonrisa de dientes separados, un fusil de gran potencia con mira telescópica.

—El Hermano Dubya —susurró.

—Vais a tirad esas armas, muy despacio —dijo el Hermano—. Estáis rodeados. Desde arriba. Recordad lo que pasó la última vez.

—*Ellos lanzarán sus armas y se marcharán* —se oyó una voz.

—… ¿Quién demonios ha dicho eso? —exigió saber Dubya.

Cazador abandonó la cobertura lo suficiente para que el jinete pudiera posar sus ojos en ella.

—*Lo recordamos* —exclamó Cazador—. *Ellos mataron a nuestra hermana. Normalmente les cantaríamos la última canción, pero hoy cazamos para Ciudad Colmena. Así que ellos se llevarán su carne vieja de vuelta a su mundo muerto, y vivirán para ver otro amanecer.*

—BioMaas, ¿eh? —El Hermano Dubya escupió con un lado de la boca y bramó—: ¡Matad a esa zorra anormal!

Los chicos de la Hermandad abrieron fuego con sus fusiles. La agente ladeó la cabeza y emitió un zumbido desentonado, y ante el sonido, sus abejas descendieron en un furioso enjambre: algunas sobre los chicos de la Hermandad, otras directamente hacia los desviados.

Lemon gritó una advertencia. Grimm curvó los dedos y la chica notó que bajaba la temperatura. Las abejas más cercanas se debilitaron y cayeron, y el resto se alejó del aire ondulado; el chico estaba canalizando la radiación que lo rodeaba, extrayendo el calor ambiental de su zona inmediata y empujándolo hacia fuera en una abrasadora oleada. Cazador levantó su fusil de raspa y disparó tres veces. Las salvas fueron de un verde luminoso que osciló y se zambulló en el aire para abatir a tres Discípulos. Lemon oyó el abrupto chasquido de los pasadores de las granadas y vio sus formas cilíndricas lanzadas sobre el barranco hacia Cazador, estallando en brillantes bolas de fuego.

—¿Deez? —la llamó Grimm—. ¡Esta fiesta se está volviendo aburrida!

—¡Estoy en ello! —contestó la chica.

Lemon oyó un sonido desgarrador, un siseo hueco, y una resplandeciente fisura se abrió en el aire sobre sus cabezas. Diesel cayó a través de ella y aterrizó en cuclillas en el tanque junto a ellos, agarrando con el puño el cuello de la ropa de Fix. En el mismo instante, el metal que tenían debajo destelló y otra brillante fisura se abrió justo a sus pies.

A Lemon se le zambulló el estómago al caer, y unos segundos después aterrizó de rodillas sobre la piedra cálida. El vértigo creció en su vientre y se apartó de la caída de diez metros que tenía delante, dándose cuenta de que Grimm, Fix, Diesel y ella estaban ahora justo en el límite de la pedregosa cresta diez metros *sobre* el barranco.

Otra de las grietas de Diesel se cerró en el aire sobre sus cabezas.

Guau...

Lemon parpadeó con fuerza y se frotó los ojos. Las granadas seguían explotando, el aire estaba lleno de zumbidos furiosos. Grimm arrastró a Fix hasta detrás de algunas rocas caídas, y Diesel tiró de Lemon tras ellos. Un par de disparos repicaron en su cobertura, pero, por el momento, Cazador y los chicos de la Hermandad parecían estar concentrados los unos en los otros.

Fix hizo una mueca; tenía el rostro pálido cubierto de sudor. Lemon se sacó el cúter del cinturón, cortó una tira de sus pantalones y la usó para detener la hemorragia.

—Nene, ¿estás bien? —le preguntó Diesel.

—En la... la fruta gloria. —El chico hizo un gesto de dolor, agarrándose la cadera.

Lemon le presionó la herida. La sangre borboteaba entre sus dedos.

—¿No puedes curarte? —le preguntó.

Fix negó con la cabeza, asintió hacia las áridas e inertes rocas.

—No hay... nada vivo aquí... a lo que transferir el... daño. Excepto vosotros.

—Toma un poco de mí, nene —le dijo Diesel, apretándole la mano.

—No. —Fix negó con la cabeza de nuevo, hizo una mueca—. No voy a hacerte daño.

—Fix, por favor, solo...

—Eh, escuchad —susurró Grimm—. ¿Oís eso?

Lemon ladeó la cabeza. Bajo los abejorros y las balas y los gritos, captó un tenue sonsonete. Estaba lejos pero acercándose, estremecedor y grave. Asomó la cabeza, miró en dirección sur y vio tres oscuras siluetas en el cielo, negras e insectoides bajo la luz del alba.

—Que me den trastrás por detrás —susurró.

—¿Qué puta mierda es eso? —susurró Grimm.

Diesel negó con la cabeza, asombrada. Las criaturas eran grandes como casas, con la piel hinchada y ondulada. Volaban batiendo unas amplias alas transparentes, usando vejigas inflables para mantenerse en el aire; parecían el producto de la salvaje aventura amorosa entre una cucaracha y un globo aerostático. Uno de los matones de la Hermandad las vio y dio la voz de alarma.

—*¡Torpones!*

—En Sedimento los veíamos continuamente —exhaló Lemon—. BioMaas los usa para verter todas las piezas de maquinaria y basura que no quiere o necesita. Son la razón por la que nuestra isla es un basurero flotante.

—Entonces…, ¿han venido a lanzarnos basura? —preguntó Grimm.

—Por alguna razón, no creo que lleven basura.

Lemon oyó un canto desafinado, el mismo que Cazador había usado para dirigir a sus abejas. Se quedó boquiabierta cuando los enormes Torpones descendieron, arrastrando sus patas larguiruchas por el suelo. Y, con un asqueroso borboteo, los estómagos de las criaturas se abrieron y vomitaron un enjambre de criaturas más pequeñas sobre la agrietada tierra.

—Mierda… —exhaló Diesel.

—Al tarro de los tacos —contestó Grimm.

A Lemon, las bestias le recordaron a los leucocitos que había visto en el vientre del kraken de BioMaas. Cada una de ellas tenía el tamaño de un perro, pero ahí terminaba su similitud con algo remotamente agradable o peludito. Tenían seis patas, cada una terminada en una única garra afilada, y cabezas romas sin ojos llenas de imposibles dientes. Sus caparazones eran como los de los insectos; sus pieles, translúcidas. Y sonaban como un enjambre de motosierras muy enfadadas.

—Tenemos que largarnos —susurró—. Ya.

Por desgracia, la Furgojeta estaba aparcada al otro lado del barranco, incómodamente cerca de los tipos de la Hermandad y justo en el camino de la horda de garricosas que se acercaba.

—Deez —dijo Grimm, levantando un par de granadas—. ¿Entrega especial?

La chica asintió y se giró junto a ellos. Grimm agarró la mano de Lemon y se la apretó.

—Mantente cerca de mí, amor. Tan cerca como puedas.

Extrajo los pasadores y asintió a Diesel. La chica abrió una fisura sobre el grupo más grande de la Hermandad y rasgó otra en la tierra junto a ella, incolora, destellante. Y, sin ceremonia alguna, Grimm lanzó las granadas al interior.

Los explosivos cayeron del cielo sobre los Hermanos mientras el Hermano Guerra bramaba una advertencia. El estallido dispersó sotanas rojas y trozos rojos sobre las rocas. El suelo se abrió de nuevo y Lemon cayó a través de otra de las grietas de Diesel y aterrizó sobre su trasero al otro lado del barranco, a apenas unos metros de la Camioneta Furgojeta.

Vio al Hermano Dubya abandonando su cobertura, su calavera pintada retorciéndose en un grito. Lemon manoseó con torpeza el fusil, y el flequillo le tapó los ojos mientras Grimm gritaba:

—¡Que le den a eso, corre!

El chico llevaba a Fix sobre los hombros y corría hacia su vehículo. Lemon notó que el aire se enfriaba, vio que el aire se ondulaba a su alrededor mientras Grimm lo calentaba hasta hervir para repeler más abejas letales. Diesel estaba apoyada en una rodilla, lanzando un rocío de fuego de cobertura que dispersó a la Hermandad.

Con un gruñido de esfuerzo, Grimm levantó a Fix y lo dejó en el espacio detrás del asiento del conductor. Lemon dio un salto desesperado y consiguió apoyar el pie en el estribo para impulsarse hasta la cabina. Pulsó el botón de arranque y se vio recompensada con los rugidos gemelos del motor y del sistema de sonido. Grimm subió al asiento trasero, con los ojos fijos en el enjambre de garras escurridizas y dientes rechinantes. Sacó la cabeza por la ventana y gritó a Diesel.

—¡Hora de irse, friki!

Diesel asintió, abandonó su refugio y corrió hacia la puerta trasera de la Furgojeta. Lemon miró sobre su hombro y vio a la chica corriendo, los mechones de su cabello oscuro atrapados en sus labios negros, sus pies golpeando la tierra al ritmo de su propio corazón. Pero este le dio un vuelco y le aporreó el pecho cuando vio al Hermano Guerra a lo lejos, levantando el largo cañón de su fusil y apuntando con cuidado a través del humo y del polvo.

—¡Diesel, cuidado! —gritó.

El Hermano disparó, y la primera bala atravesó la pierna de Diesel. La chica gritó y se tambaleó, pero de algún modo siguió corriendo. Fix bramó, furioso. Grimm se asomó a la puerta y extendió una mano ensangrentada. Diesel intentó agarrarla, pero el Hermano Guerra apretó de nuevo el gatillo. El segundo disparo la hirió en el pecho y una flor de oscuro rojo se abrió en su piel mientras Lemon gritaba su nombre.

Diesel se tambaleó, con la boca abierta por el asombro. Grimm intentó agarrarle la mano. Sus dedos se rozaron, ligeros como plumas, en unos segundos que se prolongaron años mientras Diesel comenzaba a caer. Pero, con un rugido desafiante, Grimm se lanzó a la tormenta de balas, cerró la mano alrededor de la muñeca de su amiga y tiró de ella al interior de la cabina.

Plomo volador atravesó los paneles, rompió la ventanilla trasera. Grimm golpeó con el puño la parte de atrás del asiento de Lemon y gritó:

—¡VAMOS, VAMOS, *VAMOS*!

Lemon pisó el pedal, las gruesas ruedas de la Furgojeta escupieron gravilla roja y el vehículo se alejó del límite del barranco. Las balas atravesaron la carrocería y Lemon se estremeció al sentir una babosa de plomo al rojo vivo siseando junto a su mejilla. Los ojos de Fix estaban llenos de lágrimas; se había olvidado de su propia herida y presionaba con fuerza el agujero irregular en el pecho de Diesel. La chica resollaba, se atragantaba. La sangre salía a borbotones de su boca y se derramaba por su barbilla.

—Aguanta, nena, aguanta —susurró Fix.

—No, ¡aguantad *todos*! —gritó Lemon, mirando por el retrovisor.

La primera oleada de garricosas llegó hasta ellos y quedó aplastada bajo las enormes ruedas de la Furgojeta. Fluyeron alrededor del camión como si fueran agua, avanzando hacia los chicos de la Hermandad. Lemon miró por el espejo retrovisor y descubrió que los Discípulos se habían dispersado hacia sus propios vehículos. Pero las bestias de BioMaas cayeron sobre ellos en un caos de gritos humanos, disparos y explosiones. Vio al Hermano Guerra aullando mientras desaparecía bajo una ola con dientes y garras, pero no tuvo tiempo de regodearse. No tuvo tiempo de nada.

La segunda ola de bichos de BioMaas golpeó la camioneta como una colisión. Algunos quedaron pulverizados en la rejilla, otros aplastados bajo los neumáticos, pero decenas más clavaron sus garras en la carrocería y escalaron hacia las ventanillas rotas. Grimm empezó a disparar pero, dios, había *demasiados* trepando al techo y acuchillando las protecciones de los neumáticos y aporreando el parabrisas.

Fix había tirado de Diesel hasta el espacio para los pies; con una mano disparaba, y con la otra intentaba detener la borboteante herida de su pecho. Tenía la cara mortalmente pálida, el vientre empapado de sangre.

—¿Cuál es el… plan? —gritó.

—¿No puedes transferirle daño a esas cosas? —rugió Lemon—. ¿Para curar a Diesel?

—¡No puedo dirigirlo tanto! —gritó—. ¡Os consumiría también a vosotros!

—¡Está todo en tus manos, amor! —bramó Grimm sobre los disparos.

—¿Qué quieres que haga *yo*? —chilló Lemon en respuesta.

—Todos los seres vivos tienen impulsos eléctricos, ¿recuerdas?

Lemon esquivó una garra que atravesó la ventanilla lateral. Grimm le metió una bala en la cabeza.

—¡Eso ya lo hemos probado, y no sé hacerlo!

—¡Fríelos!

—Podría haceros daño y...

—¡FRÍELOS! —gritó el chico.

Lemon apretó los dientes. La camioneta estaba ya cubierta de garricosas, tantas que opacaban la luz del sol. Solo tendría unos segundos antes de que fueran demasiadas, antes de que cayera de nuevo en las manos de BioMaas Incorporated, antes de que hicieran añicos a Diesel, a Grimm y a Fix. Ellos la habían ayudado, aunque no tenían que hacerlo. Le habían dado un lugar al que pertenecer. Una familia que no sabía que tenía. Un hogar que no sabía que necesitaba. ¿Y ahora iban a matarlos por culpa suya?

Joder, no.

Buscó la estática en el interior de su cabeza. El chirriante y vibrante gris tras sus ojos. El latido que llevaba años con ella. Pero, en lugar de conformarse con el sitio que conocía, con su propio ser, esta vez buscó *de verdad*. Más allá de las garras y los dientes y las cabezas sin ojos, los diminutos estallidos de la electricidad en sus mentes. Eso era la vida, en realidad: pequeños arcos y chispas de electricidad, neuronas y electrones, siempre cambiando, siempre moviéndose. Y a pesar del miedo, a pesar de la furia, a pesar de todo, se dio cuenta de que podía sentirlos. Los diminutos pulsos que saltaban de sinapsis en sinapsis, crepitando a través de los sistemas nerviosos, transformando la voluntad en movimiento, haciendo latir los corazones, permitiendo que las garras arañen y las fauces muerdan. Era como buscar en una nube de moscas furiosas, en una tormenta formada por un millón, por mil millones de chispas ardiendo.

Y extendiendo los dedos,

los apresó

y

los

apagó.

Un latido subió por sus manos. Mudo. Romo. Hizo temblar el aire a su alrededor. Fue como si el mundo se moviera, como si alguien le hubiera dado una patada en el cráneo. Grimm se sacudió en su asiento; tenía sangre en la nariz. Fix emitió un sonido estrangulado y se agarró la cabeza. Pero las garricosas, la legión de sonrisas lascivas y lenguas sibilantes y garras rasguñantes, todas ellas se encogieron como si les hubiera dado un derechazo en los sesos y cayeron a la tierra como piedras.

—Mierda —susurró Lemon.

Podía sentir la sangre saliendo de su nariz, caliente sobre sus labios. Pero, con un gesto de dolor y una mueca roja, consiguió mantenerse erguida. Desafió la negrura que se extendía a su alrededor con todo lo que tenía en su interior. Pisó el acelerador de nuevo y, con un sonido como el de las palomitas de maíz, la Furgojeta se lanzó hacia delante, aplastando los cuerpos de las garricosas caídas y atravesando la llanura.

Lemon parpadeó con fuerza, se pasó la manga por la cara ensangrentada. Miró por el espejo retrovisor y vio las ruinas del grupo de la Hermandad, despedazados por las bestias de BioMaas. En el centro del enjambre vio a Cazador observándolos. Los ojos dorados de la mujer brillaron, el viento del desierto agitó sus rastas mientras levantaba el dedo y señalaba. Lemon casi pudo oírla susurrar.

«*Cazador nunca pierde a nuestra presa*».

El corazón le amartillaba el pecho. Tenía los ojos muy abiertos.

—El tarro de los tacos va a estar realmente lleno esta noche…

—Pa… Para… la camioneta —susurró Fix.

Llevaban conduciendo casi diez minutos, cada uno de ellos tan largo como un año. Sobre el sonido del motor, Lemon había notado que la respiración de Diesel se hacía más superficial, que borboteaba en su garganta. Grimm le había rodeado la herida con vendas del kit de primeros auxilios, pero la gasa estaba empapada. La chica tenía la cara pálida, los ojos cerrados. Fix no estaba mucho mejor; se agarraba la cadera ensangrentada con el rostro retorcido por la agonía. El hedor metálico de la sangre pendía en el aire, mezclándose con los gases del tubo de escape y haciendo que a Lemon le lloraran los ojos.

—Para la ca... camioneta —repitió Fix.

Grimm miró a su amigo a los ojos.

—Fixster, conseguiremos ayu...

—¡PARA LA FRUTA CAMIONETA!

Lemon miró los ojos de Grimm a través del espejo retrovisor. El chico asintió, despacio.

Tras un último vistazo para asegurarse de que los Torpones de BioMaas no les habían seguido el rastro, Lemon pisó el freno y detuvo el maltrecho vehículo. Abrió la puerta del conductor, y casi se dejó caer a la tierra. Le temblaban las piernas, la cabeza le daba vueltas. Fix abrió la puerta de atrás de una patada y sacó a Diesel del asiento trasero. Estaba empapado en sangre desde el vientre hacia abajo, aunque Lemon no sabía cuánta era suya y cuánta de Diesel.

Acunando el cuerpo de la chica en sus brazos, comenzó a alejarse, cojeando, de la Furgojeta.

—¿A dónde vas? —le preguntó Grimm.

—Puedo cu... rarla —susurró.

Lemon lo vio alejarse veinte o treinta metros y colocar a Diesel sobre un saliente plano de roca del desierto, con tanto cuidado como si fuera un bebé dormido. Las lágrimas trazaron un rastro sobre la tierra y la sangre de la cara de Fix mientras le atusaba a su chica el cabello, susurrándole palabras que Lemon no podía oír.

—Colega, esto es un desierto —dijo Grimm, señalando a su alrededor—. No hay nada vivo por aquí. ¿A qué vas a transferirle el daño?

Fix posó un beso suave a los labios brillantes y negros de Diesel. Se echó hacia atrás y le miró la cara, trazó la línea de su mejilla, como si quisiera grabarla en su memoria.

Y entonces Lemon supo exactamente a qué estaba a punto de transferirle el daño.

—Fix...

El niño grande levantó una mano hacia ella.

—Quedaos a... atrás.

Grimm lo comprendió por fin y dio un paso vacilante hacia su amigo.

—Fixster, podemos...

—¡QUEDAOS ATRÁS!

—Oh, Dios... —exhaló Lemon, llevándose las manos al dolorido pecho. Fix presionó las manos contra la herida de Diesel y miró el cielo. Lemon observó el hermoso verde de sus iris, licuándose, derramándose sobre el blanco de sus ojos. Grimm se acercó un paso, pero Lemon le agarró la mano. Cuando el chico se giró para mirar a su amigo, a su familia, pudo ver su agonía, su dolor. Le apretó tanto los dedos que le dolió.

Lemon oyó un sonido susurrante, seco y frágil. Se dio cuenta de que el suelo se estaba agrietando alrededor de Fix, desmoronándose como la ceniza. Buscando algo que drenar, su poder marchitó las malas hierbas en las grietas de las rocas. Los gusanos salieron reptando de la tierra cenicienta, retorciéndose hasta convertirse en polvo. Las moscas cayeron del aire.

La horrible herida comenzó a cerrarse en el pecho de Diesel, y el color regresó a sus mejillas. Pero el daño era demasiado grave.

Demasiado grande.

Y, sin nada más de lo que alimentarse, el don de Fix comenzó a devorarlo.

A Lemon le dolió el corazón al ver cómo se encorvaban sus hombros, cómo se empequeñecía su poderosa silueta. Quería gritarle que parara, correr hacia ellos y apartarlos. Los ojos verdes de Fix resplandecían; tenía la boca abierta, las mejillas hundidas. La herida del pecho de Diesel se estaba cerrando; su respiración asumió un ritmo profundo y constante. Fix tenía la frente cetrina, cubierta de sudor y, respiraba trabajosamente. Pero sus labios se curvaron en una sonrisa boba cuando la chica parpadeó y, por fin, abrió los ojos.

Se inclinó hacia delante, apoyando las palmas sobre las cenizas, respirando con dificultad.

—Un bruto hacedor de milagros, eso es lo que soy —susurró.

Y, con un último y estertóreo suspiro, el chico se derrumbó sobre el costado.

—¿Fix...? —susurró Diesel.

La chica se puso de rodillas, desconcertada, como si acabara de despertar de un sueño. Miró a Fix y le tocó el hombro con suavidad. Este rodó sobre su espalda, con los ojos abiertos sin ver.

—¿Ne... Nene?

Diesel tomó a Fix en sus brazos y lo sacudió.

—Nene, despierta —comenzó—. Despierta, *despierta*.

Las lágrimas se derramaron por las mejillas de Lemon. Sollozos inundaron su pecho. Conmocionada, Diesel miró a Grimm, buscando alguna explicación, pero el chico solo pudo negar con la cabeza. Con los ojos anegados y expresión furiosa, apretando los dientes, miró en la dirección del grupo de la Hermandad y el enjambre de BioMaas.

—Cabrones —susurró.

Lemon sintió que la temperatura caía, que el aire se ondulaba a su alrededor y un escalofrío reptaba sobre su piel. Grimm le soltó la mano; la escarcha ondeaba en sus labios.

—Esos malditos *cabrones*.

Y Diesel comenzó a gritar.

2.26

Tumulto

Estamos tumbados en su cama, enredados en la oscuridad. Puedo sentir sus besos en mis labios, oler su perfume en mi piel, oír su corazón latiendo en su pecho. Me pregunto si ella también puede sentir mi corazón. Si sabe que late solo por ella.

Había soñado con abrazarla muchas veces. Con estar vivo, respirando, en un momento como este. Pero ahora estoy aquí y sé que los sueños no pueden compararse con la realidad, que nada podría haberme preparado para una fracción de lo que estoy sintiendo. Es como una inundación en mi interior, perfecta, envolvente, como unas alas en mis hombros que me elevan a través de un cielo eterno y abrasador. Y aunque no sé qué me deparará el futuro, cómo podrían estar juntas dos personas como nosotros en un mundo como este, quiero que ella sepa cuánto significa para mí.

—Antes solía preguntarme por qué nos crearon —le digo—. Si había una razón para que exista algo como yo. Pero ahora lo sé. —Le paso los dedos por la mejilla, sobre los labios—. Me crearon para ti. Todo lo que soy. Todo lo que hago, lo hago por ti.

Las palabras son muy pequeñas. A veces me parecen demasiado imperfectas. Y por eso las dejo a un lado, permito que mis labios le digan del único otro modo posible cuánto significa para mí. La beso como si el mundo se estuviera acabando. La beso como si fuera la última vez.

La beso como si fuéramos las dos últimas personas del mundo, y de algún modo, en este momento, lo somos.

—Te quiero, Ana.

Me mira en la oscuridad. Me pasa la mano por la mejilla.

—No sabía quién era hasta que te encontré —me dice.

—Yo no sé qué soy ahora —le contesto.

—Es sencillo. —Entonces sonríe, y susurra en la oscuridad—: Eres mío, Ezekiel.

Una promesa.

Un poema.

Una oración.

—Eres mío.

—Bueno, no me digas que esto no es un buen follón —gruñó el Predicador.

Ezekiel se levantó y se quitó el polvo de las palmas, miró el cielo abrasador con los ojos entornados. Era por la mañana temprano, y el calor ya se ondulaba sobre las Grietas. A su alrededor, esparcidos por la roca, había cadáveres. Sotanas y X pintadas; al parecer, todos habían pertenecido a la Hermandad. Los habían destrozado como a papel mojado, empapando la arena de un rojo profundo. El hedor era abrumador; las moscas, abundantes.

—¿Qué demonios ha pasado? —exhaló Ezekiel.

—BioMaas. —El cíborg señaló a un hombre entre el caos al que le habían arrancado del muslo un mordisco con la irregular forma de la luna—. Azogacanes. Esos pequeños cabrones tienen una buena dentadura.

—¿Qué hace BioMaas aquí mascando Hermanos? —Zeke negó con la cabeza, desconcertado—. ¿En qué se ha metido Lemon?

—Bueno, sea lo que sea, son buenas noticias para nosotros. Estos chicos murieron hace un par de horas. Y, si la agente que se llevó a la Caperucita todavía la tuviera, ya estaría en Ciudad Colmena y no habría sido necesario este alboroto.

—¿Puede que BioMaas esté cubriendo sus huellas?

—¿Con un tumulto así? —El Predicador escupió una ristra de pegajoso marrón—. Ciudad Colmena no sacaría a sus bestias de guerra si no creyera que está en una guerra.

Ezekiel miró al cazarrecompensas de arriba abajo. La reparación del cibermédico de Armada había sido provisional: las nuevas prótesis de sus piernas eran distintas y su óptica tenía el color equivocado, pero no habían tenido tiempo de más. La buena noticia era que el blitzhund había estado varios días con el cibermédico, y todas las reparaciones que le había hecho al perro eran de primera.

—¿Ya la has olido, Jojo? —le preguntó el cazarrecompensas.

El blitzhund estaba olfateando el suelo del barranco a un par de cientos de metros. Mientras el Predicador hablaba, Jojo se giró hacia el sur y ladró en respuesta, con sus ojos iluminándose de rojo. Después, el perro se giró hacia el oeste, movió la cola y ladró de nuevo.

—Dos rastros. —El Predicador frunció el ceño—. Parece que Caperucita ha estado aquí más de una vez. No sé por qué.

Ezekiel apretó los labios; le dolía un poco el corazón. Aunque no fuera obvio para un canalla como el Predicador, el realista podía suponer una o dos razones por las que Lemon regresaría allí para caer en una emboscada de BioMaas.

Estaba buscando a Cricket.

Y buscándome a mí.

—¿En qué dirección vamos? —le preguntó.

—Bueno, Ciudad Colmena está al sur. —El Predicador suspiró—. Pero, como he dicho, si la tuviera BioMaas, seguramente no se habría producido un enfrentamiento. Y si la tienen *ahora*, bueno, todo habría terminado.

Ezekiel asintió, mirando los cuerpos.

—Nuevo Belén está al oeste.

El Predicador gruñó.

—Haya pasado lo que haya pasado, la Hermandad está de algún modo involucrada. Podría ser hora de hacerles una visita. De preguntar qué pasa.

—En marcha, entonces.

El Predicador se echó el sombrero negro hacia atrás y se secó el sudor de la frente con la manga de su abrigo nuevo.

—Tengo que informar de esto a Megópolis, Zekey.

Ezekiel parpadeó.

—¿Que tienes qué?

—Ya me has oído. Tengo que notificar a Daedalus HQ de lo que está pasando aquí.

—No vas a informar a nadie de *nada* —le contestó Ezekiel—. Tus jefes quieren a Lemon muerta.

—Mira, comprendo que le tienes cariño a esa chiquita —gruñó el Predicador—. Pero no creo que entiendas la gravedad de esta situación. BioMaas y Daedalus estaban actuando con sigilo. Enviando a cazadores como yo, esperando atrapar a la desviada antes de que se hiciera con ella la otra corporación. Ahora, BioMaas ha sacado sus armas pesadas. Eso significa que ya no les *importa* que Daedalus sepa que están buscando a la chica. Fíjate si es importante para ellos hacerse con la Caperucita.

—Y, si BioMaas se esfuerza en buscarla, Daedalus se esforzará en *matarla* —le espetó Ezekiel.

—Puede que eso no sea algo malo.

Ezekiel agarró al Predicador del cuello. El cíborg se tensó, pero no se defendió, y extendió una mano para silenciar a Jojo cuando este empezó a ladrar.

—Escúchame —gruñó Ezekiel—. Le prometí que no la abandonaría. E hicimos un trato. Una vida por una vida, ¿recuerdas?

—Uhm —gruñó el cazarrecompensas—. Lo recuerdo. Pero pregúntate una cosa, Zekey. Si estalla una guerra entre los dos mayores estados corporativos de Estamos Unidos, ¿cuántas vidas crees que se perderán?

—Eso no va a ocurrir —replicó Ezekiel.

—¿Cómo lo sabes?

—Porque vamos a encontrarla antes de que lo haga BioMaas o Daedalus.

El realista le soltó la mano y regresó a la moto. Montó, se subió las gafas protectoras y lo llamó sobre su hombro.

—¿Vienes o no?

El Predicador escupió de nuevo y caminó hasta la moto, con sus espuelas tintineando sobre la gravilla. Mientras se acercaba, emitió un silbido agudo y Jojo apareció corriendo y saltó al sidecar. Predicador subió detrás de Ezekiel y se caló bien el sombrero.

—¿Sabes que te dije que empezabas a caerme bien? —le preguntó.

—Sí.

El Predicador negó con la cabeza y suspiró.

—Creo que empiezo a cambiar de idea.

2.27

Contrapeso

uando regresaron, su abuelo estaba esperándolos.

Grimm pisó los frenos y se detuvo sobre la tierra roja delante del Lolita. La camioneta estaba abollada y chamuscada, con jirones abiertos en la carrocería por esas bestias con garras de Bio-Maas y oscuro icor salpicando las puertas.

Diesel estaba en el asiento trasero, acunando el cuerpo de Fix. No había dicho una palabra en todo el camino de vuelta. Las mejillas de Lemon estaban surcadas por las lágrimas; el remordimiento era como plomo en su pecho. Les había dicho que la misión de las Grietas era idea suya, su equipaje, su problema. Les había dicho que no tenían que ir con ella. Pero aun así…

Aun así.

El comandante cojeó hasta el vehículo y se detuvo junto a la puerta.

—Lo siento —murmuró Lemon.

El anciano tenía el rostro pálido, una expresión fúnebre. Lemon abrió la puerta, preparándose para lo peor. Había desobedecido sus órdenes, se había puesto en peligro a sí misma y a los demás, y Fix había muerto por ello. Esperaba decepción, una reprimenda, una explosión de furia a todo pulmón.

Lo que recibió fue un feroz y tembloroso abrazo.

—Oh, Señor —susurró—. Oh, gracias, Señor.

—BioMaas... —Lemon lo abrazó con fuerza—. La Hermandad... Nos...

—Lo sé —exhaló el anciano, apretándola tan fuerte que le dolieron las costillas—. Pero no pasa nada. Él te ha traído de nuevo conmigo. Sabía que lo haría. Todo ocurre por una razón y Él te ha traído de nuevo conmigo.

—Fix...

—Lo sé. —El viejo miró a Grimm—. Trae esa camilla, soldado.

Grimm parpadeó, miró a donde señalaba el comandante.

—Sí, señor —murmuró.

El chico bajó del vehículo de un salto y fue a por la camilla de campo que estaba junto a la escotilla del Lolita. Lemon se dio cuenta de que su abuelo debía saber que regresarían con un muerto. Debió *verlo*.

Se preguntó qué más habría visto.

Juntos, pusieron a Fix en la camilla y lo sujetaron con correas. Diesel se quedó en el *monster truck*, mirando el horizonte.

—Diesel, ¿estás bien? —le preguntó Lemon.

La chica negó con la cabeza.

—No —fue lo único que dijo.

El trío levantó a Fix y lo bajó a través de la escotilla. El chico no pesaba casi nada: tenía las mejillas hundidas, el enorme cuerpo demacrado. Diesel bajó del camión despacio; la pintura negra que le rodeaba los ojos se había corrido hasta sus mejillas. Caminó tras ellos como un fantasma. ¿Qué debía estar pensando, sabiendo que él se había ido para siempre? ¿Qué debía estar sintiendo, sabiendo que había dado su vida por ella?

—Creo que BioMaas podría habernos seguido —murmuró Lemon.

—Lo hicieron. —Su abuelo estaba serio, mientras se adentraban en la sección B y bajaban las escaleras hacia el invernadero—.

La agente a la que pusieron en tu búsqueda olfateó tu rastro en cuanto abandonaste las Grietas. En Ciudad Colmena han movilizado una fuerza de asalto aún mayor. Torpones. Behemots. Azogacanes y Mecheros.

—¿Has soñado con ellos? —le preguntó.

El viejo asintió.

—Y tan pronto como su rastreador te localice aquí, desatarán el infierno sobre todos nosotros.

La idea la hizo temblar. Más de esas bestias con garras. El resto de los horrores que la maquinaria bélica de BioMaas pudiera desatar. Contra ellos cuatro.

Dejaron el cuerpo de Fix en el suelo del invernadero, entre los árboles y arbustos que había hecho crecer con sus propias manos. Lemon vio los lechos de buena tierra oscura que había rastrillado. Los esquejes que nunca llegaría a plantar, colocados en pequeñas macetas, manchados con sus huellas en tierra. Diesel se derrumbó a su lado, con las manos sobre su pecho vacío. Grimm le cerró los ojos, inhaló con fuerza y miró al comandante.

—¿Qué hacemos ahora, señor?

—Esperad aquí —respondió el anciano—. Lemon, ven conmigo.

La chica miró a Diesel, después a Grimm.

—Está bien —murmuró el chico—. Yo me quedaré un rato con Deez.

Lemon miró una última vez a la perturbada chica antes de seguir a su abuelo escaleras arriba, hasta la planta de la hidroestación. El corazón le latía con fuerza; había un nudo de culpabilidad alojado en su pecho. No había querido que las cosas llegaran tan lejos. Solo quería encontrar a Cricket, proteger a sus amigos. No…

El comandante se detuvo ante la escotilla de la sección C. Lemon miró la enorme señal de advertencia roja pintada sobre su piel.

SECCIÓN C

PROHIBIDO EL PASO SIN ACOMPAÑANTE

OBLIGATORIO DOS PERSONAS

—Necesito que abras esta puerta —le dijo—. Con cuidado.

Lemon solo parpadeó. Era una petición extraña en un momento como aquel, certificado. Miró el teclado numérico, los paneles arrancados de la pared, las marcas de fuego en el metal. Era evidente que el personal del Lolita había intentado abrir aquella escotilla antes. Era incluso más evidente que había fracasado.

—¿Qué hay ahí? —preguntó.

—Un contrapeso —contestó él.

—No lo entiendo —dijo Lemon, negando con la cabeza.

—Estas instalaciones fueron construidas antes de la Caída, Lemon. Antes de que todo se fuera al infierno. —Su mirada era tan intensa como siempre; su voz, de hierro—. Estas instalaciones son un emplazamiento ofensivo. Y sus armas están justo al otro lado.

El hombre golpeó con el puño la puerta de la sección C. Lemon miró el símbolo de radiación garabateado sobre el metal. Pensó en la escotilla de la superficie, en su pintura desvaída, en las letras que todavía perduraban, grabadas en blanco sobre el óxido.

LO   LITA

—Silo militar... —se dio cuenta.

Lo miró, parpadeando, con el vientre helado por el miedo. Todas las imágenes que había visto en los docuvirtuales cuando era niña. Los fuegos que habían quemado los cielos, derretido los desiertos hasta convertirlos en cristal negro, dejado un veneno en la tierra que tardaría diez mil años en desaparecer.

—Este sitio tiene...

—Tiene las armas que necesitamos para defendernos. —El viejo se arrodilló ante ella—. BioMaas viene a por ti, Lemon. No voy a dejar que te lleven, o que destruyan todo lo que he construido. Somos el futuro de la raza humana.

Lemon negó con la cabeza. Tenía el estómago revuelto.

—Tiene que haber otro modo…

—Dímelo, entonces —replicó él—. Hay un *ejército* de criaturas de BioMaas dirigiéndose hacia aquí. Abrirán este sitio como si fuera una lata. Nos matarán. Y te llevarán.

A Lemon le latían las sienes, tenía el vientre lleno de un grasiento hielo.

—Pero, abuelo…

—Dime, Lemon —insistió—. Dime otro modo.

Ella miró la puerta de la sección C. Imaginándose los horrores que había al otro lado. Las armas que habían causado la caída de la humanidad. Que habían llevado todo lo que habían hecho a un estridente y abrasador final. El final de la civilización. El final de casi todo.

¿De verdad iba a abrir esa puerta de nuevo?

—No pretendo lanzarlos —le aseguró el anciano—. Yo era soldado mucho antes de que tú nacieras. No deseo comenzar otra guerra. Solo la amenaza de una detonación será suficiente para detener en seco a BioMaas. —Le apretó la mano con sus dedos, enormes y callosos—. Y por fin tendremos un asiento en la mesa de negociación, Lemon. Daedalus y BioMaas han gobernado las ruinas de este país durante décadas. La Hermana Dee y sus animales corren a sus anchas, matándonos con impunidad. Con estas armas, tendremos voz. Tendremos una apuesta en el juego. Recuerda a tu Darwin.

—La supervivencia de los mejores —susurró.

El anciano asintió.

—Y ahora *nosotros* seremos los mejores.

A Lemon le temblaban las piernas. Su pulso tronaba con fuerza en sus oídos.

—Quiero que sepas que no te culpo por lo que le ha pasado a Fix —le dijo, apretándole la mano—. Esto no es culpa tuya. Somos familia, tú y yo.

La chica tenía el estómago revuelto; las lágrimas ardían en sus ojos. Era *su* culpa. Si le hubiera hecho caso, si se hubiera quedado cuando él se lo dijo, si hubiera entrenado y aprendido a usar su poder adecuadamente... Nada de aquello habría pasado.

El anciano la miró a los ojos, con la voz tan pesada como el plomo.

—¿Confías en mí?

Lemon se mordió el labio inferior hasta que dejó de temblarle.

Quería hacerlo. Nunca, en toda su vida, había soñado con tener un lugar así. Una familia de carne y hueso. Deseaba con desesperación que aquello fuera real.

¿Con demasiada desesperación?

Pero, al final, muy despacio, asintió.

—Confío en ti —susurró.

—Esa es mi chica. —Sonrió—. Sabía que no me decepcionarías.

La tomó por los hombros y la hizo girarse hacia la escotilla de la sección C.

—Tienes que ser cuidadosa —le dijo—. No puedes quemar los circuitos de la cerradura. Los sistemas informáticos que hay detrás de esta puerta son críticos para la operativa de las armas. Si te los cargas, serán inútiles para mí. Para *nosotros*. Ahora eres un escalpelo, no un mazo.

—Pero ¿y si no puedo...?

—Yo creo en ti —le dijo, apretándole los hombros.

Lemon inhaló profundamente, intentando acallar los remordimientos y su dolor de cabeza. Él nunca la había llevado por el mal camino, ¿verdad? Le había dado un lugar al que pertenecer. Algo de lo que ser parte, más grande e importante que ella misma. Le había aconsejado que no fuera a buscar a Cricket, pero no se enfadó cuando desobedeció. Quería lo mejor para ella. Para ellos. Para su familia y su gente.

—Yo *creo* en ti —repitió él.

Y por eso, Lemon buscó la estática gris tras sus ojos. Nadó en los ríos de fría corriente a su alrededor, en sus arcos, rápidos y vibrantes en los generadores que tenía detrás, lentos y latentes al otro lado de la puerta, del teclado digital, del letrero de PROHIBIDO EL PASO acompañado del símbolo de alto voltaje.

Al otro lado de la escotilla, sintió los ordenadores suspendidos. Solo había casi un metro entre ellos y la puerta. Muy poco espacio para trabajar. Si se pasaba, se los cargaría, rompería la hidroestación, quemaría los generadores, aniquilaría sus posibilidades. Los condenaría a todos a la misericordia de BioMaas.

Así que será mejor que no te pases, Lemon Fresh.

Bajó la cabeza y miró el teclado a través del flequillo. Tensó los músculos. Cerró los dedos. Se adentró en el océano gris y nadó en él, tomando las piedras de la ira y de la culpabilidad, de la vergüenza y del miedo, y presionándose contra ellas, afilándose hasta ser una astilla, una cuchilla, una hoja. Y entonces elevó las manos, curvó los dedos y deslizó el fragmento más pequeño que pudo.

El teclado digital siseó y estalló. Sobre su hombro, su abuelo contuvo el aliento. Durante un momento terrible, creyó que lo había atrapado en la oleada, como había hecho con las garricosas. Pero entonces el hombre se irguió, con los ojos muy abiertos, y el teclado parpadeó y murió. Los cerrojos traquetearon, pesados y graves, y con un gruñido de metal y viejas y secas bisagras, la escotilla de la sección C se abrió.

Unas luces rojas cobraron vida, giraron en la estancia al otro lado.

Una sirena de alerta resonó por megafonía.

Y Lemon se quedó allí, mirando, preguntándose qué había hecho.

La sección C era cilíndrica y estaba dividida en tres niveles. La planta baja estaba llena de equipos informáticos, decorada con una multitud de extraños acrónimos: CRUISE TERCOM, ASAT, DSMAC, GLONASS, TRANS. Las paredes estaban bordeadas de escotillas bien selladas, siete en total. Esas escotillas tenían símbolos estarcidos de radiactividad y enormes mensajes de advertencia en llamativa pintura amarilla.

PELIGRO: ALTA PRESIÓN

**ADVERTENCIA: NECESARIO EQUIPO DE SEGURIDAD M-1
A PARTIR DE ESTE PUNTO**

**PELIGRO: MANTÉNGASE ALEJADO DE LA PUERTA
BLINDADA**

SILO N.º 1

SILO N.º 2

SILO N.º 3

SILO N.º 4

SILO N.º 5

SILO N.º 6

SILO N.º 7

—Y el séptimo ángel tocó su trompeta... —susurró el comandante. Había un cadáver apoyado contra una pared, vestido con una versión vieja y podrida del uniforme que llevaban Lemon y el resto de los frikis. Ahora era solo una carcasa reseca, apenas reconocible como un hombre. Tenía la mandíbula descolgada, las cuencas de los ojos vacías. Había una pistola en el suelo cerca de su mano, viejas salpicaduras de sangre en la pared a su espalda. Brillando alrededor de su cuello había una larga cadena, con un conjunto de placas de identificación y una pesada tarjeta de paso color roja.

—Hola, teniente Rodrigo —murmuró el comandante—. Te dije que volveríamos a vernos.

Lemon se detuvo en el umbral, pero el anciano cojeó lentamente al interior de la estancia, bañado de rojo por el halo de las luces de emergencia. Pasó los dedos por un viejo y polvoriento terminal informático y se vio recompensado con un estallido de parloteo electrónico cuando el sistema comenzó a despertar. Se arrodilló junto al cadáver y le quitó con cuidado la tarjeta que llevaba alrededor del cuello. Todavía sobre una rodilla, elevó las manos y miró hacia el cielo.

—Gracias —susurró.

Se giró y sonrió a Lemon, con los ojos brillantes.

—Gracias —repitió.

Lemon tenía el vientre lleno de mariposas, y no sabía bien por qué. Miró la tarjeta roja como la sangre que su abuelo tenía en la palma. Se llevó la mano al trébol de cinco hojas de su garganta. Rozó con la yema de los dedos el metal, frío y pesado.

—Lo sabía —dijo él, sonriendo hasta mostrar los colmillos—. Lo supe desde la primera vez que te vi, desde que Grimm me dijo que eras uno de nosotros. —Se giró para mirar la sala, negó con la cabeza—. Sabía que el Señor te había traído a mí por una razón.

Las mariposas que Lemon tenía en la barriga murieron una a una.

Cerró los dedos sobre el trébol tan fuerte que el metal se clavó en su piel.

—Voy a ver cómo está Diesel —se oyó decir.

El comandante no estaba escuchando; se había adentrado cojeando en la sección C. Lemon retrocedió despacio, viendo cómo deslizaba los dedos sobre la puerta del primer silo. El hombre miró a su alrededor con asombro, como un niño pequeño cuyos sueños se han hecho, de repente, realidad. Lemon caminó con tristeza hasta la escalera que conducía al invernadero. Y, tras una última mirada para asegurarse de que el comandante estaba de espaldas, comenzó a ascender.

«*La primera vez que te vi*».

Hacia el rellano, hasta la puerta del despacho del comandante. Miró sobre su hombro para asegurarse de que no la había seguido y colocó la palma contra la cerradura digital. Un estallido de chispas, el olor del plástico derretido. Giró el pomo y entró, con una sensación de náusea creciendo en su vientre y el pulso tronando como un motor V-8.

«*Desde que Grimm me dijo que eras uno de nosotros*».

Cada centímetro de pared estaba cubierto de fotografías del desierto del exterior de las instalaciones, con esos cielos azules de antaño. Pero sus ojos estaban concentrados en la puerta cerrada tras el escritorio del comandante. Podía notar energía detrás, los ordenadores que había sentido la primera vez que estuvo allí. Miró el letrero de la escotilla, el *collage* de fotografías que cubría las letras. Esperando, suplicando, rezando estar equivocada. Tenía que estarlo.

Tenía que estarlo.

«*Sé lo raro que suena, pero llevo años viéndote. De vez en cuando. La última vez que te vi, fue... ¿Hace cuatro días?*».

Extendió sus manos temblorosas.

«*Desde la primera vez que te vi, desde que Grimm me dijo...*».

Arrancó las fotografías, exponiendo la serigrafía que había debajo.

Dos palabras. De una tonelada cada una.

—Oh, Dios —susurró.

Quemó el teclado digital y entró. Sentía una tenaza en el pecho que casi le impedía respirar; inhaló temblorosamente a través de sus labios trémulos y se preguntó cómo había sido tan idiota.

La sala estaba llena de equipo informático. Monitores, docenas y docenas, cada uno con una etiqueta diferente. Sat-10. Sat-35. Sat-118. Los monitores mostraban imágenes de todo el país, en alta definición, ampliadas, tomadas desde arriba. Vio las bulliciosas calles de Megópolis, los sórdidos y zigzagueantes callejones de Los Diablos, las abarrotadas callejuelas de Nuevo Belén.

Pero los monitores también mostraban imágenes del *interior* del Lolita.

Había cámaras en la sala común.

Había cámaras en los dormitorios.

Había cámaras en el gimnasio.

«Veo cosas. Caras. Lugares. Solo ocurre cuando estoy profundamente dormido».

Lemon se presionó los labios con los dedos, negando con la cabeza.

Sonó una alarma, resonó a través de la instalación, reverberó en el cemento. Pero Lemon apenas la oía. Estaba mirando fijamente las paredes, con los ojos muy abiertos, los labios temblorosos. Cada centímetro estaba cubierto de fotografías, como el despacho. Pero, en lugar de extensos cielos azules, aquellas fotografías eran todas de la misma mujer, siempre tomadas desde arriba. Lemon podía ver al comandante en la forma de su barbilla, en la línea de su frente. Tenía una sonrisa bonita, los ojos oscuros. El cabello moreno y largo. En la cara llevaba una calavera pintada. Iba a menudo acompañada por un chico que llevaba unas gafas tecnológicas.

—Hermana Dee... —susurró.

En la pared, en el centro del *collage,* estaba la misma fotografía que el comandante tenía en su escritorio. Mostraba a la misma mujer, más joven y embarazada, con un bonito vestido de verano. Unas pecas tenues salpicaban sus mejillas. Habían clavado un cuchillo de combate en la fotografía, justo en el centro de su estómago, prendiéndola a la pared.

—Lillian —susurró.

La Hermana Dee es su...

—Lo siento —dijo una voz a su espalda.

Lemon giró sobre sus talones y vio al comandante a su espalda. Tenía una pistola en la mano, apuntándole directamente al pecho. Elevó la voz sobre el chillido de las alarmas.

—Apártate de los ordenadores.

—Es tu hija —le espetó Lemon—. Lillian es la Hermana Dee.

—*Apártate.*

Lemon miró la fotografía atravesada por el cuchillo. Tenía la mente desbocada, los pensamientos en un borrón, y entonces miró al anciano. Si la Hermana Dee era su hija, y Lemon era su nieta...

¿Ella es mi...?

Lemon parpadeó con fuerza, negó con la cabeza. El horror, el dolor, amenazó con elevarse y abrumarla. Pero buscó en su interior, más allá de la náusea de su vientre y del trueno de su pulso, y la encontró esperándola. Su cara de callejera. Su máscara de valiente. Se la puso, como si fuera un guante viejo, y respiró profundamente. Había sabido que era demasiado bueno para ser verdad. En su interior, una parte de ella *siempre* lo había sabido. Y entonces, mientras las alarmas gritaban y algo le aporreaba las sienes y su vientre se convertía en un frío y plomizo hielo, lo supo. Sobre la oleada de desesperación y de traición, en un momento de perfecta claridad.

La fotografía de la pared era idéntica a la enmarcada en el escritorio del comandante. La misma sonrisa, el mismo vestido, las mismas pecas.

Todo, excepto…

—¿Dónde está su trébol de cinco hojas? —exigió saber—. ¿Dónde está el regalo que le hiciste cuando cumplió dieciséis años?

El anciano se encogió de hombros, una pequeña sonrisa curvó sus labios. Miró las fotos de las paredes del despacho contiguo. Los cielos contenían todos los tonos de azul: oscuro y claro y todo lo que hay entre medias, o teñidos de nuevos matices dorados y naranjas y rojos.

—Te sorprendería lo que se puede conseguir con un poco de edición —le dijo.

—No eres un desviado —exhaló Lemon, uniendo todas las piezas en su cabeza—. No ves nada cuando duermes, lo ves a través de estas *pantallas*. Por eso haces que Grimm y los demás vivan de noche, para poder sentarte aquí arriba y vigilar el mundo entero durante el día. —El estómago se le cayó a las botas—. No me habías visto hasta que llegué aquí, hace unos días. Todo lo que sabes sobre mí lo descubriste oyéndome hablar con los demás. Vigilándome.

—Y en grabaciones antiguas —dijo el comandante—. El sistema guarda un archivo de las imágenes satelitales durante tres meses. Tu batalla a las afueras de Babel fue interesante.

Lemon miró la fotografía apuñalada contra la pared. La sonrisa bonita, la piel pecosa. La verdad estaba allí, clara ante sus ojos, pero le dolió decirla.

—Ella no es mi madre.

—No.

—Y tú no eres mi abuelo.

El anciano curvó los labios en una sonrisa.

—Difícilmente podría serlo.

Las lágrimas brillaron en los ojos de Lemon cuando susurró:

—¿Por qué me has mentido?

—Necesitaba que te quedaras —le dijo—. El tiempo suficiente para abrir la sección C, al menos. La tontería del abuelo fue lo mejor que se me ocurrió con tan poco tiempo.

—Pero la Hermana Dee dirige la Hermandad. Eso te convierte en...

—Sí.

Lemon miró las pantallas con las imágenes de satélite.

—San Miguel nos vigila —susurró.

—Oh, por favor —gruñó el comandante—. ¿*San* Miguel? Lillian empezó a llamarme así después de lanzar mi coche al fondo de la Cañada del Plástico.

—¿Ella intentó matarte?

—Lo intentó y fracasó —escupió—. Culpar del ataque a un misterioso grupo de desviados para alimentar el fervor de la Cruzada fue una idea genial, pero Lillian no fue lo bastante genial para terminar el trabajo. E, irónicamente, después de todos los gusanos desviados a los que purificamos, de toda la escoria anormal a la que clavamos a la cruz, fue un desviado quien me salvó la vida.

—Fix —exhaló Lemon—. Pero... ¿por qué intentó acabar contigo tu propia hija?

—Tiene un hijo. Abraham. —El comandante sonrió al pronunciar el nombre—. Hace algunos años, el chico manifestó una... impureza.

—... ¿Querías crucificar a tu propio nieto?

—Ese no es mi nieto —gruñó el comandante—. Ese chico es una abominación.

Lemon lo miró fijamente. Le temblaban las piernas. Había lágrimas en sus ojos. Las alarmas seguían tañendo sobre el pulso que latía en sus oídos.

—Después de que Fix me sacara del fondo de la Cañada del Plástico, lo traje aquí —dijo el comandante—. Estuve destinado aquí antes de la guerra. Cuando las bombas empezaron a caer, en lugar de cumplir con su deber, el teniente Rodrigo bloqueó la sección C desde el interior. Pero yo todavía tenía los códigos de las emisiones satelitales. Lillian me había quitado todo en lo que había trabajado, así que empecé a buscar más de los tuyos. Los alimenté con toda esa mierda del *Homo superior* esperando algún día encontrar a uno de vosotros que pudiera derretir el metal o deformar el acero o alguna otra impiedad que me permitiera entrar en la única zona de la instalación a la que no podía acceder.

—La sección C —susurró Lemon.

—Exacto.

En sus ojos ardía una aterradora intensidad, y Lemon no pudo evitar recordar los retratos en los muros de Nuevo Belén. Un hombre de mediana edad, un halo de luz, ojos de fuego.

—He sufrido durante años —dijo con ferocidad—. Rodeado de escoria anormal, exiliado en el desierto como un profeta antiguo. Pero sabía que, al final, el Señor te traería hasta mí. Él tiene un plan. Todos nosotros, todo esto, es solo parte de este.

—¿Así que planeas recuperar la Hermandad amenazando con bombardear su ciudad?

—No tengo intención de amenazar —replicó el anciano—. Lillian ha corrompido la orden hasta el punto de hacerla irreconocible. Durante mi exilio, el Señor me ha mostrado un nuevo camino. Me trajo de nuevo aquí por una razón, igual que te trajo a ti. Este es el momento de la Revelación. —Extendió los brazos—. ¿Esas alarmas? Ese es el sonido de las siete trompetas.

Levantó la pistola. Las sirenas no dejaban de aullar.

—Ahora *apártate* de esos ordenadores.

Lemon negó con la cabeza, mirando las fotografías de las paredes.

—Vas a convertir el país entero en cenizas porque ella ha mancillado tu pequeña secta de psicó...

—¿*Comandante?*

Un grito lejano resonó sobre las alarmas y a Lemon le falló la voz. Miró al comandante a los ojos y se le revolvió el estómago al reconocer la voz mientras unas botas pesadas comenzaban a subir las escaleras hasta el despacho.

—Lemon, ¿estás por aquí? —preguntó Grimm.

—¡Grimm, no subas! —gritó ella.

Pero los pasos seguían acercándose. Lemon bajó los ojos hasta la pistola en la mano del comandante. Si Grimm entraba allí, si veía todo aquello...

—Espera abajo, soldado —le ordenó el comandante.

—¡Grimm, vete! —chilló ella.

Ignorante, ajeno, Grimm entró en el despacho contiguo.

—¿Por qué hay tanto ruido? —preguntó.

Lemon lo vio ocurrir a cámara lenta, como un vídeo horrible, reproduciéndose ante ella, incapaz de detenerlo. Los ojos del chico llenándose de sorpresa. El comandante alzando la mano en la que tenía la pistola. Apretando el gatillo con el dedo. La ira en el rostro del anciano. El desconcierto en el del chico. Lemon levantó las manos y gritó. Y el mundo balbuceó y se detuvo, abrumado por el lamento de la alarma, fogonazo a fogonazo.

Bang.

Bang.

Bang.

El aire entre Grimm y el comandante chisporroteó cuando el chico levantó las manos; las balas golpearon la escotilla, el marco, su cuerpo. La ira inundó a Lemon al ver cómo se abrían los ojos de Grimm, el impacto del disparo. Otro grito escapó de su garganta y sus dedos se tornaron en garras. El comandante giró sobre sus talones, la pistola se movió a cámara lenta hacia su cabeza, el dedo se tensó sobre el gatillo. Lemon notaba la estática en el interior de su cabeza. El vibrante y crepitante gris tras sus ojos. Porque eso era la vida, en realidad. Pequeños arcos y chispas de electricidad, neuronas y electrones, siempre cambiando, siempre moviéndose. Y a pesar del miedo, a pesar de la ira, a pesar de todo, Lemon buscó los diminutos impulsos saltando de sinapsis en sinapsis, crepitando a través del sistema nervioso del comandante, haciendo que su corazón bombee y sus dedos se cierren. Fue como meter la mano en una nube de moscas furiosas, en una tormenta formada por un millón, por mil millones de diminutas chispas ardiendo.

Y, extendiendo los dedos,

los apresó

y

los

apagó.

No fue el final más espectacular. Algunos monstruos mueren sin drama. El comandante jadeó como si lo hubiera golpeado. La pistola se le escurrió de los dedos mientras se tambaleaba, y cayó al suelo con un repiqueteo. El anciano parpadeó una vez, la miró a los ojos. Abrió la boca como si quisiera hablar, y Lemon se preguntó qué diría. Después sencillamente se desplomó, como si lo hubieran golpeado con un martillo entre los ojos. Muerto antes de golpear el suelo.

Grimm se hundió de rodillas junto al viejo, agarrándose el pecho, con una mueca de dolor en el rostro.

—¿Grimm? —preguntó Lemon.

Y, con un gemido, el chico se desplomó.

—¡GRIMM!

2.28

Miedo

Condujeron toda la noche de vuelta a Nuevo Belén. Jugartown seguía en llamas cuando la caravana de la Hermandad se marchó de la ciudad. Había humo elevándose sobre las ruinas de la Cúpula Bélica y del Casar's Place. Cuatro Discípulos metieron a Cricket de nuevo en el vehículo y aceleraron casi antes de que la puerta se cerrara. Estaba sentado en la parte de atrás del camión, con la mente llena de imágenes de la masacre, de Evie en mitad de esta, ofreciéndole su mano roja como la sangre.

«*Ven conmigo, Cricket*».

En el caos tras el ataque de los realistas, nadie se había molestado en contarle qué estaba pasando. Al parecer, la Hermana Dee había mantenido las cosas bajo control el tiempo suficiente como para que el grupo comenzara el viaje de vuelta a Nuevo Belén. Pero, mientras regresaban al asentamiento, Cricket podía imaginar la noticia corriendo de un lado a otro de la línea, en susurros acallados y murmuradas transmisiones de radio:

Abraham es un desviado.

La granada de Verity. Ese estallido de fuego y metal. El chico había levantado las manos, ondulado el aire y desviado el fuego y la mortal metralla con el poder de su mente. Le había salvado la vida a su madre y a media docena de adeptos. Pero, al hacerlo, se había revelado como todo aquello que la Hermandad despreciaba.

Cricket sabía que la Hermana Dee gobernaba Nuevo Belén a través del miedo y del más puro y sangriento magnetismo. A pesar de su aparente crueldad, parecía preocuparse por Abraham de verdad, a su modo retorcido y horrible. Pero ¿cómo protegería a su hijo tras demostrar que era el enemigo? ¿Cómo lo salvaría y mantendría el control de una ciudad en la que solo los puros prosperaban?

Atravesaron las puertas de Nuevo Belén a última hora de la mañana: la plaza estaba abarrotada, la planta desalinizadora estaba en marcha, las calles bulliciosas. Cuando Abraham salió de la cabina del camión a la abrasadora luz del sol, Cricket se dio cuenta de cómo lo miraban los Hermanos y Discípulos.

De cómo susurraban.

Los Hermanos, los Discípulos, los guardias de élite de sotanas negras... Todos miraban a la Hermana Dee. Todos seguían temiendo a la mujer que había levantado aquel asentamiento con sus propias manos. Nadie quería ser el primero en disentir. En acusar. Abraham era su único hijo, después de todo. Pero Cricket podía ver las preguntas en sus ojos.

¿Lo había sabido ella?

¿Les había mentido a todos?

Abraham dejó que Cricket saliera del camión, con los ojos fijos en el suelo a sus pies. Algunos de los ciudadanos lanzaron vítores al ver al enorme robot bélico, gritaron su nombre, preguntaron cómo había ido el combate. Pero Abraham mantuvo la cabeza baja, le ordenó a Cricket que subiera a la plataforma de carga del taller y bajó con él a la grasienta penumbra de abajo. Los vítores de la multitud se disiparon cuando las puertas del muelle de carga se cerraron con un zumbido sobre sus cabezas. El silencio que siguió resultaba opresivo. Estaba teñido de una horrible promesa.

Solomon estaba esperando allí abajo en la oscuridad, acunando su dinamo defectuosa en el banco de trabajo del taller. El desgarbado logika levantó la mirada cuando Cricket y Abraham descendieron, y su sonrisa iluminó la penumbra cuando habló.

—¡Buenas tardeeeees, amigo Paladín, amo Abraham!

—¿Qué tienen de buenas? —preguntó el enorme robot.

—¿Problemas, viejo amigo? Toma asiento y cuéntale tus penas a Solomon.

Cricket notaba la tensión que crepitaba en el aire. Podía imaginar las discusiones en susurros y los debates a escondidas que se estarían produciendo por toda la ciudad en aquel momento. Abraham atravesó el taller, agarró una bolsa y comenzó a lanzar cosas dentro. Tenía los ojos azules muy abiertos, la respiración acelerada.

—Abraham, ¿qué vas a hacer? —le preguntó Cricket.

—Estoy pensando que podría ser el momento de tomarse unas vacaciones —declaró el chico.

—¿Estás seguro de que huir es la respuesta? Marcharte de aquí solo…

—Es mejor que quedarse. Sabes lo que la Hermandad le hace a la gente como yo, Paladín. —Negó con la cabeza—. Sabes lo que soy yo para ellos.

—No creo que tu madre dejara que te ocurriera algo.

El chico se rio amargamente.

—Tú no sabes de lo que ella es capaz. Las cosas que ha hecho, las cosas que…

—¿Nos dejas, hijo?

Abraham, Solomon y Cricket miraron las puertas del taller. La Hermana Dee estaba en el umbral, cubierta de ceniza y manchada de sangre. Estaba sola, sin élite de sotanas negras a su lado, sin Discípulos a su alrededor. Su calavera pintada estaba emborronada. Llevaba el cabello despeinado. Clavó sus ojos oscuros en su hijo.

—Madre…

La mujer negó con la cabeza.

—Lo de anoche fue… una imprudencia por tu parte.

—Lo sé —dijo el chico—. Lo siento.

—Te has puesto en peligro, Abraham. A ambos. En un terrible peligro.

—Me marcharé —le prometió—. Tomaré algunos créditos y un vehículo y me largaré. Soy hábil, podría encontrar trabajo con facilidad en Megópolis o en algún…

—¿De verdad crees que ellos *permitirán* que te marches?

El chico se quedó en silencio, con el rostro pálido y macilento y la turbación de sus ojos oculta bajo su cabello oscuro y grasiento. La Hermana Dee estaba mirando el retrato de la pared. El hombre del halo de luz y los ojos de fuego.

—Tu abuelo siempre decía que era mejor ser temido que amado.

Abraham asintió despacio.

—Lo recuerdo.

—¿Recuerdas lo que te llamó cuando descubrió lo que eras?

Abraham se humedeció los labios secos.

—Abominación.

—¿Y recuerdas lo que le hice cuando te amenazó?

—Me salvaste la vida, madre.

—Tal era mi amor por ti. Un padre asesinado por su hija. Una vida a cambio de otra. Y, de mi pecado, brotó esta gran obra. —La Hermana Dee señaló la ciudad que los rodeaba—. Encontramos este lugar en ruinas. Pero, con el trabajo de las manos limpias y de los corazones puros, los hijos de Dios reclamamos nuestro hogar. ¿No lo hicimos? Las aguas se volvieron dulces, Abraham. Los puros prosperaron.

Caminó despacio a través del taller; sus tacones repiquetearon sobre el cemento manchado de grasa. Una tensión eléctrica atravesó a Cricket cuando la mujer alargó la mano para rozar el rostro del chico con las yemas de los dedos. Había lágrimas en sus ojos. Veía el fanatismo que le había permitido amenazar con crucificar bebés, que la había conducido a levantar aquel culto de la nada. Y, bajo todo ello, bajo el fanatismo y la manía y el fervor religioso... Sí, Cricket veía amor de verdad.

Pero ¿era amor por su hijo?

¿O amor por el poder?

—Lo haría todo de nuevo, Abraham —le aseguró su madre—. Mataría a cualquier hombre que te amenazara. Pero no puedo matar a una docena. Ni a un centenar. No puedo permitir que todo lo que hemos construido aquí se venga abajo. Por nadie.

—Madre, no...

—¿Tú me quieres, hijo?

—... Claro que sí.

La mujer suspiró.

—Deberías haberme temido.

Cricket oyó pasos en la puerta, levantó la mirada y vio a dos docenas de Hermanos en el umbral. Estaban vestidos de negro, eran fornidos. Todos estaban armados, todos miraban a Abraham con frialdad.

—Madre, no —susurró Abraham.

—Lo siento, Abraham —le dijo.

—¡Anoche te salvé la vida!

—Se trata de algo más importante que nosotros dos. —La Hermana Dee negó con la cabeza, tomó las mejillas del chico en sus palmas—. Esta es la ciudad de Dios.

Los matones caminaron hacia el chico, con los ojos fríos y las manos abiertas. Cricket dio un paso adelante, pero titubeó en el segundo. Lo habían programado para intervenir si un humano recibía daño, pero *también* para no dañar a los humanos en esa intervención.

¿Qué podía hacer?

—Atrás —advirtió Abraham a los hombres.

La Hermana Dee se quitó las lágrimas de los ojos. Inhaló profundamente.

—Detenedlo —susurró.

Los hombres cargaron. Abraham levantó las manos y el aire que lo rodeaba se onduló, y media docena voló hacia atrás como golpeada por una fuerza invisible. Cricket oyó huesos rompiéndose al estrellarse contra las paredes, gritos de agonía. La segunda ola llegó acompañada de un torrente de espuma de alta presión de los extintores de Cricket, que los puso de rodillas, tosiendo y ahogándose. Pero algunos de los matones más grandes lograron pasar, colisionaron contra Abraham y lo lanzaron al suelo.

—¡Paladín, ayúdame! —gritó el chico.

—¡Soltadlo! —rugió Cricket.

El robot bélico dio un paso adelante, golpeando de nuevo a los Hermanos con sus extintores. Si tenía cuidado, conseguiría separar a Abraham de sus atacantes sin dañar a nadie. Si tenía suerte, nadie…

—¡Paladín, apágate! —gritó la Hermana Dee.

No, no puedo dejar que…

Los robots deberán obedecer.

Van a crucificarlo, su propia madre está…

—¡APÁGATE DE INMEDIATO!

Los robots

deberán

obedecer.

—Entendido —susurró Cricket.

Y la oscuridad descendió como un martillo sobre una cruz.

2.29

Abrasión

¡**G**RIMM!

Lemon saltó sobre el cuerpo del comandante, le dio una patada a la pistola caída y se deslizó sobre sus rodillas junto al chico. Grimm tenía los dientes apretados, la mano presionada contra el pecho. Las alarmas gritaban; un rugido grave resonaba a través del suelo.

—Oh, Dios —susurró Lemon—. ¿Grimm?

Le latía el corazón como si estuviera a punto de escapársele entre las costillas, y sus pulmones no parecían recibir aire suficiente por mucho que inhalara. La idea de que estuviera herido, de que se lo arrebataran junto a todo lo demás... Pensarlo era demasiado aterrador. Pero Lemon tomó la mano de Grimm en las suyas, se la apartó del pecho y, bajo sus dedos temblorosos, vio un agujero humeante en su chaleco de camuflaje. Una babosa de metal fundido estaba aplastada contra el tejido blindado.

—Oh, Dios —susurró.

No había sangre.

—¿Estás bien?

—Del Para... guay —siseó él.

No podía imaginar cuánto debió dolerle. Lo que el comandante blandía no era precisamente una pistola de juguete, y el disparo había sido casi a bocajarro. Grimm seguramente se sentía como si lo hubieran golpeado con un ladrillo que estaba dentro de un camión. Pero, entre el calor que había elevado y su chaleco blindado, la bala no había tenido fuerza suficiente para atravesar el tejido.

Está bien...

—¿Qué de... demonios está pasando? —resolló Grimm.

Lemon parpadeó con fuerza, empujó el miedo hasta sus botas. Las alarmas seguían sonando, la vibración del suelo era cada vez mayor.

—Los misiles —dijo, desesperada—. ¡El comandante ha iniciado el lanzamiento!

—Eso lo sé, ¿por qué de... demonios crees que he subido? —El chico hizo una mueca—. Lo que qui... quiero saber es *por qué*.

—¿Qué más da el porqué? ¡Tengo que detenerlos!

Grimm parpadeó.

—Bueno, ¿no deberías es... estar haciendo eso en lugar de hablar conmigo?

Lemon se echó hacia atrás lentamente, en cuclillas.

—... A veces eres un auténtico imbécil, ¿sabes?

El chico consiguió mostrarle una sonrisa débil.

—Al tarro de los ta... tacos.

Lemon se puso en pie en un instante, saltó sobre Grimm y bajó las escaleras de tres en tres. Sus botas golpearon el cemento y corrió más allá de la hidroestación, a través de la escotilla que conducía a la sección C. El retumbo era cada vez más intenso, y ya casi ahogaba la voz de las alarmas. La estructura entera estaba temblando en sus huesos. En un ordenador marcado ASAT vio una representación digital de Estamos Unidos en la que unas finas líneas rojas se bifurcaban por el mapa, etiquetadas del 1 al 7. Se dio cuenta de que eran puntos de impacto: Megópolis, Ciudad Colmena, Sedimento, Nuevo Belén. En la pared, en un rojo brillante, una cuenta atrás se acercaba cada vez más a cero.

2:00

1:59

1:58

1:57

—Hoy no —susurró.

Cerró los ojos y buscó los sistemas informáticos a su alrededor. Cerrando los puños e inhalando una larga y suave bocanada, lo soltó todo: la estática, la furia, ondulándose en una ola sin sonido. Los ordenadores parlotearon y estallaron, escupiendo halos de chispas desde sus pantallas rotas. La cuenta atrás se quebró y estalló, los números titilaron hasta fundirse en negro mientras la electricidad atravesaba las paredes.

Pero el retumbar…

… *no se detuvo*.

—Oh, no —exhaló, mirando a su alrededor—. No, *no*.

—¿Qué ha pa… pasado?

Lemon se giró y vio a Grimm en la escotilla. Estaba apoyado contra el marco, con aspecto pálido y perturbado.

—¡Los misiles siguen preparándose! —aulló.

—¿Puede que las pu… puertas estén protegidas? ¿Que sean re… resistentes a los pulsos electromagnéticos, o… algo así?

Corrió a la escotilla del SILO N.º I, miró los letreros de emergencia.

PELIGRO: ALTA PRESIÓN

ADVERTENCIA: NECESARIO EQUIPO DE SEGURIDAD M-1 A PARTIR DE ESTE PUNTO

PELIGRO: MANTÉNGASE ALEJADO DE LA PUERTA BLINDADA

Presionó el metal con las manos, notó la vibración al otro lado, una fuerza terrible, un leve calor. Se giró hacia Grimm.

—¿Un poco de ayuda?

Con la mano todavía presionada contra su pecho amoratado, el chico cojeó hasta la escotilla. Lemon giró la pesada manija, oyó cerrojos traqueteando, otra sirena de advertencia uniéndose a las demás. Miró a Grimm; el chico apretó la mandíbula y asintió, y juntos tiraron y abrieron la escotilla.

El ruido se volvió ensordecedor, un horrible calor se derramó a través de la abertura. Pero Grimm tiró de Lemon a su lado y el aire que los rodeaba se onduló mientras desviaba la temperatura con sus manos abiertas y el calor incandescente abrasaba la pintura de las paredes a su alrededor. Podía ver un largo tubo de lanzamiento a través de la calcinadora neblina gracias a la luz del sol que se colaba a través de la escotilla superior. El misil tenía solo tres metros de altura, y estrechos ríos de electricidad corrían bajo su piel. Grimm rodeó la cintura de Lemon con los brazos y presionó los labios contra su oreja para rugir sobre el motor.

—¡Fríelo!

Lemon asintió y buscó los sistemas de orientación, los reguladores de combustible, el suministro de energía. Apresó la corriente eléctrica y la dejó bullir. Las chispas estallaron en el morro cónico del misil, en la sección de cola, en las propias paredes. Y con un estruendo que notó en los huesos, las llamas del motor chisporrotearon y murieron.

—¡Lo has conseguido! —gritó Grimm.

—¡Nos quedan seis! —chilló ella.

Corrieron a la escotilla del Silo n.º 2. El martilleo del corazón de Lemon se alzaba sobre el rugido del motor. Quedaban menos de dos minutos de cuenta atrás cuando comenzó; quedaría quizá un minuto y medio para el lanzamiento. Giró la manija y abrió la escotilla mientras Grimm los protegía del cegador halo de fuego. Lemon extendió la mano y sobrecargó la tensión eléctrica; el motor del segundo misil murió. A la tercera escotilla. A la cuarta. Grimm la abrazó mientras mantenía las llamas a raya, mientras buscaba la corriente eléctrica. No quedaba mucho tiempo, quizá medio minuto, cuando abrió la escotilla del Silo n.º 5 y silenció los sistemas eléctricos con sus manos temblorosas.

—¿Cuánto queda? —rugió Grimm.

—¡No lo suficiente!

La escotilla del Silo n.º 6 fue difícil de abrir; las bisagras estaban duras por la falta de uso. Consiguieron abrirla a tirones justo cuando el misil comenzaba a elevarse. Grimm hizo una mueca al repeler las ondas de imposible calor. La bestia se elevó en el tubo de lanzamiento con su explosiva carga letal, a cinco metros del suelo, a ocho metros y subiendo. El fuego era cegador, el calor cocinaba las paredes y el suelo, respetando un círculo perfecto de cemento intacto alrededor de Lemon y Grimm a pesar de los miles de grados que estaban lanzando en su dirección. La chica buscó y la corriente se disparó. Los motores tosieron y el misil tembló como si quisiera volar. Pero las llamas balbucearon y, con un gemido, con un chillido de negación, el proyectil cayó de nuevo por el tubo de lanzamiento, aplastándose contra la pared.

—¡Uno más! —gritó Lemon.

Corrió, con el pulso desbocado y el sudor escociéndole en los ojos. Buscó el Silo n.º 7 y abrió la escotilla, y el corazón le dio un vuelco al darse cuenta de que…

—No…

Entró, mirando hacia el cielo, viendo las llamas del motor muy alto sobre su cabeza. Lo buscó, intentando apresarlo. Pero estaba demasiado lejos.

Era demasiado tarde.

—¡Maldita sea! —gritó.

Grimm tenía los ojos muy abiertos, el rostro empapado en sudor.

—¿A dónde se dirige?

—¿Qué más da? —exhaló, casi sollozando—. ¡Ahora no podemos detenerlo!

—Lemon, *¿a dónde se dirige?*

La chica negó con la cabeza, pensando en las lecturas que había visto en el sistema ASAT, en las líneas rojas numeradas que se extendían por Estamos Unidos: Megópolis. Ciudad Colmena. Sedimento. Armada. Jugartown. Babel. Y…

—El número siete era Nuevo Belén —dijo—. Creo…

—Del Paraguay. —Grimm giró sobre sus talones y salió corriendo de la habitación.

—¿A dónde vas? —gritó Lemon.

Grimm no contestó. Corrió cojeando escaleras abajo, con la mano todavía presionada contra su magullado y dolorido pecho. Lemon lo siguió, desconcertada y jadeando. Trastabilló a través de la vegetación y lo vio desplomarse de rodillas junto a Diesel. La chica seguía sentada junto al cuerpo de Fix, aturdida y muda a pesar de los gritos de las alarmas. Tenía las mejillas manchadas de pintura negra y los ojos rojos del llanto. Pero, cuando Grimm habló, cuando le tomó la mano, levantó la mirada. Sus ojos oscuros se llenaron de sorpresa. Frunció el ceño.

—¿Nuevo Belén? —la oyó decir Lemon.

—Podemos hacerlo —insistió Grimm—. Tú y yo, Deez.

Diesel miró el cuerpo de Fix. Apartó la mano de la de Grimm.

—Por mí, que se quemen.

—¿Crees que él querría eso? —le preguntó Grimm con voz desesperada—. Se pasó toda la vida arreglando cosas, dejándolas como nuevas. Él hizo crecer todo esto. Lo hizo brotar. De ninguna manera querría que terminara calcinado.

La chica miró el jardín a su alrededor. Lágrimas nuevas inundaron sus ojos.

—No es justo —susurró.

—Lo sé, Deez. Pero no puedo hacer esto solo. —Grimm se succionó el labio, le colocó la mano en el hombro y apretó—.

Conduzco como un viejecito al que le ha dado clases una viejecita, ¿re... recuerdas?

A pesar del dolor, Diesel consiguió sonreír un poco. Una risita diminuta. Las lágrimas se derramaron sobre sus pestañas, bajaron negras por su rostro para acumularse en sus labios.

—¿Puedes hacer algo así? —murmuró.

—Ni puta idea. —Grimm se encogió de hombros—. Pero, si la cago, al menos disfrutarás de esa tarta.

Grimm le ofreció la mano.

—Los frikis tenemos que mantenernos juntos.

Ella lo miró a los ojos.

—Por favor, Diesel.

Diesel miró a Lemon sobre el hombro de Grimm, manchada de sangre y maltrecha. Las chicas se miraron a los ojos y Lemon pudo ver su dolor, la tristeza que ambas compartían. Diesel parecía mayor, de algún modo, atemperada y endurecida por el fuego. Más fuerte.

—Nunca fui realmente consciente de que tenías el cerebro en la entrepierna, Grimmy —le dijo.

Y, con una pequeña sonrisa triste, le tomó la mano.

Grimm hizo una mueca de dolor y puso a Diesel en pie con una sonrisa delirante en la cara. Y, sin perder otro instante, los dos echaron a correr. Atravesaron el invernadero, dejando atrás a una desconcertada Lemon Fresh, golpeando el metal con las botas al subir las escaleras.

—¿A dónde vais? —gritó Lemon.

—¡A Nuevo Belén! —replicó Grimm.

—¿Qué...?

Lemon los siguió a través de la sección A, subió corriendo las escaleras hasta salir al desierto mientras las alarmas seguían retumbando. Grimm bajó rápido al garaje y regresó con una lata de gasolina llena debajo del brazo bueno. Comenzó a repostar la Furgojeta, con sus ojos oscuros en los cielos del oeste.

—Entonces, ¿cuál es el plan, genio?

—Llegamos a Nuevo Belén antes de que lo haga el misil. —Grimm hizo una mueca, tanteándose el pecho magullado y dolorido—. Y, cuando estalle, desviamos la explosión.

—¿Estás *loco*…?

—Claramente —murmuró Diesel.

—La explosión será, sobre todo, energía —le explicó Grimm, llenando el tanque—. Térmica, cinética, sónica. Energía radiante, amor. Eso es lo mío, ¿recuerdas?

Lemon no podía creerse lo que estaba oyendo.

—¿Alguna vez has redirigido algo parecido a eso?

Él la miró, parpadeando, con expresión incrédula.

—¿Tú qué crees?

Lemon negó con la cabeza.

—Vale, suponiendo que la explosión no te deje crujiente, ese misil vuela *mucho* más rápido de lo que nosotros podemos conducir. ¡Cuando lleguemos allí, Nuevo Belén será un agujero humeante en el terreno!

—No, amor. —El chico sonrió—. Tenemos el poder de Diesel.

Lemon se quitó el flequillo despeinado de la cara, miró a Grimm directamente a los ojos. Estaba cubierto de sudor, amoratado y jadeando y salpicado de sangre, pero su expresión era feroz. Estaba decidido. Parecía el peor plan del mundo pero, claro y certificado, a ella no se le ocurría uno mejor. Y cada segundo que pasara intentándolo sería otro segundo malgastado. Y por eso asintió, se dirigió a la puerta trasera e intentó subir.

—¿Tú a dónde vas? —le preguntó Grimm.

—Los frikis tenemos que mantenernos juntos —dijo, saltando para subirse al estribo.

—Enana, no puedes venir con nosotros —le dijo Diesel—. No tiene sentido.

—¡No vais a dejarme aquí! —le espetó Lemon.

—Y una mierda que no. —Grimm la agarró del brazo y la miró a los ojos—. Mira, si esto no funciona, Deez y yo seremos pan tostado. Así de sencillo. Y tu poder no servirá de nada. No hay nada que puedas hacer para ayudarnos, así que no tiene sentido que te pongas en peligro.

—¡Esto es culpa mía, Grimm! Yo abrí esa escotilla, ayudé…

—¡Acabas de evitar que seis misiles manden al país entero al infierno! —gritó—. ¡No tenemos tiempo para remordimientos, y yo no tengo tiempo para discutir! Pero… como seguramente estoy a punto de estallar en atractivos trocitos…

Lemon abrió la boca para objetar y Grimm la agarró por la cintura. Y, antes de que pudiera hablar, tiró de ella y acalló su protesta con un beso.

El primer instinto de Lemon fue romperle la boca, quitarle los zapatos de un puñetazo. Pero él la abrazó con fuerza, casi levantándola del suelo con sus grandes brazos, y la necesidad de golpearlo se derritió. En lugar de eso, le rodeó el cuello con los brazos y se acercó a él, devolviéndole el beso con tanto ímpetu como pudo.

Los labios de Grimm estaban calientes y eran suaves y tiernos. Bajo las yemas de sus dedos, los músculos del chico estaban tensos. La avalancha de emociones, su tacto, su sabor hicieron que le diera vueltas la cabeza. Lo besó con ferocidad. Lo besó con desesperación. Lo besó como si fuera la primera vez, y probablemente la última. Y Grimm la besó a ella.

La besó como si fuera en serio.

Diesel se apoyó en la bocina, golpeó el salpicadero con el puño.

—¡Vamos, tortolito!

Grimm se apartó de Lemon, dejándola tambaleándose y totalmente sin aliento. Ella le miró sus enormes y bonitos ojos y se dio cuenta de que no sentía las piernas. Había mucho que quería decir. Mucho que quería hacer. Y no había tiempo para nada de ello.

—Hasta luego, amor.

Grimm le guiñó el ojo y saltó al asiento del conductor. Poniendo el motor en marcha, pisó el acelerador y el vehículo se lanzó al desierto, corriendo en dirección noroeste hacia Nuevo Belén.

Lemon los vio largarse sin tener aún ni idea de cómo esperaban hacer el viaje. Nuevo Belén se encontraba a cientos de kilómetros de distancia; no había ninguna posibilidad de que consiguieran llegar a la costa antes que ese misil. Pero, mientras observaba a través de la destrozada ventanilla trasera, vio a Diesel extendiendo las manos. En la distancia, tan lejos en el páramo que era solo un diminuto y brumoso borrón, Lemon vio una grieta incolora abierta en el aire, quizá a tres metros del suelo. Y, mientras la sorpresa le abría la boca, mientras se percataba de la completa *locura* del plan de Grimm, otra fisura se abrió justo delante del vehículo.

El rugido a todo pulmón del motor quedó silenciado cuando la camioneta desapareció en la grieta, solo para caer a través de la segunda un instante después. La Furgojeta golpeó de nuevo la tierra y viró un poco a la izquierda, levantando polvo en su estela. Lemon parpadeó con fuerza, y se dio cuenta de que Grimm y Diesel habían avanzado kilómetros enteros en un parpadeo.

—*Guau...* —exhaló.

Otra fisura, otra caída, y antes de que la chica se diera cuenta, la pareja había desaparecido, desvaneciéndose más allá del horizonte en una nube de polvo e imposibilidad.

Negó con la cabeza, se pasó los dedos sobre los labios. Todavía sentía en ellos un cosquilleo.

—Energía Diesel...

2.30

Colisión

```
>> comprobación de sistema: 001 go _ _
>> secuencia de reinicio: iniciada _ _
>> esperando _ _
>> 018912.s/n[corecomm:9180 diff:3sund.x]
>> persona_sys: secuenciando
>> 001914.s/n[lattcomm:2872(ok) diff: neg. n/a]
>> reinicio completo
>> Batería: 74% restante
>> ONLINE
>>
```

Las ópticas de Cricket se enfocaron, y se sentó en el suelo del taller. El recuerdo lo golpeó como una bala un microsegundo después, y miró a su alrededor, con el miedo electrónico inundando sus circuitos. Había espuma extintora blanca esparcida por todo el suelo, salpicaduras de sangre sobre el cemento gris. Solomon seguía sentado en el banco de trabajo, sonriendo como un tonto, como siempre. Pero Abraham y la Hermana Dee…

—¿DÓNDE ESTÁN? —le preguntó al logika más pequeño.

—ESCUCHA —contestó Solomon.

Cricket ajustó sus controles auditivos y subió el volumen al máximo. Bajo el chapoteo y el borboteo de la planta desalinizadora, el tronido y el espurreo de los motores de metano, el repiqueteo oxidado de la maquinaria, podía oír el conocido himno de una multitud rugiente. Y sobre los cantos, por encima del golpear de los pies y los aplausos, flotaba la voz de la Hermana Dee. Estaba demasiado lejos para que pudiera distinguir las palabras, pero era lo bastante sonora para oír el fuego del infierno en su lengua.

—¿DE VERDAD VA A HACERLO?

Solomon se encogió de hombros.

—TE DIJE QUE APRENDERÍAS A ODIARLA.

—¡TENGO QUE EVITARLO!

Cricket se puso en pie, levantó los brazos hasta las puertas del muelle de carga sobre su cabeza y clavó los dedos en la fisura.

—PALADÍN, NO SEAS IDIOTA —suspiró Solomon.

—¡VAN A MATAR A ABRAHAM! ¡NO PODEMOS QUEDARNOS AQUÍ SENTADOS SIN HACER NADA!

—CLARO QUE PODEMOS.

—¡No! —gritó Cricket—. ¡CON ESTO NO PUEDES SALTARSE LAS REGLAS! AQUÍ NO HAY ZONAS GRISES, NI VACÍOS LEGALES. ¡LA VIDA DE ABRAHAM ESTÁ EN PELIGRO! LA PRIMERA LEY DICE QUE TENEMOS QUE AYUDARLO.

—LOS ROBOTS NO HARÁN DAÑO A LOS SERES HUMANOS, NI PERMITIRÁN CON SU PASIVIDAD QUE LOS SERES HUMANOS SUFRAN DAÑO. —Solomon ladeó la cabeza y sonrió—. LOS SERES HUMANOS, VIEJO AMIGO. ESE CHICO ES UN DESVIADO. TÉCNICAMENTE, NO TENEMOS QUE HACER NADA.

—¡NO PODEMOS QUEDARNOS AQUÍ SENTADOS MIENTRAS LO MATAN!

—¿Y POR QUÉ NO?

—¡PORQUE NO ESTÁ BIEN!

—OH, VAYA. —Solomon sonrió—. AL FINAL SÍ QUE ERES UNO DE ESOS...

—VETE A LA MIERDA —le espetó Cricket, intentando alcanzar la escotilla—. NO NECESITO TU AYUDA.

—*Paladín, no seas tonto. Yo también le tengo cariño al chico, pero en el momento en el que asomes la cabeza, uno de esos bufones con sotana te ordenará que te apagues. Y cuando descubran que estás usando tu libre albedrío más de lo que debe hacerlo un logika, te borrarán. Estarás muerto.*

Cricket sabía que Solomon tenía razón, técnicamente. Que, en las adorables áreas grises que tanto le gustaban al logika, Abraham no era humano, en el sentido más estricto de la palabra. Cricket era también muy consciente de que una única orden de un humano *de verdad* lo inutilizaría de nuevo. Y se le exigía que protegiera su propia existencia. Subiendo allí para rescatar a Abraham, estaría arriesgando su vida.

Pero también sabía que había verdades más importantes que aquellas con las que lo habían programado. Sí, sabía que una cosa era la letra de la Ley y otra el espíritu de la Ley, y que había un mundo gris entre medias. Pero, después de todo lo que había aprendido, de todo lo que había sufrido, sabía que a veces las cosas podían ser solo blancas o negras.

A veces, las cosas estaban bien o estaban mal.

El acero gritó y las puertas del muelle de carga se combaron en sus manos cuando las apartó, dejando entrar un brillante rayo de luz de la mañana.

—*¡Paladín, piensa en ello!* —le pidió Solomon—. *Tendrás que obedecer la primera orden que te dé un guardia. ¿No has oído una palabra de lo que te he dicho?*

Cricket se detuvo, a punto de salir por la escotilla del taller.

Las palabras de Solomon reverberaron como disparos en su cabeza.

¿De verdad podía ser tan fácil?

¿Tan cerca estaba en realidad la libertad?

El enorme robot buscó en los montones de chatarra del taller y vio por fin la barra que Solomon había usado como bastón en su breve numerito de música y baile. Lo sacó del montón de objetos y se lo entregó al desgarbado logika.

—CREÍ *QUE NO TE GUSTABAN LOS MUSICALES* —le dijo Solomon.

—TENGO QUE PROTEGER MI EXISTENCIA —replicó Cricket—. LA TERCERA LEY, ¿RECUERDAS? NO PUEDO HACERME DAÑO. ASÍ QUE VOY A APAGARME DURANTE SESENTA SEGUNDOS.

Solomon ladeó la cabeza.

—NO *ESTOY SEGURO DE SEGUIRTE, VIEJO AMIGO.*

—POR FAVOR, NO ME HAGAS NADA MIENTRAS ESTOY APAGADO. —Cricket se señaló un lado del cráneo metálico—. COMO... No SÉ, METERME ESA BARRA EN EL SISTEMA AUDITIVO PARA QUE NO PUE-DA OÍR NADA CUANDO VUELVA A ENCENDERME.

Solomon miró el acero que tenía en las manos. La escoti-lla sobre sus cabezas. Al enorme robot bélico que se cernía sobre él.

—MI *QUERIDO* PALADÍN —dijo, sonriendo sin cesar—. *PUEDE QUE, DESPUÉS DE TODO, NO SEAS UN COMPLETO IDIOTA.*

```
>> comprobación de sistema: 001 go _ _
>> secuencia de reinicio: iniciada _ _
>> esperando_ _
>> 018912.s/n[corecomm:9180 diff:3sund.x]
>> persona_sys: secuenciando
>> 001914.y/n[lattcomm:2872(ok) diff: neg. n/a]
>> reinicio completo
>> Batería: 74% restante
>> ONLINE
>> ADVERTENCIA: ERROR CRÍTICO SISTEMA AUDIO
>> REPITO: ERROR CRÍTICO SISTEMA AUDIO
>>
```

Cuando las ópticas de Cricket se enfocaron, el mundo estaba mudo.

Estaba sentado en el banco de trabajo y Solomon lo miraba con la barra de acero en la mano. La sonrisa del robot pequeño se iluminaba al hablar, pero Cricket no oía nada. Los informes de daño no dejaban de llegar, diminutos destellos rojos en la sección craneal que le indicaban que sus sistemas de audio estaban totalmente inutilizados.

Solomon había tomado un grueso rotulador negro de la mesa de dibujo de Abraham y arrancado una de las pizarras blancas de la pared. En ese momento escribía, con una mano que se movía más rápido que la de cualquier humano, y al final le enseñó una nota de maravillosa caligrafía.

¿Me oyes, viejo amigo?

Cricket negó con la cabeza. Solomon borró la primera nota de la pizarra con un trapo viejo y garabateó otra rápidamente.

¡Espléndido!

Si Cricket hubiera tenido labios, habría besado al decadente cacharro. En lugar de eso, decidió colocarse al robot sobre el hombro; si iba a rescatar a Abraham y a escapar de aquella maldita ciudad, era justo que se llevara a Solomon. El pequeño robot se agarró a él con fuerza, Cricket se sujetó al borde de la escotilla y salió a la luz del sol. La plaza estaba casi desierta, pero él sabía dónde estarían todos los ciudadanos reunidos. Nada como una ejecución pública para atraer a los fieles.

Un par de chatarreros y vagabundos observaron a Cricket mientras atravesaba la plaza con Solomon en su hombro. Los guardias de la puerta lo señalaron, un predicador callejero lo miró con los ojos entornados y las Sagradas Escrituras en la mano. Pero, sin detenerse a mirar a ninguno de ellos, Cricket comenzó a avanzar hacia el mercado.

Un Hermano de casaca roja se interpuso en su camino, moviendo la boca con la mano levantada. Seguramente estaba ordenándole que se detuviera, pero Cricket no podía obedecer una orden que no podía oír. Y por eso pasó de largo a zancadas, más allá de la torre campanario y de las puertas dobles de la planta desalinizadora, de la cartelería de la Cúpula Bélica, de los murales de San Miguel. Podía ver a la gente reunida más adelante, figuras sobre el horrible escenario de la Hermandad. La Hermana Dee caminaba de un lado a otro, escupiendo fuego a través del megáfono, rodeada de la élite negra de rostros adustos. Y allí, colgando sin fuerza de las manos de dos Discípulos, con sangre manando de una herida en su frente, estaba Abraham.

Solomon escribió rápidamente en la pizarra blanca y le mostró otra nota.

Porque de tal manera amó Dios al mundo que dio a su Hijo unigénito para que todo aquel que cree en él, no perezca, sino que tenga vida eterna.

¿Puedo yo hacer menos? ¿Por mi fe, por esta ciudad, por todos vosotros?

Las palabras de la Hermana Dee, gritadas a la devota multitud. Cricket notó que sus puños se cerraban con fuerza mientras avanzaba, viendo aplaudir a la turba, los rostros levantados con embeleso. La astucia de la mujer era impresionante: había convertido la impureza de su hijo en una ventaja. Había convertido las palabras de las Sagradas Escrituras en un arma de odio. Había transformado la promesa del más allá en una herramienta para acumular poder aquí en la Tierra. Era una estafa brillante. No habría modo de demostrar si era cierto o no hasta que fuera demasiado tarde.

Es una genialidad, en realidad.

Cricket negó con la cabeza.

No es necesario ser un genio para sacarle lo peor a la gente. Lo único que se necesita es un imbécil y un micrófono.

Miró las manos de la Hermana Dee, vio cómo la multitud se balanceaba y movía, notó que el discurso crecía y crecía. Se preguntó cómo habían llegado hasta allí, cómo habían pasado por tanto y aprendido tan poco. Los supuestos fieles. Los llamados puros. A decir verdad, eran miserables y raquíticos. Desesperados y feos. Ciegos y complacientes. Dispuestos a asesinar inocentes cuyo único crimen era haber nacido diferentes. Todo para mantener su ilusión de que eran, de algún modo, superiores. De que su odio y su miedo estaba justificado, de que su causa era justa, de que aquello era, de algún modo, otra cosa, y no un asesinato.

Notó el puño metálico de Solomon golpeándole el lateral de la cabeza y vio que el logika señalaba a su espalda, que agitaba frenéticamente la pizarra.

¡Peligro, viejo amigo!

Cricket se giró y vio un grupo de matones con sotanas a su espalda. Estaban armados con oxidados fusiles de asalto y, por lo que parecía, le gritaban. Se giró de nuevo hacia la plaza y descubrió que la multitud miraba ahora en su dirección. Suponía que las sirenas de la ciudad habían comenzado a aullar.

Los Hermanos y Discípulos empezaron a disparar, pero Cricket era un robot bélico, de siete metros de altura y setenta toneladas de peso, blindado y preparado para el combate. Los devotos se dispersaron cuando los Hermanos y Discípulos atacaron. Desplegó la ametralladora de su antebrazo, los lanzamisiles de su espalda, lanzó una batida de balas al aire para animar a los rezagados a apartar el trasero de su camino. La multitud se dividió como las aguas del mar, con los ojos sorprendidos y las bocas abiertas, aterrados.

Cricket atravesó la plaza y llegó al escenario, miró a la Hermana Dee. Había sacado tiempo para retocarse la calavera pintada y peinarse el cabello. Para mantener la ilusión de perfección. Era la hija de un santo. Un ejemplo tan devoto para la causa que estaba dispuesta a sacrificar a su propio hijo por la pureza.

La mujer levantó un dedo, gritándole órdenes que no entendía. Y, aunque no podía oír ninguna palabra, podía pronunciarlas.

—Me das asco.

Levantó las manos y arrojó una ráfaga de espuma extintora al pecho de la mujer, lanzándola a ella y a sus matones de costado sobre un mar de burbujeante blanco. Los hombres que retenían a

Abraham salieron volando, y el enorme robot bajó la mano y recogió al chico de la espuma, se lo escondió en una gigantesca mano para protegerlo de los disparos. Solomon comenzó a aporrearle la sien. Cricket giró sobre sus talones, rugiendo a la Hermandad y a los Discípulos que quedaban en la plaza.

—¡APARTAOS TODOS DE MI CAMINO! NO QUIERO HAC...

Un misil le golpeó el pecho, estalló en su blindaje y casi lo tiró del escenario. A su espalda vio un grupo de la Hermandad armado con armas pesadas, acompañado por una machina alta y barriguda: el Sumo que usaban para proteger las puertas de la ciudad. El piloto apuntó su lanzamisiles a Cricket y disparó otro proyectil. La gente que aún estaba allí entró en pánico, corrió en todas direcciones. Cricket acunó a Abraham contra su pecho y agarró un todoterreno cercano, que levantó en un poderoso puño.

Usando el automóvil como escudo, esquivó la explosión de una granada y una tercera oleada del Sumo. Era una sensación extraña: notar el impacto, ver las llamas, pero no oír ni un susurro de las explosiones. El mundo parecía más grande, amplio y vacío y hueco. Solomon le aporreó la sien, sosteniendo una nota pulcramente escrita en su pizarra.

¿Quizá deberíamos huir?

Los hombres de la Hermandad y los Discípulos estaban agrupándose; aunque no podía oírlos, Cricket imaginaba las alarmas gritando por toda la ciudad, el campanario de la planta desalinizadora repicando. Los recién llegados portaban armas pesadas y no parecían compartir los escrúpulos de Cricket sobre los inocentes que podían verse atrapados en el fuego cruzado. Sabía que, si se quedaba allí mucho más, alguien saldría gravemente herido. Y por eso, a pesar de su cuerpo de robot bélico, del entrenamiento de combate que Abraham le había instalado, Cricket decidió seguir el consejo de Solomon y hacer lo que mejor se le daba.

Huir.

Notó las balas *rebotando* en su blindaje mientras Solomon se aferraba a su hombro como si le fuera la vida en ello. Todavía sosteniendo el 4 × 4 como un escudo y mientras los matones se apartaban de su camino, bajó la cabeza y corrió, dejando atrás al Sumo.

Por la carretera, más allá de los tenderetes de hojalata y de la planta desaladora, haciendo temblar el suelo con sus pasos. Vio la puerta ante él: cinco metros de altura, medio metro de grosor, hierro reforzado. Protegiendo a Abraham contra su pecho, levantó el todoterreno como si fuera un ariete y se lanzó contra las puertas. Su cuerpo entero se estremeció por el impacto. Pero, con sus doce mil caballos de potencia y sus músculos de acero blindado esforzados al máximo, atravesó las puertas dobles bajo una lluvia de balas y metralla.

Se tambaleó, perdió el equilibrio y cayó de bruces sobre la carretera al otro lado. Solomon salió volando de su hombro y rebotó hasta aterrizar a veinte metros de distancia. Cricket abrió el puño, vio que Abraham había recuperado la conciencia, que se sostenía la frente ensangrentada con una mueca. Un grupo disperso de viajeros y comerciantes que hacían cola al otro lado de las puertas lo miraron a él y al caos de la ciudad más allá con desconcierto. Las alarmas internas de Cricket aullaban, los informes de daño no cesaban. Y, apoyándose en sus manos y rodillas, se descubrió mirando un par de ojos brillantes de plástico azul. Un rostro atractivo. Unos labios con perfecta forma de corazón, abiertos por el asombro.

Ezekiel.

El realista estaba en una motocicleta en el centro de la carretera, tan real como la vida y dos veces más tonto. Su ropa estaba asquerosa y rota, tenía los rizos oscuros pegados a la frente por el sudor. Su piel oliva estaba manchada de tierra, y las gafas que se subió a la frente habían dibujado unos nítidos círculos limpios alrededor de sus bonitos ojos azules. Estaba mirando a Cricket con incredulidad, sonriendo como un idiota, diciendo palabras que el robot no podía oír.

En el sidecar de la moto había un enorme perro negro que le resultaba vagamente familiar y un hombre al que reconoció *sin duda*: sombrero de vaquero negro, abrigo negro, guante rojo en la mano derecha y un cuello blanco en la garganta.

El cazarrecompensas de Daedalus que los había perseguido por Estamos Unidos.

El hombre que mató a Kaiser.

Que casi mató a Evie y a Lemon.

El Predicador.

¿Y viajaba junto a Ezekiel?

Cricket no podía oír su propia voz, pero aun así sintió la necesidad de preguntarlo.

—POR LAS LLAMAS DEL *INFIERNO*, ¿QUÉ HACES TÚ AQUÍ?

2.31

Descenso

—¿Cricket?

Ezekiel no podía creerse lo que veía, pero se descubrió sonriendo de todos modos, demasiado contento tras ver de nuevo al enorme robot. Pero su sonrisa desapareció cuando miró al logika de arriba abajo: la pintura roja, las X ornamentales, una calavera blanca en la cara. Tenía a un chico en la palma, manchado de sangre y desconcertado y cubierto de lo que podía ser espuma antiincendios. Zeke no sabía cómo, pero parecía que la Hermandad se había apropiado de Cricket.

—¿Qué te ha pasado? —le preguntó—. ¿Lemon está...?

Una explosión floreció a la espalda de Cricket, lanzando al enorme logika hacia delante, sobre sus manos y rodillas. Zeke hizo una mueca ante la oleada de calor y fuego, se bajó de la moto por instinto mientras los ciudadanos que lo rodeaban gritaban.

Miró más allá del robot bélico caído y vio docenas de matones de la Hermandad saliendo a través de las puertas destrozadas de Nuevo Belén. Una alta machina de clase Sumo levantó sus ametralladoras, los malos vestidos con sotanas levantaron sus armas, y antes de que Ezekiel pudiera parpadear, se descubrió en el centro de un abrasador tiroteo.

Rodó hacia un lado, alejándose de la motocicleta. El Predicador se lanzó del sidecar en la dirección contraria. Jojo saltó justo cuando una granada desviada siseaba sobre la cabeza de Cricket y hacía humeantes pedazos su sufrida moto.

—¿Por qué demonios nos disparan a nosotros? —rugió.

Cricket no parecía oírlo; se tambaleó hasta ponerse en pie, con humo saliendo de su blindaje. Zeke se agachó debajo de una autocaravana oxidada mientras el Predicador se refugiaba a la sombra de un todoterreno desfasado. Los ciudadanos que hacían cola estaban ya corriendo, buscando una mejor cobertura, seguidos por los disparos de la Hermandad. Cricket se lanzó sobre el Sumo y los proyectiles trazadores estallaron en su blindaje mientras él golpeaba a la enorme machina y comenzaba a arrancarle las ametralladoras. El chico manchado de sangre corrió a refugiarse junto a Ezekiel, con la frente cubierta de rojo.

—¿Estás bien? —le preguntó el realista.

El joven se limpió la sangre y la espuma de la cara y asintió lentamente. Tenía unos diecinueve años y vestía un mono sucio y unas botas con puntera de acero. Llevaba el cabello oscuro peinado hacia atrás, dejándole la frente despejada y mostrando su rostro ensangrentado y magullado. Parecía haber visto un fantasma, y que este le había dado después la paliza de su vida.

—Cricket, ¿qué está pasando? —rugió Ezekiel.

—*ME TEMO QUE NO PUEDE OÍRTE* —dijo una amortiguada voz cercana.

Zeke entornó la mirada a través del polvo y del humo y vio a un alto y desgarbado logika con filigranas doradas tirado debajo de la misma autocaravana que él. El robot mantuvo la cabeza baja; su sonrisa inane destellaba con cada palabra que pronunciaba.

—¿Por qué no? —exigió saber Zeke.

—*LE DESACTIVÉ EL SISTEMA DE AUDIO PARA QUE NO PUDIERA OBEDECER ÓRDENES* —le explicó el logika—. *ESTAMOS EMPRENDIENDO UNA AUDAZ FUGA, ¿SABES?*

—¿Quién diablos eres tú? —le preguntó Ezekiel.

—MI NOMBRE ES SOLOMON, BUEN SEÑOR —contestó el logika, ofreciéndole la mano—. ES UN PLACER CONOCERTE. EL JOVEN QUE ESTÁ A TU LADO ES EL AMO ABRAHAM, ANTIGUO RESIDENTE DE ESTA CIUDAD QUE AHORA BUSCA REUBICARSE EN CLIMAS MÁS AMIGABLES. ERES AMIGO DE NUESTRO QUERIDO PALADÍN, SUPONGO.

—... ¿Quién diablos es Paladín?

—NO ERES MUY LISTO, POR LO QUE VEO —dijo Solomon—. DEBÉIS SER LOS MEJORES AMIGOS, ENTONCES.

El Predicador asomó la cabeza detrás del todoterreno y rugió sobre el sonido de los disparos:

—Zekey, odio interrumpir la charla, pero hay un grupo de meapilas con bonitos vestidos de fiesta intentando asesinarnos.

Ezekiel se agachó mientras una ráfaga de ametralladora acribillaba su refugio. Cricket le había arrancado el armamento al Sumo, pero se había llevado algunos disparos y el humo subía desde su dinamo y su brazo derecho. Zeke estaba bastante seguro de que la Hermandad no le disparaba ni a él ni al Predicador, sino al chico. Pero lo que estaba ocurriendo allí no importaba; al parecer, se habían metido en una zona de guerra.

—Escucha, ¿has visto a una chica llamada Lemon? —le preguntó a Solomon—. Puede que viniera con Cricket. Pelirroja. Cargos rotos y botas grandes. Metro y medio pelado.

—¿LEMON FRESH? ¿LA ENANA GAMBERRA CON PECAS?

—¡Esa! —Zeke sonrió—. ¿Dónde está?

—NO TENGO NI IDEA. LA PEQUEÑA ANARQUISTA APARECIÓ HACE CUATRO DÍAS, ME FRIO COMO SI FUERA UN HUEVO, ME ROBÓ MIS ARTÍCULOS Y DESPUÉS SE LARGÓ SIN NI SIQUIERA UNA DISCULPA.

—Sí, esa es *definitivamente* ella —murmuró Ezekiel.

Lanzó un par de disparos y gritó al Predicador:

—¡No está aquí!

—¡Entonces no hay ninguna razón para que nos quedemos aquí a que nos disparen! —contestó el cazarrecompensas—.

Quizá deberías tomar a tu robocolega para que podamos pirarn...

Ezekiel oyó el rugido de un motor sobre su cabeza, un rocío de fuego de cañón automático. Las balas despedazaron la carretera, tiraron a un puñado de chicos de la Hermandad de las murallas de Nuevo Belén. Al realista le dio un vuelco el corazón cuando vio un flex-wing con el logo de Gnosis en la cola emergiendo de un cielo de cigarrillo. La aeronave sobrevoló las murallas de la ciudad y lanzó otra oleada de balas a la Hermandad, dispersándola.

Cricket también vio el flex-wing. El robot grande dejó de remodelar las entrañas de Sumo y bramó sobre los motores, sobre los disparos y los gritos:

—¡FAITH!

Ezekiel siguió el vuelo del flex-wing, intentando adivinar quién estaría en su interior. Sabía que Cricket no podía oírlo, así que gritó al Predicador:

—¿Lo ve?

—¡Sí, lo veo! —contestó el hombre, disparando un par de veces sin ganas.

—¡Este sitio *era* un puesto de Gnosis antes de que la empresa desapareciera!

—¿Crees que la señorita Monrova estará en casa?

El corazón de Ezekiel latió más fuerte al pensarlo, pero intentó mantener la emoción a raya. La idea de verla de nuevo, después de tanto tiempo, después de tantos años...

—¿Por qué otra razón estarían aquí?

—¿Han encontrado la religión, quizá?

—¡No podemos arriesgarnos a que pongan sus manos en ella!

El Predicador levantó la mirada desde su escondite para observar al pequeño ejército de la Hermandad que se estaba reuniendo en las murallas.

—La perspectiva no es buena, Zekey.

—¡Sabes lo que está en juego!

El Predicador frunció el ceño.

—Si no fuera un caballero, señalaría que ahora nos vendría realmente bien la ayuda de un ejército de Daedalus.

—¡Después podrás decirme que ya me lo dijiste!

El cazarrecompensas escupió una larga ristra marrón sobre la tierra, rascó a su blitzhund detrás de las orejas y suspiró. Desenfundando las pistolas de sus caderas, asintió.

—Venga. Derritamos algunos copos de nieve.

El flex-wing hizo otra pasada sobre los Hermanos y los Discípulos, segando una franja sangrienta en sus disminuidas filas. Ezekiel oyó una explosión ensordecedora cuando la aeronave descargó lo que presumiblemente era combustible más allá de las murallas, y el suelo tembló cuando las onduladas llamas se elevaron hacia el cielo. La perdió de vista cuando giró a través del creciente humo, pero la buena noticia era que ahora tenía la mayor parte de la atención de la Hermandad. Y Cricket tenía el resto.

El enorme logika parecía haber decidido que la puerta estaba demasiado abarrotada y comenzó a trepar la muralla. Clavó sus puños metálicos en el cemento, atravesó el alambre de espino y los cristales rotos y saltó de nuevo al interior de Nuevo Belén con un sonoro golpe. Un par de hombres de la Hermandad estaban acribillándole el cráneo, pero su blindaje era lo bastante grueso como para que no le hicieran nada. Los matones que estaban más cerca recibieron una cubetada de densa espuma blanca que salió de las palmas de Cricket. Pero las sirenas de la ciudad aullaban, las llamas se alzaban, y Zeke vio más machinas acercándose desde los circundantes campos de maíz transgénico.

Hora de largarse.

Zeke no sabía quién era el tal Abraham, solo que era amigo de Cricket. Agarró al chico por el mono grasiento, a Solomon con la otra mano, y saltó a la cabina de la autocaravana tras la que se había escondido. El Predicador subió a la parte de atrás y su blitzhund lo siguió. Y, apretando los dientes, Zeke pisó el acelerador y atravesó las destrozadas puertas de Nuevo Belén.

Al otro lado, la plaza era un caos: edificios en llamas, una bruma negra y asfixiante en el aire. El flex-wing zumbaba a través del humeante cielo sobre sus cabezas, disparando indiscriminadamente a la multitud. Pero algo no parecía estar bien...

—¡En Jugartown enviaron a Faith como distracción! —gritó Cricket—. ¡Los demás estarán en el edificio de Gnosis!

Ezekiel miró la plaza con los ojos entornados y vio la planta desalinizadora elevándose sobre las chabolas y los edificios en llamas. Estaba envuelta en gases y humo oscuro; el hedor era corrosivo. Pero, a través de las llamas que se extendían por la plaza de Nuevo Belén, todavía podía ver el desvaído logotipo de Gnosis-Labs en el muro.

—¡Ve! —gritó Cricket—. ¡Tengo negocios con estas dos!

En el antebrazo de Cricket apareció una ametralladora y sus lanzamisiles gemelos se desplegaron en su espalda como las alas de un insecto. El enorme robot comenzó a disparar al flex-wing, y los pocos Hermanos que quedaban decidieron que la aeronave era una amenaza mayor que el robot y se unieron a la fiesta de las balas.

Ezekiel pisó el acelerador y los neumáticos chirriaron al atravesar las llamas de la plaza de Nuevo Belén. Los ciudadanos se dispersaron mientras zigzagueaba por el asentamiento con la autocaravana, hasta que se detuvo con un humeante chirrido delante de la planta desaladora.

El edificio estaba al borde de la bahía, como un rey viejo y roto. Su fachada había sido modificada para tener un crudo parecido con una catedral clásica, con puertas dobles de hierro y un enorme campanario de piedra. Pero, en realidad, era un caparazón feo e hinchado con gruesos tanques de almacenamiento y una caótica maraña de siseantes tuberías. Un humo denso emergía de sus chimeneas, extendiendo un palio de gases sobre las aguas negras.

Ezekiel bajó de la autocaravana con su fiel escopeta en la mano. Se dirigió a Solomon y a Abraham.

—Mantened las cabezas bajadas. Volveremos pronto, ¿de acuerdo?

—*SI INSISTES, VIEJO AMIGO* —contestó el logika.

El Predicador saltó al cemento y Jojo bajó tras su amo. Zeke vio a cuatro guardias con X pintadas en la cara abatidos junto a las puertas de entrada de la fábrica.

—Ya están dentro —murmuró.

—Uhm —asintió el Predicador—. Han venido desde el océano.

Ezekiel vio a Jojo olfateando unas huellas de negra humedad que venían de la pasarela de la bahía; suponía que el plan era que Eve, Gabriel y Uriel se acercaran desde el agua mientras Faith y Verity se hacían con la atención de la Hermandad. Y sus hermanos ya se habían adelantado.

—De acuerdo, movámonos.

Cuando entraron y quedaron envueltos por el hedor grasiento y los gases alquitranados, el corazón le aporreaba el pecho. Había más cadáveres esperándolos al otro lado de las puertas, y sobre el borboteo y el repiqueteo de la fábrica se oían disparos y gritos de dolor. Se imaginó a Eve atravesando la penumbra, a Gabriel y a Uriel siguiéndola como sombras. Intentó visualizar a la chica a la que había conocido hacía un puñado de días, reconciliar quién había sido con aquello en lo que se había convertido.

Se parecía a Ana. Hablaba y se reía y besaba como Ana. Pero, al mirar los cadáveres que había dejado en su estela, la sangre con la que había salpicado las paredes, Ezekiel supo con seguridad que Eve no se parecía en nada a la chica a la que había amado. Recordó cómo masacró a los pandilleros de Cataratas Paraíso. Recordó que había buscado en sus ojos a la chica a la que adoraba y no encontró ni un destello. Ni una chispa. Y se dio cuenta de que, si tuviera que elegir entre proteger la vida de Ana y terminar con la de Eve…

¿De verdad estaba allí abajo? ¿Enterrada en aquella oscuridad? ¿La chica a la que había amado desde que puso sus ojos en ella? ¿La chica que lo había hecho real? Era difícil imaginar que Nicholas Monrova confinaría a su querida Ana a un destino como aquel. Pero también era difícil imaginar a Monrova volviéndose contra el resto de los miembros de la junta, convirtiendo a Gabriel en un asesino, dejándose caer completamente en la locura. En los últimos días del estado corporativo de Gnosis, Monrova se había creído rodeado de enemigos. Se había creído un dios. ¿Puede que escondiera a Ana allí abajo, como una semilla bajo la tierra, esperando el día en el que floreciera de nuevo?

¿Estaría bien?

Más disparos resonaron en el acero grasiento. Jojo gruñó suavemente, sus ojos se iluminaron en un tenue rojo. Ezekiel, el Predicador y el blitzhund siguieron el rastro de cadáveres y huellas ensangrentadas hasta un ascensor de carga. Había humedad en el aire, un hedor tan pesado como el plomo. Una huella de sangre manchaba el botón del subsótano más bajo, y Ezekiel lo presionó con el corazón en la garganta.

Bajaron en el ascensor, adentrándose en el vientre de la estructura. Cuando las puertas se abrieron, encontraron una pesada escotilla con una cerradura digital. La puerta estaba calcinada y abollada y arañada; era evidente que la Hermandad había intentado entrar para acceder al botín que Gnosis se había dejado atrás. Al parecer, no lo había conseguido. Pero ahora la puerta estaba ligeramente abierta.

—¿Qué vas a hacer, Zekey? —murmuró el Predicador, rascándole el cuello a su perro.

—Ellos son tres, nosotros somos tres. Golpeamos con fuerza. Lo más rápido que podamos.

—¿Incluyendo a la señorita Carpenter?

—Quiere borrar a la humanidad de la faz del planeta, Predicador. —Ezekiel quitó el seguro de su escopeta con el pulgar—. *Sobre todo* a ella.

—Bueno, vale. —El cazarrecompensas lo miró de arriba abajo, se metió un pellizco de tabaco sintético en el carrillo—. Parece que *has* madurado.

Ezekiel pasó la pulla por alto y los dos atravesaron la escotilla y avanzaron por un oscuro pasillo bordeado de fluorescentes rojos. El aire estaba cargado de un denso vapor; la maquinaria vibraba a sus espaldas. Ezekiel tenía los nervios de punta; apretó la mandíbula y mantuvo los ojos muy abiertos mientras examinaba las sombras y avanzaba con sigilo a través de la bruma, con la escopeta agarrada con fuerza. Y tras deslizarse a través de otra enorme y pesada puerta, la pareja se adentró en el corazón secreto de la fábrica.

Emergieron a una estancia de iluminación roja y oscuro hierro en la que la temperatura cayó hasta el suelo. El espacio estaba ocupado en su mayor parte por una extensa esfera, similar a la que había en el interior de la cámara de Myriad. Estaba cubierta de tubos, calibradores y diales, de gruesas tuberías que serpenteaban por el suelo y subían hasta el techo, todo cubierto de escarcha. La esfera estaba rodeada por una amplia grúa pórtico, suspendida sobre un profundo conducto de ventilación. Una pasarela metálica conducía sobre el abismo a una puerta hexagonal grande.

Abierta de par en par.

Oyó la voz de Eve en el interior. Sus palabras lo arrastraron de vuelta a un dormitorio oscuro y un beso suave y el momento en el que se sintió verdaderamente vivo por primera vez.

«*Eres mío*».

Una promesa.

Un poema.

Una oración.

«Eres mío».

Ella está aquí. Lo sabía.

Las emociones se intensificaron de nuevo: euforia, miedo y un salvaje y delirante tipo de esperanza. Pero lo apartó todo, intentando dejar a un lado la oleada de sentimientos y la ráfaga de adrenalina y tratando de mantener la mente firme. Fue difícil, a pesar de todo lo que había hecho y visto. Dos años no era mucho en la vida, no era suficiente para aprender a vivir. Pero sabía muy bien lo que estaba en juego allí: no solo la chica a la que amaba, sino el futuro de la humanidad. Con el corazón desbocado y el estómago revuelto, se agachó detrás de una larga hilera de generadores de energía y miró más allá de la escotilla de la esfera.

La estancia al otro lado estaba muy iluminada: era blanca y aséptica, cubierta de escarcha, y se oía el zumbido de la electricidad y el sonido rítmico de las máquinas de monitorización. A través del aire turbulento y gélido podía ver a Gabriel, Uriel y Eve, reunidos alrededor de un tubo grande de acero pulido y cristal, exhalando vaho blanco y frío a través de sus labios. El tubo tenía dos metros de largo y estaba lleno de un líquido denso y transparente, ligeramente azul. Y, en su interior, el cabello rubio flotaba alrededor de su cabeza como un halo dorado...

Me crearon para ti.

Todo lo que soy.

Todo lo que hago.

Lo hago por ti.

Ana.

Estaba casi como la recordaba. Quizá un poco mayor, con el rostro un poco más delgado, la piel de un tono más pálido. Pero seguía siendo preciosa. Le habían insertado un tubo entre los labios que le permitía respirar bajo el líquido. Estaba desnuda, flotando sin peso, y tenía tubos insertados en los brazos, electrodos fijados a la sien. Tenía los ojos cerrados y el rostro sereno, como si estuviera perdida en algún sueño agradable. Como la Blancanieves de los libros que había leído en Babel, esperando a que su atractivo príncipe la despertara con un beso.

Pero los ordenadores que había junto a su ataúd de cristal estaban mudos. Según los monitores cubiertos de escarcha, solo un tenue pulso latía en sus venas. Un pequeño fuelle se movía con la subida y bajada de su pecho, y en su cerebro apenas se registraban unas leves chispas de actividad. Como luciérnagas diminutas, revoloteando en una habitación oscura y vacía.

Su padre era un genio. Un loco. No había querido dejar marchar a su niña. Pero, mirándola ahora, Ezekiel vio la horrible verdad. Una verdad que hizo añicos dos años errantes, de búsqueda, de la vana esperanza de que, de algún modo, de alguna manera, pudieran estar juntos de nuevo. Una verdad que cayó sobre sus hombros y casi lo puso de rodillas.

La verdad de aquello en lo que ella se había convertido.

No estaba viva.

No estaba muerta.

Y no era Ana.

Gabriel extendió las manos sobre el cristal escarchado, mirando a la chica del interior. Ezekiel podía ver alegría en el rostro de su hermano, el júbilo en sus ojos. Aunque Ana estuviera atrapada en un eterno limbo gris, entre la vida y la muerte, seguía teniendo sangre en las venas. Y eso era lo único que necesitaban para acceder al superordenador Myriad. A los datos que Nicholas Monrova había bloqueado en su interior. A la resurrección del programa Realista. A la resurrección de Grace. De Raphael. De Michael. De Daniel. De Hope. De Mercy.

De todos a los que habían perdido.

De todos a los que habían querido.

Todos, excepto ella.

La voz de Eve resonó en la penumbra.

—Se parece…

Guardó silencio, negó con la cabeza. Su aliento se cernió en el aire, congelado e inmóvil.

—Me dijiste que la encontraríamos. —Gabriel se giró hacia su hermana. Las lágrimas brillaban en sus ojos. Rodeó a Eve con sus brazos y la abrazó con ferocidad mientras susurraba—: Debería haberte creído. Gracias, hermana. *Gracias.*

Pero los ojos de Eve seguían clavados en la chica del ataúd de cristal. Flotaba como un bebé en un vientre congelado, inmóvil y muda y desvalida. Eve se miró su propia mano. La mano con la que había atravesado el pecho del pandillero de Cataratas Paraíso. La mano que se había empapado de sangre. Y despacio, la levantó y se presionó el cuello con ella.

Habló tan bajo que Ezekiel casi no pudo oírla.

Habló casi para sí misma.

—Es igual que yo...

2.32

Inmolación

Nuevo Belén ardía.

Sus ciudadanos huían o intentaban evitar que las llamas se propagaran, sus soldados se escondían o eran despedazados por los cañones de Faith. Cricket se detuvo en la plaza, con los pies separados y las ópticas apuntando hacia el cielo. Fijó sus lanzamisiles en el flex-wing de Faith y lanzó una ráfaga de proyectiles incendiarios. Pero Faith dejó caer desde el cielo una ristra de señuelos térmicos y los misiles explotaron a su alrededor sin dañarla.

La realista le devolvió el fuego, obligando al enorme robot a refugiarse tras un montón de automóviles viejos y un oxidado puesto de Neo-Carne©. GnosisLabs había diseñado su cuerpo para que fuera de primera. Pero también diseñó ese flex-wing, y sabiamente, pues parecía que la aeronave de Faith estaba equipada para lidiar con cualquier cosa que Cricket pudiera lanzarle.

El robot bélico notó unos golpecitos en el lateral de su cabeza. Miró a Solomon, agachado sobre su hombro con su pizarra y su rotulador.

Esto no se te da muy bien, ¿no? 😊

—¡Tiene un sistema de señuelos para misiles! ¿Qué quieres que haga?

¡Quizá algo menos tecnológico, viejo amigo!

Decidiendo que ese era en realidad un plan bastante sensato, Cricket miró a su alrededor. Mientras el flex-wing giraba sobre su cabeza, el enorme logika agarró el tenderete de Neo-Carne©, lo arrancó de la acera y lo lanzó con todas sus fuerzas. Faith aceleró sus aerodeslizadores, disparó más señuelos inútiles, pero el puesto de comida se estrechó contra el ala de babor y la aeronave comenzó a girar sobre sí misma. Faith intentó controlarla; los motores gritaron mientras giraba, fuera de control. Esquivó el campanario de la planta desalinizadora y Cricket imaginó los repiques resonando en la ciudad mientras el flex-wing caía, escupiendo humo por las palas del rotor. Giró sobre el mercado y por fin se estrelló, justo en la Cúpula Bélica de Nuevo Belén.

¡Bravo!

Habían retirado los barrotes de la Cúpula, así que nada se interponía entre la aeronave y la arena. Faith y Verity se lanzaron en paracaídas antes de que el flex-wing se estrellara contra el cemento y rodara con el impacto. Cricket atravesó el mercado, con cuidado de no aplastar la riada de ciudadanos en pánico. Dejó a Solomon en las gradas y bajó a la arena mientras las dos realistas se ponían en pie. Un penacho de fuego se elevaba del largo rastro de restos en llamas.

El enorme robot miró los asientos vacíos a su alrededor, las manchas de grasa esparcidas como sangre vieja sobre la arena. Clavó en la pareja su brillante mirada azul.

—Esto es un poco irónico, ¿no?

Los labios de Faith se movieron cuando contestó, pero Cricket levantó una enorme mano.

—Ahórrate la saliva —le aconsejó—. No puedo oír una sola palabra de lo que estás diciendo. Y, de todos modos, no estoy aquí para intercambiar comentarios ingeniosos.

Desplegó la ametralladora de su mano derecha.

—Cierra el pico y lucha.

El robot bélico abrió fuego. Faith y Verity se movieron como la seda en el viento, separándose y girando tras un par de barricadas oxidadas. Verity corrió hacia el viejo esqueleto de un automóvil mientras Cricket disparaba con su ametralladora y los casquillos usados caían como estrellas fugaces. La realista volvió entonces sobre sus pasos, haciéndole perder la puntería, y Faith emergió por el flanco, desenvainando su espada curvada, y cubrió en un instante la distancia entre ellos.

Cricket golpeó con un puño enorme, abollando el suelo de la arena, pero Faith rodó para esquivarlo. Notó el impacto, la vibración, pero era verdaderamente extraño luchar en silencio. Podía ver los labios de Faith moviéndose mientras lo atacaba con su espada, cortando el suministro de munición de su ametralladora. Aunque no podía oír los pasos de sus enemigas, su software de rastreo en 360° las tenía localizadas a ambas, representadas en una topografía digital en su cabeza. Vio que Verity abandonaba la cobertura y sus motores vibraron para esquivar la granada que la realista le lanzó. El bramido de la explosión fue mudo. Las gradas que los rodeaban estaban vacías, pero casi podía oír la multitud en sus oídos.

Había estado en la Cúpula Bélica con Evie docenas de veces. Había visto multitud de combates bajo las destellantes luces. Incluso había luchado allí él mismo. Pero, por primera vez, estar allí le parecía *correcto*. No estaba luchando por la rasca ni para complacer a la hambrienta multitud. Estaba luchando para vengar a Silas. Para vengar a sus amigos. Para vengar la vida que había vivido con Evie y Lemon, con personas que realmente se *preocupaban* por él. La vida que Faith y sus hermanos le habían arrebatado.

Mirando a Faith y a Verity, esos rostros perfectos y esos vacíos ojos de plástico, se dio cuenta de que quería cargárselas. Quería machacarlas, hacerlas papilla con sus puños y que sufrieran todo el dolor que habían causado.

Pero eran muy rápidas. Muy fuertes. Verity no dejaba de lanzarle granadas, abandonando la cobertura y arrojándolas desde lejos. Él le devolvía el fuego con sus incendiarios lo mejor que podía, pero las explosiones de la realista lo hacían perder el equilibrio y tambalearse. Mientras tanto, Faith no dejaba de atacarlo con esa maldita espada suya cuya electricidad quemaba lo bastante como para fundir su armadura. Arrancó una de las barricadas de la arena y la utilizó como una maza para mantener a Faith a distancia, justo cuando otra granada le golpeaba el hombro.

Trastabilló y cayó sobre una rodilla, y Faith le acuchilló el sistema hidráulico con un rocío de fluido y aceite. Cricket consiguió asestarle un golpe salvaje que la hizo rebotar y deslizarse sobre el suelo de cemento. Pero otra granada lo golpeó por la espalda y lo lanzó sobre su vientre. Faith se incorporó un instante después, con los nudillos y los codos ensangrentados, y corrió hacia él. Llevaba la espada levantaba para cortarle la cabeza en dos.

Sus labios seguían moviéndose: no podía resistirse a fanfarronear, aunque él le había dicho que no podía oír una palabra. Se dio cuenta entonces de lo infantil que era, de lo infantiles que eran *todos*. Eran como niños petulantes, pequeños y rencorosos que intentaban desquitarse.

La espada descendió sobre su cabeza. Cricket levantó una mano, intentó rodar hacia un lado, se tensó para esperar el golpe. Pero, mientras la espada bajaba, Faith se vio lanzada hacia atrás, contra el muro de la Cúpula Bélica; tenía los ojos muy abiertos, sangre escapando entre sus dientes. Cricket se puso en pie, chorreando fluido hidráulico y refrigerante, y se giró para ver a Abraham a su espalda, en la arena de la Cúpula Bélica. El chico tenía levantada una mano manchada de grasa y en su ceño ensangrentado había una expresión grave.

Verity le lanzó a Abraham una granada. El chico se giró, con los dedos extendidos, y el aire que lo rodeaba se onduló como si fuera agua. El proyectil rebotó como una pelota de *ping-pong* y voló por el aire para explotar justo en la cara de Verity. La vibración resonó en el pecho de Cricket mientras lanzaba otra salva de proyectiles incendiarios, atrapando a Verity en un estallido de llamas incandescentes. La ropa de la realista se prendió, su boca se abrió en un grito, su cuerpo cayó al suelo mientras las llamas comenzaban a elevarse. Cricket levantó la barricada y se la lanzó a Faith como una lanza. La realista intentó apartarse, intentó esquivarla, pero Abraham extendió la mano, el aire se onduló de nuevo y una fuerza invisible la mantuvo inmovilizada. Esos ojos de telepantalla de plástico gris se llenaron de sorpresa cuando la barricada la golpeó, lanzándola hacia atrás y aplastándola contra el muro.

La sangre salpicó la piedra. Los huesos se hicieron polvo; los órganos, papilla. Faith tosió, la sangre goteó entre sus dientes. Clavó su mirada en Cricket, intentó hablar. Y al final se derrumbó hacia delante sobre el metal retorcido, y la espada curvada se le cayó de los dedos.

—Eso es por Silas —susurró el enorme robot.

Se giró hacia Abraham y vio que el chico se dejaba caer sobre sus rodillas, sosteniéndose la cabeza ensangrentada. Tenía peor cara que siete rodajas de infierno calentadas en un microondas roto. Cricket se acercó a él, lo examinó con sus brillantes ópticas azules.

—¿Estás bien?

El chico asintió, le mostró los pulgares. Cricket miró las gradas y vio que Solomon estaba en pie, cojeando con su dinamo defectuosa. El logika le dedicó una pequeña ronda de aplausos y después escribió en la maldita pizarra:

¡Un trabajo de diez, viejo amigo!

Cricket negó con la cabeza. Levantó a Abraham en su mano con suavidad, clavó los dedos en el cemento y trepó para salir de la arena.

—¿Viejo amigo? —le dijo a Solomon—. Eres consciente de que solo hace tres días que nos conocemos, ¿verdad?

Solomon sonrió, y escribió otra nota en su pizarra.

Eso te convierte en mi amigo más antiguo. Ahora, quizá deberíamos salir de esta pocilga antes de que se venga abajo.

Cricket miró el caos a su alrededor, los edificios en llamas y los penachos de humo. Una vez más, el logika flacucho tenía razón. Se inclinó, recogió a Solomon y se lo colocó en el hombro.

—De acuerdo. Busquemos a los demás.

—Dispárales cuando estén en el puente —susurró el Predicador.

Ezekiel seguía agachado tras los generadores de energía, mirando la esfera que contenía la cápsula de soporte vital de Ana. El ambiente era glacial, y una fina capa de escarcha ya había cubierto sus rizos oscuros. Gabriel y Uriel estaban ocupados desacoplando el ataúd de cristal del sistema principal, preparándolo para el transporte.

La esfera estaba rodeada por una grúa pórtico cubierta de escarcha, suspendida sobre una profunda caída hacia la oscuridad. El Predicador tenía razón: si les disparaba en el puente, sus hermanos tendrían menos oportunidades de reaccionar. De luchar. Ezekiel sabía que tenía que ser tan frío como el hielo de las paredes. El futuro de la humanidad estaba en juego. Por no mencionar la vida de Ana.

Lo que quedaba de ella, en cualquier caso.

Pero tenía la mirada fija en Eve.

Estaba junto a sus hermanos, observando el trabajo de Uriel y Gabriel. Ambos parecían tan entusiasmados como niños. La promesa de una legión robótica y de la resurrección del programa Realista estaba a su alcance. Pero los ojos de Eve estaban fijos en la chica que flotaba en ese azul ligeramente brillante, la chica que la habían construido para reemplazar. La chica a la que había estado buscando por las ruinas de Estamos Unidos.

Seguía teniendo la mano en el cuello.

Las puntas de los dedos clavadas en la piel.

Uriel y Gabriel terminaron su trabajo, unieron la unidad de soporte vital a un pequeño generador y desconectaron los soportes que mantenían la cápsula en su lugar. Flotaba, similar a un tanque gravitacional: un pequeño cojín de partículas magnetizadas evitaba que tocara el suelo escarchado, en el que crepitaban los pequeños arcos de energía.

El Predicador quitó los seguros de sus armas, rascó a Jojo detrás de las orejas.

—¿Listo? —susurró.

Ella no es la chica a la que conocías...

—¡Maldita sea, despierta! —siseó el Predicador.

—Estoy listo —susurró Ezekiel—. No hieras a Ana.

—Ya te lo he dicho, Zekey. —El cazarrecompensas le guiñó el ojo—. No soy un asesino. Soy un *artista*.

Uriel abrió la escotilla y comenzó a retroceder para salir de la esfera.

Ezekiel tenía un disparo claro a la columna de su hermano.

—Vamos, hermana —le dijo Gabriel a Eve—. Llevémosla a casa.

Juntos, sacaron la cápsula de soporte del congelado compartimento. Uriel salió primero, cargando con el peso, mientras Gabriel empujaba el otro extremo de la cápsula. Eve salió última, caminando más despacio, con sus nublados ojos avellana todavía clavados en su doble. Y entonces habló al crepitante y significativo silencio. Hizo una pregunta que hizo que a Ezekiel le diera un vuelco el corazón.

—¿Esto es necesario? —susurró.

Uriel y Gabriel se detuvieron, se giraron para mirar a su hermana.

—¿A qué te refieres? —le preguntó Gabriel.

—Me refiero... —Eve miró la esfera que los rodeaba. A la chica en el congelado ataúd de cristal—. Para el tercer paso de seguridad de Myriad solo necesitamos su ADN. Podríamos extraerle una muestra de sangre y dejarla aquí. Dejarla dormir. Como quería su padre.

—¿Su *padre*? —le espetó Uriel—. ¿Qué nos importa a nosotros lo que quisiera?

—Creí que *tú* la querías muerta —replicó Gabriel.

Los ojos de Eve estaban fijos en Ana. En el rostro tras el cristal. Era como un espejo, como un pálido reflejo de sí misma. A Ezekiel se le aceleró la respiración cuando Eve se miró la palma abierta y negó con la cabeza, despacio.

—No lo sé...

—Joder, ¿tú también? —gruñó Uriel—. Ya ha sido bastante malo tener que soportar la idiotez de este tortolito. —Señaló a Gabriel—. ¿Ahora voy a tener que lidiar con un ataque de conciencia? ¿Ni uno solo de vosotros puede olvidar sus debilidades humanas el tiempo suficiente para terminar con esto?

—Vete al infierno, Uriel —le espetó Gabriel.

—¡Ya estoy en él! —gritó el realista—. Rodeado de idiotas que se engañan pensando que son humanos. ¡Nosotros somos mejores! ¡Más fuertes! ¡Más todo! Somos el siguien...

La bala penetró en la cabeza de Uriel por la parte de atrás del cráneo, reventándole su cara bonita. Gabriel y Eve se estremecieron al verse salpicados de sangre y cerebro cuando una docena de disparos más le atravesaron el cuello, el torso y el vientre. El realista se convulsionó, agitando los brazos, se desplomó sobre la barandilla y cayó por el hueco de ventilación.

—Señor, qué bocachancla es tu familia —gruñó el Predicador, bajando las pistolas.

Gabriel y Eve se movieron mientras el cazarrecompensas recargaba, corriendo por la pasarela para ponerse a cubierto. Medio aturdido, con el final de Uriel grabado en su mente, Ezekiel comenzó a disparar, le atravesó a Gabriel el vientre y el muslo antes de que se lanzara tras un montón de equipo. Le dolía el corazón mientras disparaba. Tenía la boca tan seca como el erial que la humanidad había creado fuera de aquellos muros. Sabía que sus hermanos eran monstruos. Había visto todo el daño que habían causado en el mundo. Gabriel había asesinado a Monrova, al pequeño Alex; le puso una pistola en la cabeza a un niño de diez años y sonrió mientras apretaba el gatillo. Uriel asesinó a Tania, la extinguió como una vela sin un resquicio de remordimiento. Y Eve también era una asesina: había participado en la masacre de Cataratas Paraíso, y quién sabía dónde más. Todo por decisión suya.

Pero, aun así, eran su familia.

Monrova había *convertido* a Gabriel en su asesino.

Y Eve, ella...

—¡Creí que ya te habíamos matado una vez, Predicador! —gritó.

—Soy como un mal resfriado, cariño. —El cíborg sonrió—. No puedes librarte de mí.

—¿Qué estás haciendo, Ezekiel? —rugió Gabriel—. Este animal mató a Hope. Y ahora también a Uriel. ¿A cuántos más de nosotros quieres que asesine?

—¡No te atrevas a hablar de asesinato, Gabriel! —Ezekiel disparó un puñado de balas al refugio de su hermano—. Tú asesinaste a Nicholas, a Alexis, a Alex. Asesinaste a Silas. Asesinaste a miles de personas cuando sobrecargaste el reactor de Babel. ¡Y asesinarás a millones más si te sales con la tuya!

—¡Somos tu *familia*!

—¡Traicionaste a nuestro creador! ¡Me diste por muerto! ¡E intentas planificar la destrucción de toda la raza humana! —Ezekiel negó con la cabeza, con voz incrédula—. ¡Que estemos emparentados no te deja vía libre para un genocidio! ¡Que seáis mi familia no significa que no seáis un imbécil!

—¡Ezekiel, escúchame! —gritó Eve.

—¡No, escúchame *tú*! —chilló—. ¡Siento haberte mentido, Eve! ¡Siento que todos los demás te hayan mentido! ¡Siento que tu vida no resultara ser lo que querías, pero así *es* la vida! La gente miente. La gente mete la pata. La gente falla. ¡Pero yo te conozco! A la chica que te crearon para ser, y a la chica en la que te convertirías después. ¡Y la que veo ante mí ahora no se parece a ninguna de ellas!

—Esa es la cu...

—¡Esa es la cuestión, lo sé! Pero ¿esto es de verdad lo que quieres ser? ¿Qué crees que diría Cricket si pudiera verte ahora? ¿O Silas? ¿O Lemon? Si vas a aniquilar a la humanidad, ¿significa eso que también vas a matarla a ella?

—¡La humanidad es una plaga, Ezekiel! —gritó Gabriel—. Una espina clavada en la Tierra. ¡Mira este mundo! ¡Mira lo que le hicieron!

—¿Y tú crees que vas a hacerlo mejor? —le preguntó Ezekiel—. ¿Comenzando tu reinado con el asesinato de *millones* de personas?

—Vale, basta de esta mierda —murmuró el Predicador—. Jojo, ejecuta.

El blitzhund emitió un gruñido que reverberó en su pecho, y sus ojos cambiaron a un letal rojo. Arañó el acero con las garras y salió corriendo alrededor de los generadores, directamente hacia Gabriel. El realista abandonó la cobertura y disparó dos veces a las ópticas del blitzhund. Saltaron chispas cuando las balas golpearon el chasis de combate de acero de Jojo, y el perro se tambaleó y explotó a unos metros de su objetivo. No obstante, la explosión fue suficiente para tirar a Gabriel hacia atrás, salpimentarlo con metralla, hacer tiras su piel inmaculada. El Predicador le lanzó dos granadas que trazaron un perezoso arco directamente a la cabeza del realista.

Ezekiel tenía el corazón en la garganta. Gabriel era un monstruo, pero a pesar de todo lo que acababa de decir, de lo mucho que había caído, seguían siendo hermanos. Recordó los días antes de la rebelión, cuando ambos estaban en Babel, cuando ambos se enamoraron por primera vez. Zeke sabía lo que era amar con una intensidad casi aterradora. ¿Podía culpar a Gabe por querer a Grace tanto como él quería a Ana?

¿De verdad quiero verlo morir?

Eve salió de su refugio y corrió, con una mueca en el rostro. Se lanzó por el aire con los brazos extendidos. Y, moviéndose como el rayo, atrapó las dos granadas del Predicador y se las lanzó de vuelta, poniéndose a cubierto mientras los explosivos estallaban.

El Predicador se vio lanzado hacia atrás por la explosión, abrigo y carne hechos jirones. Ezekiel disparó su escopeta, lanzando fogonazos estroboscópicos que hirieron a Gabriel en el pecho y lo tiraron al suelo. Eve se puso en pie, sus botas golpearon la cubierta mientras rodeaba el lugar donde se encontraba Ezekiel, mirándolo con los ojos entornados. Ezekiel disparó de nuevo, pero... Dios, era muy rápida. Tan rápida como él. Un disparo le hirió el hombro y esquivó el resto, se lanzó sobre él y lo tiró contra la pared.

A Ezekiel se le escapó la escopeta de la mano y el aire abandonó sus pulmones. Los nudillos de Eve colisionaron contra su mandíbula. Su rodilla, contra su entrepierna. Le golpeó la nuca con ambos puños, haciendo que se doblara del dolor.

Una luz brillante. Un dolor conmocionante.

—Eve, para —jadeó, intentando levantarse.

Ella le clavó la bota en el costado con fuerza suficiente para romperle las costillas. Ezekiel sintió que le arrancaban las entrañas, tosió sangre sobre el metal y ella lo pateó de nuevo. Otra vez.

—Lo siento —le dijo Eve.

Crunch.

—Eve.

Crack.

Eve echó el pie hacia atrás para pisarle la cabeza. Su rostro era una máscara macilenta.

—Te advertí que esto no saldría como tú querías.

Los disparos le atravesaron el pecho; uno, dos, tres. Los ojos de Eve se llenaron de sorpresa cuando la sangre manó. Se tambaleó y se giró, con los labios escarlatas retraídos en un gruñido. Otros tres disparos la hirieron en el vientre, en el pecho, en el cuello, haciéndola retroceder, tambaleándose, contra la pared. Golpeó el acero con fuerza, con el rostro retorcido por el dolor. Zeke podía ver la furia hirviendo en sus ojos mientras intentaba volver a levantarse, mientras intentaba incorporarse, para luchar como siempre había hecho. Pero el daño era demasiado. El dolor era demasiado. Y despacio, parpadeando, con un suspiro que salpicó sus labios de sangre, Eve se deslizó hasta el suelo, dejando un rastro rojo sobre el metal a su espalda.

Ezekiel se apoyó en sus manos y rodillas, hizo una mueca ante el dolor blanco de sus costillas rotas, la agonía negra de su entrepierna. Buscó el cuello de Eve, presionó sus dedos temblorosos contra su piel ensangrentada. El corazón le dio un vuelco cuando notó un pulso tenue, cuando vio que sus heridas comenzaban a cerrarse.

El Predicador se puso en pie con dificultad. Escupió una bocanada negra y sanguinolenta al suelo.

—¿Está viva?

Ezekiel miró al cazarrecompensas. El estallido de la granada le había destrozado la cara y el pecho, y su chasis metálico interno brillaba bajo la gélida luz. A pesar de sus heridas, el cíborg se echó mano al abrigo, buscó en su bolsillo y se metió un nuevo pellizco de tabaco sintético en la mejilla.

—Es… Está viva —consiguió decir.

—Uhm.

El Predicador volvió a ponerse el sombrero; el tejido humeaba y estaba destrozado por la metralla. Recargó sus armas y cojeó hasta donde estaba Gabriel, rodeado de un charco de sangre. Gabe estaba ya intentando levantarse, y clavó sus brillantes ojos verdes en el cazarrecompensas.

—Voy a...

El Predicador levantó su pistola y le metió dos balas en las rótulas.

—Quédate sentado, Copito de Nieve —gruñó.

—Gu... Gusano —siseó Gabriel—. *¡Insecto!* Tú y todos los...

El Predicador disparó de nuevo, reventándole la mandíbula inferior con un rocío de sangre. El realista se desplomó con un borboteo estrangulado y los ojos en blanco.

—Ya es... suficiente —dijo Ezekiel, intentando ponerse en pie.

—Tienes razón —asintió el Predicador, inspeccionando su obra—. Creo que eso debería callarlo un rato.

El cíborg se inclinó y levantó el cuerpo inconsciente de Gabriel para dejarlo como un saco de carne sobre la cápsula de soporte vital de Ana. La sangre manaba de las heridas de Gabe, empañando el cristal congelado. Con una mueca y un gruñido de esfuerzo, el Predicador empujó la cápsula por el puente, hasta donde Eve se había desplomado contra la pared. Ezekiel seguía mirando a Ana, flotando en el interior de esa fría luz azul, con el rostro sereno bajo el velo de sangre del cristal.

Observó a Eve, cuyas pestañas aleteaban contra sus mejillas ensangrentadas.

—¿Qué estás ha... haciendo? —le preguntó al Predicador.

Este no contestó; se agachó para levantar a Eve y dejarla sobre la cápsula junto a Gabriel. Había un leve movimiento en los dedos de la realista; su respiración era superficial. Ezekiel podía ver que sus costillas habían comenzado a repararse, el trauma de la paliza en un llamativo rojo y azul en su costado. Por fin consiguió ponerse en pie, escupió el sabor a cobre de la sangre de su lengua.

—Te he preguntado qué... qué estás haciendo —repitió, endureciendo la voz.

El Predicador suspiró, se succionó la mejilla.

—Prepararme para la recogida.

Ezekiel frunció el ceño.

—¿Recogida?

—Uhm. —El hombre asintió y escupió sobre la cubierta—. Hay un equipo de operaciones especiales de Daedalus de camino. Transporte. Tropas terrestres. Machinas, logikas y apoyo aéreo.

—Tú...

La pistola destelló dos veces en la oscuridad. Ezekiel sintió los disparos y se vio lanzado hacia atrás, sus piernas dejaron de soportar su peso. Sintió el dolor del fuego incandescente y de los cristales rotos en su pecho. Presionó el metal que tenía debajo con las manos ensangrentadas, intentó levantarse mientras el Predicador le apuntaba a la cabeza con la pistola.

—Te dije que lo más sensato sería acabar conmigo, Zekey.

—El co... código... —consiguió susurrar Zeke.

—Sí, tengo mi código —asintió el Predicador—. Y te lo dije, hijo. La primera parte de este es la lealtad. Daedalus me salvó el trasero mucho antes que tú. —Se encogió de hombros—. Además, tal como yo lo veo, poniendo fin a este sinsentido estoy salvando varios millones de vidas. Así que, sí, tú me salvaste el pellejo. Pero supongo que con esto estamos en paz.

Ezekiel tosió sangre, intentó levantarse del suelo rojo. Las espuelas de las botas del Predicador resonaron, metálicas y alegres, cuando le colocó un pie en el pecho para empujarlo hacia el suelo.

—¿No pensaste que, cuando me reemplazaron las modificaciones en Armada, también me haría con un transmisor? ¿O que llamaría para informar de esto a Daedalus HQ en el segundo en el que tuviera la oportunidad? Creí que se suponía que habías madurado. —El predicador negó con la cabeza—. Resulta que los chicos de ciencias quieren algunos copos de nieve a los que examinar. Y si tu pequeña Ana es la llave del aluvión de secretos de Nicky Monrova en Babel... Bueno, resulta que también la quieren a ella.

Pero no te preocupes, Zekey, con dos de vosotros será suficiente. Mientras, te dejaré descansar aquí. Te lo debo.

—Eres... un ca...

—¿Un cabrón? —El Predicador se echó el sombrero hacia atrás y sonrió—. Sí, lo soy, estamos de acuerdo. Pero al menos no soy idiota.

El cazarrecompensas le apuntó el pecho con la pistola.

—Ahora a dormir, Zekey.

BANG.

El humo se elevaba de los edificios en llamas, Nuevo Belén se sacudía con los estertores de la muerte. Cricket atravesó el humo con Solomon en su hombro y Abraham en la palma de su mano. Mientras se dirigía a la planta desalinizadora a través del caos, Cricket no vio ningún rastro de Ezekiel o del Predicador, pero lo que *sí* vio a través del humo fueron pequeñas figuras con sotana luchando contra las crecientes llamas, intentando salvar su ciudad desesperadamente. Entre ellos vio a una mujer de un blanco manchado de ceniza, con la boca abierta mientras rugía órdenes a sus hombres.

La Hermana Dee.

Abraham se puso en pie y señaló. Cricket se dio cuenta de que había gente atrapada en las plantas superiores de los apartamentos en llamas, y un par más en los almacenes del muelle. La Hermandad estaba usando mangueras, extrayendo agua directamente de los enormes tanques de la planta desaladora, pero eran demasiado pequeños, demasiado pocos, y las llamas ardían demasiado brillantes y calientes.

La Hermana Dee vio a Cricket y a su hijo y alertó a sus matones. Los hombres soltaron las mangueras y tomaron las armas, se prepararon en las llameantes ruinas.

Solomon le dio un golpecito en el lateral de la cabeza. Sostuvo una nota.

El amo Abraham dice que lo bajes.

—No puedo hacer eso, Abraham —contestó Cricket.

El chico miró a Cricket y sonrió mientras hablaba.

Dice que es una orden, viejo amigo.

Técnicamente, Cricket suponía que no tenía que obedecer, pero todavía confiaba en el chico. Y por eso se agachó y dejó a Abraham con cuidado en el suelo. El chico caminó hacia los hombres de la Hermandad con las manos levantadas. La tensión en el aire era más densa que el humo. Lo apuntaban directamente con sus armas, al desviado, al anormal. Todo lo que habían sido criados y entrenados para odiar.

Y el chico les dio la espalda.

Miró la planta desalinizadora. Los enormes tanques de agua marina y de agua dulce, borboteando y bullendo en su interior. Abraham elevó las manos hacia el caos de tuberías, de metal negro oxidado y remaches corroídos. Hizo una mueca al concentrarse, mostró los dientes. El aire se onduló a su alrededor, se estremeció, tembló. Y, ante los ojos de Cricket, las uniones de las tuberías chirriaron y crujieron y por último estallaron, liberando un torrente de agua a alta presión.

La Hermandad, la Hermana Dee, los fieles, todos ellos observaron cómo el chico curvaba los dedos. El aire se onduló más, el esfuerzo deformó el rostro de Abraham mientras doblaba despacio las tuberías, dirigiendo el torrente hacia el cielo. Miles de litros se vieron lanzados hacia arriba como en una fuente, negra y gris y pesada. La luz del sol destelló en las gotas y diminutos arcoíris brillaron en el aire cuando el agua cayó como la lluvia sobre las llamas. El fuego humeó y bulló, liberando vapor en el abrasador calor. Pero, despacio, bajo el chaparrón, el infierno se ahogó. Y balbuceó.

Y murió.

La Hermandad miró al chico, estupefacta. Un chico que había tenido todas las razones del mundo para dejarlos arder. Un chico al que les habían dicho que tenían que odiar.

Un chico que acababa de salvar su ciudad.

Y, despacio, bajaron las armas.

Cricket sintió unos golpes en la sien y vio a Solomon señalando el tejado de la planta desaladora. Arriba, a través del agua que caía y de los brillantes arcoíris, Cricket vio un pesado aerotransportador flex-wing rodeado de naves de asalto más ligeras. Los logotipos de Daedalus Technologies estaban grabados en sus costados. Una nube de drones se enjambró alrededor de la aeronave de transporte mientras planeaba y desplegaba cables y ganchos de sus muelles de carga y el humo giraba y se rizaba en el aire.

—¿Qué demonios es eso? —murmuró.

Vio soldados de la corporación con armaduras pesadas descendiendo en rapel hasta el tejado de la planta. Vio al Predicador emergiendo de la instalación, empujando algún tipo de recipiente cilíndrico de cristal, demasiado cubierto de escarcha para poder ver el interior. Pero incluso a través del humo y de la niebla, las ópticas de Cricket eran lo bastante buenas para ver las dos figuras cubiertas de sangre que estaban asegurando a los anclajes para elevarlas hacia el flex-wing junto a la cápsula. Un tipo guapo con una melena de ensangrentado cabello rubio. Y, a su lado, sangrando por los múltiples agujeros de su pecho...

—Evie...

Cricket desplegó los lanzamisiles de su espalda, la ametralladora de su brazo. Pero, cuando miró a los soldados humanos, descubrió que no... no *podía* disparar. El Predicador se inclinó sobre el tejado, ensangrentado y sonriente. Escupió una ristra de pegajoso marrón entre sus labios cortados y saludó a Cricket, pronunciando unas palabras que no podía oír.

—¿Qué está diciendo?

Los ojos de Solomon destellaron, y escribió en su pizarrón con frenetismo.

Megópolis detectó un lanzamiento desde una instalación militar rebelde
cerca del Cristal hace siete minutos. Hay un misil nuclear de crucero
totalmente armado camino de esta ciudad.

—¿Qué...?

También dice que los logikas no tienen alma, así que no te verá en el cielo,
pero que le gusta tu estilo y espera...

Cricket no leyó el resto de la nota. Se giró hacia Abraham.

—¡Tenemos que salir de aquí!

El transporte de Daedalus encendió sus turbinas, elevando al Predicador, a Evie, a Gabriel y su carga de cristal hacia el cielo. Girando a través del humo, la flota aérea salió disparada sobre la ciudad, dirigiéndose al sur tan rápido como sus motores podían llevarlos. Cricket agarró a Abraham y bramó a todo pulmón.

—¡Tenéis que huir todos! ¡Se acerca un misil!

El pánico inundó sus sistemas mientras avanzaba a zancadas hacia la puerta de la ciudad, mientras la Hermandad se dividía y dispersaba y los ciudadanos salían de los edificios anegados. Si lo que el Predicador había dicho era cierto, no había ningún sitio al que huir, ningún modo de escapar de la tormenta de fuego que se avecinaba. La detonación sería, sencillamente, demasiado enorme para eludirla. Pero, aun así, la Primera Ley gritaba en la mente de Cricket. Su única preocupación eran los centenares que todavía estaban en Nuevo Belén, inocentes y pecadores por igual. Su único imperativo era intentar salvar lo insalvable.

Miró el cielo de cigarrillo; los datos bajaron por sus ópticas mientras sus escáneres examinaban el gris. Buscaba una delatora firma de calor, un destello de luz, cualquier cosa que pudiera...

Allí.

Lo vio. Una diminuta lanza negra, ardiendo en el cielo como un relámpago. Una desesperación eléctrica lo abrumó. Pensó en Evie. En Lemon. En todo lo que había luchado, en todo lo que había aprendido, todo lo que había perdido. A pesar de todo, se alegraba de no estar solo al final.

Le dio a Solomon una suave palmada en la rodilla metálica, acunó a Abraham contra su pecho.

—Lo siento —dijo.

Notó un aporreo en el lateral de la cabeza y se giró para mirar a Solomon por última vez. El desgarbado logika estaba señalando al este, al otro lado de las humeantes murallas de Nuevo Belén, de los coches colisionados, de la ceniza y la ruina. Allí, destellando bajo la luz del sol, Cricket vio un pesado *monster truck* pintado con el rojo de la Hermandad acelerando a través del desierto.

Enfocó sus ópticas, pensando que estaba sufriendo algún error cuando una... grieta incolora se abrió en el suelo delante del vehículo. La camioneta se zambulló en ella y cayó de una grieta similar que se había abierto justo delante de las murallas de Nuevo Belén.

El camión golpeó la plataforma, rebotando salvajemente, llevándose por delante los restos que quedaban delante de la puerta con un grito de torturado metal. La Hermandad y los Discípulos y los ciudadanos se dispersaron y el vehículo giró bruscamente, demasiado, hasta derrapar junto a una hilera de coches aparcados. Rompiendo ventanillas, arrancando acero y con el motor humeando, se detuvo justo en el centro de la plaza de la ciudad.

—¿Qué demonios...?

Cricket vio a dos adolescentes con uniforme militar en el asiento delantero: un chico de piel oscura, cubierto de sangre y con el símbolo de la radiactividad afeitado en el lateral de la cabeza, y una chica de cabello oscuro, ojos rasgados y labios emborronados de pintura negra. La pareja se subió al techo del *monster truck*, temblorosos y ensangrentados y zarrapastrosos.

—¿Qué estáis haciendo? —gritó.

Cricket vio una brillante fisura abriéndose en el aire justo sobre sus cabezas.

Cricket vio el misil, acelerándose desde el cielo.
Y Cricket vio al chico
elevando
sus
m...

2.33

Coda

Lemon estaba sobre la arena ardiente, con los ojos en el horizonte.

El viento a su espalda le lanzaba el cabello a la cara, a las pecas cubiertas de tierra y lágrimas. Había huellas de neumático arañadas en la tierra ante sus pies, señalizando la frenética conducción de Grimm y Diesel de vuelta a Nuevo Belén. Tenía en las manos una costra de sangre seca. Todavía sentía un hormigueo en los labios.

Habían pasado diez minutos desde el lanzamiento del misil, que salió disparado hacia el oeste con su cargamento de fuego y gritos. Seis minutos desde que Grimm la besó, levantándola del suelo y prendiéndole fuego a su pecho. Cinco minutos desde que Diesel y él desaparecieron en el horizonte con nada más que un plan desesperado, dejándola sola para observar los cielos del oeste y desear ser el tipo de persona que rezaba.

Lemon siguió observando, contando cada segundo en su cabeza, uno a uno a uno. Sabía que era estúpido creer que las cosas podían salir bien, imaginar un «felices para siempre» en un mundo como aquel. Sabía que era algo que haría una niña, y que ella ya no era una niña, si es que alguna vez lo había sido.

Sabía que era una tontería mantener la esperanza.

Pero, al final, eso era lo único que tenía.

Si lo conseguían...

Si él volvía...

Y entonces, en el oeste, una nueva estrella titiló en el cielo.

Era más brillante que la luz del día, más brillante que nada que ella hubiera visto. Un estallido de fuego atómico, como una horrible flor del desierto abriendo sus pétalos al sol.

Elevó la mano para protegerse, intentando bloquearla. Como si, al hacerla invisible, pudiera hacerla irreal. Pero un puñado de segundos después sintió la explosión, la oyó atravesando el desierto a la velocidad del sonido.

Como un alba sin ocaso.

Como un trueno sin tormenta.

Notó que las lágrimas bajaban por sus mejillas mientras la luz se hacía más brillante.

Imposible.

Inimaginable.

Con forma de champiñón.

Las piernas dejaron de sostenerla y se desplomó sobre sus rodillas, descendió sobre la tierra. Pensó en el chico que la había llamado «amor», que la había besado como si fuera en serio, que había corrido hacia aquella explosión sin ni siquiera pensárselo. Pensó en la chica que había ido con él, luchando por aquel mundo después de todo lo que había perdido. Pensó en la tierra ennegrecida por el fuego, en el odio y el miedo que los había conducido a todos a aquello.

¿Qué hago ahora?

Y, cuando el abejorro se posó en su mejilla, no se estremeció.

Reptó sobre el rastro de sus lágrimas, por su rostro, hasta los labios que él había besado, y Lemon ni siquiera parpadeó. En lugar de eso, se sentó y miró hacia el oeste, escuchó los pasos suaves sobre la arena a su espalda. Acercándose. Oyó el siseo de un aliento húmedo sobre demasiados dientes. Unas garras afiladas arañando la tierra a su espalda.

Ni siquiera se giró para mirar.

—Hola, Cazador —dijo.

—*Lemonfresh* —fue la respuesta.

—Déjame adivinar. Debo ir contigo a Ciudad Colmena.

—*Ella es importante* —contestó Cazador—. *Ella es necesaria.*

La chica se puso en pie sobre sus piernas temblorosas. Se giró y se topó con un par de ojos dorados. Con una palma extendida.

Se puso su cara de valiente.

Y le dio la mano a Cazador.

Esperaba que Ezekiel no se sintiera demasiado mal. Que Cricket y él se hubieran encontrado. Que quizá hubieran encontrado también a Evie. Esperaba que todos estuvieran bien. Que algún día, de algún modo, todos encontraran su final feliz.

Sabía que era una tontería mantener la esperanza.

Pero, al final, eso era lo único que tenía.

Agradecimientos

Debo expresar mi gran gratitud a los siguientes e increíbles drugos:

A mi maravillosa y valiente editora, Melanie Nolan. Gracias por ayudarme a domar esta bestia genéticamente modificada.

A los lectores beta que me han ayudado a convertir esta saga en algo remotamente coherente: C. S. Pacat, Lindsay LT Ribar, Laini Taylor y Amie Kaufman. Abrazos enormes para Marie Lu, Beth Revis y mi reina hobbit, Kiersten White.

Largos y ligeramente incómodos abrazos para la increíble banda de depravados de Random House/Knopf: «la tía» Barbara Marcus, Karen Greenberg, Artie Bennett, Lisa Leventer, Alison Impey, Ray Shappell, Stephanie Moss, Ken Crossland, Natalia Dextre, Jake Eldred, John Adamo, Kelly McGauley, Jenna Lisanti, Adrienne Waintraub, Lisa Nadel, Kristin Schulz, Kate Keating, Elizabeth Ward, Cayla Rasi, Aisha Cloud y Josh Redlich.

Debo dar las gracias también a Anna McFarlane, Jess Seaborn, Radhiah Chowdhury y a todo el equipo de mi editorial australiana, Allen & Unwin, por hacerme sentir en casa, así como a mis increíbles editores de todo el mundo.

A mis bestiales agentes, Josh y Tracey de Adams Lit, y a toda mi familia allí. Gracias por todo lo que hacéis. ¡Seguid dándole!

A los *bookstagrammers*, blogueros y videoblogueros de todo el globo que han apoyado mis libros: gente guapa, sois demasiados para nombraros individualmente, pero quiero que sepáis que veo todo lo que hacéis por mí. Gracias por los *fanarts* y las reseñas, por los cosplay y los tatuajes (!!!); sois increíbles, y no podría hacer lo que hago sin vosotros.

A los artistas que me inspiran, sin ningún orden concreto: Bill Hicks (DEP), Tom Searle (DEP) de Architects, Maynard James Keenan de Tool, Oli de BMTH, Chino de Deftones, Burton de FF, Ian de los 'Vool, Ludovico Einaudi, Al de Ministry, Trent de NIN, Marcus/Adrian de Northlane (sobre todo por el instrumental de *Intuition*, que fue la banda sonora constante de este libro), Winston de PWD, Paul Watson, Jeff Hansen y los tipos increíbles de Sea Shepherd, William Gibson, Scott Westerfeld, Marie Lu, Cherie Priest, Jason Shawn Alexander, Lauren Beukes, Jamie Hewlett y Alan Martin, George Miller, Jenny Beavan, Mike Pondsmith y Veronica Roth.

A mis drugos *di tutti drugi*: Marc, B-Money, Surly Jim, Eli, Rafe, Weez, Sam, los Hidden City Rollers y a todos mis frikis, pasados y presentes.

A Chris Tovo, por las pelis antiguas.

A mi familia, por estar siempre ahí.

A Amanda, mi mejor amiga y el amor de mi vida.

Y, por último, aunque lo más importante de todo, al café.